W0027069

LOUISE
KENNEDY

ÜBER
TRET
UNG

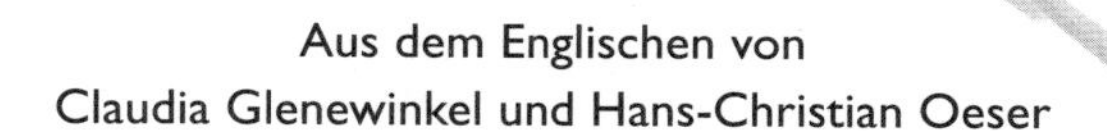

Aus dem Englischen von
Claudia Glenewinkel und Hans-Christian Oeser

Roman / Steidl

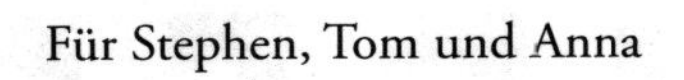
Für Stephen, Tom und Anna

Ein schwermütiger Schwall Diesel, ein Wölkchen Rauch,
ob schwarz oder auch weiß,
Dann entschwebt der Hafen in gefahrvolle Meere, denn Dinge
bleiben ungelöst; wir lauschen
dem *Ex cathedra* des Nebelhorns und trinken, kehr'n der Welt den
Rücken, ungesehen –

Ciaran Carson, »Das irische Wort für nein«

Ah! Jene erste Affäre, wie gut man sich an sie erinnert!

Stanley Kubrick, Barry Lyndon

2015

Sie folgen der Museumsführerin, einer dünnen, blassen jungen Frau. Sie trägt ein moosgrünes Etuikleid aus Leinen, und um ihren rechten Arm windet sich eine filigrane Tätowierung, die aussieht wie Stacheldraht. Cushla bewegt sich zum Rand der Gruppe, weg von den italienischen und französischen Touristen in teurer Regenkleidung; sie sind in ihrem Alter, für sie noch immer eine überraschende Erkenntnis. Weg von dem Mann zu ihrer Linken, Ende vierzig, schätzt sie, mit stahlgrauem, zurückgegeltem Haar, kleiner Brille und dunkelblauer Cabanjacke.

Die Museumsführerin steht neben dem nächsten Ausstellungsstück, kaum einen Meter von Cushla entfernt. So aus der Nähe kann sie das stachelige Muster auf der Haut der jungen Frau genauer sehen. Es ist Stechginster, rankende dornige Zweige mit goldenen Blüten. Was Cushla für die junge Frau einnimmt, weil sie sich für den Strauch entschieden hat, der jeden Hügel in dieser Gegend überwuchert, und nicht für Rosen, Schmetterlinge oder Sterne.

Es ist eine Skulptur aus Harz, Stoff und Glasfaser. Eine weiße Figur auf einem Sockel, gipsartig, wie ein Sarkophag, das Gesicht wirkt wie verschleiert, die Züge sind nicht auszumachen. Der Körper ist seltsam geschlechtslos, obwohl es sich um einen Mann handelt: der Rumpf breit, die Brust muskulös. Bis hinunter zur Taille wirkt er friedlich, der Kopf des Schlafenden ruht nahe der Armbeuge. Trotzdem stimmt etwas an der Körperhaltung nicht; die Beine passen nicht zur Pose, sind merkwürdig abgespreizt.

Die junge Frau fängt an zu sprechen. »Das Werk stammt aus den siebziger Jahren«, sagt sie. »Die Künstlerin hat es geschaffen, nachdem ihr Freund ermordet wurde. Während die geradezu klassische Komposition eine geläufige Darstellung des Todes ist, schockiert uns die regelwidrige Anordnung der Gliedmaßen, sie verweist auf den Augenblick der Gewalt, der Ermordung des dargestellten Menschen, und auf das Chaos der darauffolgenden Stunden. Sie präsentiert uns ihren Freund als Jedermann, doch seine eher verquere Körperhaltung macht ihn zu einem Individuum.«

Die anderen rücken zum nächsten Kunstwerk vor: eine Art Tardis, gebildet aus sechs Türen des Gefängnisses von Armagh. Cushla bleibt zurück und tritt näher an die Skulptur heran. Die junge Frau mit dem Stechginstertattoo hat sich geirrt. Die Künstlerin zeigt keinen Jedermann. Jedes Detail ist vertraut, stimmt genau, fast so, als hätte sie die Gipsform von seinem Leichnam abgenommen. Der kleine Wulst Bauchfett in der Mitte. Die leicht angehobene rechte Schulter. Das teigige Kinn. Sie betrachtet sein Gesicht und fürchtet, Angst oder Schmerz darin zu entdecken, aber er sieht genauso aus wie immer, wenn er schlief.

Jemand berührt ihren Arm. Es ist der Mann mit der kleinen Brille.

»Miss Lavery«, sagt er. »Erinnern Sie sich an mich?«

DAS IRISCHE WORT FÜR NEIN

1

Cushla wickelte ihre Handtasche in ihren Mantel und stopfte ihn in die Lücke zwischen Bierkühlung und Kasse. Ihr Bruder Eamonn lehnte, eine Warenliste in der Hand, über dem Tresen. Er sah zu ihr auf, und seine Augen verengten sich. Mit dem Kopf deutete er auf den langen Spiegel an der Wand hinter der Theke. Cushla drehte sich um und prüfte ihr Spiegelbild. Father Slattery hatte ihre Stirn mit einem dicken Kreuz gezeichnet, fast drei Zentimeter breit und sechs Zentimeter lang. Als sie mit dem Finger an der Kreuzform rieb und sie zu einem rußigen Fleck verschmierte, stieg ihr der harzige Duft irgendeiner gesegneten Salbe, mit der die Asche vermischt war, in die Nase.

Eamonn drückte ihr eine nasse Serviette in die Hand. »Beeil dich«, zischte er.

Die meisten Männer, die im Pub ihr Bier tranken, ließen sich am Aschermittwoch kein Aschekreuz verpassen, feierten am Karfreitag keine Kreuzwegandacht und gingen sonntags nicht zur Messe. Es war eine Sache, in einer von Katholiken betriebenen Bar zu trinken, eine andere, das Bier von einer Frau mit papistischer Kriegsbemalung gezapft zu bekommen. Cushla wischte so lange, bis die Haut auf ihrer Stirn sich rötete und die Serviette sich schwärzte und zerfledderte. Sie warf sie in den Abfalleimer.

Eamonn brummelte irgendetwas vor sich hin. Das einzige Wort, das sie ausmachen konnte, war »Idiotin«.

Die Stammgäste saßen aufgereiht am Tresen. Jimmy O'Kane, die Brusttasche ausgebeult von dem Ei, das er sich zum Abendessen gekauft hatte. Minty, der Hausmeister der Schule, der so viel Carlsberg Special Brew in sich hineinschüttete, dass der Pub eine Auszeichnung für die höchsten Verkaufszahlen in ganz Nordirland erhielt; dabei war er der einzige Gast, der das Zeug anrührte. Fidel, mit der khakifarbenen Mütze und der getönten Brille. Tagsüber zählte er im Süßwarenladen seiner Mutter

Pfefferminzdragees und Nelkenbonbons ab; nachts kommandierte er den örtlichen Zweig der Ulster Defence Association. Ein Maschinenschlosser von der Werft namens Leslie, der den Mund nur aufbekam, wenn er betrunken war, und der Cushla eines Abends eröffnet hatte, dass er sie liebend gerne baden würde. Ein weiterer Mann. Mittleres Alter, vor sich einen Whiskey. Dunkle Augen, leichte Hängebacken. Er trug einen schwarzen Anzug und ein gestärktes weißes Hemd ohne den abnehmbaren Kragen: Kleidung, die unter all den Overalls und bügelfreien Stoffen ins Auge fiel. Über den Ohren waren seine Haare platt gedrückt, im Nacken wellten sie sich, als hätte er unter einem Hut geschwitzt. Oder unter einer Perücke.

Cushla stellte sich auf einen Barhocker, um die Lautstärke des Fernsehers aufzudrehen. Als sie wieder herunterstieg, schnippte der Mann mit dem Whiskey mit dem Daumen gegen den Filter seiner Zigarette, als habe er gerade erst den Blick abgewandt.

Die Nachrichten begannen wie immer, mit einem Zusammenschnitt kurzer Szenen. Irgendwelche Ausschreitungen. Ein sechs- oder siebenjähriger Junge, der auf einen Saracen, einen gepanzerten Mannschaftstransporter, klettert und einen Stein in einen der Schlitze steckt, aus denen die Soldaten mit ihren Gewehren zielen. Ein Protestmarsch zum Regierungssitz Stormont, Tausende von Menschen, die sich über die lange Chaussee auf das Parlamentsgebäude zubewegen. Eine neue Szene war hinzugefügt worden. Ein einzelnes Auto, geparkt in einer leeren Straße. Die Szene wirkte wie eine Fotografie, bis sich die Karosserie plötzlich nach außen wölbte, in einem riesigen Ball aus Rauch und Feuer explodierte und die Türen kreiselnd davonflogen. Aus den umgebenden Gebäuden fielen Glassplitter auf den Asphalt wie Hagelkörner. Wie immer endete der Vorspann der Nachrichtensendung mit einer Aufnahme von Mary Peters, die ihre olympische Medaille hochhielt.

»Die hat sie vor drei Jahren gewonnen«, sagte Eamonn.

»Das Letzte, was hier passiert ist, worauf wir stolz sein können«, sagte der Mann. Seine Stimme klang tief, fast rau, trotz seines kultivierten Akzents.

»Wohl wahr, Michael«, sagte Eamonn.

Woher wusste Eamonn seinen Namen?

Fidel wies mit dem Kopf auf den Nachrichtensprecher. »Barry hat sich den Bart stutzen lassen«, sagte er, wickelte den eigenen Bart um den Daumen und zwirbelte ihn zu einer langen Spitze.

Die Nachrichten. Eine Landstraße, quer zu den weißen Markierungen ein Land Rover der Polizei, mit einem Tuch bedeckte Beine, die aus einer kahlen Weißdornhecke ragen. Hinter einem Resopaltisch Männer mit Sturmhauben, die wollenen Gesichter dicht an eine Reihe von Mikrofonen gepresst, hin und wieder grell ausgeleuchtet von Kamerablitzen. Ein Pub ohne Fenster, feuchter Rauch, der mit pfeifendem Geräusch durch ein ins Dach gerissenes Loch entweicht.

Bei der letzten Meldung ging es immer um Menschlich-Allzumenschliches. Dieser Nachrichtenteil war allseits beliebt, handelte es sich doch meist um ein neutrales Thema, das man kommentieren konnte. Ein Reporter war in die Innenstadt geschickt worden und hatte Leute auf der Straße gefragt, was sie von Flitzern hielten. »Völlig albern«, meinte eine Frau mit Strickmütze, »ist doch viel zu kalt.« Gefeixe bei den Barbesuchern. Ein winziger Mann mit Brillantine im Haar meinte, für gute Bezahlung würd er's wohl machen. Der nächste Mann blaffte: »Das ist obszön«, und eilte davon. Dann sprach der Reporter ein Mädchen mit langen dunklen Haaren und großen Augen an. Sie trug einen Afghanenmantel, der Fellkragen umwehte ihr Gesicht. »Ich find's toll«, sagte sie, »mal was anderes.« Sie wirkte völlig bekifft.

»Die sieht ja aus wie du, Cushla«, sagte Minty. »Hättste nicht Lust, 'n bisschen zu flitzen?«

»Lass meine Schwester in Ruh, du Perversling«, sagte Eamonn grinsend. Normalerweise hätte sie die passende Antwort parat gehabt, um ihnen allen das Maul zu stopfen, aber sie war sich der Anwesenheit des Mannes bewusst, der seinen Whiskey pur trank und saubere Fingernägel hatte.

Eamonn bat Cushla, die leeren Gläser einzusammeln. Sie ging in den Gastraum, wo drei Männer mit Bürstenschnitt an einem Ecktisch voller Gläser saßen, in denen sich die Bierreste abgesetzt hatten wie Seifenschaum. Gerade wollte sie nach dem letzten Glas greifen, als einer der drei ihr zuvorkam und es auf den Teppichboden stellte. »Eins hast du vergessen«, sagte er. Sein Adamsapfel hüpfte. Sie bückte sich, um das Glas aufzuheben, und er legte ihr die Hände auf die Hüften, knapp über ihrem Hintern. Cushla machte sich los und kehrte, begleitet von ihrem Gelächter, zum Tresen zurück.

»Hast du gesehen, was der Soldat da gemacht hat?«, fragte sie Eamonn, als sie die Gläser in die Spüle stellte.

»Nein.« Er wich ihrem Blick aus, und sie wusste, dass er nicht die Wahrheit sagte.

»Er hat mich angegrapscht, verdammt noch mal.«

»Und was soll ich deiner Meinung nach jetzt tun?« Es war keine wirkliche Frage. Er konnte nichts tun.

Sie lebten in einer Garnisonsstadt, auch wenn es sich bis 1969, als die britischen Truppen einmarschierten, nicht so angefühlt hatte. Nicht, dass die Soldaten hier in der Gegend jemals durch die Straßen patrouillieren würden; die Laverys begegneten ihnen, wenn sie sich auf der anderen Seite des Tresens einfanden, in Zivil. Die ersten Regimenter waren ja noch in Ordnung gewesen. Dann kamen die Fallschirmjäger. Die ließen gern Andenken zurück. Auf dem Teppichboden ausgetretene Zigaretten, aus der Wand herausgebrochene Kacheln, deren Scherben auf dem Boden der Herrentoilette lagen. Am Tag nach dem Bloody Sunday war eine Gruppe von ihnen in den Pub gekommen. Selbst Fidel und die anderen Jungs fühlten sich in ihrer Gegenwart unwohl, und bald waren Gina und Cushla mit den Soldaten allein; ihr Vater war zu krank, um arbeiten zu können. Gina saß auf dem Barhocker, hielt ihr Glas unter einen der Schnapsspender und beobachtete die Männer. Es gelang ihr, den Soldaten keine weitere Aufmerksamkeit zu schenken, bis einer von ihnen, angefeuert von den anderen, in sein Bierglas biss und Splitter und Blut in den Aschenbecher spuckte. Cushla kam das Ganze wie ein Horrorfilm vor. Ihre Mutter ging hinüber zu den Soldaten. »Welcher englische Knast hat euch denn ausgekotzt?«, sagte sie, bevor sie in der Kaserne anrief. Sie hatte schon so oft angerufen, um sich zu beschweren, dass sie den befehlshabenden Offizier mit Namen kannte. Mit ihrer Telefonstimme sagte sie, er solle seine Leute fortschaffen, sie seien nicht länger willkommen. Die Militärpolizei kam und holte sie ab, aber Cushla fühlte sich auch weiter unbehaglich, wenn Soldaten im Pub waren. Gina hatte zu viel preisgegeben.

Als sie es ertragen konnte, wieder aufzuschauen, lächelte der Mann sie an. Seine Augen waren freundlich. Er hatte alles gehört, und weil sie sich schämte, mehr für Eamonn als für sich selbst, machte sie sich daran, die Regale mit dem Flaschenbier aufzuräumen.

»Netter Anblick«, sagte eine englische Stimme. Cushla sah in den Spiegel. Der Grapscher stand an der Theke, einen Geldschein in der Hand. Hinter ihr das Keuchen des Bierhahns, als Eamonn Pints für ihn zapfte.

»Sie tut so, als wenn sie mich nicht hört«, sagte der Grapscher.

»Vielleicht, weil Sie sie demütigen wollen«, sagte Michael. Cushla wandte sich um. Michael hatte sich auf seinem Barhocker zu dem Soldaten hingedreht, seinen Whiskey balancierte er auf dem linken Handteller.

»Ach, komm schon, Kumpel, ich mach doch nur Spaß«, sagte der Soldat, seine Stimme so schrill wie die eines greinenden Kindes.

»Humor funktioniert am besten, wenn beide Seiten was zu lachen haben«, sagte Michael.

Der Grapscher beugte sich vor, hielt inne und zog den Hals wieder zurück, als hätte er sich eines Besseren besonnen. Unbeholfen griff er sich die drei Gläser, und als er zum Tisch zurückging, tropfte Bier auf den Boden. Eamonn starrte eisern auf den Fernseher, aber sein Kiefer verriet, dass er sich seiner Männlichkeit beraubt fühlte. Fidel und die anderen taten so, als sei nichts passiert. Wer war dieser Mann?

Sie machte sich hinter dem Tresen zu schaffen, wischte, räumte, versuchte, ihn nicht anzusehen. Die Tür schlug zu. Der Tisch der Soldaten war leer, in jedem der Gläser stand noch ein kleiner Rest Lagerbier.

Die Stammgäste machten sich allmählich auf den Heimweg. »Du solltest für eine Stunde raus«, sagte Cushla zu Eamonn. »Die Kinder sehen, bevor sie ins Bett müssen.«

»Ich möchte dich ungern allein lassen.«

»Ich schaff das jetzt schon.«

»Na schön. Ruf mich an, wenn's ein Problem gibt«, sagte er und war aus der Tür.

Michael zündete sich eine Zigarette an und stieß den Rauch durch die Nasenlöcher aus. »Noch einen, bitte«, sagte er und schob ihr sein Glas hin.

Sie sah in den Spiegel, als sie seinen Drink einschenkte. Er beobachtete sie. Mit dem Rücken zu ihm war sie mutiger und schaffte es, den Blick nicht abzuwenden.

Sie stellte den Whiskey auf den Tresen. »Cushla, stimmt's? Ich bin Michael. Möchten Sie auch einen?«, fragte er, als sich seine Finger um das Glas schlossen. Mit ihm darin sah der Raum besser aus. Die schäbigen Wandlampen hinter ihm warfen Kreise aus warmem Licht auf die Teakholztische, und die jadegrünen Tweedbezüge der Sitzbänke und Hocker verströmten eine Art ärmlicher Opulenz.

»Danke, aber ich hab morgen früh Unterricht«, sagte sie.

»Wo unterrichten Sie?«, wollte er wissen. Eine jener Fragen, die Leute stellten, wenn sie wissen wollten, welcher Seite man angehört. Wie ist dein Vorname? Wie ist dein Nachname? Wo bist du zur Schule gegangen? Wo wohnst du?

»Ich unterrichte Drittklässler in St. Dallan's.«

»Dann sind die Kinder sieben oder acht? Ein schönes Alter.«

»Ja«, sagte sie. »In den ersten beiden Jahren hatte ich Erstklässler. Die meiste Zeit hab ich damit verbracht, sie zum Klo zu begleiten.«

»Heute Morgen haben Sie sich mit den Kindern ein Aschekreuz auf die Stirn zeichnen lassen«, sagte er.

Er musste mitbekommen haben, wie sie es abgewischt hatte. Wie gereizt Eamonn gewesen war. »Hab ich«, sagte sie.

»Ich habe meine Jugend in Dublin verbracht«, teilte er ihr mit. »Da unten wimmelt's nur so von Katholiken.« Er sagte das leichthin, sah sie dabei aber so prüfend an, dass sie erleichtert war, als er seinen Blick abwandte und einen Schluck trank.

»Ich hab mir heut Morgen auch 'n Aschekreuz geholt«, sagte Jimmy O'Kane in lautem Flüsterton.

»Und dich geschickter dabei angestellt, es wieder loszuwerden, als ich.«

»'n klein bisschen Seife auf 'nem Geschirrtuch«, sagte der alte Mann.

Cushla warf Michael einen Blick zu. Um seine Augen hatten sich Lachfältchen gebildet.

Sie machte sich eine Tasse Tee und rückte den Barhocker so herum, dass sie dem Fernseher gegenübersaß. Gerade lief ein Film. Helen Mirren lag auf einem Sofa und streichelte eine weiße Katze. Unterdessen stellte ihr Ehemann Malcolm McDowell zur Rede, weil der mit ihr geschlafen hatte. Cushla konnte sich nicht erklären, weshalb sich die Frau auf McDowell eingelassen hatte, einen dürren Mann in einem spießigen blauen Pullover und mit grausamen Gesichtszügen, wo sie doch mit dem stämmigen und grüblerischen Alan Bates verheiratet war. Helen Mirren stand auf und ging im Zimmer umher. Sie trug ein weißes Hemdblusenkleid und sah elegant aus. Cushla hatte eine rosafarbene Musselinbluse an, und eine der Gesäßtaschen ihrer Jeans zierte ein aufgenähter Flicken, auf dem stand: »Drück meinen Panikknopf.«

Jimmy leerte sein Bierglas, streifte mit der Unterlippe den Rand ab, um auch noch den letzten Tropfen zu erwischen, dann klopfte er sanft auf die Brusttasche seines Hemds und schlurfte zur Tür hinaus.

Michael bestellte noch einen Drink. Er erzählte ihr, das Stück, auf dem der Film beruhe, sei 1960 »Theaterstück des Jahres« gewesen. Helen Mirren könne sich in der Rolle nicht entfalten, fand er, und McDowell werde seit *Uhrwerk Orange* ständig in eine Schublade gesteckt. Cushla sagte, sie habe nicht einmal das Buch zu Ende lesen können, geschweige denn sich den Film ansehen. Aber der Film sei doch wunderbar, sagte er, selbst die Gewalt darin sei exquisit. Den Mann aus Armagh, der den Krüppel gespielt habe, kenne er persönlich. Er schreibe selbst ein wenig. Dokumentarisches, ein paar kurze Stücke. »Prozessanwälte sind frustrierte Schauspieler«, sagte er. Er sprach, als sei er es gewohnt, dass man ihm zuhörte.

Als Eamonn zurückkam, kniff er Cushla in die Wange wie einem Kleinkind. »Danke fürs Babysitten«, sagte er zu Michael.

»Ich bin vierundzwanzig«, sagte Cushla. Eamonn sah sie mit der gewohnten Mischung aus Geringschätzung und Nachsicht an, Michael mit einem Ausdruck, den sie nicht deuten konnte.

Als sie ging, ging auch er, hielt ihr die Tür auf, damit sie vor ihm hindurchtreten konnte. Dabei streifte ihr Arm den seinen. Er fühlte sich fest an und kräftig.

Der Pub befand sich an einem Abzweig am Ende der Hauptstraße, hinten im Blickfeld des Glockenturms auf dem Grundstück des verfallenen Klosters, vorne in dem eines niedrigen Häuserblocks mit Sozialwohnungen. Sie ging über den kaum beleuchteten Parkplatz zu ihrem kleinen roten Renault, den sie in der Nähe der Unterführung der neuen vierspurigen Schnellstraße entlang des Belfast Lough abgestellt hatte. In dem Betontunnel hallten Stimmen wider, Zigaretten glommen im Dunkel auf. Vom Wasser kam ein beißender Geruch nach Öl und Schlamm, das Rauschen der einsetzenden Flut.

»Gute Nacht, Cushla«, rief Michael ihr nach. Er stand neben einem großen braunen Wagen nahe dem Eingang zum Pub.

»Bis dann«, rief sie zurück. Als sie die Scheinwerfer ihres Autos einschaltete, stand er noch immer da. Er sah aus, als trage er eine schwere Last auf den Schultern, und wirkte älter als vorher am Tresen.

Die Polizei hatte die High Street zur Kontrollzone erklärt, sie war menschenleer. Als sie sich dem Ufer näherte, taumelten aus einer anderen Bar drei Männer auf den Gehsteig. Die Soldaten von zuvor. Der Grapscher stolperte vor ihr auf die Straße, und Cushla musste eine Vollbremsung machen, um ihn nicht anzufahren. Er stützte sich mit den Händen auf der Motorhaube ab und spähte durch die Windschutzscheibe. Als er sie erkannte, streckte er die Zunge heraus und ließ sie hin und her schnellen, eine obszöne Geste, die bei einem Kerl, der noch ein halbes Kind war, einfach nur lächerlich wirkte. Von hinten leuchteten Scheinwerfer in ihr Auto, und sie sah in den Rückspiegel. Es war Michael. Er hob zwei Finger zum Gruß und wartete mit laufendem Motor, bis die Freunde den Jungen weggezerrt hatten. Als Cushla langsam anfuhr, hockten sie lachend am Bordstein. Michael folgte ihr bis nach Hause, dann blendete er kurz auf, und fuhr weiter in Richtung der Hügel.

Zwischen den dunklen Fassaden der anderen Häuser leuchtete das Erkerfenster im Erdgeschoss der Laverys aufreizend hell. Cushla trat ins Haus und zog die goldfarbenen Samtvorhänge im Wohnzimmer zu. Die Kohlen im Kamin waren zu einem Pelz aus weißer Asche heruntergebrannt, der zu Staub zerfiel, als sie den Messingaschenbecher, der neben dem Sessel ihrer Mutter stand, auf dem Rost ausleerte.

Sie stellte das Kamingitter an seinen Platz, löschte die Lichter und ging die Treppe hinauf.

»Bist du's?«, fragte ihre Mutter.

»Wer sollte es sonst sein?«, gab Cushla zurück und stieß die Schlafzimmertür auf. Gina Lavery lag, von drei Kissen gestützt, in ihrem Bett, einen Schlüpfer über den Lockenwicklern. Das Radio spielte leise. Sie ließ es jede Nacht an; um Gesellschaft zu haben, sagte sie. Manchmal erzählte sie Cushla morgens von ihren Träumen, die von George Best, Segelregatten rund um die Welt und dem US-Raumfahrtprogramm handelten, nur um später, wenn die Zeitung zugestellt wurde, herauszufinden, dass alles real war. All die Informationen, die sie unbewusst aufnahm.

»Du hast schon wieder die Vorhänge offen gelassen«, sagte Cushla.

»Wer würde an mich schon 'ne Kugel verschwenden?«, fragte Gina. Sie versuchte, souverän zu klingen, aber ihre Stimme war belegt. Sie hatte eine Schlaftablette genommen. »Hattet ihr viel zu tun?«

»Stammgäste. Und drei Soldaten.«

»Abschaum.«

»Hab Eamonn kurz nach Hause geschickt.«

»Ich möchte nicht, dass du allein hinterm Tresen stehst.«

»Es ist gut gelaufen. Ein Mann namens Michael hat mir Gesellschaft geleistet. Mitte vierzig. Dunkle Haare. Schrecklich vornehm. Hat gesagt, er ist Prozessanwalt.«

»Michael Agnew. Und er ist schon über fünfzig«, sagte Gina.

»Sieht jünger aus.«

»Ist er immer noch so attraktiv?«, fragte Gina. »In jungen Jahren war er ein richtiger Frauenheld. Mein Gott, den hab ich seit 'ner halben Ewigkeit nicht gesehen. Er hat sich gut mit deinem Daddy verstanden.«

Eamonn war zweiunddreißig und arbeitete seit seinem sechzehnten Lebensjahr im Pub. Er musste Michael von früher wiedererkannt haben. »Wo wohnt er?«, fragte Cushla.

»In einem großen Haus in den Hügeln. Hat auch 'ne Wohnung in der Stadt. Seiner Frau geht's nicht so gut«, sagte Gina. Dann tat sie das, was alle Frauen in ihrer Familie taten, wenn sie jemanden bedauerten: verzog eine Wange und formte aus dem Mundwinkel das Wort »helfihr«. Eine Kurzform für »Gott helfe ihr«.

»Was ist mit seiner Frau?«

Gina führte die Hand zum Mund, als stürze sie einen Drink hinunter. »Stammt aus Dublin«, sagte sie, als genüge das als Erklärung.

»Oh? Ist sie Katholikin?«

»Nein, sie stammt aus irgendeiner wohlhabenden protestantischen Familie.«

»Haben sie Kinder?«

»Einen Sohn. Der müsste jetzt so siebzehn oder achtzehn sein.«

Cushla beugte sich zu ihrer Mutter herunter und gab ihr einen Kuss auf die Wange, atmete ihren traurigen Geruch ein. *Je reviens* und Zigaretten. Haarfestiger und Gin. Michael Agnews Frau war nicht die Einzige, die gerne zur Flasche griff.

In ihrem Zimmer legte Cushla die Sachen bereit, die sie am nächsten Morgen zur Arbeit anziehen würde. Ausgestellter karierter Rock, dunkelblauer Lambswool-Pullover, graue Bluse. Wie eine Schuluniform. Sie hatte sich nie viel Gedanken darüber gemacht, wie sie hinter dem Tresen aussah, hatte sich Sachen übergeworfen, bei denen es ihr nichts ausmachte, wenn sie sie mit Chlorreiniger bespritzte, hatte sich die Haare hochgebunden, damit sie ihr nicht in die Augen fielen. Bis jetzt.

2

Sie wurde vom Husten ihrer Mutter geweckt, einem rasselnden Gebell, das Cushla Übelkeit verursachte. Sie stand auf und öffnete einen Spaltbreit die Vorhänge. Das Morgenlicht kämpfte sich durch einen Saum aus niedrigen grauen Wolken. Aus dem Haus gegenüber trat ein Mann und ließ sich zu Boden fallen, als wollte er ein paar Liegestütze machen. Es war Alistair Patterson, ein Gefängnisaufseher, der sich immer als Verwaltungsangestellter ausgab. Unter seinem Auto suchte er nach einer Bombe. Seine Frau, noch im türkisen Nachthemd, sah ihm von der Haustür aus zu und hielt den Hund fest.

Der Heizkörper unter dem Fenster hatte gegen die Kälte im Zimmer nicht viel ausrichten können, und Cushla kleidete sich rasch an. Der Badezimmerspiegel beschlug von ihrem Atem, als sie sich wusch und flüchtig schminkte. Unten schaltete sie den Kessel an und steckte eine Scheibe Brot in den Toaster. Dann öffnete sie die Hintertür und wedelte sie hin und her, um kalten Rauch und Kochdünste zu vertreiben. Es hatte angefangen zu regnen, langsame, schwere Tropfen, die auf den Deckel der Mülltonne klatschten. Bald stürzten sie so schnell herab, dass sie von den schwarzen und weißen Fußbodenfliesen spritzten. Cushla machte die Tür wieder zu, bereitete das Frühstück für ihre Mutter und trug es auf einem Tablett nach oben.

Gina lag noch genauso da, wie Cushla sie am Abend zuvor verlassen hatte, nur jetzt mit brennender Zigarette. Der Schlüpfer war ihr auf die Stirn gerutscht.

»Eines Tages werde ich nach Hause kommen und nur noch deine verkohlten Überreste finden«, sagte Cushla, konfiszierte die Zigarette und stieß sie in den Aschenbecher aus geschliffenem Glas, der auf dem Nachttisch stand.

Gina hievte sich in eine aufrechte Position und ließ sich das Tablett reichen. Sie nahm eine halbe Toastscheibe, biss in der

Mitte ein Stück ab, kaute es und verzog angewidert den Mund. »Könnte mehr Butter drauf sein«, sagte sie.

»Butter ist nicht gut für dich«, sagte Cushla.

»Das ist so trocken, dass ich eher ersticke, als einen Schlaganfall zu kriegen«, sagte sie und warf den Toast auf den Teller zurück. »Und komm bloß nicht auf die Idee, mir Margarine draufzutun.« Bei »Ma-« stockte sie kurz, als hätte sie »Maggarine« sagen wollen und sich erst im letzten Augenblick anders besonnen. Gina duldete keine gebackenen Bohnen, kein Corned Beef, keine eingelegte Rote Bete im Haus. Sie hatte eine Abneigung gegen Relishes, weil sie im Krieg in einer Piccalilli-Fabrik gearbeitet hatte und beim Tanzen Handschuhe anziehen musste, damit die GIs nicht ihre gelb verfärbten Finger sahen. Diese Art von Dünkel hatte Cushlas Vater geduldet. »Gina hat als Kind Hunger gelitten«, sagte er, »da tut's ihr eben gut, wählerisch zu sein.«

Cushla ging nach unten, schnappte sich ihren Korb vom Garderobentisch und machte sich auf den Weg zur Schule. Die Laverys wohnten in einer Reihe von roten edwardianischen Backsteinhäusern. Die Häuser gegenüber aus derselben Zeit waren mit weißem Stuck verziert. Je weiter man in Richtung Stadt fuhr, desto kleiner und bescheidener wurden die Gebäude, und der letzte Straßenabschnitt war von einfachen Reihenhäusern aus den fünfziger Jahren gesäumt. Im Sommer wehten überall Union Jacks aus den Fenstern; ohne sie wirkten die kastenförmigen Häuser spartanisch. Eine kleine Gestalt bog um die Ecke in die schmale Straße, die zur Schule führte: Davy McGeown, ein Kind aus ihrer Klasse. Er war ohne Mantel unterwegs. Sie versuchte, der Pfütze auszuweichen, die sich an Regentagen vor dem Fish & Chips-Laden bildete, aber ein anderes Auto kam ihr entgegen. Es rauschte, als ihre Reifen das Wasser verdrängten. Sie blickte zurück und sah, wie Davy, die Arme von sich gestreckt, an sich herunterschaute. Er war von oben bis unten durchweicht.

Cushla fuhr durch das Tor auf der Rückseite der Schule, stellte rasch ihren Wagen ab und ging hinein. Gegen den Strom der eintreffenden Kinder eilte sie den Korridor entlang zum

Haupteingang. Ein triefnasser Davy trat durch die Tür, die Haut rot vor Kälte.

»Ich hab dich total nassgespritzt«, sagte sie.

Er schüttelte sich wie ein Welpe, und sie bekam eine ganze Ladung Regentropfen ab. »Es geht mir gut«, sagte er mit klappernden Zähnen. Sie brachte ihn zur Personaltoilette und rubbelte ihm Gesicht und Haare mit Papierhandtüchern ab. Sie waren so rau, dass er zusammenzuckte.

Es klingelte zum Unterricht. »Das muss erst mal reichen«, sagte sie.

Mr Bradley, der Direktor, wartete im Korridor, als sie aus der Toilette kamen. Er baute sich bedrohlich vor Davy auf und fragte: »Wo ist dein Mantel?«

»Vergessen, Sir.«

»So«, sagte er, und es klang, als dächte er über eine angemessene Bestrafung nach. Bei Konferenzen fiel hin und wieder Davys Name. Sein Vater war Dachdecker, schien aber selten Arbeit zu haben, seine Mutter eine Protestantin, die, obwohl die Kinder katholisch erzogen wurden, nicht übergetreten war. Wenn es nach Bradley ging, hätten sie ebenso gut zur Manson Family gehören können.

»War doch nur ein Versehen«, sagte Cushla, legte die Hände auf Davys Schultern und lenkte ihn aus der Gefahrenzone.

Einige der anderen Lehrerinnen erwarteten, dass die Kinder aufstanden, sobald sie das Klassenzimmer betraten, aber Cushla schlüpfte lieber unbemerkt hinein und lauschte ihrem Geplapper. Davy ging zu seinem Platz in der ersten Reihe, direkt vor Cushlas Nase, wo er nicht etwa saß, weil er unartig war, sondern weil die anderen ihn quälten. Cushla packte ihren Korb aus und hängte ihren Mantel über die Stuhllehne. Die Kinder wurden still und nahmen die Haltung ein, die sie für die Erstkommunion geübt hatten. Die Hände aneinandergelegt, die Fingerspitzen gen Himmel gerichtet. Sie betete mit ihnen das Ave Maria. Ihre Münder waren das Aufsagen so gewohnt, dass die Worte verschwammen, nur noch Klang und Rhythmus waren, wie eine Hymne, die bei einem Fußballspiel angestimmt wird.

Vor dem Unterricht waren *Die Nachrichten* an der Reihe. Cushla hasste diesen Teil, der Direktor bestand jedoch darauf. Er meinte, so würden die Kinder dazu angespornt, mehr von der Welt um sie herum wahrzunehmen. Cushla dachte, sie wüssten ohnehin zu viel von der Welt um sie herum. Davy stand auf, wie immer der Erste, der sich freiwillig meldete. An den Schultern und am Ausschnitt war sein roter Pullover ganz dunkel vor Feuchtigkeit.

»In Belfast ist eine Bombe hochgegangen«, sagte er.

»Das sagt er jeden Tag«, rief Jonathan, der neben ihm saß.

»Nun ja, heute stimmt es. Danke, Davy«, sagte Cushla.

Jonathan stand auf. »Das war nicht in Belfast«, sagte er. »In der Nähe der Grenze ist eine für eine Fußpatrouille der britischen Armee bestimmte Sprengfalle zu früh explodiert und hat zwei Jungen getötet. Sie waren sofort tot.«

Sprengfalle. Brandsatz. Plastiksprengstoff. Nitroglyzerin. Molotowcocktail. Gummigeschoss. Saracen. Internierung. Special Powers Act. Vortrupp. Was heutzutage zum Wortschatz eines siebenjährigen Kindes gehört.

»Gut gemacht, Jonathan«, sagte Cushla.

Ein anderer Junge stand auf. »In *Scene Around Six* gab's was über Flitzer.«

Cushla dachte an den gestrigen Abend in der Bar, an Michael Agnew, der seinen Whiskey schwenkte, während Eamonn und die anderen sie aufzogen. An sein Lächeln. Sie spürte, wie sie errötete.

»Genug davon jetzt. Hat jemand auch gute Nachrichten?«

Erneut stand Davy auf. »Mein Da hat 'n Job«, sagte er. Er blickte sich um, hoffte auf Anerkennung, aber die anderen hörten gar nicht zu. »Die laufen rum und haben nichts an«, sagte einer der Jungs. »Ganz nackig.«

Cushla zog den Stapel mit ihren Übungsheften zu sich heran und rief die Kinder alphabetisch nach Vornamen auf. Sie hatte ihnen aufgegeben, ein Gedicht zu verfassen und sich dabei von Wordsworths »Narzissen« anregen zu lassen. Davy hatte geschrieben: »Narzissen sind wie Speere, schnell schwingen sie hin und her«; aus den Worten bildete sich der Stiel einer einzigen Blume, die er am rechten Rand der Seite gezeichnet hatte. »Das ist großartig, Davy«, sagte Cushla leise. Er legte den Kopf schief, als würde er seine Leistung überdenken, und kehrte auf seinen Platz zurück.

Als Letztes trat Zoe Francetti vor, eines der Kinder aus der Armeekaserne. Es gab dort zwar eine Grundschule, aber manchmal schickte man die katholischen Kinder hierher. Zoe kam aus London und hatte in Deutschland und Hongkong gelebt. Den anderen Kindern kam sie welterfahren und exotisch vor, und es schien ihnen egal zu sein, dass Zoes Vater britischer Soldat war. Sie hatte eine Sindy-Puppe in einem langen rosafarbenen Abendkleid gemalt. »Das entspricht zwar nicht der Aufgabe«, sagte Cushla, »aber es ist wirklich gut.«

Ein Stuhl kratzte über den Boden. Als sie den Blick hob, sah sie, wie Davys Faust auf Jonathans Oberarm landete. »Was geht hier vor?«

»Er hat gesagt, ich stinke«, sagte Davy.

Er stank nicht, aber in seinen Kleidern hing immer Essensgeruch. »Statt ihn zu schlagen, hättest du mir das sagen sollen, Davy«, sagte Cushla.

»Ich verpfeife niemand«, entgegnete er und hielt ihr seine rote Handfläche hin. Sie hätte ihn mit dem Rohrstock bestrafen müssen. Wenn das nichts nutzte, war sie angewiesen, den Direktor zu verständigen.

»Steh auf, Jonathan«, sagte sie. Der Junge stand so würdevoll auf, als wollte er eine Rede halten. »Was du gesagt hast, war verletzend. Entschuldige dich bei Davy.«

Jonathan machte den Mund auf und schloss ihn wieder. »Ich habe dich nicht gehört«, sagte sie.

»'tschuldigung.«

»Davy, entschuldige dich bei Jonathan dafür, dass du ihn geschlagen hast.«

»Tut mir sehr leid«, sagte er und reichte dem anderen Jungen die Hand, der sie kaum berührte, seine Geste eher eine Bestrafung als ein Friedensangebot. Sie ließ sie einander gegenüber in der Ecke stehen. Dort standen sie noch, als der Direktor mit dem Gemeindepfarrer eintrat.

Father Slattery trug ein schwarzes Samtjackett über dem Priesterhemd mit dem Kollar. Sein langes Gesicht war so gespenstisch weiß, als hätte er keinen Tropfen Blut mehr im Leib. Wie die Kirche und das Pfarrhaus stand die Schule auf dem Grundstück der Gemeinde. Slattery hatte es sich zur Gewohnheit gemacht, den Spielplatz und die Schulkorridore zu patrouillieren und unangemeldet in den Klassenräumen aufzutauchen, um seine furchterregenden Glaubenssätze zu verbreiten. Cushla hatte sich bei Bradley darüber beschwert, dass seine Besuche die Kinder verstörten. Er sei der Priester, ließ man sie wissen. Ihre Abneigung hatte noch einen anderen Grund: Als ihr Vater im Krankenhaus lag und durch das Morphium schon ziemlich weggetreten war, hatte Slattery mit ihm gebetet und ihn schließlich überzeugt, einen Scheck für einen Farbfernseher auszustellen.

»Zwei schlimme Früchtchen«, sagte Slattery, als er die beiden in Ungnade gefallenen Gestalten in den Ecken bemerkte.

Davy sandte Cushla einen flehentlichen Blick zu. Jonathan starrte auf die Schlaufe des Lederriemens, die aus Bradleys Tasche hing. Cushla wandte sich zu Bradley um, wollte ihn bitten, dem Ganzen ein Ende zu setzen, doch der hatte den Rückzug angetreten und war schon fast aus der Tür.

Mit leisen Schritten durchquerte Slattery das Klassenzimmer. Er blieb hinter Davy stehen, dann drehte er sich um, ging weiter und baute sich schließlich vor Cushlas Tisch auf. Sie schnippte mit den Fingern, und die Jungen wieselten zurück auf ihre Plätze. Father Slattery begann, das Reuegebet zu sprechen. Die Kinder stimmten nicht mit ein; sie hatten zu viel Angst, einen Fehler zu machen, vermutete sie.

»Sie kennen ihre Gebete nicht«, sagte er mit einem lauernden Blick auf Cushla. »Was wissen sie sonst nicht?« Ihr entschlüpfte ein missbilligendes »Ts!«, und mit verschränkten Armen lehnte sie sich auf ihrem Stuhl zurück.

»Wie lautet die erste Zeile des Schuldbekenntnisses?«, fragte Slattery. Niemand antwortete. »Die Geheimnisse des Rosenkranzes?« Noch immer flog kein Arm in die Höhe. Mit seiner langsamen, traurigen Stimme zählte er sie auf. Freudenreich.

Schmerzhaft. Glorreich. Wunderschöne Worte, die sie in Angst und Schrecken versetzen sollten. Er ging zu Davy und zielte mit seinem dünnen Finger auf sein Gesicht. »Wie alt bist du?«, fragte er. Davy sah verwirrt aus, als wäre ihm eine Fangfrage gestellt worden. »Du wirst doch wohl wissen, wie alt du bist«, sagte Slattery.

»Sieben.«

»Sieben. Ich möchte dir eine Geschichte über ein kleines Mädchen erzählen, nicht viel älter als du«, sagte er und legte die Hände vor der Brust zusammen. »Es wurde von seiner Mutter losgeschickt, eine Besorgung zu machen«, fuhr er fort, wobei er, wie er es bei der Messe immer tat, die Hände hob, mit den Handflächen nach oben, um dem Gesagten Nachdruck zu verleihen. »Ist einer von euch schon einmal von der Mutter losgeschickt worden, um eine kleine Besorgung zu machen?« Einige der Kinder nickten. »Eine Gruppe von Männern folgte ihr bis nach Hause«, sagte er. »Sie zerrten sie in einen Hauseingang. Erwachsene Männer. Sie taten mit ihr, was sie wollten, und als sie fertig waren, ritzten sie ihr mit einer zerbrochenen Flasche die Buchstaben UVF auf die Brust.«

»War das kleine Mädchen sieben?«, fragte Davy. Er bearbeitete seinen Bleistift, knibbelte den Lack vom abgekauten Ende.

»Wie alt sie war, ist nicht von Bedeutung. Von Bedeutung ist, dass die Protestanten uns hassen«, sagte Slattery und schlug mit den flachen Händen auf Davys Tisch. Der Junge fuhr vor Schreck zusammen. »Du bist einer von den McGeowns, oder?«

»Ja.«

»Du wohnst in dieser Siedlung, musst also besser zuhören als alle anderen.«

Die Pausenglocke ertönte. Wenn sie losplärrte, schoben die Kinder normalerweise ihre Stühle zurück und holten ihr Pausenbrot hervor, jetzt aber blieben sie still sitzen. Von draußen hörten sie Gelächter und Geschrei, als die anderen Klassen auf den Hof strömten. Ein Fußball prallte auf die Asphaltfläche unter dem Fenster, und Slattery war für einen kurzen Moment abgelenkt.

Cushla ging zur Tür und riss sie auf. »Okay, Klasse, raus mit euch«, sagte sie, aber sie rührten sich nicht. »Raus!«, rief sie, und die Kinder stürmten an ihr vorbei.

»Wie geht es Ihrer Mutter?«, fragte Slattery.

»Gut«, sagte Cushla. Mit steifen Schritten ging sie hinaus in den dämmrigen Korridor und ließ den Priester allein im leeren Klassenzimmer zurück.

Gerry Devlin, der die andere dritte Klasse unterrichtete, stand neben dem Wasserkessel. Er gehörte erst seit September zum Kollegium, leitete aber bereits den Schulchor, schrieb Friedensgedichte und vertonte sie – sein Enthusiasmus ließ Cushla schlecht aussehen. »Wenn man auf etwas wartet«, sagte er.

»Tja«, sagte Cushla.

»Wie war dein Vormittag bisher?«, fragte er und strich mit seinem Finger über die Kragenkante seines Hemds. Es war lila, der große Kragen hatte abgerundeten Ecken.

»Slattery war da. Er hat die Kinder über den Katechismus ausgequetscht und ihnen eine schreckliche Geschichte erzählt.«

»Wenn ich den kommen sehe, schnapp ich mir immer meine Gitarre. Übertöne den Scheißkerl.«

Sie musste lachen. »Das hat nicht mal er verdient«, sagte sie.

Gerry blickte auf einmal hektisch um sich, als hätte er etwas vergessen. »Ich geh auf 'ne Party«, sagte er schließlich. Sein eines Bein zappelte so heftig, dass seine Hose wie ein Segel flatterte.

»Wie schön.«

»Magst du mitkommen?«

Seit der Weihnachtsfeier mit dem Kollegium war Cushla nicht mehr ausgegangen. Ihr Sozialleben beschränkte sich darauf, ihre Mutter zur Messe zu fahren und gelegentlich Eamonn im Pub zur Hand zu gehen. Es wäre schön, mal wieder auszugehen. Selbst mit Gerry Devlin. »Okay«, sagte sie.

»Was?«

»Ich komme mit.«

»Super.« Die Glocke ertönte, und er schüttete den Rest seines Kaffees in die Spüle.

»Wann steigt sie?«

»Oh. Samstagabend.«

Die beiden Lehrerinnen der vierten Klasse saßen in der Nähe der Tür, und als Cushla hinausging, blinzelte eine von ihnen ihr zu. Für den Rest der Woche würde sie im Lehrerzimmer schiefe Blicke ertragen müssen. Gerry Devlin, der beim Wasserkessel lauerte, ihr Fragen stellte, die er sich eindeutig vorher zurechtgelegt hatte, das Beingezappel. Sie hätte ihm sagen sollen, dass sie keine Zeit hatte.

Als sie wieder im Klassenzimmer war, teilte Cushla die Schulmilch aus – seltsamerweise stellte Paddy, der Hausmeister, den Kasten mit den Glasflaschen jeden Morgen vor dem Heizkörper ab – und ließ den Kindern noch ein paar Minuten Zeit. Sie standen um ihren Tisch herum, rissen die silbernen Folienverschlüsse ab und tauchten die Zungen in den Fingerbreit Sahne, der sich auf der Milch abgesetzt hatte.

»Was ist die UVF, Miss?«, fragte Zoe.

»Ulster Volunteer Force«, sagte Jonathan.

»Jonathan, du solltest bei *Mastermind* mitmachen. Spezialgebiet ›Akronyme der Troubles‹«, sagte Cushla.

»Aber war das ’ne wahre Geschichte, Miss?«, fragte Lucia, als sie die leeren Flaschen wieder in den Kasten gestellt hatten.

»Father Slattery ist schon sehr alt«, sagte Cushla – eine Lüge, der Mann war gerade mal sechzig –, »manchmal kommt er durcheinander.«

Lucia und Zoe sahen nicht sehr überzeugt aus, so als hätten sie auf irgendeine Weise verstanden, was dem Mädchen zugestoßen war. Die Kinder hier wussten einfach zu viel.

Den Rest des Tages war die Klasse unruhig. Sie erlaubte ihnen, ihre Sachen ein paar Minuten früher einzupacken, und noch vor dem Klingeln stoben sie hinaus.

Dunkle Regenwolken waren aufgezogen. Als sie durch den Haupteingang fuhr, fing es an zu schütten. Draußen warteten Dutzende Mütter, Regenschirm an Regenschirm wie ein nachlässig zusammengenähter Quilt. Auf der anderen Seite der Straße war die Sekundarschule, in der Minty als Hausmeister arbeitete. Sie wurde von Protestanten besucht, die die Aufnahmeprüfung fürs Gymnasium nicht geschafft hatten.

Bradleys Gegenpart hatte sich damit einverstanden erklärt, Schulbeginn, Schulende und Mittagspause auf unterschiedliche Zeiten zu legen, weil seine Schüler und Schülerinnen ihren antikatholischen Gefühlen gern mit Gesängen, Reimen und Wurfgeschossen Ausdruck verliehen.

Etwa hundert Meter die Straße hinunter ging Davy. Cushla bremste und hupte, dann stieß sie die Beifahrertür auf. »Soll ich dich mitnehmen?«, fragte sie.

»Ich darf nicht zu Fremden ins Auto steigen.«

»Ich bin ja wohl kaum eine Fremde. Ich werd's deiner Mummy erklären.«

Er stieg ein und setzte sich auf den Beifahrersitz. Sein Pullover roch nach Rindswurst; da sie aber wusste, wie verletzt er am Morgen gewesen war, verkniff sie es sich, das Fenster hinunterzukurbeln. Auf dem Weg zu der Sozialsiedlung, in der Davy wohnte, kamen sie am Haus der Laverys vorbei. Eamonn war nur selten zu Hause, wenn die Mädchen noch wach waren, und Cushla hatte versprochen, früh da zu sein. Sie könnte sich schnell umziehen und gleich, nachdem sie Davy abgesetzt hatte, zum Pub fahren. Gerade wollte sie ihm sagen, er solle kurz im Auto warten, da war er auch schon halb aus der Tür.

Gina saß in ihrem Morgenmantel, einer gesteppten Scheußlichkeit mit lila und orangem Paisleymuster, am Küchentisch. Vor ihr stand eine Flasche Gordon's Gin, deren grünes Glas unangemessen festlich wirkte. Sie blinzelte langsam, wie eine Porzellanpuppe. »Bin noch nicht lange auf«, lallte sie.

Cushla beugte sich zu ihrem Ohr. »Bitte. Steh einfach auf.«

Gina stützte sich mit den Händen auf der Tischplatte ab und stemmte sich hoch. Sie machte einen Schritt zur Tür, blieb aber mit dem Fuß am Tischbein hängen und ließ sich wieder auf den Stuhl fallen.

»Mein Gott«, sagte Cushla, hakte Gina unter und zog sie auf die Füße.

Davy trat zur Seite, um sie vorbeizulassen. »Stimmt was nicht mit deiner Mummy?«, fragte er.

»Sie ist nur müde. Nimm dir einen Keks aus der kleinen Dose neben dem Wasserkessel. Bin in einer Minute wieder da.«

Stufe für Stufe hievte Cushla ihre Mutter die Treppe hinauf, bis zum Flur im ersten Stock. Sie brachte sie ins Bad und ließ sie im Angesicht ihres Spiegelbilds zurück. Cushla ging in ihr Zimmer, um sich für die Arbeit umzuziehen, griff nach den alten Sachen, die sie normalerweise trug. Sie zögerte. Es konnte ja sein, dass Michael Agnew noch einmal vorbeischaute. Sie zog sich Jeans an – ein neueres Paar, ohne Aufnäher – und ihren schwarzen Nickipullover mit dem runden Ausschnitt, das erwachsenste Oberteil, das sie besaß. Ihre Brüste sahen riesig darin aus, was nicht unbedingt von Vorteil war; sie konnte sich nicht vorstellen, dass Michael sabbernd auf die Nackte von Seite 3 stierte, so wie Minty.

»Mummy«, rief sie, als sie über den Flur ging. Im gleichen Moment kam ihr in den Sinn, wie lächerlich es war, wenn eine erwachsene Frau ihre betrunkene Mutter so ansprach. Als Gina nicht antwortete, stieß sie die Badezimmertür auf. Gina saß auf der Toilette, ihr Kopf hing leicht herunter. Cushla rüttelte sie an der Schulter, woraufhin ihre Mutter erst gegen das Waschbecken kippte und dann mit der Wange am Porzellan herabrutschte. Ruckartig setzte sie sich auf und beäugte ihre Tochter misstrauisch. »Bring dich in Ordnung«, sagte Cushla und wandte den Blick ab, als ihre Mutter nach ihrem Schlüpfer griff.

Cushla manövrierte sie über den Flur und bis zu ihrem Bett. »Du bist furchtbar sauer auf mich«, sagte Gina.

»Hör auf, dir leidzutun«, sagte Cushla. Sie nahm die Zigaretten und das Feuerzeug vom Nachttisch und lief nach unten zu Davy.

Er hatte einen Vanillecremekeks in der Mitte geteilt und schabte mit den unteren Schneidezähnen die Füllung ab. »Ist deine Mummy krank?«, fragte er.

»So was in der Art.«

Er stopfte sich die eine trockene Kekshälfte in den Mund. Cushla goss ihm ein Glas Milch ein, und er tunkte die andere Hälfte in die Milch. »Wie die andere Hälfte lebt.« Weil er sie damit zum Lachen brachte, sagte er es gleich noch einmal.

Etwa hundert Meter von Cushlas Haus entfernt bog sich die Straße zu einer Kurve – um die Michael Agnew in der Nacht zuvor verschwunden war – und mündete dann in eine andere Straße, die in die Hügel oberhalb der Stadt führte. Eine halbe Meile fuhr man an stattlicheren Häusern auf parkähnlichen Grundstücken vorbei, dann stiegen zur Linken Rasenflächen an, die Fairways des Golfklubs. Das Theater mit Gina hatte so lange gedauert, dass am Eingang zu der Siedlung, in der Davy wohnte, schon die Teenager in ihren Sekundarschuluniformen herumstanden. Jungs mit Hochwasserhosen und Jeansjacken über den Schulpullovern; Mädchen, die Jahre älter wirkten, mit blau bepinselten Lidern und streifigem Rouge auf den blassen Wangen. Cushla blinkte und wartete, bis eine Kolonne von gepanzerten Fahrzeugen vorbeigefahren war. Sie war auf dem Weg zur Kaserne der britischen Armee weiter unten an der Straße. Aus der entgegengesetzten Richtung näherte sich ein Junge im schwarzen Blazer des katholischen Gymnasiums am Stadtrand von Belfast. Er sah ordentlich aus, gekämmtes Haar, polierte Schuhe. »Da ist unser Tommy«, sagte Davy, als die anderen seinen älteren Bruder schon einzukreisen begannen. Tommy wich ihnen aus, doch einer der Jungs stieß ihn mit den Händen gegen die Brust, sodass er vom Bürgersteig auf die Straße stolperte. Cushla bog um die Ecke, bremste vor ihm ab und kurbelte die Fensterscheibe herunter.

»Willst du mitfahren?«, fragte sie.

Sein Gesicht war knallrot – vor Scham, dachte sie zuerst –, aber er sagte: »Nein.« Sein Blick war finster vor Wut.

Davy beugte sich zu ihr vor. »Das perlt alles an ihm ab«, sagte er.

Sie tat so, als müsste sie den Seitenspiegel verstellen, um einen Blick auf Tommy werfen zu können. Mit hoch erhobenem Kopf ging er langsam den Bürgersteig entlang.

Davy wies ihr den Weg durch die Ansammlung beiger Häuser, vorbei an Bordsteinen, auf denen noch rote, weiße und blaue Farbreste vom letzten Sommer klebten. Das Haus der McGeowns stand ganz hinten, dahinter erhob sich ein mit Stechginster bewachsener Hang. An der Eingangstür hingen drei Kohlensäcke, alle Fenster waren mit Tüllgardinen verhüllt. Auf der niedrigen Mauer, die den Vorgarten begrenzte, stand mit verkleckster Farbe: »TAIGS RAUS!«

Davy bestand darauf, dass sie mit hineinging. Sie warteten vor der Haustür, während ein Schloss nach dem anderen entriegelt wurde. Eine schlanke Frau mit wasserstoffgebleichtem blondem Haar ließ sie ein und beugte sich vor, um Davy einen Kuss auf die Stirn zu drücken. Sie war jünger, als Cushla erwartet hatte, noch in den Dreißigern, aber der Kasack aus blauorangem Nylon, den sie über ihrer Kleidung trug, ließ sie älter wirken. »Hab ich dir nicht gesagt, du sollst einen Mantel überziehen?«, sagte sie.

»Hab doch 'n Gedächtnis wie 'n Sieb«, sagte Davy. »Aber Miss Lavery hat mich mitgenommen.«

»Betty«, stellte seine Mutter sich vor.

»Zu Fuß wäre er schneller gewesen«, sagte Cushla, »aber nach dem ordentlichen Guss, den er heute Morgen abbekommen hat, war er noch nicht richtig trocken. Ich musste noch bei mir zu Hause vorbeifahren, und es hat länger gedauert, als ich dachte.«

»Ihrer Mummy geht's gar nicht gut«, sagte Davy.

»Oh?«, machte Betty.

»Sie konnte kaum laufen.«

Bettys Augen weiteten sich. »Rein mit dir, Davy«, sagte sie und suchte mit den Augen die Straße ab. Als sie Tommy den Weg heraufkommen sah, wich die Anspannung in ihrem Gesicht einem Lächeln.

»Wie war dein Tag, Schatz?«, fragte Betty.

»Großartig«, sagte Tommy und reckte das Kinn kurz in Richtung Cushla.

Betty fing an, in der großen Tasche ihres Kasacks herumzukramen. »Du keuchst ja«, sagte sie.

Tommy hatte sich Davy geschnappt und stupste ihn mit den Fingern in die Rippen. »Na, wie geht's meinem kleinen Satansbraten?«, fragte er.

Davy wand sich kreischend in seinen Armen. »Father Slattery war da.«

»Father Schlächter«, sagte Tommy.

»Pass bloß auf, du«, sagte Betty und reichte ihm ein Asthmaspray.

Er lachte kurz und atmete einen Sprühstoß ein, dann hielt er mit geschlossenen Augen die Luft an, bis seine Hände zu zittern begannen. Der Rest seines Körpers blieb ruhig, fast gelassen. Er atmete langsam aus. »Lass mich raten«, sagte er. »›Du kommst in die Hölle, weil du ein halber Heide bist und in dieser Siedlung wohnst.‹« Er imitierte die Stimme des Priesters und ließ Cushla dabei nicht aus den Augen.

»Gut getroffen«, sagte Cushla. Sie hatte Mühe, seinem Blick standzuhalten.

»Er hat uns eine Geschichte erzählt, nicht wahr, Miss? Von einem kleinen Mädchen, das mit einer Flasche geritzt wurde.«

»Ach, wirklich?«, sagte Tommy in so höhnischem Ton, dass Cushla das Gefühl hatte, auf Abstand gehen zu müssen.

»Ich muss dann mal los«, sagte sie und ärgerte sich, dass ihre Stimme auf einmal so schrill klang. »Ich komme zu spät zur Arbeit.«

Sie ging den kleinen Weg entlang, hinter ihr wurde die Tür wieder verriegelt. Vom Auto aus warf sie noch einmal einen Blick auf das Haus. Die Tüllgardine am Fenster im Erdgeschoss war beiseitegezogen worden, Tommy ließ sie nicht aus den Augen, und die Botschaft auf der Gartenmauer verstärkte ihre innere Unruhe. Er hatte seiner Mutter nicht erzählt, was auf dem Heimweg vorgefallen war. Auch Davy hatte es nicht erwähnt. Tommy hatte sich zu Recht über sie lustig gemacht. Sie hatte auf ihrem Hintern gesessen und zugelassen, dass Slattery seinen kleinen Bruder terrorisierte, mit Sticheleien, die er im selben Alter auch schon über sich hatte ergehen lassen müssen.

Eamonn erwartete sie um vier. Inzwischen war es Viertel nach. Als sie um die Kurve in ihrer Straße bog, musste sie wieder daran denken, wie ihre Mutter mit herabhängendem Unterkiefer auf der Toilette gesessen hatte. Sie parkte gegenüber der Einfahrt, stürzte ins Haus und die Treppe hinauf. Gina war bewusstlos. Im Kontrast zu ihrem vom Alkohol aufgedunsenen Gesicht wirkte ihr rechter Arm, den sie theatralisch über die Kissen auf der Betthälfte von Cushlas Vater gestreckt hatte, besorgniserregend dünn. Ihr Atem ging in röchelnden, unregelmäßigen Seufzern. Cushla würde bei ihr bleiben müssen. Sie ging nach unten und wählte die Nummer des Pubs.

Eamonn war stinksauer. »Ich hab dich nicht darum gebeten, zu arbeiten, du hast es von dir aus angeboten«, sagte er. »Leonardo ist hier und kann für dich einspringen. Ich werde ihn dabehalten müssen, obwohl er nichts taugt.«

Leonardo hieß eigentlich Terry. Er war ein arbeitsloser Maler und Tapezierer. Echtes Interesse brachte er nur an einem Aspekt seiner Arbeit auf: die Vorräte aufzufüllen, denn dabei konnte er, wenn niemand hinsah, immer ein paar Flaschen Cider mitgehen lassen.

Normalerweise spielte Cushla Ginas Alkoholkonsum herunter. Nicht, um Eamonn zu schützen – denn ihre Mutter hatte, so lange sie zurückdenken konnte, zu Anfällen trunkener Melancholie geneigt –, sondern aus einem Gefühl des Scheiterns heraus; es war ihre Aufgabe, sich um Gina zu kümmern, aber sie schaffte es nicht, dafür zu sorgen, dass sie nüchtern blieb. Dieses Mal berichtete sie ihm alles haarklein: Gina trank direkt aus der Flasche; der überquellende Aschenbecher war von Ascheskeletten ausgebrannter Silk Cuts umgeben; der Lippenstift, den sie irgendwann versucht hatte aufzutragen, klebte größtenteils an ihren Zähnen. Cushla erinnerte sich an Bettys Gesichtsausdruck, als Davy gesagt hatte, dass Gina kaum laufen konnte. Sie hatte nicht besonders überrascht ausgesehen. Denn trotz aller Anstrengungen, die Gina unternahm, um zu verheimlichen, dass sie trank – sich von der Bar fernzuhalten, das Haus nie ohne Make-up und Pelzmantel zu verlassen –, wussten die Leute Bescheid. Sie musste nach Alkohol gerochen haben: beim Friseur, beim Fleischer. Vor dem Altar, wenn sie den Mund öffnete, um die heilige Kommunion zu empfangen.

»Du übertreibst«, sagte Eamonn.

»Sie ist in einem furchtbaren Zustand«, sagte Cushla, »ich kann sie nicht allein lassen.«

»Hör zu, ich muss auflegen. Es sind schon ein paar Leute da.«

»Wer?«

»Minty ist da. Und Jimmy. Und dein Babysitter von gestern Abend.«

Cushla legte auf und sah in den Flurspiegel. Die Frau, die sie für Michael Agnew sein wollte, blickte sie an. Wütend.

3

Gerry holte sie ab. Er trug einen dreiviertellangen orangebraunen Ledermantel und so viel Moschusparfüm, das Cushla es fast sehen konnte.

»Schön hast du's hier«, sagte er, als er die schweren Möbel und die Velourstapeten in Augenschein nahm. Cushla musste lachen. Es war offensichtlich, dass hier ein älterer Mensch wohnte.

»Das Haus gehört meiner Mutter.«

»Ach so. Ist sie da?«

Die Wohnzimmertür flog auf. Gina kam heraus und nahm Gerry Devlins Hände in ihre. Entsetzt sah Cushla zu, wie ihre Mutter ihm ihr schönstes Lächeln schenkte, den Rücken durchdrückte, damit ihr Busen zur Geltung kam, und ein Bein leicht nach vorne stellte. Sie fing an, ihm Fragen zu stellen. Wo er herkomme, wie der Mädchenname seiner Mutter sei.

»Meine Mutter ist gestorben, als ich vierzehn war«, sagte Gerry.

»Ach, Sie Armer.«

Sie ließ nicht locker, bis sie eine Verbindung gefunden hatte – seine Tante war eine Nachbarin von Ginas Schwester –, und zwinkerte Cushla zu, als sie aufbrachen.

Bevor er ins Auto stieg, zog er seinen Mantel aus und legte ihn sorgsam auf die Rückbank. Sie beobachtete ihn und empfand Mitleid. Auf dem Beifahrersitz lag ein Beutel mit 8-Spur-Kassetten. Er murmelte eine Entschuldigung, wählte eine Kassette aus und schob sie in das Abspielgerät. Als er losfuhr, erfüllte Soft Celtic Rock das Wageninnere. Er pfiff die Melodie mit und bog in die Straße nach Belfast ein.

»Auf was für Musik stehst du?«, fragte er.

»Jazz.« Sie wusste nicht, warum sie es darauf abgesehen hatte, dass er sich unterlegen fühlte.

Eine Kolonne grauer Land Rover, deren bombensichere

Seitenschürzen über den Asphalt kratzten, kroch die Innenspur der Umgehungsstraße entlang. Gerry schaute kurz zu Cushla und sah, dass sie noch immer den Beutel auf dem Schoß hielt. »Scheiße«, sagte er und nahm ihn ihr ab, wobei das Auto kurz über die weiße Mittellinie geriet. Cushla riss den Beutel wieder an sich und stellte ihn im Fußraum ab. Ein paar hundert Meter weit befand sich das letzte Fahrzeug der Kolonne auf gleicher Höhe, die bewaffneten Polizisten darin in Alarmbereitschaft, sobald jemand auffällig fuhr. Selbst im Dunkeln konnte sie sehen, dass Gerry rot angelaufen war.

Die Stadt bei Nacht. Eine Fähre im Hafenbecken, grelle blau-weiße Lichter, die über den Rumpf zuckten. Die auf dem schwarzen Fluss tanzenden bernsteinfarbenen Reflexe der Straßenlaternen, als sie die Brücke überquerten. Die High Street entlang, vorbei am Northern Whig, an den Schaufenstern des Elektroladens, an der Kathedrale. Langsam um den Carlisle Circus mit dem leeren Sockel, auf dem die Marmorstatue von Pastor Roaring Hanna gestanden hatte, einem evangelikalen Katholikenhasser. Die IRA hatte ihn in die Luft gesprengt; selbst tote historische Gestalten waren legitime Ziele.

»Sieht seltsam aus, ohne den Kerl«, sagte Cushla.

»Die einzige Bombe, mit der ich kein Problem hatte.«

Das Ende der Antrim Road, noch immer vom »Belfast Blitz« gezeichnet, den Luftangriffen der Deutschen im Zweiten Weltkrieg. Düster klaffende Lücken, wo Straßen gewesen waren. Vor ihnen ein Kontrollpunkt der britischen Armee. Gerry hielt an und kurbelte das Fenster herunter. Ein Soldat näherte sich dem Wagen, an seiner Taille baumelte ein Gewehr. Er beugte sich ins Auto. Die Musik klang wie eine Provokation, die traditionelle Melodie überlagert von Drums und E-Gitarre. »Wo soll's denn hingehen, Kumpel?«, fragte er.

»Auf 'ne Party«, antwortete Gerry.

»Ich brauche 'ne Adresse, Kumpel.«

»Wieso? Wollen Sie auch kommen?«, fragte Gerry.

Es war als Scherz gemeint, aber der Soldat lächelte nicht. Er sah über die Schulter und sagte: »Wir haben hier einen Komiker.« Ein zweiter Soldat trat hinzu.

»Hören Sie, wir fahren zum Fitzwilliam Park«, sagte Gerry.

Der erste Soldat öffnete die Fahrertür. »Aussteigen.«

»Was?«

»Aussteigen.«

Gerry zog die Handbremse an und wischte sich die Handflächen an der Hose ab. Er stieg aus und stellte sich vor den Wagen. Das Hemd war einen Knopf zu weit geöffnet, auf seiner Brust glänzte ein silbernes keltisches Kreuz. Die Soldaten in ihren Splitterschutzwesten sahen massig aus, zwischen ihnen wirkte er zart und schwach. So hässlich der auch sein mochte, Cushla wünschte sich, er würde den Ledermantel tragen. Der erste Soldat schwenkte sein Gewehr nach links, drückte den Lauf in Gerrys Rücken und stieß ihn auf den Gehweg. Der andere war zum Heck des Autos gegangen und durchsuchte den Kofferraum. Er schlug die Klappe so heftig zu, dass Cushla zusammenfuhr. Dann öffnete er eine der hinteren Türen und wühlte auf der Rückbank herum. Der Ledermantel landete auf der Handbremse.

Er schlug die Tür zu und klopfte mit der Waffe gegen ihr Fenster. Sie kurbelte es herunter.

»Na, du hast ja Kriegsbemalung aufgelegt, Süße«, sagte er und steckte den Kopf durchs Fenster. Sein Gesicht war voller Aknenarben, sein Atem roch nach Juicy Fruit.

Ihr Saum war bis zur Hälfte des Oberschenkels hochgerutscht. Sie zog ihn über die Knie, doch sobald sie den Stoff losließ, schnellte er wieder zurück.

»Hast du mich gehört? Ich hab gesagt, du hast Kriegsbemalung aufgelegt.«

»Wir sind auf dem Weg zu einer Party.«

»Wird was laufen mit deinem Freund?«

»Nein.«

Gerry stand etwa einen Meter von ihr entfernt, mit dem Gesicht zu einer Ziegelmauer, die Hände hinter dem Kopf verschränkt, die Szenerie beleuchtet von einer Straßenlaterne und den blinkenden Warnleuchten seines Autos. Bis auf eine Fish & Chips-Bude ein paar Türen weiter, auf deren zersprungenem Schild in großen roten Lettern THE RITZ stand, waren die

Geschäfte links und rechts geschlossen und mit Metallgittern versperrt. Aus einer abgerissenen Dachrinne troff eine zähe, rostrote Flüssigkeit auf Gerrys Stirn. Als er die Hand hob, um sie wegzuwischen, stieß ihn der Soldat mit dem Gewehrkolben am Ellbogen an.

»Du machst ihn also heiß.«

»Nein.«

»Du machst ihn heiß, und dann lässt du ihn nicht ran.«

Ihr fiel eine Rekrutierungsanzeige ein, die sie in einer Zeitschrift gesehen hatte. *Bei der Army lernst du, was in dir steckt.*

Auf dem Gehsteig traktierte der erste Soldat Gerry wieder mit dem Gewehrkolben, und Cushla wollte schon protestieren, doch dann sah sie, dass Gerry sich auf das Auto zubewegte. Sein Gang war so ruckartig wie der eines Roboters, und er blinzelte heftig. Er ließ sich auf den Fahrersitz fallen und wischte sich mit dem Handrücken über die Stirn. Cushla nahm ein Taschentuch aus ihrer Handtasche und reichte es ihm. Seine Hand zitterte, als er sich das Gesicht abtupfte und langsam losfuhr. »Was hat er zu dir gesagt?«, fragte er.

»Nicht viel. Hat nur Scheiße geredet.«

Die Straße stieg Richtung Cave Hill an. Gerry bog links ab und parkte schließlich vor einer Doppelhaushälfte mit einem Erkerfenster. Von drinnen war Musik und Gelächter zu hören. Eine Frau machte ihnen auf. Sie war schwanger, der Ausschnitt ihres lila Empirekleids gab den Blick auf ihre prallen milchweißen Brüste frei. Sie trug ein Tablett mit Sandwiches, die sich an den Ecken aufrollten. »Was in Gottes Namen ist denn mit euch passiert?«, sagte sie.

»Frag nicht.«

Sie wies Gerry an, sich sauberzumachen, und schickte Cushla ins Wohnzimmer. In einer Ecke des Zimmers glühte eine Lavalampe; in Kerzenhaltern aus Messing, wie alte Leute sie benutzten, wenn jemand gestorben war, brannten rote Kerzen. Die Stereoanlage spielte Carly Simon. Junge Frauen drapierten sich auf den Armlehnen der Sessel, Männer standen mit Bierflaschen in der Hand herum. Ein paar Leute lächelten ihr zu. Sie blieb am Rand stehen und wünschte, Gerry würde sich beeilen. Gefühlt eine Stunde später tauchte er wieder auf, mit nassen, in die Stirn gekämmten Haaren. Sein Versuch, sich die Dreckspritzer aus dem Hemd zu waschen, hatte einen großen aprikosenfarbenen Fleck hinterlassen. Er kam auf sie zu, bog dann aber zu zwei Männern ab, die am Kamin standen, und begann ein lebhaftes Gespräch. Dabei zupfte er mit Daumen und Zeigefinger das feuchte Hemd von der Haut und sah an sich herab. Cushla durchquerte den Raum und trat zu ihnen.

»Oh«, sagte er, als hätte er ganz vergessen, dass er sie mitgebracht hatte. »Das ist Cushla.«

Seine Freunde hießen Harry und Joe.

»Ihr seid angehalten worden«, sagte Joe.

»Arschlöcher«, sagte Harry mit Derry-Akzent.

»Ich unterrichte in St. Finbar's«, sagte Joe. »Die Soldaten hocken in den Vorgärten und legen ihre Gewehre auf die Jungs an, wenn sie aus der Schule nach Hause gehen.«

»Dreißigtausend Mann«, sagte Harry, »in einem Landstrich dieser Größe. Die Polizei nicht mal eingerechnet.«

An der Stereoanlage gab es eine Kabbelei. Ein Mann mit einem pelzigen schwarzen Bart hielt eine Schallplatte in die Luft, und eine Frau versuchte kichernd, an sie heranzureichen und sie ihm abzunehmen. »Schluss damit, jetzt singen wir eins, verflucht noch mal«, rief er.

»Hol die Gitarre, Devlin«, sagte Harry, und Gerry ging zu seinem Wagen.

Joe starrte auf seine Füße. »Da, wo du wohnst, bekommst du bestimmt nicht viele Soldaten zu Gesicht«, sagte er mit einem schrägen Blick zu Cushla.

Nur wenn ich ihnen ihr Bier zapfe, dachte sie, sagte aber nichts.

»*Give Peace a Chance!*«, brüllte jemand, als Gerry zurückkam.

»Kannst doch auch *dein* Lied über den Frieden singen«, sagte Cushla.

»Also, was wollt ihr singen?«, fragte Gerry in die Runde, so als hätte Cushla nichts gesagt.

»Ich singe nicht«, sagte Harry, »auf keinen Fall.« Er sagte es dreimal, hob abwehrend die Hände und ging unter Protest zum Sofa, wo Platz gemacht worden war.

Er stimmte *The Town I Loved So Well* an, ein Lied, das davon handelte, wie sich Derry durch die Troubles verändert hatte. Alle stimmten mit ein; alle, nur Cushla nicht. Während sie zuhörte, wurde ihr schmerzlich bewusst, dass sie zur Außenseiterin geworden war. In der Schule und am College war sie mit lauter katholischen Mädchen zusammen gewesen, mit denen sie Geheimnisse und unerlaubte Bücher von Edna O'Brien ausgetauscht hatte. Cushla war die Einzige, die außerhalb von Belfast wohnte, wenn auch nur ein paar Meilen außerhalb. Als sich die Lage in der Stadt verschlimmerte, hatten sie sich aus den Augen verloren, und bei den seltenen Gelegenheiten, da man sich noch traf, behandelten die anderen sie wie eine Touristin. Und als sie sah, wie locker die anderen waren und wie ungezwungen im Umgang, kam sie sich auch hier wie eine Touristin vor.

Bei der letzten Liedzeile, einem Hoffnungsschrei nach besseren Zeiten, senkte Harry um der emotionalen Wirkung willen die Stimme. »Verdammt«, sagte er, als der Jubel verklang. »Davon werd ich ja selbst ganz traurig.«

Das Paar kehrte zur Stereoanlage zurück. Sie legten ein Disney Records-Album auf und tanzten wie Marionetten zu einem Song aus *Pinocchio*. Cushla folgte Gerry und seinen Freunden in die Küche, und Gerry rückte ihr mit großer Geste einen Stuhl zurecht. Dort, wo der Soldat ihm sein mit Waffenfett beschmiertes Gewehr in den Hemdrücken gedrückt hatte, bildeten fünf kleine verschlungene Ringe eine Art Olympia-Logo. Cushla sah ihn wieder unter der abgerissenen Dachrinne stehen. Ohne sie hätte er bestimmt mehr Spaß an diesem Abend, aber sie wollte ihn nicht darum bitten, sie nach Hause zu fahren. Die schwangere Gastgeberin stand hinter ihnen und fegte von einem Pappteller Brotrinden in den Abfalleimer. Cushla hatte vergessen, sie nach ihrem Namen zu fragen, und nun war es zu spät. Sie lächelte ihr zu. Die Frau blies sich eine Haarsträhne aus dem Gesicht und verdrehte die Augen.

»Die Leute aus Ballymurphy wollen keine Machtbeteiligung«, sagte Joe, »die wollen 'ne verdammte Revolution.«

»Entschuldige«, sagte Gerry. »Ich vernachlässige dich.«

»Nein, tust du nicht«, sagte sie und warf unter dem Tisch einen verstohlenen Blick auf ihre Armbanduhr. Es war Viertel nach elf.

»Gerry hat erzählt, deine Leute haben einen Pub?«, fragte Harry.

»Ja«, antwortete Cushla.

»Bei uns gibt's kaum noch 'ne Bar«, sagte Joe. »Die meisten sind in die Luft gejagt worden.«

»Und die, die's noch gibt, wirken nicht gerade vertrauenerweckend«, sagte Harry.

»Genau«, sagte Joe. »Die sind halt *noch nicht* in die Luft gejagt worden.«

Sie lachten beide.

Cushla gab nichts auf den Vorwurf, der in ihrem Gefrotzel mitschwang: Ihre eigene Familie habe es leichter, weil die Stadt vor den Toren Belfasts, in der sie lebe, »gemischt« sei und es dort kaum Unruhen gegeben habe. Sogar »*sehr* gemischt«, hatte Cushla im Pub Leute sagen hören, mit vor Abscheu gespitztem Mund, weil sie sich ihren Wohnort mit Katholiken teilen mussten – dabei machten die gerade mal zehn Prozent der Bevölkerung aus. Eamonn bestellte für den Pub keine Belfaster Zeitung mehr: Mit der Entscheidung für das eine oder das andere Blatt würde er zu viel von sich preisgeben.

»So toll ist es bei uns nun auch wieder nicht. Mein Bruder steht jeden Abend hinter dem Tresen und hat Angst, den Mund aufzumachen. Er könnte ja jemanden beleidigen und auf einer Todesliste von Loyalisten landen.«

»Verschone mich«, sagte Joe. »Es ist nicht gerade Kriegsgebiet. Lass du dich mal von britischen Soldaten anhalten und filzen, sobald du nur aus der Tür gehst.«

Wäre es ein Wettbewerb gewesen, Joe hätte gewonnen.

Cushla ging nach oben ins Badezimmer. Eine der Türen im Flur stand offen: ein Schlafzimmer, vollgestopft mit Möbeln im Louis Seize-Stil, weiß mit goldenen Ornamenten. Auf dem Bett ein Haufen Mäntel: Schaffell, Leder, Webpelz. Sie hörte ein Stöhnen und trat ein. In der Zimmerecke, links neben dem Kleiderschrank, stand mit dem Rücken zu ihr der Mann mit dem pelzigen Bart. Cushla wollte schon fragen, ob alles in Ordnung sei, als sie ein Bein sah, das sich an seinen Oberschenkel klammerte. Um den Knöchel bauschte sich eine halb ausgezogene Strumpfhose. Sie floh aus dem Zimmer, begleitet vom rhythmischen Knarren des Schranks. Verspürte einen Anflug von Lust.

4

Sie schoben sich durchs Foyer. Jedes Mal, wenn die Tür aufging und die feuchte Nachtluft hereinströmte, wurde der Geruch von Gesichtspuder und Zigarrenrauch kurz verdrängt. Sie fanden ein Plätzchen in einer Ecke des Raums, an einem Mauervorsprung, der sich entlang eines riesigen Fensters erstreckte, und Gerry ging zur Bar. Ein Paar schlängelte sich, Entschuldigungen murmelnd, neben Cushla. Beide sahen zugleich wohlhabend und schäbig aus, die Frau trug einen Persianermantel, der im Licht der hellen Lampen schimmerte, der Mann war feingliedrig und hatte schlaffes, schütteres Haar. Sie behielten den Eingang im Auge, als warteten sie auf jemanden. Dann hob der Mann eine Hand, das Paar rückte ein Stückchen von Cushla ab, und ein großer, breitschultriger Mann stellte sich in die Lücke. Dabei stieß er mit dem Ellbogen gegen Cushlas Arm. Er drehte sich zu ihr, um sich zu entschuldigen, und sagte: »Da sind Sie ja.« Ihr Herz machte einen Satz. Es war Michael Agnew.

Er stellte sie Penny und Jim vor, erinnerte sich an ihren Namen und erklärte, die beiden seien enge Freunde.

Jim klatschte in die Hände. »Möchten Sie etwas trinken, Cushla?«

»Mein Begleiter holt mir schon etwas.«

Als er gegangen war, sah Penny von Michael zu Cushla. »Woher kennt ihr euch?«, fragte sie. Sie lächelte, aber etwas in ihrem Blick bereitete Cushla Unbehagen. Und wo war Michaels vornehme Dubliner Ehefrau?

»Ich kenne eben Gott und die Welt«, sagte Michael. »Haben Sie *Philadelphia, ich komme!* schon mal gesehen, Cushla?«

»Ich weiß gar nichts darüber«, antwortete sie.

Jim kam zurück, die Finger um drei Gläser Whiskey gelegt. Ein geselliges Klirren, als sie anstießen. Cushla sah zu Boden und wünschte sich, ihre Hände hätten etwas zu tun.

Als Gerry zurückkam, tropfte Bier von seinem Handgelenk.

Seine Koteletten waren zu straffen Löckchen zusammengeschnurrt. Er reichte Cushla eine Rum-Cola, nahm einen Schluck von seinem Pint und wischte sich mit dem Handrücken den Mund ab. Michael sah sie erwartungsvoll an.

»Gerry, das ist Michael Agnew«, sagte sie.

»Hallo«, sagte Gerry, sein Schnurrbart von Bierschaum gesäumt.

Michael stellte sich noch einmal selbst vor, dann Jim und Penny.

Einige nicht enden wollende Sekunden später stieß Jim Michael leicht mit der Faust gegen die Schulter. »Wir dachten schon, du wärst abgetaucht, Agnew«, sagte er. Beinahe unmerklich wandten sie sich ab.

Gerry deutete mit hochgezogenen Augenbrauen auf ihre Rücken. »Du weißt, wer die sind, oder?«, fragte er.

»Michael war an einem Abend mal in der Bar. Die anderen beiden habe ich eben erst kennengelernt«, sagte Cushla, ihre Stimme kaum mehr als ein Flüstern. Sie hoffte, auch Gerry würde seine senken.

Er fragte sie, ob sie häufiger ins Theater gehe, eine Variante von »Bist du oft hier?«, eine armselige Frage für eine zweite Verabredung. Sie wollte ihm erzählen, dass sie in den letzten zweieinhalb Jahren so gut wie nie ausgegangen war, dass sie seit dem Tod ihres Vaters in einer Art von schwermütiger Lähmung an ihrer Mutter und dem Haus geklebt hatte, aber wer wollte das schon hören? »Nein«, sagte sie.

»Danke, dass du mitgekommen bist«, sagte er. »Ich dachte schon, du gehst mir aus dem Weg.«

»Warum sollte ich?«, fragte sie. Sie war ihm aus dem Weg gegangen. Als er sie nach der Party zu Hause absetzte, hatte er sich über den Schaltknüppel zu ihr herübergebeugt, und noch ehe er überhaupt ihre Lippen berührte, war seine Zunge schon draußen gewesen, war auf der Suche nach ihrem Mund zweimal vorgeschnellt. Vermutlich hatte er gedacht, eine so entsetzliche Anstrengung werde von ihm erwartet.

»Okay, na schön, gut. Ich hatte befürchtet, es würde peinlich werden.«

Als sie den Mund aufmachte, um etwas zu erwidern, ertönte eine Lautsprecherdurchsage: »Die Vorstellung beginnt in fünf Minuten«, und ersparte ihr die Mühe einer Antwort.

Gerry entschuldigte sich dafür, dass ihre Plätze so weit von der Bühne entfernt waren, aber Cushla saß gern ganz hinten, wo sie beobachten konnte, wie das Publikum durch die Seitentüren hereinkam und sich durch die Reihen schob. Eine weitere Durchsage: »Die Vorstellung beginnt in einer Minute.« Viel weiter vorn nahm Penny ihren Platz ein, dann Jim. Michael folgte ihnen, beugte sich mitunter vor, um, während er sich zentimeterweise voranbewegte, mit den Leuten ein paar Worte zu wechseln. Als er seinen Sitzplatz erreichte, hielt er mit dem Rücken zur Bühne kurz inne und ließ seine Augen langsam über die Reihen schweifen, bis sein Blick auf Cushla zu ruhen schien. Sie schaute nach links, rechnete damit, dass dort jemand die Hand heben und ihn grüßen würde, doch die Frau neben ihr war in ihr Programmheft vertieft.

»Was wolltest du mir über die drei im Foyer erzählen?«, fragte sie Gerry.

»Der Mann ist Historiker, lehrt an der Uni. Sie ist Künstlerin.«

»Und was ist mit dem anderen, mit Michael?«

»Der ist Prozessanwalt. Hat die Dokumentation über die Rebellion von 1798 gemacht, die für ziemlichen Tumult gesorgt hat. Er hat sich deutlich gegen die Internierungen ausgesprochen und ein paar Bürgerrechtler verteidigt, als niemand die mit der Kneifzange anfassen wollte. Er ist in Ordnung«, sagte er.

»In Ordnung« hieß, er war kein Fanatiker.

Die Lichter im Saal wurden gedimmt, und die Bühnenbeleuchtung ging an. Die Hauptfigur wurde von zwei Schauspielern dargestellt, die das öffentliche und das private Ich Gar O'Donnells zeigten, der sich bereit machte, in die Vereinigten Staaten abzureisen. Der private Gar wurde von einem großen Mann mit einem Akzent aus dem nördlichen Antrim gespielt. Sein Text und wie er ihn sprach – alles kündete von großem seelischem Schmerz. Manchmal wanderten ihre Augen zu Michael Agnews Sitzplatz in der dritten Reihe. Er hielt den

Kopf leicht schräg nach links geneigt. Überall um ihn herum saßen Leute, aber er wirkte einsam.

In der Pause gingen sie nach unten. Im Foyer stand ein langer Tisch mit gefüllten Gläsern, unter denen Quittungen steckten. Gerry hatte nichts vorbestellt und ließ Cushla erneut zurück, um zur Bar zu gehen. Ihrer beider Mäntel an sich gedrückt, steuerte sie wieder den Mauervorsprung an, an dem sie schon zuvor gestanden hatten. Unter dem glänzenden orangebraunen Leder von Gerrys Mantel fing ihr Arm an zu schwitzen. Sie trug ein Kleid mit tiefem V-Ausschnitt: schwarzer Jersey, bedruckt mit Lilien, die Stängel beigefarben, die Blüten kalkweiß. Das Kleid klebte schon an ihr, und als sie den Stoff von ihrer Brust wegzog, bemerkte sie, dass jemand vor ihr stand. Es war Michael, zwei Gläser Whiskey in der Hand. Immer wenn sie versucht hatte, sein Gesicht vor sich erstehen zu lassen, hatte sie ihm dunkelbraune Augen gegeben, jetzt aber sah sie, dass sie viel heller waren. Haselnussbraun, mit goldenen Flecken.

Er bot ihr eins der Gläser an. »Durch ein glückliches Missverständnis habe ich gleich zwei bekommen«, sagte er. Cushla hasste Whiskey. Sie nahm das Glas trotzdem entgegen, damit er blieb. Er fragte sie, ob ihr das Stück gefalle.

»Ich hätte nicht gedacht, dass das mit den beiden Schauspielern funktionieren würde, aber ich liebe den privaten Gar. Es ist traurig, aber trotzdem.« In seinen Augen stand Belustigung, als sie das sagte. Sie fragte sich, ob er sie für dumm hielt, aber dann nickte er langsam, als hätte sie die richtige Antwort gegeben.

In den Sechzigern habe er die Originalproduktion am Abbey Theatre gesehen, sagte er und wollte wissen, was ihr sonst noch gefallen habe.

»Mir gefällt, dass der Ort Ballybeg heißt. Kleine Stadt.«

»Sprechen Sie Irisch?«, fragte er. Ihr gefiel, dass er die Sprache nicht Gälisch nannte.

»Irisch war eins meiner Wahlfächer für den Schulabschluss. Und dann noch während der Lehrerausbildung. Hier nützt es allerdings wenig.«

»Sie haben einen irischen Namen«, sagte er.

»Ist kein echter irischer Name. Eher einer von diesen nachgebildeten, so wie Colleen.«

»Was bedeutet er?«

»Er ist aus einem Kosewort entstanden. *A chuisle mo chroí*: Puls meines Herzens. Mein Da hat das nicht gewusst. Er hat's aus einem Lied, das John McCormack gesungen hat.«

Puls meines Herzens. Wenn jemand sie gehört hätte.

»Ich habe Ihren Vater gekannt«, sagte er. »Ein schöner Mann.«

»Das war er«, wollte sie sagen, aber seine Worte hatten sie ins Mark getroffen. Sie nahm einen Schluck von ihrem Whiskey.

»Es tut mir leid«, sagte er. »Ich wollte Ihnen nicht zu nahe treten.«

»Schon gut. Sehr nett, was Sie da gesagt haben.«

Als er wieder sprach, spürte sie seinen Atem unter ihrem Ohr, und wie um seinem Mund begegnen zu können, zog sich ihre Schulter ganz von allein nach oben. »Ein paar Freunde und ich versuchen, Irisch zu lernen«, sagte er. »Wir treffen uns alle zwei Wochen und fallen an Pennys Küchentisch darüber her. Vielleicht könnten Sie uns Unterricht geben?«

Dann stand Gerry zwischen ihnen und drückte ihr ein weiteres Getränk in die Hand. Er wirkte kaum weniger verunsichert als beim ersten Mal. Michael nahm Cushla das leere Whiskeyglas ab und verabschiedete sich mit einer leicht ironischen Verbeugung. Nach dem Whiskey schmeckte ihre Rum-Cola nur noch süß und künstlich. Sie stürzte sie hinunter, um sie loszuwerden. Eine Durchsage verkündete das Ende der Pause, und sie schlossen sich der Menge an, die sich auf die Treppe zubewegte. Michael ging vor ihnen, zwischen Penny und Jim. Als sie ihre Plätze einnahmen, drehte er sich nicht wieder nach ihr um.

Auf dem Weg zu seinem Auto ging Gerry mit leichtem Schritt, als habe er etwas hinter sich gebracht, vor dem ihm gegraust hatte, ein Examen oder ein Vorstellungsgespräch. Er legte die Horslips-Kassette ein, die sie schon gehört hatten, als sie von den Soldaten angehalten wurden, und erzählte ihr von seinem Sommer in Israel. Das Hippiemädchen aus Brooklyn, das, ein Gewehr quer über die Brust gehängt, auf dem Wachturm in einem Sonnentop Dienst tat. Der Hitzeschleier über den Hügeln. Das Gemeinschaftsgefühl. »In anderer Hinsicht ist es noch schlimmer als hier«, sagte er, »falls du dir das vorstellen kannst.« Er würde nicht wieder hinfahren. »Worüber hast du mit Euer Ehren gesprochen?«, wollte er wissen.

»Ist das nicht die Anrede für einen Richter? Er ist Prozessanwalt«, sagte Cushla.

»Oh, entschuldige bitte.«

»Er hat erzählt, dass er Irisch lernt.«

»Die Eingeborenen exotisieren. So ein Scheiß.«

Cushla wandte sich ab und sah aus dem Fenster. Die dunkle Fläche des Parks schien sich meilenweit auszudehnen. »So war das nicht«, sagte sie. »Er klang einfach nur interessiert.«

»Ja, na klar«, sagte Gerry.

Cushla antwortete nicht.

Als er vor ihrem Haus anhielt, sah sie, dass in der Diele Licht brannte und das Fenster ihrer Mutter von einem schwachen rosa Schein erleuchtet war. Sie stellte sich Gina vor, wie sie an Kissen gelehnt im Dämmer saß, und spürte kein Verlangen, alleine ins Haus zu gehen, wo sie nur die Abwesenheit ihres Vaters gespürt hätte. Sie bat Gerry auf eine Tasse Tee herein. Kaum hatte sie den Schlüssel ins Schloss gesteckt, bereute sie die Einladung schon.

5

Um kurz nach vier stieg Cushla aus dem Zug aus Belfast. Die Sonne war hervorgekommen, und der nasse Bahnsteig schien zu dampfen. Sie trat aus dem Bahnhof und folgte der Esplanade, bog an deren Ende nach rechts ab und ging durch die Unterführung zum Pub. An den Wänden sakrale und profane Worte: FICK DEN PAPST UND DIE JUNGFRAU MARIA. FÜR GOTT UND ULSTER. MARTY LIEBT DIRTY TITS. Cushla fragte sich, ob Dirty Tits der Spitzname eines Mädchens war oder ob Marty schmutzige Brüste liebte.

Der Parkplatz war voll. Der Anker an der Mauer unter dem runden Fenster, das wie ein Bullauge aussehen sollte, hatte da, wo die schwarze Farbe abgeblättert war, Rost angesetzt.

Drinnen schwebten glitzernde Staubteilchen im Tabakqualm. Das hohe Buntglasfenster an der Westseite warf farbenprächtige Formen in den Raum. Im Sonnenlicht wirkte das Holz mit seiner dicken Politurschicht ganz stumpf, die Sitzpolster glänzten speckig von verschütteten Flüssigkeiten und von den vielen Hinterteilen, die sie abgewetzt hatten. Die alten Spiegel mit Werbung für nicht mehr existierende Brennereien waren trübe. Eigentlich sollte sich Gina ums Saubermachen kümmern. Der Raum befand sich in einem Zustand schleichender Hinfälligkeit, genau wie Gina mit ihren zu langen Fingernägeln und dem ausblutenden Lippenstift. Früher war sie jeden Montag in einem Hauskleid und mit Gummihandschuhen angerückt. Cushla wusste nicht mehr, wann sie das letzte Mal da gewesen war. Eamonn hätte Gina erinnern können, aber Cushla hatte den Verdacht, dass er sie nicht um sich haben wollte.

Im Fernsehen wurde ein Pferderennen übertragen, die Männer starrten mit offenen Mündern und angespannten Schultern auf den Bildschirm. Als der Gewinner ins Ziel kam, sprang ein kleiner Mann mit blauroter Nase von seinem Barhocker auf und schrie:

»Jawoll!« Leslie zerknüllte seinen unnützen Wettschein und warf ihn in den Aschenbecher. Cushlas Vater hatte sie an Samstagnachmittagen immer mit einer Orangenlimonade an den Tresen gesetzt und sie Rechnungen alphabetisch sortieren lassen. Jetzt stand ihre Mutter hinter der Bar; eigentlich sollte sie arbeiten, doch wenn ein Gast versuchte, etwas bei ihr zu bestellen, lächelte sie nur selig und nahm einen Schluck von ihrem Gin.

»Gießt sie sich schon den ganzen Tag einen hinter die Binde?«, fragte sie Eamonn, der am Ende des Tresens stand, so weit entfernt von Gina wie möglich.

»Es ist ihr zweiter.«

»Sie muss zu Hause schon getankt haben.«

»Verdammte Scheiße«, sagte er. »Ich weiß nicht, was sie getrunken hat, aber hier ist sie weder von Nutzen noch eine Zierde.«

Cushla betrachtete ihre Mutter. Sie war noch immer eine Zierde. Und mit ihren vom Zigarettenrauch verwischten Falten und der vom schummrigen Licht weichgezeichneten Haut noch immer hübsch. »Sei nicht so fies«, sagte sie. Sie ging zu Gina und küsste sie auf die Wange, legte die Sachen, die sie in der Stadt gekauft hatte, ins Regal, zuoberst die Papiertüte aus dem Buchladen.

»Wie war's in der Stadt?«, fragte Gina.

»Nass. Hat ewig gedauert, durch die Kontrollen zu kommen. Alle mussten ihre Schirme aufklappen.«

»Meine Güte. Wer würde denn eine Bombe in einem Schirm platzieren?«

Cushla räumte die staubbepelzten Toby-Krüge vom Regal, die Keramikhunde von Black & White Scotch Whisky. Sie füllte das Becken mit Seifenwasser und tauchte die Dekostücke hinein. Sie nahm die Flaschen mit den Spirituosen herunter, die nie bestellt wurden. Den Advocaat mit dem gelb verkrusteten Flaschenhals. Den Galliano, der wie Eiscreme roch. Den Chartreuse, in einer eckigen Flasche, die man offenbar auch als Aschenbecher benutzen konnte; wo jemand eine Zigarette ausgedrückt hatte, gab es einen schmierigen schwarzen Fleck. Gina vermutlich.

»Der Anker müsste mal gestrichen werden«, sagte Cushla zu Eamonn.

»Die geringste meiner Sorgen«, gab er zurück.

Sie spülte, trocknete und polierte, wischte die Regalbretter ab und räumte den ganzen, jetzt glänzenden Plunder wieder ein. Gerade streckte sie sich nach oben, um ein Babycham-Rehkitz aus Pappe zurückzustellen, als ihre Mutter von ihrem Hocker glitt und an den Tresen trat.

Michael Agnew stand an der Theke, und Gina streckte ihm beide Hände entgegen. Cushla hob die Tropfschale unter den Zapfhähnen hoch und goss abgestandenes Bier in den Ausguss. Seit der Begegnung im Theater hatte sie Michael nicht mehr gesehen. Die Abende, an denen sie Eamonn half – mehrere Male in der Woche, was ihn ebenso sehr erstaunte wie erfreute –, waren ein Kreislauf aus ängstlicher Erwartung und Niedergeschlagenheit. Ihre Kleidung auszuwählen, ihr Make-up so sorgfältig aufzutragen, dass es nicht nach Make-up aussah. Die Tür im Auge zu behalten. Sie musste die ganze Zeit an ihn denken, erlaubte sich jede Menge Phantasien, in denen sie allein mit ihm in der Bar saß oder neben ihm im Lyric Theatre, wenn das Licht ausging. Andere, eindeutigere Szenarien versuchte sie, aus dem Kopf zu bekommen. Jetzt, da er hier war, wagte sie kaum mit ihm zu reden.

Gina sprach mit ihrer Telefonstimme. Wenn sie nicht am Garderobentisch stand, benutzte sie sie nur selten, doch Michael Agnew hatte etwas an sich, das einen dazu brachte, besser sein zu wollen, als man war. Gina ging zum Schnapsspender, hielt ein Glas unter die Flasche Jameson und bat Cushla, Michael die restlichen Sandwiches zu bringen. Zwei waren noch übrig. Das Cheese and Pickle Sandwich sah noch frisch aus, aber er entschied sich für das andere mit Ei und Zwiebel, das vom Saft einer Tomatenscheibe schon ganz durchweicht war. Seine Wahl wirkte wie eine Buße. Cushla wickelte es aus, legte es, neben einer Dose mit gesalzenen Nüssen, die er nicht bestellt hatte, auf einen Teller und reichte ihm ein Messer und eine Papierserviette. Sie blieb in seiner Nähe. Er aß mit großen hungrigen Bissen, wie die Kinder in ihrer Schule nach dem Sportunterricht.

Gina war in Bewegung, von einem Ende des Tresens zum anderen, räumte hier ein leeres Glas weg, sprach dort mit den Gästen und wiegte sich beim Gehen in den Hüften, was Cushla abstoßend fand. Eamonn presste die Lippen zusammen. Gina kam ihm in die Quere.

Michael schob seinen Teller weg und bedankte sich bei Cushla. Er deutete auf die Papiertüte aus dem Buchladen.

»Ist das Ihre?«, fragte er.

»Ja.« Sie reichte sie ihm und bereute, dass sie sich bei Boots mit Lippenstifttestern einen Regenbogen auf den Handrücken gemalt hatte.

»Ah«, sagte er, als er das Buch aus der Tüte nahm. »Das habe ich gelesen.«

Sie hatte ein Exemplar von Iris Murdochs *Der schwarze Prinz* erstanden, weil die Lektüre nach harter Arbeit aussah und sie vielleicht davon abhalten würde, sich so obsessiv mit ihm zu beschäftigen. »Ist es gut?«, fragte sie.

»Sehr literarisch. Shakespeare-Bezüge, komplizierte Beziehungen. Manchmal ein bisschen absurd. Aber das gilt ja für fast jeden ihrer Romane.« Er packte das Buch wieder ein und glättete die Papiertüte. »Haben Sie schon darüber nachgedacht, ob Sie zu unseren irischen Abenden kommen wollen?«, fragte er.

Bei dem Ausdruck musste Cushla kurz blinzeln. Vielleicht war ja doch etwas dran an Gerrys Bemerkung, Michael »exotisiere die Eingeborenen«. Es hörte sich an, als spielten seine Freunde und er alle vierzehn Tage »Irischsein«, was vermutlich sogar stimmte. Michael war rot geworden. »Zu unseren Irisch-Abenden, meine ich«, sagte er, sichtlich nervös. Als würde er sie um eine Verabredung bitten.

»Einverstanden«, sagte sie.

Sie würden sich am Montag treffen. Er würde sie um sieben vor ihrem Haus abholen. Er würde sie hinfahren, damit sie beim nächsten Mal allein hinfand. Seine Stimme hatte sich zu einem Flüstern gesenkt. Vielleicht bat er sie ja tatsächlich um eine Verabredung.

»Wie hat Ihrem Freund *Philadelphia, ich komme!* gefallen?«, fragte er.

»Gerry ist nicht mein Freund. Er ist ein Kollege.«

Michael zündete sich eine Zigarette an und schwieg.

Als sie nach Hause kamen, schob Gina ein Blech mit Schinkenspeck unter den Grill. Sie servierte ihn in mehligen weichen Brötchen, die sie dick mit HP Sauce bestrichen hatte. Sie nahmen ihre Mahlzeit vor dem Fernseher ein. Der fettige, leicht verbrannte Geschmack erinnerte Cushla an die Samstagabende, als ihr Vater noch lebte. Gerade lief ein Western. Eamonn und sie hatten ihn schon als Kinder gesehen. Eamonn hatte ein Cowboykostüm angehabt, und in seinem Holster hatte eine Pistole aus Holz gesteckt. Er hatte Cushla ausgelacht, weil sie weinen musste, als die Indianer massakriert wurden.

Eine Spielshow, die Gastgeberin drehte sich wie die Figurine auf einem Schmuckkästchen, um ihr Ballkleid vorzuführen. Ein Kandidat, mit Rasierschaum besprüht, versuchte, sich an die arbeitssparenden Geräte und die Spielzeuge zu erinnern, die soeben auf einem Förderband an ihm vorbeigeruckelt waren.

»Ich verstehe nicht, was diese Automaten, die dich mit einer Tasse Tee wecken, für einen Sinn haben sollen.«

»Weil du mich hast.«

»Schön, dass du heute Abend zu Hause bist«, sagte Gina. »In letzter Zeit warst du ganz schön oft aus.« Sie lächelte, aber ihre Augen schimmerten feucht, als versuche sie, nicht zu weinen. Cushla bekam ein schlechtes Gewissen und nahm sich vor, Eamonn zu sagen, dass sie die drei Schichten, für die sie sich freiwillig gemeldet hatte, doch nicht übernehmen könne: Es reichte ihr, dass sie Michael am Montag sehen würde. Ein Kissen unter dem Kopf, streckte sie sich auf dem Sofa aus und spürte, wie sie in den Schlaf glitt. Als sie wieder wach wurde, klebte Sabber an ihrem Kinn. In seiner Talkshow hatte Michael Parkinson Helen Mirren zu Gast. Sie sah fantastisch aus, fand Cushla, in einem schwarzen Kleid mit schmalen Trägern und einer langen Feder, die sie zwischen den Fingern drehte. Parkinson fragte nach ihrem Sex-Appeal. Helen Mirren machte einen Scherz und versuchte, das Thema zu wechseln, aber er ließ nicht locker, kam immer wieder auf ihre körperlichen Attribute zu sprechen. Vor allem auf ihre Brüste.

»Wie ordinär«, sagte Gina.

»Ja, so ist er.«

»Ich meinte sie.«

6

Kleider auf ihrem Bett, über der Lehne des Lloyd Loom-Sessels in der Ecke, an Bügeln in der offenen Kleiderschranktür, wo sie kurz in Erwägung gezogen und verworfen worden waren. Sie entschied sich für eine flaschengrüne Georgettebluse und Jeans; die graue Hose mit weitem Bein in Kombination mit der Pussycat-Schleife am Oberteil hatte zu damenhaft ausgesehen. Zweimal hatte sie Lidschatten aufgetragen und ihn wieder abgewischt, aber ihr Gesicht zeugte noch von ihrer Absicht. In wenigen Minuten würde er da sein. Das musste reichen.

»Steht dir«, sagte Gina, als Cushla nach unten kam, und verzog die Mundwinkel, als mache sie das Kompliment nur ungern.

Cushla griff nach dem Funkenschutzgitter. Im Kamin loderte eine Flamme auf, und ihr Schein fing sich in dem Kristallglas, das Gina unauffällig neben ihrem Sessel auf dem Fußboden platziert hatte. Cushla rammte das Gitter fest, Messing schepperte gegen Marmor.

»So geht die ganze Wärme nur zum Schornstein raus«, klagte Gina.

»Die Kohle explodiert andauernd«, sagte Cushla. »Und könntest du versuchen, deine Zigaretten zu Ende zu rauchen, bevor du die nächste anzündest?«

»Das werde ich mir noch in hundert Jahren anhören müssen«, sagte Gina. Zuvor hatte Cushla im Wäschekorb die Überreste einer Silk Cut gefunden, die im zusammengeschmolzenen Zwickel einer Miederhose ausgeglüht war. Gina hatte gesagt, so etwas trage sie nur gelegentlich, als bestehe ihr Vergehen darin, dass sie figurformende Unterwäsche benötigte, und nicht darin, dass sie um ein Haar das Haus niedergebrannt hätte.

»Dann geh ich jetzt mal.«

»Was hast du vor?«

»Ich geh mit Gerry Devlin ins Kino«, sagte Cushla. Als sie ihn nach dem Theater ins Haus gebeten hatte, hatte er nicht versucht, ihr die Zunge in den Mund zu stecken. Inzwischen betrachtete sie ihn als einen Freund. Und er war ein plausibles Alibi.

»Der Lehrer? Kommt er nicht rein, um hallo zu sagen?«

»Ich hab ihn gebeten, draußen zu warten.«

»Du solltest dir einen Kerl zulegen, der ein bisschen kultivierter ist.«

Wenn sie wüsste.

Michaels Auto stand vor dem Nachbarhaus, die wenigen Meter fühlten sich an wie Meilen. Cushla nahm auf dem Beifahrersitz Platz und drückte ihren Korb fest an die Brust. Sie hatte ihre Schulbücher herausgenommen und Irischbücher eingepackt, die sie seit dem College nicht mehr aufgeschlagen hatte: ein Wörterbuch, ein Vokabelverzeichnis, eine Sammlung von Redewendungen, eine Grammatik. Der Sitz war so weit nach vorne gestellt, wie es eben ging, und sie musste unbequem die Knie anziehen. Plötzlich hatte sie ein Bild von Michaels Frau vor Augen, und es war nicht eben schmeichelhaft: eine dünne, nervöse, irgendwie liederliche Person, die gegen das Handschuhfach gedrückt dasitzt. Sie war so mit diesem Bild beschäftigt, dass es einen Moment dauerte, bis sie merkte, dass er mit ihr sprach.

»Ich schiebe ihn zurück«, sagte er. Er fasste unter ihren Sitz und betätigte einen Hebel, mit dem er sich zurückschieben ließ. Seine Hand war ihr so nahe, dass die Haut auf ihrem Oberschenkel zu prickeln begann.

»Ich hoffe, Sie haben nichts dagegen, dass ich Sie abhole. Ich dachte, das wäre das Einfachste beim ersten Mal«, sagte er.

Beim ersten Mal.

»Ich habe nichts dagegen«, sagte sie. Um sich zu beruhigen, holte sie tief Luft, bekam dabei aber einen ganzen Schwall von ihm in die Nase: ein sauberer, männlicher Geruch nach Seife und Tabak.

»Wie kommen Sie mit Iris Murdoch voran?«, fragte er.

Sie räusperte sich. »Ich bin mir nicht sicher, worum es geht«, sagte sie. Im Dunkel sah sein Profil grob aus. Eine leicht vorgewölbte Stirn, das Nasenbein uneben, als sei es schon einmal gebrochen gewesen. Ein kampflustiger Mund mit vollen Lippen. Er lächelte, und seine Gesichtszüge schienen weicher zu werden.

»Werden Sie dranbleiben?«, fragte er.

»Ja. Ich hasse es, ein Buch nicht zu Ende zu lesen.«

»Das ist eine gute Strategie. Auch wenn ich manchmal denke, dass das Leben dafür zu kurz ist.«

Das Bibelzitat im Glaskasten vor der aprikosenfarben gestrichenen Kirche der Pfingstgemeinde in der Hauptstraße war ausgetauscht worden. *Der Lohn der Sünde ist der Tod.*

»Und ihr Katholiken glaubt immer, ihr hättet ein Monopol auf die Sünde.«

Das große blecherne Werbeschild für Eiscreme 99, das normalerweise vor dem Laden von Fidels Mutter auf dem Gehweg stand, verstellte die Eingangstür. Über dem Laden brannte Licht, und hinter den Fenstern waren ein paar Gestalten zu sehen.

»Die veranstalten da oben ein *No Surrender*-Treffen«, sagte sie und zeigte auf den ersten Stock. »Zu schade, dass es mit Ihrem irischen Abend kollidiert.«

An einem Fußgängerüberweg hatte er angehalten. Sie spürte, wie er ihr ganz langsam das Gesicht zuwandte, und bekam plötzlich Angst, zu weit gegangen zu sein. Ihre Blicke trafen sich. Er fing an zu lachen.

Vorbei an riesigen Flugzeughallen, an den gesenkten Köpfen der gigantischen gelben Kräne in der Schiffswerft, dann der hopfige Geruch aus der Tierfutterfabrik hinter den Docks, der, als sie den Lagan überquerten, in den Wagen drang. Vor ihnen die High Street. »Unter der High Street verläuft noch ein Fluss«, sagte er. »Ihm verdankt die Stadt ihren Namen. *Béal Feirste*, Mündung des Farset. Heute fließt er unterirdisch, durch einen Tunnel. Die Breite und die leichte Krümmung der Straße – man kann fast spüren, dass sie dem Lauf eines Flusses folgt. Ich besitze eine Zeichnung von 1830. Leute in Gehröcken, die auf den Kais flanieren, ein Segelboot, das vor Anker liegt. Wirklich erstaunlich. *Amazing.*«

Seine Stimme war so angenehm, dass sie das Gefühl hatte, ihr werde vorgelesen. Aber wie er das Wort *amazing* aussprach: das »äi« lang und gedehnt. Was hatte sie im Auto dieses Mannes zu suchen, mit seinem vornehmen Akzent und seiner weltmännischen Art? Etwas in ihr sträubte sich, und als sie am Rathaus vorbeifuhren, hörte sie sich sagen: »Meine Mutter ist in dem Viertel dahinter aufgewachsen.« Sie wollte ihm sagen, dass sie nicht aus den gleichen Verhältnissen kam wie er, aber sein ermutigender Gesichtsausdruck, als er kurz zu ihr herüberblickte, war so entwaffnend, dass sie ihm auf einmal eine von Ginas Geschichten aus dem Krieg erzählte. Ein GI hatte Gina eines Abends auf dem Heimweg von einer Tanzveranstaltung begleitet, und sie wollte nicht, dass er mitbekam, wie klein das Haus war, in dem sie lebte. In einem der oberen Fenster an der Ostseite des Rathauses brannte noch Licht, und sie blieb stehen und sagte: »Weiter musst du mich nicht bringen. Daddy arbeitet noch in seinem Büro.« Diese Sätze sprach Cushla mit Ginas Telefonstimme.

»Ihre Mutter ist wirklich eine Persönlichkeit«, sagte Michael.

»So kann man's auch ausdrücken«, sagte Cushla.

Er fuhr eine schmale Straße entlang. Am Ende war sie mit Betonpollern versperrt, die aussahen wie Schatztruhen. Der Platz reichte nicht, um zu wenden, und es gab auch keine Einfahrt, in die man den Wagen hätte zurücksetzen können. Michael legte den Arm auf ihre Lehne und drehte den Kopf, um durch die Heckscheibe zu schauen. Eine ihrer lockigen Strähnen hatte sich unter seinem Ellbogen verfangen, und es ziepte die ganze Zeit, als er die Strecke im Rückwärtsgang fuhr. Bevor er weiterfuhr, hob er die Locke an, legte sie auf ihre Schulter und musterte Cushla einen Moment.

In der Malone Road kamen sie an dem vornehmen Haus vorbei, in dem Cushlas Vater aufgewachsen war.

»Waren Sie oft bei Ihrem Großvater zu Besuch?«, wollte Michael wissen.

Sie hatte vergessen, oder versucht zu vergessen, dass er ihren Vater gekannt hatte. Vielleicht wusste er längst, woher Gina stammte. Wusste, dass Cushla auf etwas Bestimmtes hinauswollte, als sie ihm antwortete. »Früher haben wir ihn ein paarmal im Jahr besucht«, sagte sie. »Ein Dienstmädchen in Uniform hat uns aus einem Waterford-Kristallkrug Limettenlimonade serviert, während meine Mummy Eamonn und mich nicht eine Sekunde aus den Augen ließ, damit wir sie nur ja nicht blamierten.«

»Ich habe über meinem Stand geheiratet«, sagte Gina manchmal, und es sollte wie ein Scherz klingen. Doch Cushla konnte nicht vergessen, wie Gina sich bei diesen Besuchen verhalten hatte, jedes hervorgestammelte Wort eine Entschuldigung dafür, dass sie, die Fabrikarbeiterin, sich Oliver Laverys ältesten Sohn geangelt hatte. Es war auch nicht gerade hilfreich gewesen, dass sie ihr Haus nicht mit einer Kinderschar gefüllt hatte; neun Schwangerschaften, und alles, was sie vorzuweisen hatte, waren Eamonn und Cushla.

Michael bog in eine der Seitenstraßen. An der Ecke stand eine Armeekaserne, eine elegante, unauffällige Festung, das alte Herrenhaus und die taubengrau gestrichenen Zäune, am Rand des Gartens ein Wachturm auf Stelzen, so harmlos wie ein Baumhaus. Am Ende der Straße fuhr er zwischen zwei imposanten Pfosten hindurch in eine mit Moos bewachsene asphaltierte Einfahrt und parkte den Wagen so geschickt, als hätte er das schon viele Male getan.

Auf jeder Seite der schweren Eingangstür mit ihrer dicken Schicht aus marineblauem Glanzlack stand ein angeschlagener Topf mit Primeln. Michael drückte den Klingelknopf. Während der Fahrt hatte Cushla sich etwas entspannt, jetzt aber war ihr beklommen zumute.

Jim machte ihnen auf, in Strümpfen, die Zweistärkenbrille ins Haar geschoben, wie Frauen es mit Sonnenbrillen tun. »*Fáilte*«, sagte er.

»Beeindruckend«, sagte Michael. Er legte seine Hand auf ihren Rücken, die Berührung kaum spürbar, aber absichtsvoll. Sie warf ihm einen Blick zu. »Nach Ihnen, Miss Lavery«, sagte er und schob sie vor sich ins Haus.

Die Diele war hoch und breit und vollgestopft. Über den Wandleisten ein burgunderroter Anstrich, darunter tabakfarbene Anaglypta-Tapete. Ein geschwungener Holzstuhl aus den dreißiger Jahren, das Sitzkissen bezogen mit William Morris-Stoff. Ein großes Aquarell, das einen Hügel unter einem kalten blauen Himmel zeigte, das abgestorbene Riedgras und das Heidekraut korallenrot. Sie blieb vor dem Bild stehen.

»Ist das Licht nicht wundervoll?«, fragte Michael.

»Sieht aus wie irgendwo in Amerika, wie man es aus Filmen kennt. Arizona oder Nevada«, sagte sie.

»Das war im Januar, in Donegal. Penny liebt das Licht im Winter«, sagte Jim.

In der Küche war es warm, es roch nach Knoblauch. Penny hatte sich über ihr schwarzes Strickkleid eine ausgewaschene rosa-grün karierte Schürze mit ausgestelltem Rockteil gebunden. »Cushla hat dein Aquarell bewundert«, sagte Michael und küsste sie auf beide Wangen.

»Danke. Das einzige Bild von mir, das ich mag«, sagte Penny. »Inzwischen vertrödele ich meine Zeit mit Bildhauerei.«

Jim schenkte ihnen aus einer Korbflasche Wein ein, und wieder prosteten sie einander wortlos zu. Erst nachträglich fiel ihnen ein, auch mit ihr anzustoßen.

Auf einem langen Regal über dem Küchenfenster viktorianische Geleeformen in allen möglichen Größen und Schattierungen. Hinter dem Esstisch ein Geschirrschrank aus abgebeiztem Kiefernholz, vollgestopft mit silbernen Teekannen und Porzellanterrinen, Einmachgläsern und Dosen mit französischen Etiketten. *Pâté de campagne*, *beurre de homard*, *confit de canard*. Mit beiden Händen stellte Penny eine schwere blau-weiße Servierplatte auf den Tisch. Darauf lagen anämisch aussehende Cracker, die mit etwas bestrichen waren, das babyrosa glänzte wie Angel Delight-Dessertcreme. Jim reichte Cushla die Packung. Sie zeigte das Porträt eines Mannes mit einer Perücke, die aussah wie ein Schaffell. »Das ist Dr. Oliver aus Bath. Nach ihm wurden die Cracker benannt«, sagte er. »Erinnert er Sie an irgendjemanden?«

»Zieh Leine«, sagte Michael.

Jim stand auf, weil es an der Tür geklopft hatte. Stimmen in der Diele, laut, dann leise, als wollten sie nicht gehört werden.

Es versetzte Cushla einen Stich, als ihr klar wurde, dass sie das Gesprächsthema war.

Sie erkannte Victor aus Fernsehsendungen zum Zeitgeschehen. Er war klein und drahtig, trug eine khakifarbene Weste, in deren Brusttasche Stifte steckten, und war ein wenig außer Atem, was so wirkte, als wäre er eben noch durch Saigon gerannt. Jane hatte karamellfarbenes Haar und große, von spinnenbeinartigen Wimpern gerahmte braune Augen und hauchte ein »Hallo«.

Vom Wein hatte Cushla einen so trockenen Mund, als hätte sie bitteren schwarzen Tee getrunken. Sie nahm einen Cracker und biss hinein.

»Wie finden Sie ihn?«, fragte Penny.

»Lecker«, sagte sie, »aber ich hätte nicht gedacht, dass er nach Fisch schmeckt.« Sie lachten, ob mit ihr oder über sie, vermochte sie nicht zu sagen. Alle außer Victor, der mit eiligen Zügen eine Zigarre paffte und sie durch den Rauch hindurch musterte.

»Michael hat uns erzählt, dass Sie Muttersprachlerin sind«, sagte er leicht süffisant.

Wieder musste Cushla daran denken, was Gerry gesagt hatte. »Irisch war eins meiner Wahlfächer«, sagte sie. Sie sagte nicht *my A Levels*, sondern *me A Levels* und spürte, wie sie rot anlief.

Penny räumte die Servierplatte ab und ließ Besteck mit beinernen Griffen und ein Bündel Leinenservietten auf den Tisch fallen. Sie nahm eine ovale Auflaufschale aus Steingut aus dem Ofen und stellte sie auf einen rostigen Dreifuß in der Mitte des Tisches. Unter der braunen Kruste blubberte es, und von den Seiten tropfte dunkle Flüssigkeit herunter.

Cushla erhob sich. »Kann ich irgendwie behilflich sein?«, fragte sie. Penny rieb eine hölzerne Salatschüssel mit einer Knoblauchzehe aus. Sie gab Cushla ein Geschirrtuch und bat sie, die Teller aus dem Wärmeofen zu nehmen. Hinter ihnen sagte Michael: »Diplock-Gerichte … keine Geschworenen … dafür bin ich nicht angetreten.« Die Ofeneinsätze waren nah beieinander, und Cushla spürte, wie sie sich versengte, als ihr Handgelenk das heiße Metall berührte. Sie war kurz davor, in

Tränen auszubrechen, nicht weil es schmerzte, sondern weil sie so frustriert war. Sie legte sich das Geschirrtuch zurecht, ging um den Tisch herum und verteilte die Teller. Michael beobachtete sie, als sie seinen vor ihn stellte.

»Sie haben sich verbrannt«, sagte er. Die Wunde leuchtete rot, und es bildete sich bereits eine Blase. Er führte sie zum Spülbecken, ließ kaltes Wasser laufen und hielt ihre Hand darunter. Sein Daumen lag auf ihrem Handgelenk, dort, wo man den Puls misst. Das Herz schlug ihr bis zum Hals, am liebsten wäre sie auf der Stelle davongerannt.

»Arme Cushla«, sagte Penny. »Ich hätte es selbst machen sollen.« Ihr Ton war freundlich, aber es war genau das, was auch Eamonn oder Gina gesagt hätten.

Cushla schlüpfte auf ihren Platz. Die anderen reichten Penny ihre Teller. Cushla hätte sie gar nicht auszuteilen brauchen, aber das hatte ihr niemand gesagt.

»Moussaka«, sagte Jane, als Penny eine Portion aus der Schale schaufelte. »Wo hast du die Auberginen her?«

»Lila hat sie im Koffer mitgebracht, als sie zur Lesewoche nach Hause gekommen ist, zusammen mit dem Taramasalata.«

»Sie haben eine Tochter?«, fragte Cushla.

Penny stellte eine Schüssel mit knackigem Kopfsalat, angemacht mit Zitronensaft und Öl, auf den Tisch und einen Korb mit knusprigem Brot, das sie eher auseinandergerissen als geschnitten hatte. »Wir haben zwei. Lila studiert in Cambridge und Alice an der Heriot-Watt«, erklärte sie, als müsste Cushla wissen, wo das war.

Jane erzählte ihnen von einem brasilianischen Vertrag, an dem sie im Auftrag eines Ingenieursbüros arbeitete.

»Jane ist Übersetzerin aus dem Portugiesischen«, sagte Michael.

»Haben Sie viel zu tun?«, fragte Cushla.

»Es ist so lukrativ, wie es klingt«, sagte Victor, woraufhin Jane ihr Besteck hinlegte. Während der Mahlzeit sprach sie nur noch, wenn sie angesprochen wurde, und das geschah nicht eben häufig.

Zum Nachtisch gab es Irish Coffee und in Stücke gebrochenes krümeliges Weichkaramell. »*Sláinte*«, sagte Jim. Wieder dieser Akzent.

Michael zog sein Jackett aus. Sie hatte ihn noch nie in Hemdsärmeln gesehen und konnte den Blick nicht von seinen Schultern abwenden, dem Körperteil, der ihr bei einem Mann immer zuerst auffiel.

»Genau«, sagte Jim. »Lasst uns loslegen.« Alle sahen Cushla an.

Sie nahm die Bücher aus ihrem Korb und legte sie auf den Tisch. »Unterhalten Sie sich, dann sehen wir, wo Sie stehen.«

Victor zündete sich eine neue Zigarre an. »Verraten Sie uns das irische Wort für ›nein‹, Cushla.«

Sie wusste, worauf er hinauswollte. Im Irischen gab es kein Wort für »nein«.

»*Ní hea*«, sagte sie.

»Das heißt aber nicht ›nein‹, oder?«

»Es kann ›nein‹ bedeuten.«

»Es bedeutet ›es ist nicht‹. Das klingt ein bisschen windig, finden Sie nicht auch?«

Sie beobachteten sie, warteten auf ihre Antwort. »Was meinen Sie mit windig?«, fragte sie.

»Ausweichend. Unverbindlich. Wenn jemand Ihnen einen Drink anbietet, wie sagen Sie ›nein‹?«

»*Níor mhaith*. Ich will nicht.«

»Hört sich an wie eine Proklamation.«

Für Nationalisten hatte dieser Begriff einen ganz besonderen Klang, aber sie wusste nicht, ob er sie provozieren wollte. Schon den ganzen Abend hatte er sich ihr gegenüber irgendwie herablassend benommen; die anderen hatte er allerdings auch nicht viel besser behandelt. Vielleicht war sie auch nur eigenen Assoziationen gefolgt und hatte eine Verunglimpfung ausgemacht, wo gar keine beabsichtigt war. Vielleicht fragte er sich auch, worauf Michael eigentlich hinauswollte, dass er sie mitgebracht hatte.

Sie stellte ihnen ein paar einfache Fragen auf Irisch; nur Michael schien mehr als ein paar Phrasen zu können. Wenn er sich gelegentlich über ihr Buch beugte, um nachzusehen, wie ein Wort geschrieben wurde, war sein Gesicht nur Zentimeter von ihrem entfernt. Diese Nähe war wie Folter.

Es war fast elf, als sie aufbrachen. Jim geleitete sie hinaus. Als Michael und Cushla im Auto saßen, rief er etwas über die Schulter, zog sich nach drinnen zurück und schloss unvermittelt die Tür. Cushla stellte sich vor, wie er zu den anderen zurück in die Küche stürzte, und war verzweifelt, als sie daran dachte, was sie in ihrer Abwesenheit sagen mochten. Michael neben ihr war ungerührt.

Am Ende der Straße blitzte etwas am Zaun um die Kaserne auf. Das Metall einer Waffe, aber vielleicht bildete sie sich das auch nur ein. Anstatt den Weg zurückzufahren, den sie gekommen waren, bog er erst rechts ab, dann nach links in eine Sackgasse, die zu beiden Seiten von langen Reihen edwardianischer Häuser gesäumt war. Vor dem vorletzten hielt er an.

»Bin gleich zurück«, sagte er und ließ den Motor laufen. Seine Schritte auf dem Kies, das Knirschen des Schlüssels im Schloss. Hinter einem Fenster im Zwischengeschoss ging das Licht an, Michael beugte sich über einen Tisch, griff nach etwas. Der Raum wurde wieder dunkel, die Tür schlug zu, und er kam die Treppe herunter, in der Hand eine Reisetasche, die er auf den Rücksitz stellte.

»Das war das Haus meiner Großeltern«, sagte er. »Als sie gestorben sind, wurde es in Wohnungen aufgeteilt. Die beiden anderen Wohnungen sind vermietet.«

Glaubte er wirklich, sie seien nicht so verschieden? Cushlas Großvater war ein jugendlicher Ausreißer aus der Falls Road, der eine Kombiwette gewonnen und den Erlös dazu verwendet hatte, einen Wein- und Schnapshandel aufzuziehen. Gina sagte, den größten Umsatz habe er während der Prohibition erzielt, er habe »Al Capone geschmuggelten Brandy verschafft«. Cushlas Vater hatte das immer mit einem Lachen abgetan, Gina dagegen behauptete, es sei die reine Wahrheit. Oliver Lavery hatte die Straßen seines Viertels hinter sich gelassen und war in eine der baumbestandenen Avenues gezogen, doch in den Augen seiner protestantischen Nachbarn haftete seinen Gewinnen etwas Zwielichtiges an, und sie blieben auf Distanz. Cushla dachte immer, er sei einsam. Ein Witwer, der sich kleidete wie Fred Astaire und jeden Nachmittag um vier in Gamaschen und auf einen Stock gestützt die Straße zum Eglantine Inn schlenderte. Vermutlich hatten Michaels Großeltern eher zu den missbilligenden Nachbarn gehört.

Sie waren wieder unterwegs, vorbei an der Universität, die Scheinwerfer auf den reich verzierten Turm und die Stützpfeiler gerichtet, auf den makellosen Rasen. Die Straße teilte sich, dann wurde sie breiter. Er fuhr weiter, wartete an einer roten Ampel neben dem Europa Hotel. Dessen Fenster waren wieder einmal vernagelt.

»In welchem Zustand das ist«, sagte Cushla. »In unseren *Nachrichten* hat eins der Kinder erzählt, dass man's jetzt schon das Hartfaserplattenhotel nennt, weil kein anderes Hotel in Europa so oft Ziel von Bombenanschlägen gewesen ist. Die anderen Kinder haben nur gelacht.«

»Es sieht so oder so schrecklich aus. Ein verdammt hässliches Ding, das sie da neben die schönen viktorianischen Häuser geklotzt haben. Das Grand Central Hotel macht mir da schon mehr Sorgen. Dass die Armee es übernommen hat, ist eine Schande«, sagte er.

Die Crown Bar zu ihrer Rechten, das Grand Opera House – ebenfalls mit vernagelten Fenstern – zu ihrer Linken. Nie zuvor war sie auf den Gedanken gekommen, dass die Stadt schön sein könnte. Die Ampel sprang um, und er fuhr an. Aus einer Seitenstraße schoss ein Auto, und er riss automatisch den Arm hoch, als wollte er verhindern, dass sie durch die Windschutzscheibe flog.

Sie umfuhren den »Ring of Steel«, den Sicherheitskordon um die Innenstadt mit ihren menschenleeren Straßen. Im Schatten des Albert Memorial Clock Tower eine Prostituierte. Der Wind fuhr in ihr blondiertes Haar, wehte es hoch wie einen Vorhang, und sie tastete danach. Die Luft um sie her glitzerte vor Feuchtigkeit. Zurück über den Fluss. Männer an Deck eines Schiffes, die Schultern vor Kälte hochgezogen, hinter ihnen das schwarze Wasser des Belfast Lough. Etwa eine Meile lang war kein anderes Auto zu sehen. Es fühlte sich so an, als sollten sie nicht auf der Straße sein.

»Ich habe Ihnen ein Buch mitgebracht«, sagte er. »Wenn Sie von Iris die Nase voll haben. Ganz oben in meiner Tasche.«

Wenn, nicht falls. Als würde er sie kennen. Sie griff nach hinten. Das kalte Leder der Sitzbank. Die Reisetasche, vollgestopft mit Kleidern, weiches Material, Flanell oder angeraute Baumwolle. Seine Schmutzwäsche brachte er nach Hause zu seiner Frau. Hastig zog sie ihre Hand zurück.

»Ich finde es nicht«, sagte sie.

Er hielt auf dem Randstreifen an, kramte das Buch aus der Tasche und drückte es ihr in die Hand, bevor er wieder losfuhr. Der Schutzumschlag fehlte, und der Ledereinband war an den Ecken aufgerissen und pelzig. *Betsy Gray*, las sie laut. Die Ausgabe war in den sechziger Jahren erschienen, aber das Buch sah älter aus.

»Ziemlich zerlesen«, sagte sie.

»Es handelt von der Rebellion von 1798. Ich hab oft darin gelesen. Um mich daran zu erinnern, dass ich in einer stolzen liberalen Tradition verwurzelt bin.«

Zu ihrer Linken die Kräne der Schiffswerft, gigantische gelbe Winkel am Himmel. Ginas Bruder hatte zwei Schichten dort gearbeitet, bis seine Kollegen mitbekamen, dass er Katholik war, und ihm die Hand verstümmelten. Danach hielt er seine Zigarette zwischen dem Daumen und dem Stumpf seines Mittelfingers, mehr hatten sie von seinen Fingern nicht übriggelassen. Ganz die liberale Tradition, dachte Cushla und legte das Buch in ihren Korb. Etwas Originelleres als »Danke« fiel ihr nicht ein.

»Der ganze Ärger hat mit der Industrialisierung angefangen. Sie haben die Kluft zwischen den Konfessionen genutzt, um die Arbeiterschaft zu spalten«, sagte er. Cushla fragte sich, wen er mit »sie« meinte.

»Sind Sie Sozialist oder so was?«, fragte sie.

»Überrascht Sie das?«

»Ja. Schon.«

»Wieso?«

»Weil Sie kein kleiner Mann im Anorak sind. Oder ein langhaariger Student.«

»Eine starke Arbeiterbewegung würde all das beenden«, sagte er.

»So wie letztes Jahr, während des Streiks?«, fragte sie.

»Natürlich nicht. Diesmal müssten die Katholiken einbezogen werden.«

»Sie könnten damit anfangen, uns Arbeit zu geben. Aber das wird wohl nicht passieren, oder?«

»Man darf die Hoffnung nicht aufgeben.«

Sie waren vor ihrem Haus angekommen. Er fragte sie, ob sie auch das nächste Mal mitfahren würde. Sie bejahte.

»Wie sagt man das auf Irisch?«, fragte er.

»*Tiocfaidh mé*. Ich werde kommen.«

Er nahm ihre Hand und legte seinen Daumen auf die Innenseite ihres Handgelenks. Die Blase war zu einem kleinen prallen Wasserkissen angeschwollen. »Es war Ihnen peinlich, als ich Ihre Hand unter den Hahn gehalten habe«, sagte er.

»Ich kam mir dämlich vor. Ihre Freunde müssen mich für ziemlich ungeschickt halten.«

Mit dem Kuss hatte sie gerechnet, war aber überrascht, wie unbeholfen Michael war, wie er mit den Zähnen gegen ihre stieß, wie seine Bartstoppeln an ihrem Kinn kratzten. Sie empfand eine gewisse Zärtlichkeit für ihn, und um ihm die Unsicherheit zu nehmen, erwiderte sie sanft seinen Kuss. Er zog seine Hand zurück und rieb sich das Gesicht. »Meine Lebensumstände sind kompliziert«, sagte er. »Ich weiß, wie abgedroschen das klingt. Ich werde mich nicht immer frei machen können.«

»Manchmal aber?«

»Ja.«

»Einverstanden«, sagte sie, denn das war alles, was er ihr anbot.

DÚIL

7

In Zusammenhang mit einem in Grenznähe entdeckten Waffenlager sind im Süden der Grafschaft Down zwei Männer verhaftet worden.

Ein Löwe ist aus dem Zoo ausgebrochen. Ist durch Gärten und Hinterhöfe bis zur Shore Road gesprungen, wo er von Sicherheitskräften eingefangen wurde.

Auf einer Brachfläche in East Belfast wurde in den frühen Morgenstunden die Leiche eines Mannes gefunden. Seine Identität konnte bislang noch nicht festgestellt werden.

»Davy fehlt uns heute«, sagte Cushla, als sie den leeren Stuhl neben Jonathan bemerkte.

»Sein Gestank fehlt mir nicht«, sagte Lucia. Zoe kicherte.

»Zehn Zeilen«, sagte Cushla.

»Aber, Miss.«

»Zwanzig.«

Cushla trat an die Tafel und schrieb:

Wenn man nichts Nettes zu sagen hat, soll man den Mund halten.

»Das ist aus *Bambi*«, sagte Zoe.

»Von *Bambi* kannst du eine Menge lernen, Zoe. Und du darfst ebenfalls zwanzig Zeilen schreiben, weil du gelacht hast.« Missmutig beugten sich die Mädchen über ihre Hefte.

»Sie haben das Gebet vergessen, Miss«, sagte Jonathan.

»Weil ich Euch das Ave Maria auf Irisch beibringen will«, sagte sie. Sie hatte es vergessen, aber damit würde sie den ersten Teil des Vormittags herumbringen. Sie wischte das *Bambi*-Zitat aus und schrieb das Gebet an die Tafel. Die Kinder standen an, um ihre Stifte mit der Spitzmaschine anzuspitzen, die an ihrem Pult klemmte; sie drehten an der Kurbel und prüften die Bleispitzen, bevor sie zu ihren Plätzen zurückkehrten.

Lucia und Zoe traten an Cushlas Tisch und zeigten ihre Hefte vor. Zoe hatte eine Kaskade von Sternen an den Rand gezeichnet. Lucia hatte geschrieben: WENN MAN NICHTS NETTES ZU SAGEN HAT, SOLL MAN DEN SCHNABEL HALTEN.

»Gut gemacht. Setzt euch wieder«, sagte Cushla. Für das Gute belohnt, für das Schlechte bestraft. Sie stellte sich Michael Agnew in seiner Robe vor, die Haare unter der Anwaltsperücke platt gedrückt. Die Jungen und die Männer, die ihm vorgeführt wurden, die sich weigerten, ein britisches Gericht anzuerkennen, und in einem Irisch antworteten, das sie sich in Long Kesh selbst beigebracht hatten. »Keine Geschworenen, dafür bin ich nicht angetreten«, hatte er gesagt.

Seit dem »irischen Abend« in der Woche zuvor hatte sie ihn weder gesehen noch von ihm gehört. Unzählige Male hatte sie den Abend vor ihrem geistigen Auge ablaufen lassen, hatte nach dem Wort, der Geste, der Aussprache gesucht, die ihn abgestoßen hatten, die bewiesen hatten, dass sie zu jung, zu ungebildet, zu katholisch war. Jetzt kam es ihr erbärmlich vor, wie sie auf Pennys chaotischem, elegantem Tisch ihre Irisch-Lehrbücher ausgebreitet hatte, verzweifelt darum bemüht, ihn zu beeindrucken. Vielleicht war sie zu offensichtlich von ihm angetan. Jedes Mal, wenn er sein Glas hob oder auch nur seine Sitzposition veränderte, hatte sie ihn angestarrt, als habe sie in ihrem ganzen Leben noch keinen Mann zu Gesicht bekommen. Einige Male hatte sie aufgeschaut und bemerkt, dass einer der anderen gerade den Blick abwandte – als habe sie unter Beobachtung gestanden –, und einmal hatte sie gesehen, wie Victor Jim etwas zuflüsterte. Der antwortete ihm mit einem kurzen, warnenden Kopfschütteln, als wolle er ihn am Weiterreden hindern. Sie quälte sich mit dem Gedanken, was wohl geredet wurde, nachdem sie aufgebrochen waren, ob sie die Zielscheibe von Victors Scherzen geworden war, Michael zum Gespött gemacht hatte. Sie hatte sie beide blamiert.

Unterdessen hatten die Kinder das Gebet von der Tafel abgeschrieben. Sie las es langsam vor, wies, während sie es aussprach, mit dem Zeigestock auf jedes Wort, genoss jede Silbe, die weichen, klangvollen, kehligen Laute. Als sie sich umdrehte, rechnete sie damit, in gelangweilte Gesichter zu blicken. Sie jubelten ihr zu. Sie lachte und verbeugte sich. Selbst wenn er sie anriefe und sie bitten würde, wieder mitzukommen: Michael Agnew und seine hochnäsigen Freunde konnten sich selbst Irisch beibringen, oder was immer sie dafür hielten. Sie würde ihn aus ihren Gedanken streichen.

Sie begann den Unterricht mit einem Rechtschreibtest und nahm sich dann den nächsten Block mit Wörtern vor. Die Kinder sollten darauf achten, dass ein Laut von zwei Buchstaben repräsentiert werden konnte. »Wenn man das ›a‹ mit einem ›i‹ kombiniert«, sagte sie, »wird daraus ein ›äi‹.« Sie schrieb Wörter an die Tafel. *Rain. Pain. Stain.* Sie sagte sie laut, aber ihr Mund formte kein »äi«, nur etwas Ärmlicheres, etwas wie »ai«. Sie dachte an Michael, wie er im Auto *amazing* gesagt hatte, und ihr Magen verkrampfte sich vor Sehnsucht. Er hatte sie gewogen und für zu leicht befunden.

Als es zur Pause läutete, war sie noch vor den Kindern aus der Tür. Im Lehrerzimmer hatte Gerry Devlin ihr eine Tasse Tee gemacht. Sein T-Shirt war mit Pfauen bedruckt. Von einer weiteren Verabredung war keine Rede mehr gewesen, und inzwischen freute sie sich darauf, ihn am Wasserkessel zu treffen.

»Wie war dein Vormittag?«, fragte er.

»Schrecklich. Hab zwei Mädchen zwanzigmal einen Satz aus einem Disneyfilm abschreiben lassen. Sie haben über den kleinen McGeown gelästert. Dabei war er nicht mal im Unterricht.«

»Jemand hat vorhin von dem Jungen gesprochen. Sein Vater liegt im Krankenhaus.«

»Ist er krank?«

»Er ist verprügelt worden oder so.«

»Wurde er überfallen?«

Gerry zuckte die Schultern. »So hat sich's jedenfalls angehört.«

Als sie wieder im Klassenzimmer war, teilte sie die Liederbücher aus und schaltete den Rekorder ein. Es erklang *The Streets of Laredo*. Ein Lied voller Hitze und Staub, mit einem sterbenden Cowboy, der um Wasser bittet, um seine ausgetrockneten Lippen zu befeuchten. Davy wäre durch den Raum getaumelt, hätte sich in Zeitlupe erschießen lassen und wäre dann auf seinem Pult zusammengebrochen. Was war seinem Vater zugestoßen?

Nach der Mittagspause brachten die Kinder, die zum Essen nach Hause gegangen waren, Neuigkeiten mit.

»Davys Da liegt im Krankenhaus.«

»Er ist zusammengeschlagen worden.«

»Die haben ihn beinahe umgebracht.«

Auf einer Brachfläche in East Belfast wurde in den frühen Morgenstunden die Leiche eines Mannes gefunden. Seine Identität konnte bislang noch nicht festgestellt werden. Über Davys Vater war zunächst als Todesfall berichtet worden. Sie mussten ihn für tot zurückgelassen haben.

Es klopfte an der Tür. Zwei Mädchen aus der P7 überbrachten eine Nachricht von Bradley mit der wichtigtuerischen Anweisung: *Bringen Sie Ihre Schützlinge sofort in die Aula.*

Aus den Klassenzimmern strömten die Kinder in Scharen auf den Korridor. Schweigend tappten sie über den Terrazzofußboden. Die Attacke hatte sich herumgesprochen.

Bradley stand gemeinsam mit Father Slattery auf der Bühne. Er trat einen Schritt nach vorn und zupfte kurz am Revers seines braunen Anzugjacketts, als würde er jeden Moment eine Stand-up-Comedy-Einlage geben. »Ihr werdet mitbekommen haben, dass der Vater eines eurer Mitschüler im Krankenhaus liegt«, sagte er. »Es ist nicht die Zeit für Klatsch und Tratsch. Das Beste, was wir tun können, ist, ein Gebet zu sprechen.«

Slattery stellte sich vor den Direktor, und die Kinder falteten ihre Hände, bereit für mehrere Vaterunser, Ave Maria, Ehre sei Gott. »Aufzeigen, wer schon mal was von *Romper Room* gehört hat«, sagte er.

Ein Mädchen aus der P4 hob die Hand. »Das ist eine Fernsehshow«, sagte sie. »Miss Helen lässt Kinder Liedchen singen.«

»Wisst ihr, was ein *romper room* sonst noch ist?« Jetzt wurde gekichert. Ein *romper room* war doch ein Spielzimmer für Kleinkinder. Cushla wartete darauf, dass Bradley etwas unternahm, doch der stand einfach nur da.

»Loyalistische Mörderbanden haben *romper rooms*«, sagte Slattery. »In den Hinterzimmern ihrer Bars, ihrer Klubs und Vereine.«

Einige der Lehrer traten schon von einem Fuß auf den anderen. Gerry Devlin löste sich aus der Gruppe, legte den in Rot, Gelb und Grün gewebten keltischen Gurt seiner Gitarre über die Schulter und bewegte sich an der Seite der Aula in Richtung Bühne. Er ging die Stufen hinauf. Bradley beugte sich vor und sagte etwas zu ihm, aber Gerry ging weiter und stellte sich neben den Priester. Mit dem Daumen schlug er die Saiten seiner Gitarre an und begann zu singen. Sein Song für den Frieden war noch schlechter, als Cushla ihn in Erinnerung hatte. Schlechte Reime, die nicht zur Melodie passten, getränkt von Klischees über Liebe und Vergebung. Zuerst waren nur Gerrys Stimme und das Trällern seiner Schülerinnen und Schüler zu hören. Es war kaum auszuhalten, aber immer noch besser, als Slattery zuhören zu müssen. Fort mit Hass und Gewalt, stimmte Cushla plötzlich ein, lasst Liebe in eure Herzen. Am Ende sangen alle mit. Alle bis auf die beiden Männer, die hinter Gerry Devlin auf der Bühne standen. Bradley sah aus, als warte er auf die Erlaubnis zu gehen. Slattery stand reglos da, den Blick auf Gerrys Rücken geheftet.

Nach dem Auftritt ging Cushla durch die Reihen der Kinder zu Gerry, der an der Wand stand.

»Danke für deine moralische Unterstützung«, sagte er.

»Ich konnte nicht zulassen, dass du dich ganz allein zum Affen machst. Hut ab, Gerry Devlin. Du bist der Einzige, der den Schneid hatte, diesem Idioten das Maul zu stopfen.«

Ein Duft von gekochtem Hühnchen und Wurzelgemüse hatte den abgestandenen Rauch ersetzt, von dem sie normalerweise empfangen wurde, wenn sie aus der Schule nach Hause kam. Die Suppe gab es immer dann, wenn Gina versuchte, nicht zu trinken. Sie stand am Herd und schabte gehackte Petersilie von einem Brett in den Suppentopf. Sie war beim Friseur gewesen, ihre Haare waren eine Nuance heller getönt. Ihre Haut hatte einen pfirsichfarbenen Glanz.

»Du siehst hübsch aus«, sagte Cushla.

»Es heißt Viking«, sagte ihre Mutter und hob die Hand an die Schläfe. Sie zitterte ganz leicht.

»Steht dir.«

»Beim Friseur haben sie über diesen McGeown gesprochen«, sagte Gina. »Die Dicke aus der Siedlung hat gesagt, sie hat ihn oft nach Hause torkeln sehen, total besoffen. Blöde Kuh. Als wäre das ein Grund, ihn krankenhausreif zu prügeln.«

»Einer seiner Söhne ist in meiner Klasse. Vor zwei Wochen hab ich ihn mal mitgebracht. Kannst du dich noch an ihn erinnern?«

»Natürlich kann ich mich erinnern«, sagte Gina. So schnell wie sie antwortete, war klar, dass sie sich nicht erinnerte.

Sie konnte kaum laufen, wollte Cushla sagen, das hat der Junge über dich gesagt. »Ich sollte mal hin und nach ihnen sehen«, sagte sie.

»Die Suppe reicht für eine ganze Armee«, sagte Gina und verschwand in der übervollen Speisekammer. Gegen Ende des Generalstreiks, den der Ulster Workers' Council im Vorjahr organisiert hatte, waren kaum noch Lebensmittel im Haus gewesen, und nur über ihre Leiche würde sie es zulassen, dass sie wegen der verdammten Loyalisten noch einmal hungern mussten. Sie füllte zwei Einkaufstaschen mit Vorräten, und sie machten sich auf den Weg in die Siedlung.

»Hätten sie ihnen kein Haus in der ersten Reihe geben können?«, fragte Gina, als sie durch die grauen Quadranten fuhren. Sie war 1920, während der ersten Troubles, in einem Raum über einem Pub geboren worden, nur Tage, nachdem protestantische Nachbarn das Haus ihrer Eltern in Brand gesetzt hatten. Wo immer sie sich befand, stets suchte sie nach einem Fluchtweg.

In einem Vorgarten drei Häuser vor dem der McGeowns standen zwei Frauen in Hauskleidern mit geometrischen Mustern. Cushla sagte hallo. Sie erwiderten den Gruß nicht.

Tommy machte ihnen auf, die Hände in die Hüften gestützt, auf denen eine ausgewaschene graue Cordhose saß. Sein dünner, mit Rauten gemusterter Acrylpullover reichte kaum bis zum Gürtel. »Meine Mummy ist nicht da«, sagte er.

»Nimm unserer Cushla die Taschen ab und lass uns rein, Himmel noch mal, bevor ich den Topf fallen lasse«, sagte Gina.

Sie folgten ihm ins Haus. Davy saß, an seine Schwester Mandy gekuschelt, auf einem rostfarbenen Velourssofa. Er sprang auf und blieb unsicher vor Cushla stehen. »Mein Vater ist Opfer eines Anschlags geworden«, sagte er, als seien sie im Klassenzimmer und er verkünde die *Nachrichten*.

Cushla ließ sich auf die Knie sinken und nahm seine Hände. »Ich weiß, Davy«, sagte sie. Er sah enttäuscht aus, als habe er mehr von ihr erwartet.

Die Küche war blitzsauber, aber hoffnungslos vollgestopft. Auf ausgebleichten Arbeitsflächen stapelte sich Tupperware. In einer Ecke stand ein Resopaltisch mit fünf kleinen Schemeln darunter, einer stand etwas vor. Ein Wäscheständer, auf dem Socken, Pullover und Handtücher hingen, versperrte teilweise den Weg zur Hintertür, an der Zimmerdecke war der Wandanstrich wolkig, als hätte man versucht, Schimmel wegzuwischen.

»Ideales Wetter zum Wäschetrocknen«, sagte Gina. »Ihr könntet die Sachen draußen aufhängen.«

»Die Nachbarn schneiden dauernd unsere Wäscheleine durch.«

»Sie schmeißen Hundescheiße über den Zaun«, sagte Davy.

»Reizend«, sagte Gina. Sie stand am Herd, rührte im Topf. Mandy deckte den Tisch.

Davy packte die Taschen aus. Wenn er etwas sah, das er mochte, hielt er es hoch und zeigte es den anderen. »Geht's Ihnen besser, Mrs Lavery?«, fragte er und wedelte mit einem Päckchen rosafarbener Waffelkekse. Gina schürzte die Lippen und machte sich daran, einen Stapel Brotscheiben mit Butter zu bestreichen. Cushla musste die Wangen einziehen, um nicht loszuprusten. Tommy, Mandy und Davy setzten sich und fingen an zu essen. Gina stand neben ihnen, befahl ihnen, noch mal zuzulangen, und zog sie auf, weil sie die Brotkrusten verschmähten. Cushla fand, dass Gina in Gegenwart von anderen oft zu dominant war, an diesem Abend aber war sie ihr dankbar.

Cushla nannte Tommy ihre Telefonnummer. Er schrieb sie in ein kleines schwarzes Notizbuch, das er aus der Gesäßtasche zog. Als er mit ihnen im in der Diele stand, um Cushla und Gina zu verabschieden, erblickte er die Jugendlichen, die ihn bei Cushlas letztem Besuch umzingelt hatten. Jetzt saßen sie auf ihrer Mauer. Einer der Jungen riss Streichhölzer an und schnippte sie auf den Gehweg.

»Verflucht noch mal«, sagte Tommy und machte einen Schritt zur Tür.

Gina hielt ihn am Arm fest. »Du bleibst im Haus«, sagte sie.

»Die sind hier, um uns zu provozieren«, sagte Tommy. Tränen traten ihm in die Augen.

»Ich weiß, mein Lieber. Aber du kannst absolut nichts dagegen tun. Geh in die Küche und kümmere dich um deinen Bruder und deine Schwester.«

Tommy fuhr sich mit den Knöcheln über die Wangen und nickte. Cushla und ihre Mutter gingen den Bürgersteig entlang, hinter sich das Geräusch von Schlössern und Riegeln. Als sie beim Auto ankamen, landete ein Streichholz nur wenige Zentimeter von Ginas Fuß entfernt, und einer der Jugendlichen sagte etwas, was Gina und Cushla nicht hören konnten, was die anderen aber brüllend komisch fanden. Gina drückte Cushla den leeren Topf in die Arme und ging auf die Jugendlichen zu. »Verzieht euch«, sagte sie.

»Wir leben in einem freien Land«, sagte eines der Mädchen.

»Wird's bald?«, sagte Gina. Ihre Gesichter waren einander ganz nah, jede wartete, dass die andere nachgab, und ihre Haare hatten den gleichen Farbton. Nach einer endlosen Minute ließ sich das Mädchen von der Mauer gleiten, und die anderen trotteten hinter ihr her.

»Unverschämte Rotzgöre«, sagte Gina, als sie auf dem Beifahrersitz Platz genommen hatte. »In einem freien Land, von wegen. Ein bigottes Drecksloch.«

»Du hättest nicht zu ihnen gehen sollen.«

»Die wollen einschüchtern, darum geht's.«

Cushla blickte zurück zum Haus. Davy stand am Fenster, hinter ihm die Gardine. Dann war kurz Tommys Arm zu sehen, der ihn wegzog.

Cushla brauchte nicht drei, sondern fünf Züge, um zu wenden, und begleitet von freudlosem Gelächter verließen sie die Sackgasse. Gina griff nach der Kurbel, um das Fenster zu öffnen.

»Meine Güte, Mummy. Die McGeowns müssen hier leben.«

»Sie haben niemanden.«

»Wie meinst du das?«

»Das Mädchen im Friseurladen hat gesagt, die Mutter ist 'ne Prod.«

»Das weiß ich. Slattery und Bradley nehmen es ihr übel, dass sie nicht zur Messe kommt.«

»Wenn es nach den Leuten hier geht, ist sie schlimmer als eine Katholikin, weil sie einen Katholiken geheiratet hat. Und ihre Familie spricht kein Wort mehr mit ihr.«

Zu Hause erhob Cushla keine Einwände, als Gina sich einen Gin einschenkte und das Radio lauter stellte, um die Nachrichten zu hören. Der Anschlag auf Davys Vater war zu einer Tätlichkeit herabgestuft worden und nahm nur noch den zweiten Platz der Berichterstattung ein, nach einer tödlichen Schießerei. »In Stücke gehackt zu werden ist keine Topmeldung mehr wert«, sagte Gina. »In welchem Höllenloch leben wir hier eigentlich?«

Das Telefon klingelte. Cushla ging in die Diele und nahm den Hörer ab. Das Geräusch fallender Münzen. »Hallo?«, sagte sie.

»Michael hier. Ich bin in einer Telefonzelle«, sagte er, als wäre es das Erstaunlichste, was ihm je widerfahren sei. »Möchten Sie wissen, was sonst noch in der Telefonzelle ist?«

Ein Gefühl der Leichtigkeit durchflutete sie. »Ich fürchte, Sie werden es mir ohnehin sagen.«

»Pommes in einem beunruhigenden Gelbton. Eine Dose Bier, auf die das Bild einer jungen Dame namens Cheryl gedruckt ist, die einen unglaublich großen Busen hat. Ein blasses schleimiges Ding, das ich nicht näher untersuchen möchte, denn ich fürchte, es ist ein benutztes Kondom.« Er stockte und sagte dann: »In zwei Minuten komme ich bei Ihnen vorbei. Ich könnte Sie mitnehmen.«

Sie sah zur Küche hin. Gina trottete über die Fliesen in Richtung Ginflasche. »Einverstanden«, sagte Cushla.

Vor dem Dielenspiegel kämmte sie sich mit den Fingern

durchs Haar und nahm ihren Trenchcoat vom Treppengeländer. »Ich geh spazieren«, rief sie. So viel zu ihrem Vorsatz, Michael Agnew nie wieder zu sehen; ein Anruf, und schon stürmte sie aus dem Haus.

Sein Auto stand zwischen dem Haus der Laverys und dem von Mr Reid. Michael warf ihr einen kurzen Blick zu, als sie sich auf den Beifahrersitz setzte. Sie fühlte sich hässlich in ihrem Schottenrock und ihrem Pullover und zog die Mantelschöße enger um sich.

Er fuhr aus der Stadt hinaus. »Ich habe erst im Pub angerufen«, sagte er. »Ich dachte, Sie arbeiten.«

»Heute nicht.«

»Hatten Sie einen guten Tag?«, fragte er. Wo der abnehmbare Kragen des weißen Hemds hätte sein sollen, war nur ein Schatten, ein leichter Schmutzrand. Ein anderer Geruch, gemischt mit Waschmittel und Leder, streng und ursprünglich. Graue Stoppeln auf Kinn und Wangen. Er sah ein wenig mitgenommen aus. Attraktiv.

»Der Vater eines meiner Schüler ist gestern Nacht überfallen worden.«

»Der Mann, den sie heute Morgen gefunden haben?«

»Ja.«

»Verdammt«, sagte er. »Hab davon gehört.«

Zu ihrer Linken lag die Siedlung, eine grau-braune Einöde vor leuchtenden Wiesen. »Da wohnt die Familie, ganz hinten«, sagte sie. »Eine Mischehe.« Sie betrachtete sein Profil, aber falls er eine Reaktion zeigte, konnte sie sie nicht erkennen.

»Offenbar ist er nach der Arbeit in einem Pub gewesen und um zehn gegangen, um einen Bus zu erwischen. Er muss in ein Auto gezerrt worden sein, denn gefunden wurde er anderthalb Meilen entfernt«, sagte Michael.

»Woher wissen Sie das?«, fragte Cushla.

»Bei Gericht kriegen wir alles mit«, sagte er.

»Meine Güte«, sagte Cushla. »Und er ist einfach nur eine Straße entlanggegangen?«

»Hier geht es nicht darum, was man tut«, sagte er. »Es geht darum, was man ist.«

Sie erzählte Michael von der Botschaft an der Mauer, den Nachbarn, die mit Scheiße warfen. Dass Davy von den anderen Kindern schikaniert wurde, weil seine Kleider nach Essen rochen. Dass ihm die Tatsache, dass sein Vater Arbeit hatte, eine Nachricht wert war.

Vorbei am Friedhof, wo ihr Vater begraben lag, mit seinen abschüssigen Rasenflächen und schmalen Grabsteinreihen. Vorbei an der Armeekaserne, wo im Abendlicht die Stacheldrahtrollen auf den hohen Zäunen schimmerten. Hinaus aus der Stadt, hinauf in die Hügel. Die Hecken waren stark zurückgeschnitten worden, doch an einigen Stellen wucherte Stechginster aus den eckigen Formen. Michaels Haus befand sich weiter oben an der Straße. Weshalb brachte er sie hierher?

Er fuhr durch ein eisernes Tor, das im Vorbeifahren kaum zu erkennen war.

Sie erzählte ihm von der schrecklichen Ansprache, die Slattery den Kindern gehalten hatte, von Gerrys Gesang, in den sie eingestimmt hatte, damit er sich nicht restlos blamierte. »Ich kann keinen Ton halten«, sagte sie, »und es ist der schlechteste Song in der Geschichte der Menschheit.«

Er lachte, der Klang breitete sich in ihrer Brust aus, und sie dachte, sie würde alles tun, um ihn glücklich zu machen.

»Und wie steht's bei Ihnen?«, fragte sie.

»Viel zu tun.«

Es gab so wenig, was er ihr erzählen konnte.

Sie stiegen aus. Er nahm ihre Hand und half ihr auf eine Erhebung am Rand eines schmalen Entwässerungsgrabens. Die Wiesen waren mit Schafen und Lämmern gesprenkelt. Keine Wolke am Himmel. Die Hügel auf der anderen Seite des Lough waren petrolblau, gemasert von weißen Tupfern und Strichen: Bungalows, Häuserreihen. Zu den Werften hin, wo der Meeresarm sich verengte, wurde das Wasser dunkel, drumherum lag ausgebreitet die Stadt.

Er stand rechts neben ihr. »Das Tal ist ein natürliches Amphitheater«, sagte er. »Je nachdem, aus welcher Richtung der Wind kommt, wird der Schall bis hierher übertragen. Manchmal kann man die Bomben hören.«

»Ich bin in der Falls Road zur Schule gegangen. Wenn man die Berge auf der anderen Seite hinaufgeht, kann man sehen, wie die Armeehubschrauber über den Straßen und Wohnungen schweben«, sagte Cushla »wie eine Invasion von Außerirdischen.« Er sagte nichts dazu, und sie fragte sich, ob sie eine Grenze überschritten hatte. Im Pub hätte sie diesen Teil von Belfast niemals erwähnt, sich schon gar nicht zur Präsenz des Militärs geäußert.

»Es muss sich wie ein dauernder Übergriff anfühlen«, sagte er. »Mit diesem Grad an Sicherheitsmaßnahmen zu leben.«

Er zeigte auf den Cave Hill. Samson und Goliath, die Kräne in der Werft; nur an einem Ort wie diesem gebe man technischem Gerät biblische Namen.

Er fragte sie, was sie Ostern vorhabe. Sie hatte keine Pläne, eine Tatsache, die sie bislang nicht gestört hatte.

»Eigentlich nichts.«

»Aber am Sonntag gibt's doch bestimmt ein Familienessen«, sagte er.

»So eine Familie sind wir nicht«, sagte sie. »Klingt das furchtbar?«

»Nein. Es gibt alle Arten von Familien«, sagte er und schwieg.

Sie fragte ihn nicht nach seinen Plänen; die Antwort wollte sie nicht hören. Damit er nicht den Eindruck hatte, sie sei völlig planlos, erzählte sie ihm, sie habe Eier gekauft, die sie kochen werde, damit die Kinder sie in der Schule anmalen könnten. Er machte einen großen Schritt über den Graben und pflückte Blüten von einem Stechginsterbusch. Die Zweige waren hart und stachelig. Als er zurückkam, hielt er ihr die Blüten hin und ließ sie in ihre hohlen Hände fallen. Er sagte ihr, sie solle sie zu den Eiern ins Wasser geben. Sie werde schon sehen, weshalb. Man solle niemals Stechginster schenken, denn er bringe Schenkenden wie Beschenkten Unglück. Er sei gewillt, das Risiko auf sich zu nehmen, wenn auch sie dazu bereit sei.

Die Sonne war untergegangen. »Ich sollte mich auf den Heimweg machen«, sagte sie.

Im Auto steckte er den Schlüssel ins Zündschloss, doch statt den Wagen zu starten, drehte er sich zu ihr. Er berührte sie an der Grube über dem Schlüsselbein. »Du magst das«, sagte er, als sie ihre Schulter seinen Fingern entgegenhob.

»Scheint ganz so«, sagte sie.

Mit der Handkante fuhr er an ihrem Schlüsselbein entlang und das Brustbein hinab, so langsam, dass es fast schmerzte. Sie hörte sich nach Luft schnappen. Dann beugte er sich über sie, seine Hand flach auf ihrer Brust, seine Zunge in ihrem Mund. Er schmeckte streng, fast unangenehm. Sie öffnete ihre Hand, um ihn zu berühren, und in einer gelben Wolke stoben die Stechginsterblüten auf und segelten auf sie beide herab. Er wich zurück und drehte ihre Hand lachend wieder um; sie hatte die Blüten so fest umklammert, dass ihre Handfläche lauter Kerben aufwies. Er küsste ihre Hand und legte eine zerdrückte Blüte nach der anderen wieder hinein.

Schweigend fuhren sie die Straße den Hügel hinab. Als sie vor ihrem Haus hielten, legte sie die Hand auf den Türgriff, zögerte aber, weil sie nicht wusste, wie sie sich von ihm verabschieden sollte. Es war noch nicht ganz dunkel, und ohne das Risiko, gesehen zu werden, konnte sie ihn nicht berühren oder küssen. Was geschieht jetzt?, wollte sie fragen, hätte es aber nicht ertragen, sich so bedürftig anzuhören. Seine Hände auf dem Lenkrad waren voller Altersflecken. Er betrachtete Cushla, beugte und streckte die Finger. »Ich rufe bald an«, sagte er.

Ihre Mutter stand am Küchentisch; sie hatte den BH unter ihrem Pullover nicht zugemacht, und so zeichneten sich die Spitzen der Körbchen oben auf ihrem Brustkorb ab, während ihre wirklichen Brüste darunter baumelten. Es lief auf ein ordentliches Besäufnis hinaus, ahnte Cushla. Eine österliche Talfahrt ins Selbstmitleid. »Wohin bist du denn verschwunden«, fragte Gina.

»Die hier holen«, sagte Cushla und zeigte ihr die zerdrückten Blüten. Gina zuckte zusammen. Natur fand sie abstoßend. Sie war mit Eamonn und Cushla nie im Park oder am Strand gewesen. Einmal, als sie noch klein war, hatte Cushla Rosenblätter über Nacht in Wasser eingeweicht, weil sie versuchen wollte, Parfüm daraus zu machen. Am Morgen fand sie das

Marmeladenglas umgedreht auf dem Abtropfbrett und die schleimigen Überreste ihrer Tinktur im Ausguss.

Cushla nahm ihren größten Topf, einen Fischkessel aus Aluminium, vom Küchenschrank herunter, füllte ihn mit Wasser und gab die Eier und die Blüten hinein. Ihre Hand schmerzte und roch nach Kokosnuss. Sie blieb am Herd stehen und lauschte auf das Rumoren des Wassers, als es heißer wurde, auf das leise Klacken der aneinanderstoßenden Eier. Als die Eier gekocht waren, hob sie sie mit einem Schaumlöffel heraus und legte sie in ein Sieb in der Spüle. Die Schalen hatten sich dottergelb gefärbt.

Sie ging zu ihrer Mutter ins Wohnzimmer. »Was schaust du dir an?«, fragte sie.

»So 'ne Justizserie.«

Ein Anwalt saß im Gerichtssaal. Er hatte eine Knollennase und stechende Augen, die er unter seiner Perücke zusammenzog.

»Wie der ausstaffiert ist«, sagte Gina.

Cushla setzte sich auf das Sofa. Der Name des Anwalts war Rumpole. Er verteidigte einen jungen Schwarzen, der beschuldigt wurde, jemanden vor dem Lord's Cricket Ground niedergestochen zu haben. Er riet dem Mann, sich schuldig zu bekennen, der aber beharrte darauf, auf nicht schuldig zu plädieren.

»Was nicht heißt, dass er auch unschuldig *ist*«, meinte Gina.

»Darum geht's nicht. Seine Aufgabe ist es, ihn zu verteidigen. Jeder hat das Recht auf eine Verteidigung«, sagte Cushla. Kaum hatte sie die Worte ausgesprochen, kam sie sich lächerlich vor. Sie hatte sich von einem Prozessanwalt in einem Auto abknutschen lassen, und schon war sie Expertin in Sachen Strafjustiz.

»Apropos, Michael Agnew stand heute in der Zeitung«, sagte Gina. »Hat die Diplock-Gerichte kritisiert. Einen Beliebtheitswettbewerb wird er damit nicht gewinnen, dass er so was laut sagt.«

»Er hat recht. Es ist ein unfaires System. Drei Richter, alle sehr wahrscheinlich Protestanten, die auf dieselbe Schule gegangen sind, und keine Geschworenen. Wo ist die Zeitung?«

»Hab ich zum Feueranzünden genommen.«

»Woher kannte Daddy ihn?«

»Vor etwa zehn Jahren war dein Onkel Frank Mitglied in irgendeiner frühen Bürgerrechtsorganisation. Michael Agnew war ebenfalls beteiligt. Die Prods haben nicht gerade Schlange gestanden, um dabei zu sein.«

»War Daddy beteiligt?«

»Himmel, nein. Hinter der Theke musste er sich immer hübsch heraushalten. Aber Michael haben wir damals oft gesehen.«

»War er mal hier im Haus?«, fragte sie.

»Er war bei ein paar von unseren Partys. Dein Vater und ich haben tolle Partys gegeben«, sagte Gina. Sie zündete sich eine Zigarette an und starrte auf den Fußboden, als sie den ersten Zug nahm; glückliche Erinnerungen stimmten sie immer verdrießlich.

»Ist er noch mit Onkel Frank befreundet?«

»Wie zum Henker soll ich das wissen?«, sagte Gina. »Die Laverys gehen mir aus dem Weg. Warum interessiert dich das überhaupt?«

»Du hast ihn erwähnt. Ich versuche nur, ein Gespräch in Gang zu halten.«

Gina sah sie einen Moment lang an, dann schaute sie wieder auf den Fernseher. Cushla würde sich vorsehen müssen.

Rumpole hatte einen Sohn, der dabei war, nach Amerika zu gehen. Er war so mit dem Fall beschäftigt, dass sie sich nur flüchtig verabschieden konnten, beim Mittagessen. Ihr Umgang war verkrampft, der Sohn griesgrämig, abwehrend. Rumpole war kein guter Vater gewesen.

Rumpoles Frau war allein im Haus und trank. Als er nach Hause kam, ging sie im Zimmer auf und ab, als wollte sie einen Streit anfangen, aber dann schenkte sie sich noch ein Glas ein und stellte ihm seine Mahlzeit hin. Sie aßen schweigend. Als sie fertig waren, sagte er zu ihr: »Wer bin ich eigentlich?«

Wer bin ich?, dachte Cushla.

8

Sie fuhr am längsten Zaun des Vereinigten Königreiches entlang – so stand es jedenfalls in den Zeitungen. Botschaften zogen vorbei. NUTZEN SIE DIE VERTRAULICHE TELEFONNUMMER … WENN IHNEN ETWAS VERDÄCHTIG VORKOMMT, WÄHLEN SIE 999 … ACHTEN SIE DARAUF, DASS SICH KEINE BOMBE UNTER IHREM AUTO BEFINDET … LASSEN SIE KINDER NICHT MIT SPIELZEUGWAFFEN SPIELEN …, die Auslassungspunkte am Ende ließen unzählige Möglichkeiten offen. VERLIEBEN SIE SICH NICHT IN EINEN DOPPELT SO ALTEN, VERHEIRATETEN PROD … LASSEN SIE SICH NICHT DARAUF EIN, IHN JEDES MAL ZU TREFFEN, WENN ES IHM PASST …

Als Michael sie kurz vor sieben anrief, aß Cushla gerade den letzten Bissen von Ginas traditionellem Karfreitagsimbiss, einem von geschmolzener Butter und Malzessig triefenden Fischstäbchen-Sandwich. Er war beim Abendessen und würde um zehn in der Wohnung sein. »Komm vorbei«, sagte er. Kaum hatte sie ja gesagt, verspürte sie auch schon einen ersten Anflug von Unmut. Mehr würde sie von ihm nicht bekommen. Für sie würde es nur ein oder zwei Stunden im Voraus verabredete Stelldicheins geben, Geschlechtsverkehr auf Parkplätzen, Abende im Haus seiner Freunde unter wenig überzeugenden Vorwänden. Wenn ihre Gedanken – kurz – zu seiner Frau schweiften, hielten sich ihre Schuldgefühle über das, was sie ihr antat, in Grenzen. Das Bild, das Cushla von ihrer Rivalin hatte, war wandelbar. Sie sich vorzustellen war, als würde sie mit einer dieser Anziehpuppen aus Pappe spielen, die die Mädchen manchmal mit in die Schule brachten. Ihr stand ein umfassender Katalog von Mängeln zur Verfügung, unter denen sie wählen konnte, sollte sie von ihrem Gewissen geplagt werden. Ein Teint wie eine Grapefruit oder ein Netz geplatzter Äderchen. Eine weinerliche Stimme oder von schwerem Schmuck grotesk in die Länge gezogene Ohrläppchen. Es bedurfte nicht viel, um diese Visionen heraufzubeschwören; die simple Tatsache, dass diese Frau ihr Michael vorenthielt, reichte vollkommen aus.

Als sie bei Michaels Wohnung ankam, waren die Vorhänge im Fenster des ersten Stocks nicht zugezogen, der Raum erfüllt von warmem Licht. Sie parkte ihr Auto neben seinem und prüfte ihr Gesicht im Spiegel, bevor sie ausstieg. Er lehnte am Türrahmen. Es gefiel ihr, dass der Kies in der Einfahrt ihre Schritte verlangsamte, als sie auf ihn zuging, dass der Volant ihres Kleides ihre Knie umspielte. Dass er sie beobachtete. An der breiten Treppe nahm sie zwei Stufen auf einmal und atmete tief ein, um sich zu beruhigen. Er zog sie ins Haus und drückte die Tür mit dem Fuß zu. Seine Augen waren glasig. »Da bist du ja«, sagte er und küsste sie voll auf den Mund. »Du siehst toll aus. Das Kleid hast du auch im Lyric Theatre angehabt.«

Er trug ein Sakko mit Hahnentrittmuster, darunter einen schwarzen Rollkragenpullover. »Du auch«, sagte sie. »Wie ein James Bond aus der Malone Road. Oder wie der Mann aus der Milk Tray-Werbung.«

»Kenn ich nicht. Möchtest du einen Schlummertrunk?«, fragte er und küsste sie wieder. Es war, als würde sie Whiskey trinken.

»Nein. Heute ist ein Tag des Fastens und der Abstinenz.«

»Oje. Ich tu weder das eine noch das andere. Eine Tasse Tee?« Sein Mund noch immer auf ihrem.

»Nein.«

Sie spürte, wie seine Lippen sich zu einem Lächeln öffneten.

In seinem Schlafzimmer brannte eine Lampe, ein altmodischer beiger Schirm mit Quasten. Große, düstere viktorianische Möbel. Bücher, Zeitungen, auf dem Nachttisch ein Aschenbecher. Ein schwacher würziger Geruch lag in der Luft. Sie zog ihren Mantel aus und legte ihn auf einen mit lachsrotem Samt bezogenen Polstersessel. Als sie sich umwandte, ging er vor ihr in die Hocke. Unter einem der Kissen auf dem Bett lugte ein Ärmel mit Paisleymuster hervor. Wäre sie nicht gekommen, hätte er sich seinen Pyjama angezogen. Aber sie war gekommen, und er zog die Reißverschlüsse ihrer Stiefel auf.

Als sie aufwachte, lag sie dicht neben ihm, ihre Nase in den zotteligen Haaren seiner warmen Achselhöhle, seine Hand auf ihrer Hüfte. Sie hob sie vorsichtig hoch, schlüpfte aus seinem Bett, las ihr Kleid vom Fußboden auf und zog es sich über den Kopf.

Das Badezimmer war mit schwarzen und weißen Kacheln im Ziegelmuster gefliest. Sie legte etwas Papier ins Toilettenbecken, um das Plätschern ihrer Pisse zu dämpfen, und setzte sich hin. An die Badezimmertür war ein Reim von Mabel Lucie Attwell gepinnt. Michaels Toilettenartikel waren spartanisch. Neben einem stoppeligen Pinsel eine Schale mit Rasiercreme, Anti-Schuppen-Shampoo, ein Stück Zitronenseife. In einem Glasbecher eine einzelne Zahnbürste. Der Spiegel über dem Waschbecken zeigte ihr Schreckliches: mit Mascarakrümeln besprenkelte Wangenknochen, ein wundgescheuertes Kinn, statisch aufgeladenes Haar, das so aussah, als hätte sie einen Luftballon daran gerieben. Sie wusch sich die Hände und hielt sie sich unter die Nase. Sie rochen nach ihm.

Als sie ins Schlafzimmer zurückkehrte, richtete er sich, auf den Ellbogen gestützt, auf und wischte sich mit der Hand übers Gesicht. Sie setzte sich auf die Bettkante und beugte sich vor, um ihn zu küssen. Seine Bartstoppeln stachen in ihr Kinn, und er wich zurück. »Na, wirst du schon von Selbsthass und Bedauern aufgefressen?«, fragte er.

»Warum sollte ich?«

»Weil du neben einem alten Kerl aufgewacht bist.«

»Vielleicht stehe ich auf alte Kerle.«

Die Nacht hatte etwas Routiniertes gehabt. Die kurze Frage nach Verhütung – im Jahr zuvor hatte ihr Dr. O'Hehir ein Medikament verschrieben, das ihre Regelblutung regulieren sollte, und erst nach der Lektüre eines Artikels in der *Cosmopolitan* hatte sie begriffen, dass er ihr die Pille verordnet hatte. Die Effizienz, mit der Michael ihr ihre Kleider ausgezogen hatte, das ausgedehnte Vorspiel. Der Sex hatte fast etwas von einer Aufführung, eine Folge einstudierter Abläufe. Sie fragte sich, ob er sie hatte beeindrucken wollen. Er verlagerte sein Gewicht auf dem Ellbogen und zuckte zusammen. Die rechte

Schulter stand so hoch, dass es aussah, als hätte er sie vor lauter Lachen angehoben. Sie legte den Zeigefinger auf eine knöcherne Erhebung zwischen Schlüsselbein und Oberarm. »Was ist da passiert?«, fragte sie.

»Eine Rugby-Verletzung«, sagte er. Röte stieg ihm in die Wangen. Sie hatte ihn in Verlegenheit gebracht.

»Tut es weh?«

»Nicht mehr so wie 1940.«

Sie legte ihre Hände auf seinen Oberkörper. Seine Brusthaare waren kraus, das eine oder andere schon ergraut. Sie schlug die Bettdecke zurück und legte sich neben ihn. Mit dem Finger zeichnete er die Umrisse einer Blüte auf ihrem Kleid nach, knapp über ihrem Busen. »Die graue Asphodeloswiese, wo die Seelen wohnen, die Luftgebilde der Toten«, sagte er.

»Ich dachte, das sind Lilien.«

»Du bist witzig.«

»Ja. Auch wenn ich es nicht sein will.«

Er gab ihr einen langen Kuss, streichelte durch den Stoff des Kleides hindurch in spiralförmigen Kreisen ihren Hintern, was sie ganz verrückt machte. »Du bist keine Jungfrau mehr«, sagte er.

»Ich fürchte, nein. Bist du enttäuscht?«

»Gestern Nacht hatte ich schon gehofft, ich könnte dich entjungfern«, sagte er und schob seine Hand zwischen ihre Beine. Es fühlte sich an, als würde die Wärme ihres Körpers ganz in seine Finger fließen. Sie griff nach seinem Schwanz und war schon so nass, dass sie ihn mühelos einführen konnte. Michael gab einen kleinen, nach Erleichterung klingenden Laut von sich und drehte sie auf den Rücken.

»Mach langsam«, sagte sie.

Im College hatte sie einen Freund namens Columba gehabt, der Ingenieurwissenschaften studierte und aus Fermanagh stammte. Er hatte das Gesicht eines Märtyrers, im Pub las er Bücher von Graham Greene. Auf der Graduiertenfeier hatte er ihr mitgeteilt, er wolle nach Kanada auswandern, und sie – ohne jede Begeisterung – gebeten, mitzukommen. Ihr Vater liege im Sterben, hatte sie erwidert, eine Entschuldigung, die ihnen beiden gut in den Kram passte. Sie betranken sich, und als der Pub zumachte, nahm er sie bei der Hand und führte sie zu seinem möblierten Zimmer im Stadtteil Holylands. Der Sex war kurz und unbequem, aber nicht katastrophal, und so verbrachten sie den letzten Monat seines Aufenthalts in der Stadt auf seiner modrigen Matratze, tranken aus Tassen Vat 69 und lernten, einander zu befriedigen. Das Wissen, dass er bald abreisen würde, hatte sie befreit. Sie war dankbar, dass sie jemanden zum Üben gehabt hatte, als sie sich jetzt unter Michael Agnew bewegte.

Sie liebte das Gewicht seines Körpers auf ihrem, den ernsten und leicht abwesenden Ausdruck in seinem Gesicht, als er rhythmisch in sie hineinstieß. Das Stöhnen, das seinem tiefsten Innern zu entspringen schien, als er kam. Dass er so lange in ihr blieb, bis sein Penis erschlaffte.

Der Briefschlitz an der Haustür klapperte. Er stand auf und ging nackt durch die Diele. Mit seinem vorgeschobenen Kopf und den etwas krummen Beinen glich er einem Tier, das sich an seine Beute heranschleicht. Er kam mit der Sonntagszeitung zurück, eine Brille mit schwarzem Rand auf der Nasenspitze. Als er vor dem Bett stand, ertappte er sie dabei, wie sie ihn ansah.

»Also ist es wahr«, sagte er und legte sich zu ihr.

»Was ist wahr?«

»Katholische Mädchen sind alle nymphoman.«

Sie lachte. Er schob sie so zurecht, dass ihr Kopf auf seiner Brust ruhte, und schlug die Zeitung auf.

Auf einem Foto war eine Frau mit Kinderwagen zu sehen, vor ihr ragte einer der Divis Towers auf.

»Welcher verdammte Idiot hat es eigentlich akzeptabel gefunden, Familien in solchen Betonbunkern unterzubringen?«

»In der Gegend habe ich mein Referendariat gemacht. Wenn die Kinder morgens in die Schule kamen, waren sie todmüde, weil die Armeehubschrauber nachts mit Scheinwerfern in die Wohnungen leuchten.«

»Schrecklich«, sagte er, und sie blickte zu ihm auf.

»Du klingst so vernünftig«, sagte sie.

»Keine Ahnung, was du meinst.«

»Alle anderen beziehen sofort Stellung. Etwa so: ›In diesen Wohntürmen wimmelt es nur so von Provos, die bekommen nur, was sie verdienen‹. Oder: ›Haben die ein Glück, dass sie da fast umsonst wohnen können.‹ Du sagst nichts dergleichen.«

»Es deprimiert mich, dass du das bemerkenswert findest«, sagte er.

Um acht Uhr standen sie auf. Vom Wohnzimmer ging eine schmale Küche ab. Michael machte Tee, und Cushla setzte sich auf einen Stuhl am Esstisch. Der Tisch war mit einschüchternden Gesetzestexten und mit Aktenordnern bedeckt, auf denen handbeschriebene Etiketten klebten. Zwei Bücher: Liam O'Flahertys *Dúil* und Tomás de Bhaldraithes *English-Irish Dictionary*. Sie nahm eines zur Hand. Auf der Innenseite stand in *cló gaelach*, der alten irischen Schrift, ein Name: *Siobhán de Buitléar,* darunter in Druckbuchstaben: Joanna Butler.

Er brachte ein Tablett mit Art déco-Porzellan.

»Wer ist Siobhán de Buitléar?«, fragte sie.

Als er das Tablett absetzte, blickte er kurz auf ihre Hände. »Ich habe ziemlich gebüffelt«, sagte er, als hätte er sie nicht gehört, und reichte ihr eine große Kladde. »Alle naslang muss ich unterbrechen und ein Wort nachschlagen.«

Sie legte das Buch mit der Titelseite nach unten in ihren Schoß. Auf seinem Übungsheft hatte er das Wort *dúil* notiert und darunter: »Begehren, Gefallen, Zuneigung, Verlangen. Sehnsucht? Lust? Vielleicht so etwas wie *saudade*?«

»Was ist *saudade*?«

»Souwathe«, sagte er. »Das ist ein portugiesisches Wort und bedeutet so etwas wie *dúil*, glaube ich.«

»Du wärst ein guter Lehrer«, sagte sie. »Es fühlt sich gar nicht so an, als hättest du mich gerade berichtigt.«

Er goss Tee ein, gab Milch hinzu, rührte um. Um die Tasse mit dem flachen, dreieckigen Henkel überhaupt zum Mund führen zu können, war eine gezierte Handbewegung nötig. Er ging aus dem Zimmer. Sie hörte Wasser laufen, dann die Toilettenspülung, eine Schublade, die aufgezogen und geschlossen wurde. Sie nahm das Buch wieder zur Hand und sah sich den englisch geschriebenen Namen an. Der Buchstabe ›r‹ übertrieben sorgsam, wie eine verkleinerte Majuskel; so hatten in der Schule die Nonnen, die aus dem Süden kamen, den Buchstaben gemalt. Sie fragte sich, wer wohl das Mädchen mit der ordentlichen Handschrift war, dem das Buch gehört hatte.

Sie stand auf und ging umher. An der Wand über dem Plattenspieler hing die Zeichnung der High Street, von der er ihr erzählt hatte. Sie hatte sich kleine Boote vorgestellt, in Wirklichkeit waren es große Segelschiffe. Auf einer Vitrine mit Glastüren, vollgestopft mit Kristall und altem Porzellan aus Belleek, stand ein Foto, auf dem eine Gruppe von Jungen in Shorts und Rugbytrikots zu sehen war. Sie fand Michael sofort, er hatte die Arme verschränkt und war einer der Größten.

Er kam mit gekämmtem Haar zurück. Inzwischen trug er eine Strickjacke mit Aran-Muster. »In dem Ding siehst du aus wie einer von den Clancy Brothers«, sagte Cushla.

»Ich dachte mir, dass du es zu schätzen weißt.« Er stand hinter ihr und schlang die Arme um ihre Taille.

»Und da bist du so was von zufrieden mit dir selbst«, sagte sie und legte auf dem Foto den Zeigefinger unter sein Kinn.

»In der Saison habe ich mich ziemlich auf den Sport gestürzt«, sagte er. »Ansonsten war es ein furchtbares Jahr.«

»Was war denn so schlimm?«

»Ein Junge aus meinem Schlafsaal hat sich aufgehängt. Gleich zu Beginn des Trimesters.«

»Du lieber Himmel.«

»Als sie seinen Leichnam abtransportierten, standen wir vor unseren Betten Spalier. Wir durften nicht nach Hause. Von der Schule aus hatte man Einblick in unseren Garten, und wochenlang musste ich zusehen, wie meine Schwester mit unserem Hund spielte, und hab gezählt, wie oft ich bis zu den Ferien noch schlafen muss. Dreiundvierzigmal. Dreiundvierzigmal schlafen.«

Er murmelte etwas von Musik und ging durch den Raum zur Stereoanlage, wo er einen Stapel Kassetten durchsah. Wenn er sich nicht hinter Anwaltsrobe, geschliffenen Manieren und Whiskey verbarg, wirkte er verletzlich. Sie trat ans Fenster.

Zum ersten Mal sah sie seine Straße bei Tageslicht. Im Vorgarten stand eine Magnolie, knorrige Äste mit Knubbeln grüner Knospen, auf der bloßen Rinde eine einzige sternförmige Blüte. Die Häuser schienen in rosa Licht getaucht. Aus den Lautsprechern erklang ein Bossa Nova, und als er sich an den Tisch setzte, zog er sie auf seinen Schoß. Sie sah zu den Ornamenten und Kreuzblumen auf und lächelte.

Sie verließen die Wohnung gemeinsam und stiegen in ihre Autos. Auf dem Weg durch die Stadt blieb er ihr auf den Fersen. An einer roten Ampel blickte sie in den Rückspiegel, weil sie sehen wollte, was andere Leute sahen. Er war überraschend unauffällig – ein Mann mittleren Alters in einem Mittelklassewagen, und es war seltsam aufregend, daran zu denken, was sie eine Stunde zuvor getan hatten. Als sie sich ihrem Haus näherten, warf sie einen letzten Blick in den Rückspiegel. Zum Abschied legte er zwei Finger an die Stirn und fuhr davon, in Richtung der Hügel. Etwas in ihr zog sich zusammen. Während sie die Bilder an seiner Wand betrachtete, hatte er sie von sich abgewaschen. Sich für seine Frau zurechtgemacht.

Sie betrat das Haus auf Zehenspitzen, legte die Schlüssel behutsam auf den Garderobentisch. Kaum hatte sie die erste Stufe der Treppe betreten, ging die Küchentür auf, und Gina stürzte heraus.

»Wieso bist du schon auf?«, fragte Cushla.

»Wieso kommst du erst um neun Uhr morgens nach Hause?«

Cushla suchte krampfhaft nach einer Ausrede. Schließlich murmelte sie irgendetwas von einer Autopanne und dass sie bei Gerry übernachtet hätte. Sie setzte einen Fuß auf die zweite Stufe, aber Gina hatte schon ein paar Schritte nach vorn gemacht und sich drohend vor ihr aufgebaut.

»Ha! Von wegen Autopanne. Du hältst mich wohl für eine komplette Idiotin, was?«, blaffte sie und blähte die Nasenflügel auf.

»Du lieber Gott. Willst du etwa an mir schnüffeln?«, fragte Cushla.

»Du wirst noch deinen Ruf ruinieren, wenn du so weitermachst«, sagte Gina mit fast triumphierendem Gesichtsausdruck.

»Ich bin vierundzwanzig«, sagte Cushla und rannte die Treppe hinauf, weil ihr plötzlich bewusst wurde, dass sie noch immer nach Michael roch. Vierundzwanzig, verdammt.

Unten erwachte röhrend der Staubsauger zum Leben. Gina mochte ständig betrunken sein, aber dumm war sie nicht. Und was Eamonn anging … beim leisesten Verdacht, dass sie mit einem Gast ins Bett ging, ganz zu schweigen von einem verheirateten, würde er ihr die Hölle heiß machen. Sie zog sich bis auf die Unterwäsche aus und schlüpfte ins Bett. Gina rammte den Staubsauger gegen die Fußleisten, und Cushla dachte an all die Morgen, die zu diesem geführt hatten, Morgen, an denen sie alleine aufgewacht war, ihrer Mutter Frühstück gemacht hatte, in ihren altbackenen Klamotten zur Schule gegangen war. Wie Michael sie angesehen hatte, als er in sie eindrang: als wollte er sie verschlingen. Sie schlug die Bettdecke zurück und untersuchte ihren Körper. Sie wollte sehen, was er gesehen hatte. Die leichte Vertiefung ihres Bauches, ihre Brüste, nicht zu klein und nicht zu groß. Sie schob die Hand in ihren Slip und drückte ihr Becken in die Matratze, benutzte ihren Daumen, wie er es getan hatte. Sie kam schnell, dann lag sie da und schaute an die Zimmerdecke, fühlte sich, als wäre sie an einem sehr weit entfernten Ort erwacht.

9

In der Nähe der Shore Road hat eine Frau, die ihren Hund spazieren führte, die Leiche eines Mannes gefunden.

»Ein Hund kommt für mich nicht in Frage«, sagte Gina. »Die Wahrscheinlichkeit, dass du eine Leiche findest, ist viel zu hoch.«

Auf der ganzen Insel mussten wegen des schlechten Wetters Sportveranstaltungen verschoben werden, darunter auch das für morgen geplante Irish Grand National, das große Pferdehindernisrennen.

Cushla schaltete das Radio aus. Eine ihrer frühesten Erinnerungen war, wie sie an einem Ostermontag an der Pferderennbahn in Fairyhouse durch den Zaun gespäht hatte. Sie hatten so nah an der Startbox gestanden, dass ihr, als die Pferde an ihnen vorbeigaloppierten, Erdklumpen ins Gesicht und auf den neuen blauen Mantel klatschten. Ihr Vater hatte sie auf den Schultern in die Bar getragen und zur Siegerin erklärt. Jetzt sah sie kurz zu Gina hinüber, die mit den Augen zwinkerte, als versuche sie, nicht zu weinen.

»Bist du fertig?«, fragte Cushla.

»Ja. Bin heute aber nicht hundertprozentig in Form«, sagte Gina. Sie hatte einen hundertprozentigen Kater: glasiger Blick, verquollene Augen. Seit ihrem Streit am Morgen zuvor waren sie sich aus dem Weg gegangen. Cushla war der wissende Blick ihrer Mutter unangenehm, und Gina war aufgebracht, weil sie keine Erklärung erhalten hatte.

Am Horizont war ein blauer Saum zu sehen, auf dem schmutzig wirkende Wolken lasteten. Ein beißender Wind war aufgekommen. Gina stakste zum Auto und nahm huldvoll auf dem Beifahrersitz Platz. Cushlas Vater hatte immer Autos mit glatten Ledersitzen und Armaturenbrettern aus Walnussholz gefahren. Die passten besser zu Gina als das von Cushla.

Die Ostereier, die sie für die McGeowns gekauft hatten, verstaute Cushla auf der Hutablage. Als sie sich wieder aufrichtete, kam Fidel mit beschwingten Schritten die Einfahrt herauf, eine Plastiktüte unterm Arm.

»Frohe Ostern«, sagte er, ging ein wenig in die Knie und winkte Gina durchs Fenster zu. Sein Bart war mit etwas Weißem gesprenkelt, Schuppen oder Krümel. Er reichte Cushla die Tüte.

»Was ist das?«, fragte sie.

»Schokoeier mit Cremefüllung. Meine Ma hat zu viele geordert, die verkaufen sich nicht mehr. Gib sie den Kids von den McGeowns.«

Cushla bedankte sich und bot ihm an, ihn ein Stück mitzunehmen. Er blies sich in die Hände und setzte sich auf die Rückbank.

»Was verschafft uns das Vergnügen?«, fragte Gina.

»Fidel hat Schokolade für die Kids von den McGeowns gebracht.«

»Gut«, sagte ihre Mutter, als habe er nur seine Pflicht getan. Am Vortag waren sie im Laden gewesen, um Ostereier zu kaufen. Gina hatte ihm gesagt, für wen sie bestimmt seien, und – weil Fidel als bekannter Loyalist des Viertels dafür verantwortlich war, in Form von Süßwaren Wiedergutmachung zu leisten – darauf bestanden, dass er ihnen zehn Prozent Rabatt einräumte.

»Geht ihr zum Gottesdienst?«, fragte Fidel.

»Zur Messe«, gab Gina zurück. »Wir gehen zur Messe.«

»Na, dann sprecht ein Gebet für mich«, sagte er.

Am Ende der Straße stieg er aus. Bevor Cushla wegfuhr, schlug er kurz aufs Wagendach.

»Markiert den Dicken«, sagte Gina.

»Du siehst nie das Gute in Menschen. Und dann dein loses Mundwerk. *Wir gehen zur Messe*«, äffte sie ihre Mutter nach. »Du schaffst es noch, dass unser Eamonn umgebracht wird.«

»Blödsinn.«

In der Kirche drängten sich Familien in neuen, zu Ostern gekauften Kleidern, Frauen im Alter ihrer Mutter in dünnen

Mänteln und dicken Mützen, die täglich zur Kommunion gingen. Gina beschränkte sich auf das absolut Notwendige: Messe am Sonntag, aber nie an den gebotenen Feiertagen. Für diesen Mangel an Begeisterung macht sie das Zweite Vatikanische Konzil verantwortlich. Seit der Abschaffung der lateinischen Messe sei nichts mehr so wie früher; soweit Cushla wusste, verstand ihre Mutter kein Wort Latein.

Sie schlängelten sich bis zu einem Platz in der Nähe der Beichtstühle durch. Die schweren Gemälde an den Wänden, auf denen die Stationen des Kreuzwegs abgebildet waren, waren nach vorn geneigt, und es schien, als könnten sie ihnen jeden Moment auf die Köpfe fallen. Jesus wird zum Tode verurteilt. Jesus nimmt das Kreuz auf seine Schultern. Jesus fällt zum ersten Mal unter dem Kreuz. Jesus fällt zum zweiten Mal unter dem Kreuz. Jesus war das genaue Ebenbild von James Taylor, und welche Erniedrigungen er auch zu erdulden hatte, sein Gesichtsausdruck blieb von einer Station zur nächsten unverändert.

Die Kinder der McGeowns saßen zwei Reihen vor ihnen. Tommy trug ein dunkelgrünes Jackett mit breitem Revers und ein weißes Hemd. Er glich seinem Vater, die Augen ein dunkles Blau, das Gesicht kantig. Aus ihm würde ein gutaussehender Mann werden. Davy und Mandy hatten den hellen Teint und die blassblauen Augen ihrer Mutter. Am Tag, als Cushla die gefärbten Eier mit in die Schule gebracht hatte, hatte Davy zur Pause den Klassenraum nicht verlassen wollen, weil er unbedingt sein Ei fertig bemalen wollte. Er hatte es nach vorn zu ihrem Pult gebracht – es sah aus wie eine Spongeware-Keramik, betupft mit winzigen braunen Hasen auf Büscheln Queckengras – und war, als sie es bewunderte, in Tränen ausgebrochen.

Slattery kam aus der Sakristei und schien zum Altar zu gleiten, die filigranen silbernen Stickereien an den Rändern seines weißen Messgewands glitzernd wie Geschmeide. Gina schnalzte mit der Zunge. »Aufgetakelt wie 'ne Weihnachtsfee«, sagte sie. »Der gönnt sich was.«

Seine Predigt war keine Feier der Auferstehung, sondern ein Klagelied über die Passion Christi. Bis aufs Blut ausgepeitscht.

Verspottet und beleidigt. Gehorsam bis in den Tod. »Haltet fest an eurem Glauben«, sagte er. »Sie wollen, dass ihr ihn aufgebt. Sie knallen euch ab auf Baustellen, in euren Einfahrten. Sie lassen euch in einem Hauseingang liegen, wo ein Hund an euren Überresten schnüffelt.« Cushla konnte Tommys Profil sehen. Das Kinn erhoben, die Augen auf den Altar gerichtet.

Draußen prasselten Graupelschauer auf die steinernen Stufen, der Himmel war bleiern. Sie wurden förmlich angesprochen. Mrs Lavery, Miss Lavery; Pubbesitzerin, Lehrerin; allen bekannt. Cushla schickte Gina zum Auto und wartete auf die McGeowns. Sie erbot sich, sie nach Hause zu fahren. Tommy hatte schon ein Nein auf der Zunge, willigte aber angesichts der heftigen Graupelschauer widerstrebend ein. Davy saß in der Mitte der Rückbank und rutschte so weit nach vorn, dass er fast an die Handbremse reichte.

»Auf der Hutablage hinter euch liegen zwei Tüten«, sagte Cushla. »Macht sie auf.«

»Super«, sagte Davy. »Ihr solltet ihr Haus sehen.«

Gina schnaubte. »Das Kind ist ein echter Spaßvogel.«

Cushla setzte ihre Mutter zu Hause ab, weil sie Eamonn und seine Familie zum Mittagessen erwarteten. Tommy wechselte auf den Beifahrersitz. Als sie in die Siedlung einbogen, ertappte sie ihn dabei, dass er sie ansah. Sie hatte gedacht, es wäre ihm peinlich, aber er wandte den Blick nicht ab.

Davy zählte die Eier von Fidel. »Für jeden vier«, sagte er und fuchtelte aufgeregt mit den Händen.

»Sehr nett von Ihnen«, sagte Tommy, als sie das Haus der McGeowns erreichten. Er drückte Mandy einen Schlüsselbund in die Hand und sagte, er werde bald nachkommen.

»Danke, Miss Lavery. Dass Sie sich um unseren Kleinen gekümmert haben.« Etwas schwang in seiner Stimme mit. Herablassung. Oder Hohn.

»Cushla«, sagte sie. »Und sei nicht albern, ich hab doch gar nichts weiter getan. Wie geht's deinem Daddy?«

»Wollen Sie das wirklich wissen?«, fragte er.

»Ja«, sagte sie, »das will ich.«

Mit derselben Gelassenheit, die er an den Tag gelegt hatte, als er Davy über Slattery ausgefragt hatte, zählte er die Verletzungen seines Vaters auf.

In ihrer Kehle hatte sich ein Schluchzen angesammelt, und sie traute sich nicht, zu sprechen. Tommy neigte leicht den Kopf, in seinen Augen glitzerte es. »Bedauern Sie, dass Sie gefragt haben?«, sagte er und stieg aus dem Auto.

Als sie zu Hause eintraf, schob Gina gerade die Lammkeule in den Ofen. Sie blickte kurz zu Cushla auf. »Was ist denn mit deinem Gesicht passiert?«

»Tommy hat mir erzählt, was sie mit seinem Vater gemacht haben«, sagte Cushla. Sie zählte seine Verletzungen auf, langsam, so wie Tommy. Schädelbruch. Bruch beider Beine. Zertrümmerter Kiefer. Gebrochene Rippen. Pneumothorax. Milzruptur. »Die haben einen Nagel in ein Brett geschlagen und ihm damit Hände und Handgelenke aufgeschlitzt.«

Gina schüttelte den Kopf, als wolle sie so die Wörter daraus vertreiben. »Kümmere dich um die Kinder«, sagte sie schließlich, »vor allem um den älteren Burschen. Der ist in einem schwierigen Alter.«

Cushla schälte Kartoffeln, Pastinaken und Karotten. Die Schalen trug sie in einer Schüssel nach draußen. Ihr Nachbar, Mr Reid, war in seinem Garten. Dort stand ein Apfelbaum, in dem Vogelknödel hingen. Auf dem Rasen ein Teppich von Schneeglöckchen und Krokussen. Die Beete waren bereits umgegraben und warteten darauf, bepflanzt zu werden; sie würden in allen Farben leuchten. Bei den Laverys gab es nur ein Büschel bleicher Narzissen, die im Frühjahr schmollend austrieben, und einen einzelnen kranken Rosenstrauch. Mr Reid wünschte ihr Frohe Ostern und brachte die Abfälle zu seinem Kompost. Als er zurückkam, drängte er ihr ein paar Stangen Rhabarber auf, die er in den *Belfast News Letter* gewickelt hatte.

Mrs Reid war gestorben, bevor die Laverys einzogen. Sie hatten keine Kinder, nur einen Neffen, der ein paar Jahre zuvor die Leitung von Mr Reids Limonadenfabrik übernommen hatte, ein kleiner Mann mit einem großen Auto, der nur selten zu Besuch kam. Beinahe hätte Cushla Mr Reid zum Mittagessen eingeladen, aber die Vorstellung, dass er an Ginas Tisch saß, war unmöglich. Es lag so schon genug Anspannung in der Luft, auch ohne die Anstrengung, ein neutrales Gespräch zu führen, bei dem die Themen Religion, Politik, die Troubles ausgeklammert werden mussten. Gina, die vorgeben musste, nüchtern zu sein. Eamonn, der sich bemühen musste, nicht zu fluchen.

Eamonn kam eine halbe Stunde zu spät, in jeder Hand eine Flasche Wein, Stierblut aus Ungarn und ein süßer deutscher Weißwein. Seine Töchter, Emma und Nicola, ignorierten Ginas ausgestreckte Arme und verbargen die Gesichter im Rock ihrer Mutter. Gina beobachtete sie mit einem Lächeln, das sich nicht bis zu ihren Augen erstreckte. Sie rissen die Eier, die sie ihnen geschenkt hatte, aus der Verpackung und fingen an zu essen. Marian ermahnte sie dreimal, sich zu bedanken, dann gab sie auf und ließ sich in einen Sessel fallen.

Cushla richtete das Gemüse an, während Gina an der Keule herumsäbelte.

»Das sollten wir öfter tun«, flüsterte Cushla.

»Marian hat ordentlich zugelegt«, sagte Gina.

»Du kannst es einfach nicht lassen, oder?«, sagte Cushla.

Bei Tisch sprangen die Mädchen ständig auf, wollten zur Toilette gebracht werden, verzogen die Gesichter, weil ihnen das Essen nicht schmeckte. Gina beobachtete sie, rote Flecken an Hals und Dekolleté; anders als Gin machte sich der Wein bei ihr bemerkbar.

»Und, Cushla, gibt's was Außergewöhnliches oder Aufregendes?«, wollte Marian wissen.

»Nein.«

»Ha!«, warf Gina ein. »Abgesehen davon, dass sie die ganze Nacht weg war.«

Marian kicherte. »Mit wem?«

»Mit einem Bürschchen von Lehrer«, sagte Gina, bereit, ein Bündnis mit ihrer Todfeindin einzugehen, um die eigene Tochter zu demütigen.

»Was läuft da?«, fragte Eamonn und warf ihr einen strengen Blick zu.

»Nichts«, sagte Cushla.

»Das ist auch besser so«, sagte er. »Was ist mit deiner Stelle?«

»Eamonn!«, rief Marian. »Lass sie in Ruhe. Sie ist eine alleinstehende junge Frau.«

»Und das wird sie verdammt noch mal auch bleiben, wenn sie sich einfach so hergibt«, sagte er.

Cushla stand auf, um den Tisch ein Stück weit abzuräumen. »Ich habe nicht die geringste Privatsphäre«, sagte sie.

Eamonn schlug sich auf den Schenkel und lachte. »Habt ihr das gehört?«, sagte er.

Cushla kratzte die Reste von den Tellern und spülte sie ab. Eamonn hatte recht. Eine Lehrerin, mit der sie die Ausbildung absolviert hatte, war ohne Arbeitszeugnis entlassen worden, nachdem der Bischof einen anonymen Brief erhalten hatte, in dem stand, dass sie mit ihrem Freund in Sünde lebte. Das Letzte, was Cushla von ihr gehört hatte war, dass sie in einem Schuhgeschäft in Wolverhampton arbeitete.

Sie öffnete den Backofen und sah nach dem Crumble, den sie mit Mr Reids Rhabarber gemacht hatte. Er war noch nicht ganz gar, und sie kehrte an den Esstisch zurück.

»Wie gehen die Geschäfte, Eamonn?«, fragte Gina. Cushla drehte sich der Magen um.

»Wenn ich die Löhne niedrig halten kann, geht's«, sagte er.

»Den Laden mit so wenig Personal am Laufen zu halten ist ein Albtraum«, sagte Marian.

»Ich weiß sehr wohl, was nötig ist, um den Laden am Laufen zu halten«, sagte Gina.

Marian warf Eamonn einen vielsagenden Blick zu. Er senkte den Kopf und schob sich eine letzte Gabel Fleisch in den Mund.

»Wir hatten gehofft, ihr könntet ein bisschen mehr helfen«, sagte Marian. »Wir sehen Eamonn so gut wie nie.« Wie um ihre Klage zu unterstreichen, kletterten die Mädchen auf seinen Schoß.

»Im Sommer kann ich mehr arbeiten«, sagte Cushla, doch Marian sah Gina an.

»Ich hab das Putzen übernommen«, sagte Marian, »aber das ist schwierig, solange die Kinder noch nicht in der Schule sind. Und es wird nicht leichter werden.«

»Was soll das heißen?«, fragte Gina.

Marians ließ eine Hand über ihrer Taille schweben und legte sie dann auf den Bauch. »Das zu erzählen überlasse ich dir, Eamonn.«

Das Essen, das unangerührt auf den Tellern seiner Töchter lag, hatte er auf seinen geschoben und vermanschte eine durchgeschnittene Kartoffel mit Bratensoße. »Nummer drei ist unterwegs«, sagte er mit vollem Mund.

»Wann?«, fragte Gina.

»Ende Juli.«

Ginas Lippen formten unhörbare Zahlen, sie rechnete nach. Marian war im fünften Monat. Sie hatten es ihr nicht erzählt. Ungewohnt würdevoll schob sie ihren Stuhl zurück und ging aus der Küche.

Aus dem Wohnzimmer war das Gestocher des Schürhakens im Kamin zu hören, eine Flasche klirrte gegen ein Glas. Cushla nahm den Crumble aus dem Ofen und stellte ihn in die Mitte des Tischs. »Glückwunsch«, sagte sie. »Ihr zwei macht süße Kinder.« Was der Wahrheit entsprach. Die Mädchen sahen aus wie die Kinder auf einer viktorianischen Weihnachtskarte, nichts als honigfarbene Locken und rosige Wangen.

»Wie geht's ihr so?«, fragte Marian.

»An manchen Tagen geht es ihr gut«, sagte Cushla. Vermutlich war sie zu loyal, um die Wahrheit zu sagen. Gina war nie wirklich nüchtern. Sie war schon immer Quartalstrinkerin gewesen, hatte drei oder vier Tage am Stück den Gin nur so in sich hineingeschüttet und war dann auf wackeligen Beinen, aber wie ein neuer Mensch, aus dem Schlafzimmer gekommen, als wäre sie geläutert von allem, was sie quälte. Marian verkehrte bei ihnen, seit sie vierzehn war, hatte mitbekommen, wie ihr Vater Eamonn Geld für Fish & Chips zusteckte, wenn Gina sich im Schlafzimmer verkrochen hatte, zu betrunken, um das Abendessen zuzubereiten.

Marian verschränkte die Arme vor der Brust. »Nun ja, heute ist sie wenigstens nur angetrunken«, sagte sie.

Die Mädchen hatten sich an Eamonns Hals gehängt. »Wir sollten aufbrechen«, sagte er, und sie sprangen erleichtert von seinem Schoß.

In der Diele steckte Marian den Kopf durch die Wohnzimmertür und rief: »Danke für die Einladung, Gina.«

Cushla hob den Kopf gerade noch rechtzeitig, um die reptilienartige Halsbewegung ihrer Mutter zu sehen, als sie vor dem Klang ihres Namens aus Marians Mund zurückwich. »Ja, ja«, sagte sie. Sie sah keinen Grund, sich zu erheben.

Sie machten sich zum Aufbruch bereit. Eamonn setzte die Mädchen auf die Rückbank, fummelte an den Knebeln und Knöpfen ihrer Mäntel herum, drückte mit einem Taschentuch Schnodder aus einer kleinen Nase. Als er auf dem Fahrersitz Platz nahm, sagte Marian etwas, das ihn dazu veranlasste, sich plötzlich zu ihr zu beugen und ihr einen Kuss zu geben. Dann fuhr er mit einem fröhlichen Hupen aus der Einfahrt auf die Straße, allerdings nicht hinunter in die Stadt, sondern in Richtung der Hügel.

Cushla schloss schnell die Tür, dankbar, dass ihre Mutter nicht gesehen hatte, in welche Richtung sie abgebogen waren. Doch als sie sich umdrehte, stand Gina hinter ihr. »Die fahren zum Golfklub«, sagte sie. »Wusst ich's doch.«

Eamonn spielte gar nicht Golf, aber im Norden durften sonntags nur Klubs Alkohol ausschenken, Pubs nicht – was ihm seinen einzigen freien Tag bescherte. Jede Woche trafen sich Marian und er im Klubhaus mit Marians Familie zum Sonntagsessen, und offensichtlich bedauerten sie, dass sie heute mit dieser Gewohnheit gebrochen hatten. »Kein Wunder, dass sie das Weite gesucht haben«, sagte Cushla. »Hier war ja dermaßen dicke Luft.«

»Sie ist schon so weit, dass man es sieht«, sagte Gina. »Ihrer Ma hat sie's vermutlich erzählt, kaum dass unser Eamonn ihn rausgezogen hat.«

»Das ist widerlich. Und Marian weiß, dass du sie hasst«, sagte Cushla. »Warum hast du ihnen das von mir erzählt?«

»Respekt«, sagte Gina. »Ich möchte mit Respekt behandelt werden.«

»Na, dann versuch's doch mal mit Nüchternbleiben!«, sagte Cushla, stolzierte in die Küche und warf die Tür hinter sich zu.

Sie nahm den Crumble vom Tisch, den einzigen Nachtisch, den sie seit dem Hauswirtschaftsunterricht in der Mittelstufe gemacht hatte, und stach mit einem Löffel hinein. Er war eingesunken und zu marmeladig, die Streusel unappetitlich grau-braun. Als sie ihre Mutter gebeten hatte, Eamonn zum Mittagessen einzuladen, hatte sie sich eine ausgedehnte Mahlzeit mit guten Gerichten und guten Gesprächen vorgestellt, so wie an Pennys Tisch. Michael hatte gesagt, es gebe alle Arten von Familien. Cushlas zählte zu den unglücklichen. Wie seine wohl sein mochte?

Als sie aufgeräumt hatte, ging sie ins Wohnzimmer und gab aus der Messingschütte frische Kohlen ins Feuer. Ihre Mutter schwieg, doch ihr angespannter Körper signalisierte Kampfbereitschaft.

Das Telefon klingelte. »Das ist sicher nicht für mich«, sagte Gina.

Cushla ging in die Diele, um das Gespräch anzunehmen. Wieder das Geräusch fallender Münzen. »Michael?«, flüsterte sie.

»Ich bin's, Cushla. Tommy.«

»Alles in Ordnung?«

»Alles bestens. Um vier hatte unser Davy schon alle seine Schokoladeneier aufgegessen. Danach hat er Hautausschlag bekommen.«

»O Gott«, sagte sie, nahm den Apparat und setzte sich auf die dritte Treppenstufe. »Er wird sich bestimmt übergeben.«

»Zu spät. Hab ihm gesagt, genauso gut hätte er einen Schritt überspringen können und gleich alles die Toilette runterspülen sollen.«

Cushla lachte. »Und wie geht es dir?«

»Super. Ich wollte mich nur entschuldigen. Wegen vorhin. Ich bin manchmal einfach wütend. Dann könnte ich die glatt umbringen.« Sie hörte, wie er ein Streichholz anriss und tief einatmete.

»Schon gut.«

»Ja. Also dann. Danke für die Eier und so.«

»Gern geschehen, Tommy. Und hör auf zu rauchen.«

»Jawohl, Miss«, sagte er, nahm einen weiteren Zug und atmete den Rauch übertrieben aus. Beide schwiegen einen Augenblick. Dann fragte er: »Ist das okay? Dass ich Sie anrufe?«

»Natürlich. Jederzeit.« In der Leitung tutete es, und die Verbindung brach ab.

Sie legte auf. Vielleicht hatte ihre Mutter ja recht, und sie konnte ihnen wirklich helfen, nicht nur Davy, auch Tommy. Das gab ihr ein gutes Gefühl. Erwachsen, nützlich. Sie wünschte, sie könnte mit Michael sprechen, jetzt gleich, und es ihm erzählen. Zu ihrer Linken lag das Telefonbuch. Sie zog es heran und zögerte, bevor sie es aufschlug. Sie fand den Eintrag: Agnew, M & J, darunter seine Adresse. Sie steckte den Zeigefinger in das Loch mit der 9 und drehte die Wählscheibe. Dann wählte sie 2 3 9 0. Einen Augenblick lang schwebte ihr Finger über der 6, ihr Herz raste. Sie zog den Finger zurück und legte den Hörer wieder auf die Gabel.

10

Davys Hintern ragte unter der Tüllgardine hervor. »Tor!«, rief er.

»Komm da weg«, sagte Tommy. »Du magst doch gar keinen Fußball.«

»Würde ich aber, wenn sie mich mitspielen ließen.«

»Tun sie aber nicht, also komm da weg.«

Davy tauchte aus einer weißen Nylonwolke auf und warf sich auf das Sofa, auf dem Tommy saß und das Notizbuch umklammerte, in das er Cushlas Telefonnummer geschrieben hatte. Seine Knöchel waren geschwollen, die Haut aufgerissen. »Trevor ist ein lustiger Vogel«, sagte Davy. »Wir würden uns gut verstehen, wenn er mit mir sprechen dürfte.«

»Genau. Hier in der Gegend sind alle so richtige Spaßvögel«, sagte Tommy.

»Hör mal«, sagte Davy und spitzte theatralisch die Ohren. »Trevor singt ein Lied.«

»Das, in dem er bis zu den Knien im Blut der Fenier watet?«

»Das über Mr Bradley.«

»Davy, nicht«, sagte Mandy mit einem Blick auf Cushla.

»Worum geht es hier?«, fragte Cushla.

»Ich sing's Ihnen vor«, sagte Davy und sprang auf die Füße.

Mandy schlug die Hände vor die Augen. »O Gott«, stöhnte sie.

Hopsend marschierte Davy im Wohnzimmer auf und ab. Das Lied hatte eine beschwingte Schlagermelodie:

Die Schule ist ganz herrlich, sie ist gebaut aus Gips und Stein,
doch eines ist entbehrlich: das glatzerte Direktorlein.
Das trinkt sich einen samstagnachts, und sonntags geht es beten:
»Ach, lieber Gott, gib Du mir Kraft, ich muss mich wirklich stählen,
denn Montag steht auf meinem Plan: Ich muss die Kinder quälen.«

Cushla sah von Mandy zu Tommy. Die drei prusteten los. Davy meinte, er hätte sogar noch ein besseres Lied auf Lager. »Nun beruhige dich mal, kleiner Mann«, sagte Tommy.

»Ich dachte, Sie mögen Gedichte«, sagte Davy und warf sich wieder aufs Sofa.

»Streng genommen war das wohl eher kein Gedicht«, sagte Cushla.

»Unser Tommy schreibt Gedichte in das Notizbuch, das er immer hinten in der Hosentasche hat«, sagte Davy.

Cushla konnte beinahe die Hitze spüren, die von Tommys roten Ohren ausging. »Halt die Klappe«, sagte er drohend.

»Uns will er sie nicht zeigen«, sagte Davy.

»Er hat Englisch als Leistungsfach, dann sind sie vielleicht richtig gut«, sagte Mandy.

»Ich hatte auch Englisch«, sagte Cushla. »Welche Texte lest ihr?«

»*Auf der Suche nach Indien. Die Woodlanders. Überredung.* Lyrik von Hopkins und Browning«, sagte er.

»Und von Shakespeare?«

»*Hamlet* und *Das Wintermärchen.*«

»Was magst du am liebsten?«

»*Hamlet.* Auch wenn er ziemlich herumeiert, statt seine Arbeit zu machen.«

»Ich mochte *Die Woodlanders*«, sagte sie, um sich Tommys Ansichten über Rache zu ersparen. »Aber nicht so sehr wie *Am grünen Rand der Welt.* Das habe ich geliebt. Und *Tess von den d'Urbervilles.* Und *Jude Fawley, der Unbekannte.* O mein Gott.«

Tommy hob das Kinn. »Ist das wirklich so gut?«, fragte er.

»Ich habe Monate gebraucht, bis ich ein anderes Buch aufschlagen konnte. Ich fürchtete mich davor, was ich darin lesen müsste.«

»Ich kann nicht in die Bücherei gehen. Meine Mummy ist jeden Tag im Krankenhaus, und ich will die Kids nicht allein lassen.«

»Kids«, sagte Mandy mit tiefer Stimme. »Und was bist du?«

Tommy erhob sich vom Sofa und ging nach oben. Sie konnten ihn herumpoltern hören, dann wurde laute Musik aufgedreht.

»Du hast ihm die Laune vermiest«, sagte Davy.

»Der hat doch immer miese Laune«, sagte Mandy. »Gestern Abend hat er mit den Fäusten hinten auf die Mauer eingedroschen.«

Als sie aufbrechen wollte, rief Cushla vom Fuß der Treppe aus seinen Namen. Aus dem Zimmer, das er sich mit Davy teilte, waren Schritte zu hören, das Knarren einer Tür. Im Radio lief *Make Me Smile (Come Up and See Me)*, ein seltsamer Kontrast zwischen dem Songtext und dem mürrisch verzogenen Mund.

»Tolles Lied«, sagte sie. »Nächstes Mal bringe ich dir *Jude Fawley, der Unbekannte* mit.«

Ohne ein Wort ging er wieder in sein Zimmer.

Sie fuhr die Straße entlang, vorbei an ihrem eigenen Haus. Es fiel ihr schwer, nicht anzuhalten und nach Gina zu sehen, aber sie wollte nicht nachgeben. Seit dem vergangenen Sonntag war ihre Mutter überaus reizbar gewesen, hatte über Marian geschimpft: sie erziehe die Mädchen nicht ordentlich, Eamonn tanze nur nach ihrer Pfeife, sie kleide sich wie eine Bardame. Am Abend zuvor hatte Cushla schließlich die Geduld verloren und war zum Gegenangriff übergegangen. Die Mädchen hätten Angst vor Gina, weil sie nicht wisse, wie man zu Kindern spricht. Eamonn hätte ihnen von dem Baby erzählen können, habe sich aber dagegen entschieden. Und wenigstens sitze Marian nicht auf einem Barhocker hinter dem Tresen und lasse sich volllaufen, wenn sie eigentlich arbeiten müsse.

Es war noch nicht fünf. Eamonns weißer Ford Capri war das einzige Auto vor dem Pub. Drinnen roch es nach Handy Andy-Reinigungsmittel und nach Möbelpolitur mit Lavendelduft; Marian hatte Ginas Putzarbeiten übernommen. Sie saß am Tresen zwischen den Mädchen, die Limonade aus Babycham-Gläsern tranken, vor sich aufgerissene Chipstüten.

»Das hab ich früher auch immer gemacht«, sagte Cushla.

»Bis vor fünf Jahren etwa«, sagte Eamonn.

»Sehr witzig.«

Minty und Jimmy saßen ein Stück weiter weg. Eamonn beugte sich über die Theke und zog die Nase kraus. »Du riechst nach Rindfleisch und feuchter Muschi«, sagte er.

Cushla roch an ihrem Oberteil. »Ich rieche nach der Küche der McGeowns«, sagte sie.

Mit den Augen deutete Eamonn von Minty zu Cushla, sein Mund formte ein »O«, er bedeutete ihr zu schweigen. »Misch dich da nicht ein«, sagte er.

»Warum nicht?«

»Weil uns das nichts angeht.«

»Ist das Haus so pekig?«, flüsterte Marian

»Nein«, sagte Cushla. »Total aufgeräumt und sauber. Sie können die Wäsche nicht draußen aufhängen, deshalb haben sie Schimmel in der Küche.«

»Könntet Ihr vielleicht das Thema wechseln?«, sagte Eamonn.

Marian schnitt ihm eine Grimasse und fing an, in ihrer Handtasche herumzukramen. Sie holte ein Fläschchen Parfüm hervor und besprühte Cushla damit. Das Parfüm roch schwer und blumig, penetrant sogar, aber die Geste war schwesterlich, und Cushla musste lächeln. Die Mädchen hielten Marian die Handgelenke hin und bekamen gleichfalls einen Spritzer.

»Hier riecht's heute wie in der Handtasche einer Nutte«, sagte Eamonn und blickte über Cushlas Schulter hinweg. Sie wandte sich um, wollte sehen, mit wem er da sprach. Es war Michael. Sein Anblick versetzte sie in derartige Hochstimmung, dass sie nicht zu sprechen wagte. Er trug Alltagskleidung, Tweed und braunen Kord, und hatte eine Zeitung unter den Arm geklemmt.

»Wie geht's Cushla?«, fragte er leise, als Eamonn ihm einen Whiskey servierte.

»Gut. Wie geht's Ihnen?«

»Ganz gut«, sagte er.

Ein Schrei ertönte. Emma war von ihrem Hocker gerutscht und auf dem Boden gelandet. Marian versuchte, sie hochzuhieven, aber ihr dicker Bauch war ihr im Weg. Eamonn trat hinter dem Tresen hervor und hob das Kind vom Teppichboden auf. Ihr Weinen hatte sich zu einem lauten Geheul gesteigert, in das auch Nicola einstimmte.

»Ich habe versucht, dich anzurufen«, sagte Michael.

Gina hatte gesagt, als Cushla unterwegs gewesen sei, habe

zweimal das Telefon geläutet, aber der Anrufer habe immer gleich aufgelegt, wenn sie abnahm – vermutlich nur Telefonstreiche von irgendwelchen »kleinen Arschlöchern«. Beinahe hatte Cushla gehofft, es sei nicht Michael gewesen. Die Vorstellung, dass er sich wie ein Teenager zu einer Telefonzelle schlich, gefiel ihr nicht.

»Es wird nie langweilig«, sagte Marian. Sie sammelte die Mäntel der Mädchen ein, und Eamonn begleitete sie nach draußen zum Auto.

»Es war schwierig«, sagte Michael. »Osterfeiertage und so. Kommst du nächste Woche zu Penny?«

»*Tiocfaidh mé*«, sagte sie. So dicht neben ihm zu stehen war überwältigend.

Er lächelte. »Kannst du dich für eine Stunde frei machen?«

»Jetzt?«

»Jetzt sofort.«

»Ich gehe ins Kino.«

»Ach? Mit wem?«

»Gerry.«

Er trank aus und reichte ihr sein Glas. »Ich nehme noch einen«, sagte er und schwang seinen Hintern auf einen Barhocker.

Eamonn kam zurück. »Komm in die Gänge, Prinzessin«, sagte er, und Cushla trat hinter den Tresen. Michael reagierte nicht, als sie das Glas vor ihn hinstellte. Mit der Handkante fegte sie Chipskrümel in einen Aschenbecher und versuchte, Michael nicht anzusehen. Die Bar füllte sich allmählich, und die ganze Zeit war sie sich seiner bewusst: wie er über den Tresen gebeugt dasaß, zwischen den Stammgästen und ein paar Leuten, die zufällig hereingeschneit kamen, darunter ein adrett gekleideter Mann aus dem Heim der Heilsarmee, der zu viel Wein trank. An seinem Jackett baumelte ein speckiges Ordensband mit einer stumpf gewordenen Medaille. Auch Conor, ein Schulfreund von Eamonn und kürzlich aus dem Dienst bei der Royal Ulster Constabulary ausgeschieden, war da. Er hatte geglaubt, die Polizeitruppe benötige mehr Katholiken, doch die sechs Monate in einer Wache in Süd-Armagh, wo man ständig damit rechnen musste, in die Luft zu fliegen, hatten sein Engagement für mehr Integration auf eine harte Probe gestellt. Er litt an nervösen Gesichtszuckungen, und als Eamonn ihm ein Pint hinstellte, verzog sich sein Mund zu einer begeisterten Grimasse.

Gerry trat ein. Er trug seinen Ledermantel und sah sich ängstlich um.

»Kommt ein Mann in eine Bar«, sagte Eamonn.

»Er ist meinetwegen hier«, sagte Cushla.

Eamonn stieß einen leisen Pfiff aus. »Ist das der Typ, mit dem du die ganze Nacht weg warst?«

»Bitte lass es«, sagte sie.

Gerry zog den Barhocker neben Michael zurück und setzte sich. Aus solchem Stoff waren Albträume. Am Ostermontag hatte sie Gerry angerufen und in der Hoffnung, er würde mit ihr ausgehen, über Langeweile geklagt. So abstoßend Gina und Eamonn den Gedanken finden mochten, dass sie mit Gerry schlief, wenigstens war er Single und hatte die richtige Konfession. Sie ging zu seinem Platz am Tresen, stellte ihn Eamonn vor und betete darum, dass ihr Bruder nichts weiter sagen würde. Michaels Blick brannte sich in ihre Haut. Gerry erwähnte Leeds United, und Eamonn entspannte sich sichtlich; beide waren Fans, und einige Minuten lang unterhielten sie sich, als sei sie gar nicht vorhanden. Es bestand eine gute Chance, dass der Klub das Finale des Europapokals erreichen würde. Vielleicht würden sie sogar gewinnen, erst der zweite englische Klub, dem das gelänge. Bremner, Lorimer, Giles, ein großartiges Mittelfeld.

»Netter Typ«, sagte Eamonn, als er zu ihr kam. Sie saß unter dem Fernseher und schmollte. »Geh und setz dich zu ihm.«

Der nächste freie Hocker stand am anderen Ende des Tresens. Gerry holte ihn herbei, und sie versuchte, Michael nicht anzusehen, als die beiden ihr – zu ihrem Entsetzen – zwischen sich Platz machten.

Als er Michael erkannte, sagte Gerry: »Wie geht's denn so?«

»Hallo nochmals.«

»Wir wollen uns *Chinatown* ansehen«, sagte Gerry. »Ich seh den Film zum vierten Mal. Lavery hat ihn noch nicht gesehen.«

»Aha«, sagte Michael und nahm einen Stift aus seiner Jackentasche. Er entrollte seine Zeitung, schlug sie auf und fing an, das Kreuzworträtsel auszufüllen.

Am anderen Ende des Tresens hob Fidel die englische Boulevardzeitung, die er täglich kaufte und in der es vor allem um Sport und vollbusige Frauen ging, in die Höhe und winkte Michael damit zu. »Jimmy hat das Kreuzworträtsel schon gelöst«, sagte er. Er las die unsinnigen Wörter vor, die der Alte eingetragen hatte. *Kleks*, *Sttur*, *Amite*. Jimmy saß mit glänzenden Augen neben ihm, sein dümmliches Grinsen entblößte ein Gebiss, das zu groß war für seinen Kiefer. Michael blickte irritiert auf und klatschte seine Zeitung auf den Tresen.

»Lass Jimmy in Ruhe«, sagte Cushla.

Fidel breitete die Hände aus. »Ich verscheißer ihn doch nur«, sagte er.

Minty erzählte einen dreckigen Witz und sah immer wieder lauernd zu Cushla. Sie hatte den Anfang verpasst und hörte, von Michaels Nähe abgelenkt, nur halb hin. Sie schaute kurz zu ihm hinüber, und ihre Blicke trafen sich. Er war wütend. Aus einem verrückten Impuls heraus hob sich ihre Hand, die auf ihrem Schoß gelegen hatte. Sie schob sie unter ihren Oberschenkel, so sehr fürchtete sie, ihre Hand könne ihn unwillkürlich berühren und sie verraten. Der Bierhahn zischte, und Minty servierte die Pointe: »Immer vergesse ich, meine Strumpfhose auszuziehen.«

Gerry wandte sich zu Michael und zog eine Grimasse. »Die alten sind immer noch die besten«, sagte er.

»Genau«, sagte Michael.

Gerry ging zur Toilette. Michael zündete sich eine Zigarette an, nahm einen ersten Zug und warf ihr einen stechenden Blick zu.

»Du rauchst wie ein Teenager«, sagte Cushla. »Als hättest du Angst, erwischt zu werden.«

»Er ist ziemlich angetan von dir«, sagte Michael.

»Machst du Witze?«

Er stürzte seinen Whiskey hinunter. Mit einem gereizten

kleinen Knall landete das Glas auf dem Mahagoni. »Wann kommst du wieder in die Wohnung?«, fragte er.

»Wann bist du da?«

Sein Blick war fest. »Das ist eine vernünftige Frage. Ich bin die meiste Zeit da.«

»Aber nicht die ganze Zeit.«

»Nein, nicht die ganze Zeit.«

»Bist du heute Abend da?«

Er schüttelte beinahe unmerklich den Kopf und drückte seine Zigarette im Aschenbecher aus. Er schrieb etwas auf eine Ecke der Zeitung, riss sie ab und steckte sie unter sein Glas.

»Wollen Sie noch einen, Großer?«, rief Eamonn von den Zapfhähnen herüber.

»Nein. Muss mich sputen«, sagte er und stand auf. Er schaute Cushla an, als wolle er noch etwas sagen, machte dann aber auf dem Absatz kehrt und ging. Auf dem Weg zur Tür trat er beiseite, um Gerry vorbeizulassen. Auf dem Stückchen Papier stand eine Belfaster Telefonnummer. Sie steckte es in ihren BH.

Eamonn zündete sich eine Zigarette an und blies eine Rauchfahne über den Tresen. »Weißt du«, sagte er, »ich glaube, der Mann ist ganz in Ordnung. Aber dann sagt er so was wie ›Muss mich sputen‹, und ich denke, er ist 'ne Schwuchtel.«

Der Film lief nur noch in dieser Woche, und das Kino war menschenleer. Sie saßen genau in der Mitte. Es war kalt, und Cushla breitete ihren Mantel über sie wie eine Decke. »Du hast hoffentlich nicht vor, mich zu befummeln oder so?«, sagte Gerry.

»Da könntest du von Glück sagen.«

Der Film war schön, auf zwielichtige Weise, auch wenn sie aufschrie, als Jack Nicholsons Nasenflügel aufgeschlitzt wurde, was Gerry wahnsinnig komisch fand. Und es gefiel ihr, wie Faye Dunaway auftrat, gehüllt in exquisite Kleider und auf elegante Weise gestört.

Sie schauten sich den kompletten Abspann an. »Ich hab ihn gern gesehen«, sagte sie, als die Lichter angingen.

»Gern gesehen? Ist das alles?«

»Na gut, er war großartig. Und schön, ihn auf einer großen Leinwand zu sehen. Der letzte Film, den ich im Kino gesehen habe, war *Klute*.«

»Ich muss dich wohl öfter mal aus dem Haus zerren.« Mit der Stiefelspitze trat er gegen den Bordstein. »Du weißt, dass ich nichts von dir will, oder?«

»Das tut weh. Wie soll ich mich jetzt fühlen?«, sagte Cushla.

Er brach in Gelächter aus. »Mit dir ist es echt lustig.«

»Mit dir auch.«

Sie umarmten sich und stiegen in ihre Autos. Cushla verriegelte die Türen. Ganz in der Nähe war Seamie McGeowan gefunden worden, voller Schnittwunden und brutal zusammengeschlagen.

Als sie nach Hause kam, lag Gina schon im Bett. Cushla leerte die Aschenbecher, machte im Wohnzimmer das Licht aus. Als sie den Fuß auf die unterste Treppenstufe setzte, klingelte das Telefon.

Stille. »Du bist zu Hause«, sagte er.

»Ja, Michael, ich bin zu Hause.«

»Allein?«

»Gerry ist hier. Und ein halbes Dutzend Soldaten. Ich habe ihnen jede Menge Spaß versprochen. Und nur interessehalber, wo bist du?«, fragte sie, auch wenn seine gedämpfte Stimme ihr längst verraten hatte, dass er nicht gehört werden wollte.

»Es sieht so aus, als wäre ich eifersüchtig«, sagte er. »Nicht gerade eine hilfreiche Entwicklung.«

»Ich weiß nie, wo du bist oder was du tust. Also werde ich in nächster Zeit bestimmt nicht in ein Nonnenkloster gehen.«

»Tut mir leid.«

»Gut«, sagte sie und legte auf.

Oben drückte sie die Tür zum Schlafzimmer ihrer Mutter auf. Das Radio war nicht richtig eingestellt, es war nur ein Zischen und Rauschen zu hören. Sie ging durchs Zimmer und schaltete es aus.

»Du bist früh zurück«, sagte Gina, und Cushla erschrak.

»Meine Güte. Hast du mir einen Schrecken eingejagt. Warum

liegst du im Dunkeln und hörst dir dieses grässliche Geräusch an?«

»Ist mir gar nicht aufgefallen. Eamonn hat angerufen. Er mag Gerry.«

»Jeder mag Gerry. Er ist eben sympathisch.«

»Er hat erzählt, dass auch Michael Agnew da war und furchtbar schlechte Laune hatte. Wahrscheinlich geht's ihr wieder mal schlecht. Joanna Butler«, sagte sie mit irischem Akzent.

Es war, als hätte Cushla jemand einen Schlag versetzt. *Siobhán de Buitléar* war seine Frau. »Kennst du sie?«, fragte sie.

»Früher mal. Sie macht nicht so die Runde, falls du weißt, was ich meine.«

»Ich weiß nicht, was du meinst.«

»Die Nerven. Hab ich dir schon mal erzählt. Kein Wunder, wenn sie mit ihm verheiratet ist.«

»Was ist los mit ihm?«

»Scharf auf Frauen, nach allem, was man hört. Wickelt jede um den Finger.«

Auf dem Nachttisch, hinter einer Lampe versteckt, erspähte Cushla ein Päckchen Zigaretten und nahm sie an sich. »Ich gehe ins Bett«, sagte sie.

»Das Telefon hat öfter mal geklingelt«, sagte Gina, »und wenn ich abnehme, ist keiner dran.«

»Kids, die sich einen Scherz erlauben«, sagte Cushla und gab ihrer Mutter einen Kuss auf die Wange. »Gute Nacht, Mummy.«

In ihrem Schlafzimmer schob sie das Fenster auf. Flocken abgeplatzter Farbe segelten aufs Fensterbrett. Sie setzte sich ins Fenster und rauchte eine Zigarette. Als ein Auto vorbeifuhr, spritzte zischend Regenwasser auf. Der Wagen verschwand um die Kurve in Richtung der Hügel. Irgendwo an dieser Straße war eine Frau, die einst ihren Namen in *cló gaelach* und mit mädchenhafter Handschrift in ein Buch geschrieben hatte, mit einem Mann zusammen, der ihre alten Schulbücher benutzte, um andere Frauen dazu zu bringen, mit ihm schlafen zu wollen.

11

Der Nordirland-Minister erklärt, die Welle von Morden, die sich derzeit im Westen der Stadt ereigne, sei Teil einer internen republikanischen Fehde, und bekräftigt, der Waffenstillstand mit der IRA habe auch weiterhin Bestand.

Die Protestant Action Force hat die Verantwortung für die Erschießung von zwei Männern in einer Bar im Belfaster Stadtteil New Lodge übernommen.

Bye Bye Baby ist noch immer auf Platz 1 der Charts.

»Meinem Daddy geht's schon besser«, sagte Davy. Die anderen packten gerade ihre Bücher aus und schienen ihn nicht gehört zu haben.

Sie führte einen Rechtschreibtest durch, der die Kinder verwirrte, weil sie die Wortliste gleich zweimal diktierte. Als Jonathan sie auf ihren Fehler hinwies, blaffte sie ihn an, er solle tun, was ihm aufgetragen sei, und sich nicht so wichtig machen. Es brach einfach aus ihr heraus. Der Junge lief vor Scham rot an, und um ihn nicht ansehen zu müssen, drehte sie sich zur Tafel. Sie schrieb den ersten Vers von »Der Kauz und das Kätzchen« an – spürte, wie sie mit der Kreide auf die Tafel einhackte –, und forderte die Kinder auf, ihn abzuschreiben. Dann ging sie aus dem Klassenzimmer, ahnte die Blicke, die sie in ihrem Rücken austauschten, und rannte durch den Korridor zur Hintertür. Draußen lehnte sie sich gegen den rauen Kiesputz der Hauswand. Ihr Brustkorb fühlte sich beengt an, und sie zitterte am ganzen Körper. Was war nur los mit ihr? Für eine Zigarettenlänge hatte ihr der Gedanke an Joanna Agnew zu schaffen gemacht. War ihr Körper zu ihrem Gewissen geworden? Ließ er sie erschaudern, um sie daran zu erinnern, wie verkommen sie war? Sie blieb so lange draußen, bis sie wieder normal atmen konnte. Dann ging sie wieder ins Gebäude. Auf dem Weg durch den Korridor rechnete sie damit, Gekicher und Geflüster zu hören, aber es war totenstill. Eigentlich war sie keine Lehrerin, die herumschimpfte; ihr Ausbruch hatte ihnen Angst gemacht.

Als es um drei Uhr läutete, bewegte sich Davy im Schneckentempo. Er ging ihr aus dem Weg, und sie fühlte sich wie ein alter Drache. »Na, komm schon«, sagte sie und gab sich Mühe, fröhlich zu klingen. Sie half ihm, seine Stifte in der Federmappe zu verstauen, die aus Segeltuch war und ein Tarnmuster hatte. In einer Ecke war rote Tinte ausgelaufen, es sah aus wie ein Blutfleck. Sie verließ den Parkplatz durch den Haupteingang und parkte den Wagen vor dem Pfarrhaus. Davy blieb im Auto, während Cushla um die Ecke zum Zeitungsladen ging. Unschlüssig stand sie vor dem Regal mit den Magazinen. Das Cover der *Cosmopolitan* zeigte eine in grünen Satin gehüllte Frau, deren volle rote Lippen einen rosigen Apfel umschlossen, als sei sie im Begriff, mit ihm intim zu werden. Cushla nahm ein Exemplar mit zum Tresen, zusammen mit einem *Beano*-Comic für Davy. Sein Vater lag nicht mehr auf der Intensivstation, und die Kinder durften ihn besuchen. Davy war in der Schule stiller gewesen als sonst, und als sie sich nach dem Befinden seines Vaters erkundigte, sagte Davy, er schlafe die ganze Zeit und sei von Kopf bis Fuß bandagiert.

Die Lokalzeitung wurde unter Cushlas Namen jede Woche für sie zurückgelegt. Die Frau, die sie bediente, bat sie zweimal, ihren Namen zu buchstabieren, und nannte sie *Cursula*. Zum xten Mal wünschte sich Cushla, ihre Eltern hätten sie Anne oder Margaret oder Rose genannt – nur nicht Mary mit all den Assoziationen an Marienschreine und Rosenkränze –, hätten ihr irgendeinen Namen gegeben, der sie nicht so offensichtlich als Katholikin kennzeichnete. Bei diesem Gedanken fühlte sie sich schuldig, was sie, wie ihr dämmerte, natürlich ebenso als Katholikin markierte.

Als sie sich dem Auto näherte, sah sie ein mageres Hinterteil aus dem Beifahrerfenster ragen. Es gehörte Slattery. Sie beschleunigte ihre Schritte, und als er ihre Absätze auf dem Pflaster klacken hörte, blickte er auf.

»Father?«, fragte sie.

»Miss Lavery. Gerade habe ich mich mit unserem jungen Freund unterhalten.«

»Ja, ich muss ihn jetzt nach Hause bringen«, sagte sie. Sie setzte sich hinters Steuer und schlug die Tür zu. »Davy, kurbel schnell das Fenster hoch.«

»Er will, dass ich zu ihm komme, privater Katechismusunterricht. Muss ich das?«, fragte er, als sie aus der Parklücke fuhr.

»Nein. Das musst du ganz bestimmt nicht«, sagte sie und reichte ihm den Comic. Sie schaute in den Rückspiegel. Slattery stand auf dem Bürgersteig und sah ihnen nach.

»Ich weiß nicht mal, was Katechismus ist«, sagte er.

»Ich auch nicht, und es hat mir nicht geschadet«, sagte sie. »Taugt der Comic was?«

»Dennis' Da hat ihn in ein Museum mitgenommen. Gnasher nimmt eine Rüstung auseinander, weil er auf dem Hausschuh herumkauen will. Dabei ist es gar kein Hausschuh«, sagte er.

Auf dem ganzen Weg blätterte er geistesabwesend in seinem Heft. Als sie vor seinem Haus ankamen, rollte er es zusammen und steckte es unter seinen Arm, als wäre es die Abendzeitung.

Tommy, in Jeans und rotem T-Shirt, öffnete ihnen. Er hob die Hand zu einem kurzen Gruß. Eigentlich hätte er in der Schule sein sollen.

Mr Reids Kamelie hatte die ersten durchweichten Blütenblätter auf die Einfahrt der Laverys gestreut, was die Trostlosigkeit ihres Gartens nur noch unterstrich. »Wir sollten irgendetwas mit dem Vorgarten machen«, sagte Cushla zu Gina, als sie ihre Einkäufe auf den Küchentisch stellte. »Blumen pflanzen. Unkraut jäten.«

»Niemand hält dich auf«, sagte Gina und zog die *Cosmopolitan* zu sich heran. Sie las die Überschriften vor: SIND SIE SÜCHTIG NACH LIEBE? (QUIZ). WIE SIE LERNEN, IHRE GEFÜHLE NICHT LÄNGER ZU UNTERDRÜCKEN, UND EINE FRAU MIT AKTIVEM SEXUALLEBEN WERDEN. MACHEN SIE IHREN BOSS ZU IHREM VERBÜNDETEN UND BRINGEN SIE IHN DAZU, DASS ER SIE BEFÖRDERT. »Heilige Mutter Gottes«, sagte sie.

Davy hatte im Auto so klein und ängstlich ausgesehen und die ganze Zeit am Gurt seines Schulranzens herumgezupft. Was meinte Slattery mit privatem Katechismusunterricht? Bradley davon zu erzählen wäre sinnlos; sie musste dafür sorgen, dass der Priester den Jungen nicht aus der Klasse nahm. Sie schlug die Lokalzeitung auf. Eine Frau aus Ballyholme hatte fast dreißig Kilo abgenommen, indem sie auf Kartoffelbrot verzichtete. Die katholische Kirche in Sydenham war bei einem erneuten Brandanschlag beschädigt worden. Der Maibaum musste dringend verschönert werden. Gina saß ihr gegenüber und gab hin und wieder missbilligende Geräusche von sich. Sie zündete sich eine Zigarette an und schob das Magazin zu Cushla. »Schrecklicher Schund, den du da gekauft hast«, sagte sie.

Cushla blätterte durch die Hochglanzseiten, war aber zu nervös, um auch nur die Überschriften der Modestrecken zu lesen. Der Kinobesuch mit Gerry lag fünf Tage zurück, seitdem hatte sie von Michael nichts gehört. Sie hatte kaum gegessen. Es war, als habe sich eine Krankheit in ihr ausgebreitet, ein real existierender körperlicher Schmerz tief in ihren Eingeweiden. Manchmal fühlte sie sich hungrig, doch wenn sie in den Kühlschrank schaute, wurde ihr übel. Die Telefonnummer, die er ihr gegeben hatte, hatte sie so oft angesehen, dass sie sie auswendig wusste, sie brachte es aber nicht über sich, sie zu wählen; nicht weil sie zu stolz war – von diesem Gefühl hatte sie sich in dem Moment verabschiedet, als sie vor seiner Tür stand –, sondern weil sie es nicht ertragen hätte, falls es ins Leere klingelte. Sie blickte zu Gina auf, und ihr wurde schwindelig. Sie sollte wenigstens versuchen, etwas zu essen. »Ich könnte was kochen«, sagte sie.

Ihre Mutter gab einen Laut von sich, der einem Schnauben ähnelte, begriff jedoch, dass sich hier die Gelegenheit bot, sich einen Gin einzuschenken, und sagte, ein Abend ohne Fron am Herd müsse schließlich gefeiert werden. Das einzige Kochbuch, das sie besaßen, war das *Hamlyn All Colour Cook Book*. Einige der Gerichte sahen furchterregend aus. In Aspik schwebendes Truthahnfleisch mit Mandarinenspalten, unnatürlich aussehende Desserts mit Wirbelmustern. Sie stieß auf ein Rezept für Spaghetti Milanese und machte sich auf die Suche nach den Zutaten. Sie musste Pilze aus dem Glas und Schinken aus der Dose verwenden – die Konserve war wie ein Schuh geformt und ließ sich mit einer Lasche öffnen. Die Nudeln, die sie in einem Feinkostladen in Belfast erstanden hatte, als sie für Gina Dosenshrimps besorgte, waren fast einen Meter lang, also nahm sie den Fischkessel vom Küchenschrank und füllte ihn mit Wasser. Zuletzt hatte sie darin die Eier mit den Stechginsterblüten gekocht, und der Topf wies innen einen gelben Rand auf. Bei der Soße ging es eher darum, die Zutaten einfach in einen Topf zu werfen, als um eigentliches Kochen, aber sie mochte den würzigen, minzigen Geruch von getrocknetem Oregano. Als sie die Spaghetti in den Topf biegen wollte, klingelte das Telefon. Gina hatte sich wieder in das Magazin vertieft, über ihrem Kopf schlängelte sich Rauch, und sie machte keinerlei Anstalten, aufzustehen.

Cushla rannte fast in die Diele und hauchte atemlos und mit hoher Stimme ein »Hallo« in den Hörer. Die Pause verriet ihr, dass Michael am Apparat war. Im Hintergrund waren Stimmen zu hören, ein Fernseher.

»Du klingst angestrengt«, sagte er.

»Ich koche gerade.« Sie hörte das Ping einer Registrierkasse. »Bist du im Pub?«

»Ja. Hab dich gesucht. Kann in fünf Minuten da sein.«

Die Freude, ihn zu hören, löste sich in Luft auf. »Michael, ich habe seit Tagen nichts von dir gehört, und jetzt soll ich alles stehen und liegen lassen?«

»Ich konnte nicht weg. Bitte, triff dich mit mir.«

»Himmel. Na schön. Aber park nicht vor dem Haus. Ich treffe dich hinter der Kurve.«

»Wer war das?«, fragte Gina, als Cushla in die Küche zurückkam.

»Gerry Devlin. Ich habe ganz vergessen, dass wir in der Schule eine Besprechung wegen der Kommunion haben. Die Spaghetti koche ich, wenn ich wiederkomme.«

Sie zog ihren Trenchcoat über und wartete hinter der Kurve.

Als er am Straßenrand hielt, stieg sie zu ihm ins Auto. »Es ist aber nicht so, dass ich mich ziere, oder?«, sagte sie.

Er sah sie an, nur für einen kleinen Moment, und fuhr los.

Vierzig Minuten später war sie wieder im Haus. Gina hatte es geschafft, sich in ihrer Abwesenheit zu betrinken, und trommelte mit den Fingernägeln auf die Tischplatte. »Das ging schnell«, sagte sie.

»So richtig schnell«, sagte Cushla. Sie drehte den Warmwasserhahn auf und wusch sich die Hände, schrubbte sie mit Geschirrspülmittel und einer Nagelbürste ab, bis ihre Finger das Wasser nicht mehr grau-braun färbten.

»Wovon bist du so dreckig?«, fragte Gina.

»Herrgott noch mal«, sagte Cushla und zündete die Gasflamme unter dem Topf mit Wasser wieder an. Michael war mit ihr zu einem verfallenen Farmhaus gefahren. Dort hatte er sie vom Beifahrersitz gezogen und ihre Handflächen auf das Dach seines Autos gepresst. Sie wusste nicht, ob sie es wirklich genossen hatte, aber es hatte ihr gefallen, wie er sie ansah, bevor er den Zwickel ihres Höschens beiseiteschob und sie vögelte.

Sie bog die Nudeln in den Topf, setzte sich an den Tisch und blätterte das Magazin durch. Die Frauen auf den Fotos waren stark geschminkt, überall blitzte schimmernde Haut auf. Sie strich ihren karierten Rock glatt und ging zum Herd, um die Pasta abzugießen. Ein Teil der Spaghetti war zu einer klebrigen, gewellten Platte zusammengeklumpt. Sie rettete, was zu retten war, und warf es in die Soße.

Gina blickte mit wenig Begeisterung auf den Teller, den Cushla ihr hinstellte. »Ist dieser Gerry jetzt dein Freund?«

»Und wenn er es wäre?«

»Ich hoffe doch, dass er es ist. Die ganze Nacht wegbleiben. All die Anrufe. Du wirst noch zum Stadtgespräch.«

Cushla drehte Spaghetti auf ihre Gabel und hob den Kopf. »Hör auf, so einen Wind darum zu machen.«

Gina hob einen Strang Spaghetti hoch und starrte sie an. »Pass bloß auf«, sagte sie. »Sonst bist du bald in anderen Umständen.« Sie legte die Gabel hin und rührte das Essen nicht mehr an.

Cushla kaute kaum, schlang die Spaghetti einfach hinunter. Der Schmerz in ihrem Bauch war verschwunden. Sie hatte einen Bärenhunger.

Sie gingen ins Wohnzimmer, um fernzusehen. Cushla legte sich aufs Sofa und versank in einen Zustand zwischen Schlafen und Wachen. Dann spürte sie die Berührung einer Hand, war sich nicht sicher, ob sie real war oder geträumt, und richtete sich mühsam auf.

»Das Bürschchen steht in der Diele«, sagte Gina.

»Gerry? Er soll reinkommen«, sagte Cushla und rieb sich die Augen.

»Nicht der. Das andere Bürschchen.«

Cushla taumelte aus dem Raum. Am Fuß der Treppe stand Tommy McGeown. »Oh«, machte Cushla.

»Hatten Sie mit jemand anderem gerechnet?«

»Ja. Ich meine, nein.«

»Michael vielleicht?«, sagte er und legte in seiner charakteristischen Weise den Kopf schief.

Sie spürte, wie Panik in ihr aufstieg. Tommy beobachtete sie, sein Gesichtsausdruck war unergründlich. Wusste er etwas? Hatte er sie gesehen?

»Beruhigen Sie sich«, sagte er. »Als ich sie anrief, haben Sie ›Michael?‹ gesagt.«

»Stimmt.« Sie gewann ihre Fassung wieder. »Möchtest du eine Tasse Tee oder so etwas?«

»Ja. Danke.«

Er folgte ihr in die Küche. »Das ist also das Herrenhaus, von dem unser Kleiner die ganze Zeit redet«, sagte er, als sie den Wasserkessel anknipste und Becher aus dem Schrank nahm.

Beinahe hätte sie gesagt, es handele sich ja wohl kaum um ein Herrenhaus, aber ihr war bewusst, wie riesig das Haus war im Vergleich zu dem, in dem er lebte. »Du warst heute nicht in der Schule«, sagte sie stattdessen.

»Ja. Ich hab auch nicht vor, wieder hinzugehen.« Die Sonne stand schon tief, und in diesem Licht wirkten seine Augen fast violett, so wunderschön, dass sie sich nur mit Mühe von dem Anblick losreißen konnte.

»Du stehst kurz vor dem Abschluss, Tommy. Kannst du es nicht noch ein paar Wochen aushalten? Mach wenigstens die Prüfungen.«

»Es heißt, mein Daddy wird bleibende Schäden davontragen. Er wird nicht mehr arbeiten können.«

»Mein Gott«, sagte sie leise. »Aber wenn du die Schule abschließt, wirst du mehr Geld verdienen können. Vielleicht auf die Uni gehen. Bessere Aussichten haben.«

Er lachte. »Was für Aussichten sollen das wohl sein?«

Dem konnte sie nichts entgegensetzen. Ihr Vater hatte sie oft daran erinnert, dass sie großes Glück hatten, einen eigenen Laden zu besitzen, weil sie so nicht der konfessionellen Bigotterie des Arbeitsmarkts ausgesetzt waren. »Eine gute Ausbildung zu haben ist wichtig, Tommy«, sagte sie.

»Sind Sie in der Alliance Party oder was?«, fragte er.

Sie lachte. »Nein. Aber ich wähle sie.«

»Sie machen Witze.«

»Eine taktische Entscheidung. Damit Paisleys Leute draußen bleiben.«

»So wird sich nichts ändern«, sagte er. »Egal, mein Onkel meint, er hat 'n Job für mich.« Er starrte auf ihren Wangenknochen.

Ihre Hand wanderte nach oben. Mit den Fingerspitzen rieb sie die Stelle, auf die er blickte. »Ist es weg?«, fragte sie.

»Nein.« Er streckte die Hand aus, um ihr Gesicht zu berühren, zog sie dann aber zurück.

Sie ging zum Spiegel in der Diele. Auf ihrem Wangenknochen, in Höhe des Ohres, klebte eine grau-braune Schmiere, dasselbe Zeug, das sie sich zuvor von den Händen geschrubbt hatte. Sie wischte sie mit dem Ärmelaufschlag ab und schaute zur Küche. Tommy lehnte mit dem Hintern an der Spüle und beobachtete sie.

12

Die Schöße seines weißen Hemds hingen ihm aus der Hose, der Stoff klebte ihm feucht unter den Achseln. Cushla folgte ihm ins Schlafzimmer, sie hatte ihren Korb dabei. Sein Bett, die Laken mit exakt gefalteten Ecken. An der Schranktür hingen zwei weiße Hemden, glatt gebügelt wie Papier. Auf dem mit Samt bezogenen Sessel die offene Reisetasche, obenauf ein Pyjama, zugeknöpft und die Ärmel nach hinten gefaltet, wie in der Auslage eines Bekleidungsgeschäfts. Wer so verfuhr, war keine liederliche Person.

»Hattest du einen guten Tag?«, fragte er, zog sich das Hemd über den Kopf und ließ es in der Ecke zu Boden fallen.

»Großartig«, sagte sie.

Er gab ihr einen Kuss und ging ins Badezimmer. Sie entnahm ihrem Korb ein Bündel – Slips, Strumpfhose, Zahnbürste, Cold Cream – und legte es auf die dem Fenster zugewandte Seite des Betts. Zu Hause schlief sie in der Mitte; ihr gefiel die Vorstellung, nur eine Seite für sich zu haben. Sie hörte Wasser laufen, ein Husten. Auf dem Weg zum Wohnzimmer hielt sie im Flur inne. Michael stand am Waschbecken und seifte sich wie ein Arbeiter mit einem Waschlappen die Unterarme ein.

Bis auf den Esstisch, auf den sich aus einer ledernen Aktentasche Papiere ergossen, war das Zimmer aufgeräumt. Auf dem Tablett mit der Whiskeykaraffe funkelten Kristallgläser. Die Feuerstelle im Kamin war ausgefegt, das Messing poliert. So machte Gina immer sauber, oder hatte es doch früher getan. Cushla setzte sich auf das Sofa, ein mit kastanienbraunem Leder bezogenes Chesterfield. Auf einem eingeklappten Kartentisch neben ihr lagen die Utensilien, die zu seinem Abend gehörten: Pfeife, Tabak, Streichhölzer. Zeitung, Brille, Stift. Siobhán de Buitléars Ausgabe von *Dúil.* Cushla legte sie ganz nach unten, damit sie sie nicht sehen musste.

Sie verließen seine Wohnung und machten sich auf den Weg zu Penny. Michael hatte eine Flasche Brandy dabei, die er nicht in eine Papiertüte gesteckt hatte, sondern am Flaschenhals hin und her schwang – jemand, der sich über alles hinwegsetzt. Hin und wieder streifte sein Ellbogen ihren Arm, ihre Brust. Sie liefen im Gleichschritt, ihre Schuhsohlen klatschten zur gleichen Zeit auf das Pflaster. Als er ihre Füße beobachtete, musste er lachen.

»Ich tu's nicht mit Absicht«, sagte sie.

»Das sind deine langen Beine.«

Sie standen vor Pennys Tür, und Michael klingelte. Plötzlich beugte er sich zu ihr und küsste sie leidenschaftlich auf den Mund. Die Tür wurde geöffnet, und sie gingen schnell auf Abstand. Penny trug ihre karierte Schürze und lächelte, doch dann verschloss sich ihr Gesicht, als hätte sie etwas gesehen, was sie nicht sehen sollte. Sie drehte sich auf dem Absatz um und ging vor ihnen in die Diele. Als sie in die Küche kamen, blickten auch die anderen zur Tür hin, und Cushla fragte sich, was Pennys Gesicht wohl preisgegeben haben mochte.

Victor und Jane waren schon da. Alle sechs murmelten Begrüßungen und deuteten Wangenküsse an. Nur Victors waren zu feucht für Luftküsse. Irgendwie wirkte er angestachelt. Alkohol oder Wut. Vielleicht beides. Jane hatte sich rosafarbene Rougekreise auf die Wangen gepinselt und die Wimpern dick getuscht, was ihr das Aussehen eines Pierrots verlieh. Sie nahmen ihre Plätze ein. In Gläsern schwappte Wein, Stühle kratzten über den Boden. Ein Bastkorb gefüllt mit Toast Melba. Auf einem silbernen Servierteller ein kastenförmiges Stück Pâté, in dem ein Buttermesser steckte. In einer Zuckerschale Perlzwiebeln und Essiggurkenscheiben.

Im Sommer würde Penny eine Einzelausstellung haben. Jim war zu einem Vortrag auf einer Konferenz in Schottland eingeladen worden, und ihre Töchter würden sie für ein paar Tage besuchen. Victor sollte ein Buch über den Streik des Ulster Workers' Council schreiben. Cushla hatte das Gefühl, dass er sie ansah, als er ihnen davon erzählte. Michael fragte Jane, wie es ihr gehe. Sie habe, sagte sie, für ein Ingenieurbüro einen kurzen Brief aus Brasilien übersetzt, der in einem so schlechten Portugiesisch verfasst gewesen sei, dass sie zwei Tage gebraucht habe. Beim Erzählen wurde sie richtig lebhaft, und Cushla begriff, dass Michael Victors schlechte Stimmung bemerkt hatte und versuchte, Jane die Befangenheit zu nehmen.

Penny stellte eine gusseiserne Kasserolle und eine Schüssel mit gebutterten Kartoffeln auf den Tisch. Jim entkorkte eine weitere Flasche Wein. »Geht sparsam damit um«, sagte er beim Einschenken. »Sie hat eine ganze Flasche in den Eintopf geschüttet.«

»Bœuf Bourguignon ist ja wohl kaum Eintopf«, sagte Jane. Dabei riss sie die Augen so weit auf, dass Cushla sich an die Puppe eines Bauchredners erinnert fühlte; als würde das, was aus Janes Mund kam, von jemand anderem gesagt. Cushla fragte sich, ob sie mit der Bemerkung über das Essen ihren Anspruch geltend machen wollte, hier sein zu dürfen. Die anderen schenkten ihr so wenig Aufmerksamkeit.

Michael erzählte, ein ungehobelter Bekannter von ihnen sei wegen Trunkenheit am Steuer vorgeladen gewesen und habe sich geweigert, das Gericht anzuerkennen. Als er aufgefordert wurde, sich zu erklären, habe er gesagt: »Seit ich das letzte Mal hier war, ist gestrichen worden. Wie kann ich das Gericht anerkennen, wenn ich's nicht wiedererkenne?« Alle lachten.

»Kommt so was öfter vor?«, fragte Jim.

»Dass sich jemand weigert, das Gericht anzuerkennen?«, sagte Michael. »Alle republikanischen Gefangenen tun das.« Sein Arm lag auf Cushlas Stuhllehne. Cushla sah, wie Penny erst auf Michaels Arm, dann zu Jim blickte.

»Ha«, sagte Victor. »Heckenschützen und Bombenleger, die sich ungerecht behandelt fühlen.«

»Sie *werden* ungerecht behandelt. Diese Art Gerichtssystem würde nirgendwo sonst im Vereinigten Königreich geduldet. Oder überhaupt in irgendeinem zivilisierten Land«, sagte Michael.

»Dann kaufst du ihnen also ab, dass sie politische Gefangene sind? Verdammte Saukerle, sonst nichts.«

Sie konnte Michaels Gereiztheit spüren. Er öffnete den

Mund, um etwas zu entgegnen, stattdessen griff er nach seinem Weinglas und leerte es in einem Zug. Jim und Jane hielten den Blick auf die Tischplatte geheftet. Penny stand auf und warf eine Handvoll Besteck in die Spüle. »Wäre die politische Situation nicht so, wie sie ist, hätten die meisten dieser Jungs keinen Ärger«, sagte Michael.

»Und du bist ihr Fürsprecher. Der gute alte Michael. Verteidigt, was nicht zu verteidigen ist.«

»Sie finden keine Arbeit. Sie werden ständig schikaniert. Hin und wieder kommt es vor, dass Polizei oder Armee die Sache so vermasseln, dass man gut und gern von einer Rekutierungskampagne für die IRA sprechen kann«, sagte Michael. Seine Stimme hatte sich verändert, war sonor wie die eines Pastors, seine Aussprache glasklar.

Penny schlug geräuschvoll die Schranktür unter der Spüle zu und fuhr herum. »Bitte, hört auf«, sagte sie.

Michael murmelte eine Entschuldigung, und Jim goss Brandy in Gläser, in die ringsum Fleur-de-Lys eingraviert waren. Es wurden Pralinen gereicht, Bitterschokolade mit einer pudrigen Füllung aus einer Schachtel, die Cushla nicht kannte.

Cushla beugte sich hinab, um die Bücher aus ihrem Korb zu nehmen. Plötzlich war sie sich der Tatsache bewusst, dass die anderen längst wussten, dass sie für Michael mehr war als nur eine Irischlehrerin. Langsam richtete sie sich wieder auf, in der Hoffnung, die Feindseligkeiten seien eingestellt, wenn sie wieder aufrecht säße, aber Victor und Michael starrten sich noch immer über den Tisch hinweg an. »Fangt an zu reden«, sagte sie.

Michael zündete sich eine Zigarette an und rauchte schweigend. Die anderen sprachen stockend, ihr Satzbau war grauenhaft und die Betonung so daneben, dass sie einige Wörter kaum wiedererkannte, aber sie fuhren fort. Von dem offenkundigen Unterschied abgesehen, war dies der wirkliche Unterschied zwischen ihnen und ihr. Sie besaßen das Selbstvertrauen, Fehler machen, sich Dummheiten leisten zu können. Sie stellte Michael eine Frage auf Irisch, und er sah so überrascht aus, als habe er vergessen, wo er sei. Er griff nach ihrem Wörterbuch, aber sie nahm es in Beschlag. »Ich werde übersetzen, wenn du nicht weiterweißt«, sagte sie.

»Es gibt eine Menge Wörter, die ich gerne auf Irisch wüsste«, sagte Victor.

»Schieß los«, sagte Cushla.

»Propaganda«, sagte Victor und ließ Michael dabei nicht aus den Augen.

»*Bolscaireacht*«, antwortete Cushla.

»Internierung.«

»*Imtheorannú.*«

»Terrorist.«

»*Sceimhlitheoir.*«

Während sie im *foclóir* und in ihrem Gedächtnis nach Wörtern suchte, fiel ihr die Geburtstagsparty wieder ein, die sie als Siebenjährige besucht hatte. Gina hatte sie in ein verspieltes Kleidchen mit weitem Rock gesteckt; das Geburtstagskind und ihre Freundinnen trugen Trägerkleider, darunter gestärkte Blusen. Das Geschenk, das sie mitgebracht hatte, war zu protzig. Sie lernte die Janets und Beverlys und Lindas kennen, und als sie gebeten wurde, ihren Namen zu buchstabieren, verstand sie die Blicke nicht, die sie beim vierten Buchstaben wechselten: Sie hatte nicht gewusst, dass Katholiken das »h« wie »*haitch*« und Protestanten es wie »*aitch*« aussprachen. Später gewann sie eine Runde *Pass the parcel* und stieß vor Freude ein lautes »O Gott« aus, doch was bei den Laverys als gemäßigte Reaktion galt, wurde mit »Dingsbums, hier wird nicht geflucht« quittiert. Das hatte sie am meisten verletzt; erst wollten sie, dass sie ihren Namen buchstabierte, und dann konnten sie ihn sich nicht einmal merken. In Tränen aufgelöst, ging sie nach Hause, in der einen Hand einen schlaffen Luftballon, in der anderen ein in Alufolie gewickeltes Stück Kuchen. »Ich hoffe, du hast dich vor diesen Leuten nicht blamiert«, hatte Gina geschimpft. Genauso fühlte sie sich jetzt auch. Sie sollte nicht hier sein.

»Alles in Ordnung heute Abend, Victor?«, fragte Michael. Seine Stimme war sanft, sein Körper hingegen so angespannt, als könnte er sich jeden Moment auf sein Gegenüber stürzen.

»Alles bestens.«

»Bist du sicher?«

»Ja.«

»Ausgezeichnet. Und jetzt sei so gut und reich mal den Brandy rüber.«

Als sie ein paar Meter von der Kaserne an der Ecke entfernt waren, sagte sie: »Was für ein toller Abend.« Ihr Gesicht glühte vom Brandy, ansonsten aber zitterte sie am ganzen Körper. Mit dem Sonnenuntergang war es kalt geworden. Michael legte seinen Arm um sie und rieb ihre Hüfte, um sie zu wärmen.

»Victor wollte mich provozieren. Hatte nichts mit dir zu tun.«

»Interessante Wortliste jedenfalls. Alles Wörter, die mit meinen Leuten assoziiert werden. Mit Katholiken. Nationalisten. Republikanern. Wie immer ihr uns nennt.«

»Ich habe ihn dazu gebracht, dass er aufhört.«

»Verdammt, es ist schwierig genug, als Vorzeige-Taig am Tisch zu sitzen, auch ohne dass du Anstalten machst, deinem Freund eins aufs Maul zu geben.«

»Ich mag das Wort nicht.«

»Maul? Erinnere mich daran, dass ich es aus meinem Wortschatz streiche.«

»Kein Grund, schnippisch zu sein.«

»Taig? Immerhin ist es ehrlich. Was ist dir denn lieber? R.-k.? Fenier? Mick?«

An der Einfahrt zu seinem Haus blieb sie stehen und durchwühlte ihren Korb nach ihren Schlüsseln. Michael war schon ein paar Schritte vorausgegangen, und als er merkte, dass sie zurückblieb, drehte er sich zu ihr um. »Kommst du nicht mit rein?«, fragte er.

»Ich gehe besser nach Hause zu meiner Mummy. Hab morgen früh Schule.«

Er blickte zum Himmel auf, als bitte er um Kraft von oben. »Wenn du so redest, fühle ich mich wie ein Perversling«, sagte er. Sein Körper war leicht vornübergebeugt, so wie am ersten Abend auf dem Parkplatz des Pubs.

»Tut mir leid.« Sie klang gereizt.

»Komm mit rein, sei nicht so verdammt kindisch.«

»Kindisch? Dein Freund hat mich gerade total runtergemacht.«

»Ich lehne es ab, auf der Straße mit dir zu streiten.«

»Du *lehnst es ab*, ja?«, sagte sie und imitierte seinen Akzent. »Ganz schön hochtrabend.«

»Bitte, komm mit rein.« Sie ignorierte seine ausgestreckte Hand und stolzierte an ihm vorbei in Richtung Haustür.

In der Diele standen sie einander gegenüber. »Hast du auch nur den Hauch einer Ahnung, wie es ist, sich ständig so was anhören zu müssen? Die ganze Zeit?«

»Nein, hab ich nicht.«

»Ich hätte ihm sagen müssen, dass er sich verpissen soll«, sagte sie, »stattdessen habe ich dagesessen wie eine nette kleine Eingeborene und zugelassen, dass er mich demütigt.«

»Es hatte nichts mit dir zu tun, das habe ich dir schon gesagt.«

»Schwachsinn, Michael. Er wollte, dass ich genau diese Wörter übersetze, weil ich Katholikin bin. Um mich daran zu erinnern, was meine Leute seinen Leuten angetan haben.«

»Ich rede mit ihm.«

»Ich möchte nicht, dass du mit ihm redest. Ich möchte nur mal *einen* Tag erleben, an dem ich nicht daran erinnert werde, dass ich auf der falschen Seite stehe.«

»Können wir ins Bett gehen?«, fragte er. »Ich hatte einen harten Tag.«

Sie ging in sein Schlafzimmer und zog sich die Stiefel aus. Er kam, eine Zigarette zwischen den Lippen, mit zwei Gläsern aus der Küche. Unter dem Arm trug er eine Flasche Whiskey.

»Hast du was dagegen, wenn ich die zu Ende rauche?«, fragte er aus dem Mundwinkel.

»Muss das sein? Du siehst aus wie meine Ma«, sagte sie. Er hatte seine Schuhe abgestreift, sich aufs Bett gelegt und sah zu, wie sie sich auszog. Sie behielt ihren BH und ihren Slip an und schlüpfte neben ihm unter die Decke. Er drückte die Zigarette aus und schob Cushla so zurecht, dass sie, zugedeckt bis unters Kinn, mit dem Kopf auf seiner Brust lag. Seinen linken Arm hatte er um sie gelegt, mit der Hand umfasste er ihre Brust. In der anderen hielt er die Flasche.

»Was ist das zwischen Victor und dir?«, fragte sie.

Er nahm einen Schluck aus der Flasche. »Ich habe einen Fall übernommen, und er ist damit nicht einverstanden.«

»Was für einen Fall?«

»Drei Jungs, die bei einer Gegenüberstellung von einem Zeugen identifiziert wurden, den man nur als unglaubwürdig bezeichnen kann.«

»Was haben sie getan?«

»Wessen werden sie beschuldigt, meinst du vermutlich. Sie sollen ein Mitglied der Royal Ulster Constabulary ermordet haben«, sagte er. Wieder das Schwappen des Whiskeys, ein Ploppen, als er die Flasche vom Mund absetzte.

»Warum ist Victor so wütend?«

»Er war einer der ersten Reporter, die am Bloody Friday vor Ort waren. Er sagt, es hat gerochen wie in einer Schlachterei.«

»Mein Gott.«

»Genau. Seither haben sich seine Ansichten über den militanten Republikanismus verhärtet. Deswegen ist er nicht damit einverstanden, dass ich bestimmte Fälle übernehme.«

Er stellte die Flasche auf den Nachttisch und zündete sich eine weitere Zigarette an. »Manchmal hasse ich dieses Land«, sagte er.

CHIAROSCURO

13

Davy wartete bei ihrem Auto auf sie, sein Ranzen lag auf der Motorhaube. Er tat so, als würde er in Zeitlupe rennen, wie die Flügelräder einer Windmühle zerteilten Arme und Beine die Luft. Als er Cushla erblickte, kam er auf sie zu. »Steve Austin, Astronaut«, sagte er. »Lebensgefährlich verletzt.«

»Du siehst aus wie die drei Beine auf der Flagge der Isle of Man.«

»Die hab ich auf einem 10-Pence-Stück von der Isle of Man gesehen.«

Sie schloss den Wagen auf, und er hüpfte auf die Rückbank.

»Miss Lavery«, sagte eine männliche Stimme hinter ihr. Es klang so förmlich, dass sie schon glaubte, es sei Gerry Devlin, der den Schuldirektor nachahmte, und sich prustend umdrehte. Bradley stand ein paar Meter entfernt, auf bewundernswerte Weise hielt seine Anzugweste die Wampe über seinem Gürtel gut in Schach. »Ich hoffe, Ihnen ist klar, worauf Sie sich da einlassen?«, sagte er.

»Ich biete dem Jungen doch nur eine Mitfahrgelegenheit an.«

»Es nimmt überhand. In den Pausen bei ihm sitzen. Die Mitfahrgelegenheiten. Die Mittagessen.«

Die Mitarbeiterinnen in der Schulkantine mussten ihm erzählt haben, dass sie bis zum Ende des Trimesters für Davy die Schulmahlzeiten bezahlt hatte. Sie hatte Bradley gefragt, ob die Schule dafür aufkomme, doch er hatte daraus einen Vortrag über Betty McGeowns Untauglichkeit als Mutter gemacht.

»Ich mache nur meinen Job«, sagte sie.

Bradley betrachtete ihr Auto. Davy hatte das Fenster heruntergekurbelt, drehte langsam den Kopf und fasste Bradley und sie ins Auge.

»Ich sollte jetzt wohl besser fahren«, sagte sie und setzte sich auf den Fahrersitz. »Meine Güte, Davy, was tust du da?«, flüsterte sie.

»Ich fokussiere meine bionischen Augen.«

»Mach das Fenster zu.«

»Jawohl, Miss.« Ein Auge hatte er halb zugekniffen, das andere starrte sie an. »Gentlemen, wir können ihn neu aufbauen«, sagte er. »Wir haben die medizinische Technik.«

Sie fing an zu lachen, also machte er weiter. »Wir haben die Fähigkeit, den ersten bionischen Menschen der Welt zu erschaffen«, sagte er. »Besser, stärker und schneller als je ein Mensch zuvor.«

Sie waren immer noch ausgelassen, als sie vor dem Haus der McGeowns ankamen. Es war ein paar Tage her, dass Cushla zuletzt mit Betty gesprochen hatte, und so begleitete sie Davy bis zur Haustür. Tommy öffnete ihnen, er trug keine Schuluniform. Er drückte seine Faust an Davys Schläfe. »Da drinnen wartet eine Überraschung für dich, kleiner Mann«, sagte er. Davy ließ seinen Ranzen auf den Boden fallen und ging ins Wohnzimmer.

Tommy trug sein Haar jetzt länger, und weil er, um Cushla ins Gesicht sehen zu können, das Kinn heben musste, wirkte er streitlustig. »Hi, Miss«, sagte er.

»Du gehst nicht wieder zur Schule?«

»Nö.«

»Ach, Tommy. Mach doch wenigstens die Prüfungen.«

»Ich bin fertig mit dem ganzen Kram«, sagte er. »Kommen Sie rein, dann können Sie meinen Vater kennenlernen.«

In Cushlas Brust zog sich alles zusammen. Michael hatte gesagt, in ihrem Gesicht stehe geschrieben, was sie denke. Was wenn Seamie Ekel darin sah? Aber Tommy hatte sich schon umgedreht, und ihr blieb nichts anderes übrig, als ihm zu folgen.

Die Luft war blau von Zigarettenqualm. Seamie McGeown saß mit dem Rücken zu ihr in einem Sessel, wie er üblicherweise in Krankenhäusern stand. Sein Kopf war für die Operation geschoren worden, und der Flaum, der jetzt darauf wuchs, erinnerte sie an Davy, als er einmal einen extrem kurzen Haarschnitt gehabt hatte. Mandy hatte sich aufs Sofa gesetzt, und Betty hockte vor Seamie auf der Kante eines Küchenschemels, als würde sie jeden Moment auffliegen wie ein Vogel. »Kommen Sie nur«, sagte sie.

Tommy trat in die Öffnung des kalten Kamins, um sie vorbeizulassen. Über dem rechten Ohr wies Seamies Schädel eine leichte Delle auf, deren Rand von einer halbmondförmigen Narbe markiert wurde, gekerbt von den waagerechten Linien der Nahtstiche.

»Das ist Miss Lavery, Davys Lehrerin«, sagte Betty. »Sie war furchtbar nett zu uns in letzter Zeit.« Ihre Stimme war so laut und fröhlich, als spräche sie mit einem Schwerhörigen. Ihr Mund war grimmig.

Ohne nachzudenken, streckte Cushla die Hand aus. Seamie sah sie an und drehte langsam die Handflächen nach oben. Die Wunden nässten noch immer. Andere Narben – wulstige rote Linien – zogen sich von seinen Handballen nach oben und verschwanden unter den aufgeknöpften Manschetten seines Hemds. Cushla fühlte sich einer Ohnmacht nahe. Sie atmete tief ein, um sich wieder zu fassen, und sah kurz zu Betty hinüber, die fast unmerklich den Kopf schüttelte, ihr einen Moment Zeit ließ. Auf der Armlehne von Seamies Sessel lag eine Schachtel Zigaretten. Er versuchte, eine davon herauszufummeln, ohne dabei die Finger krümmen zu müssen. Dass Cushla zusah, machte die Sache nicht einfacher, und sie war erleichtert, als Betty mit dem Daumen in Richtung Küche wies.

An die Spüle war eine halbautomatische Waschmaschine angeschlossen, der der frische Duft des Waschmittels entströmte. Auf dem Abtropfbrett lag eine Einkaufstasche aus Nylon, daneben ein Stück Sunlight-Seife.

»Sie sind bestimmt sehr froh, dass er wieder bei Ihnen zu Hause ist«, sagte Cushla.

»Ja«, sagte Betty. Sie nahm ein Kleidungsstück aus einer Schüssel mit Seifenwasser und schrubbte mit einer Nagelbürste daran herum, tauchte es ein, prüfte, schrubbte. Die Unterhemden und ausgeblichenen Pyjamas, die aus der Einkaufstasche quollen, waren mit verlaufenen ockerfarbenen Flecken übersät.

»Haben Sie gesehen, wie unser Tommy rumläuft?«, fragte Betty, hob die Hände, die die Farbe von gekochtem Schinken angenommen hatten, aus dem Wasser und streifte sie an ihrem Kasack ab.

»Vielleicht geht er ja nächstes Jahr wieder hin. Haben Sie mit der Schule gesprochen?«

»Er ist achtzehn. Die haben gesagt, er kann tun und lassen, was er will. Er ist kaum noch hier. Hängt dauernd mit seinen Cousins herum«, sagte sie und rührte mit dem Stiel eines Besens in dem seifigen Wasser. »Kein guter Umgang, diese Jungs.«

»Oh«, sagte Cushla, »bevor ich es vergesse. Davy kann den Rest des Trimesters in der Schule essen.«

»Wer bezahlt das?«, fragte Betty.

Cushla hatte keine Antwort parat. »Die Schule«, sagte sie eine Sekunde zu spät.

Betty hatte ihre Arbeit unterbrochen und zog die Augenbrauen hoch. »Das wäre hilfreich«, sagte sie schließlich.

Als Cushla durchs Wohnzimmer ging, saß Mandy ihrem Vater gegenüber und zündete ihm die Zigarette an, die zwischen seinen Lippen hing. Davy sah zu. Cushla verabschiedete sich und trat in die Diele. Als sie die Haustür aufmachte, kam Tommy die Treppe herunter. Mit einer Hand hielt er die Türkante fest, mit der anderen reichte er ihr die Ausgabe von *Jude Fawley, der Unbekannte*, die sie ihm geliehen hatte.

»Das beste Buch, das ich je gelesen habe«, sagte er.

»Freut mich, dass es dir gefallen hat.«

Ein Lächeln stahl sich in sein Gesicht, es zeigte sich in tiefen Grübchen zu beiden Seiten seines Mundes. »Es ist großartig. Düster vielleicht, aber großartig. Kann gar nicht genug von Ihnen kriegen.«

Der letzte Satz hatte etwas Dreistes, und sie spürte, wie ihr das Blut in die Wangen stieg. »Deine Mummy ist verrückt vor Sorge über dich, Tommy.«

Die Grübchen verschwanden. Sie hatte ihn daran erinnert, dass er noch ein Schuljunge war. »Haben Sie gesehen, was die ihm angetan haben?«, fragte er.

»Es ist grauenhaft.«

»Er hat Krampfanfälle, weil sie ihm gegen den Kopf getreten haben. Seine Konzentration reicht nicht mal für die Schlagzeilen in der Zeitung. Er sitzt da, und an seinem Bein ist ein Beutel mit seiner eigenen Pisse befestigt.«

»Ich hoffe, die Polizei findet die Täter bald.«

»Ich hoffe, sie findet sie, bevor ich es tue.«

Sie legte die Finger auf seinen Ärmelaufschlag. Sein Arm zuckte zurück, als hätte sie ihm einen elektrischen Schlag verpasst. Einen Moment lang starrte er auf ihre Hand, dann ging er wieder nach oben, diesmal langsamer.

Als sie die Siedlung verließ, konnte sie vor lauter Tränen fast nichts mehr sehen. Von links kam ein Saugwagen der Kanalreinigung. Sie hätte genug Zeit gehabt, um vor ihm einzubiegen, doch sie ließ ihn vorbeifahren, wischte sich mit dem Ärmel über die Augen und folgte dem Tankfahrzeug mit seiner stinkenden, schlammigen Ladung in Richtung Stadt.

Gina wartete schon in der Diele, mit gefalteten Händen. Neuerdings hielt sie sich ständig in der Nähe der Türen und Fenster auf, um Cushlas Kommen und Gehen zu überwachen.

»Du stehst da wie ein Kind aus der Trapp-Familie«, sagte Cushla und stellte ihren Korb neben dem Telefon ab. »Als würdest du jeden Moment anfangen zu singen.«

Gina stemmte die Hände in die Hüften und beugte sich mit finsterem Blick vor. »Hast du geweint?«, fragte sie.

»Seamie McGeown ist heute aus dem Krankenhaus gekommen. Mummy, du solltest sehen, in was für einem Zustand er ist. Seine Hände sind noch nicht verheilt. Beinahe hätte ich sie angefasst«, sagte Cushla.

»Ich hoffe, du hast nicht gleich losgeflennt.«

»Nein! Aber es hat mich total fertiggemacht.«

»Mein Gott, dich würde ich wirklich nicht nach der Hebamme schicken.«

Als das Telefon klingelte, fuhren beide zusammen. Cushla streckte die Hand aus, aber Gina war schneller und sagte ihre Nummer mit ihrer Telefonstimme an. Dann verzog sie das Gesicht und reichte Cushla den Hörer. »Dein Bürschchen. Gerry.«

Cushla starrte ihre Mutter so lange an, bis sie sich in die Küche verzog. »Verfluchte Scheiße«, sagte sie, als sie den Hörer ans Ohr hielt.

»Entzückende Sprache. Und weiß Gerry, dass deine Mutter ihn ›dein Bürschchen‹ nennt?«

»*Du* bist es.«

»Komm heute Abend vorbei.«

Sie öffnete den Mund, um ja zu sagen, hielt dann aber inne. Sie würde sich umziehen, sich so zurechtmachen müssen, dass es so aussah, als habe sie sich nicht zurechtgemacht – was schwieriger war, als sich wirklich zurechtzumachen –, sich eine Ausrede für Gina ausdenken müssen. »Ich bin kaputt«, sagte sie. »War ein schräger Tag heute, und ich will nur noch schlafen.«

»Schlecht schräg?«

»Nicht gut«, sagte sie, und wieder liefen ihr Tränen übers Gesicht. Sie schniefte, zog Schnodder hoch.

»Oh, Cushla. Was ist denn los?«

In seiner Stimme lag so viel Zärtlichkeit, dass sie ein Wimmern von sich gab. »Ich kann jetzt nicht reden«, sagte sie.

»Lass mich für dich da sein.«

Oben warf sie Unterwäsche zum Wechseln in eine Tasche, setzte sich auf den Hocker vor ihrem Schminktisch und betrachtete ihr Spiegelbild. Ein Gefühl der völligen Niederlage überkam sie. Eigentlich wollte sie sich ins Bett legen und schlafen, aber sie konnte sein Angebot nicht ausschlagen. Nicht weil er so liebenswürdig gewesen war, sondern weil sie jedes Mal, wenn sie sich mit ihm traf, befürchtete, es sei das letzte Mal.

So verweint, wie sie war, konnte sie sich nirgends blicken lassen, ihre Augen waren blutunterlaufen, ihre Nase rot und geschwollen. Sie tupfte Make-up auf die ärgsten Flecken und trug Wimperntusche auf, mit dem Ergebnis, dass sie jetzt aussah, als habe sie eine Allergie. Sie stürmte nach unten in die Küche. Gina stand vor dem offenen Kühlschrank.

»Ich habe ganz vergessen, dass ich Gerry versprochen hatte, mit ihm irgendwohin zu gehen«, sagte Cushla.

»Aber ich habe zwei Steaks gekauft. Ich wollte uns Pommes frites dazu machen.«

»Vielleicht können wir die morgen essen?«

»Na gut«, sagte Gina.

Cushla umarmte ihre Mutter und drückte sie an sich. Normalerweise ließ Gina derlei Annäherungsversuche steif über sich ergehen, doch zu Cushlas Entsetzen gab ihr Körper diesmal nach. Cushla zog sie näher an sich und fühlte sich elend. »Tut mir leid, Mummy. Ich werde das ganze Wochenende da sein«, sagte sie, doch noch während die Worte aus ihrem Mund kamen, wusste sie, dass sie ihre Mutter ohne zu zögern allein lassen würde, falls Michael sie treffen wollte.

»Geh ruhig aus, Liebes«, sagte Gina und tätschelte Cushlas Rücken. »Es hat keinen Sinn, wenn wir beide unglücklich zu Hause hocken.«

Aus dem Haus neben Michaels kam ein Junge mit einem Geigenkasten, gefolgt von einer Frau mit kurzem blonden Haar. Sie warf einen Blick auf Cushlas Auto – auffällig anders als die Limousinen und Kombis in den anderen Einfahrten –, dann auf Cushla selbst, und ihr Gesichtsausdruck war amüsiert. Wie viele Frauen hatten ihn hier schon besucht? Sie stürmte den Kiesweg entlang, dass die Steinchen aufspritzten.

Er trug einen dünnen Pullover mit Wildlederflicken an den Ellbogen, darunter ein Hemd aus gebürsteter Baumwolle mit weichem Kragen. So kleidete sich auch Mr Reid. Er sah sie blinzeln, als sie das Bild verscheuchte. »Was soll mir dieser Gesichtsausdruck sagen?«, fragte er.

Sie stellte sich auf die Zehenspitzen, um einen Kuss auf seine Lippen zu drücken. »Nichts«, sagte sie.

Er nahm ihre Hand und führte sie ins Haus. Ein Fenster stand offen, ein Magnolienzweig tippte gegen die Scheibe. Die olivgrünen Vorhänge waren von der Sonne stellenweise zu einem khakifarbenen Ton ausgeblichen. Es sah aus, als hätte jemand versucht, Ordnung in die Papiere auf dem Tisch zu bringen, und die Whiskeykaraffe war gefüllt.

Er bat sie, Musik aufzulegen, und ging in die Küche. Sie beugte sich über die Stereoanlage und blätterte durch Schallplatten, die sie nicht kannte, Jazz, Klassik und Blues. Schließlich senkte sie die Nadel auf die LP, die schon auf dem Plattenteller lag, und stellte sich in den Türbogen.

»Möchtest du darüber reden?«, fragte er.

»Seamie McGeown ist heute aus dem Krankenhaus gekommen. Tommy hat mich hereingebeten, damit ich ihn kennenlerne.«

»Oje«, sagte er. Das saugende Geräusch beim Öffnen der Kühlschranktür, das dumpfe beim Schließen. »Das muss furchtbar gewesen sein.«

Sie erzählte ihm von den Wunden an Seamies Händen, die wie Stigmata bluteten.

»Man hört von solchen Angriffen in den Nachrichten, von Schießereien und Bombenanschlägen. Aber ich glaube, man muss die Einzelheiten hören oder sehen, um das Leid wirklich verstehen zu können.«

»Hast du mit so etwas oft bei Gericht zu tun?«, fragte sie.

»Ja. Die Beweisaufnahme kann entsetzlich sein.«

»Geht es darum in deinen Aktenordnern?«

»In einigen, ja.«

Er erkundigte sich nach den Kindern. Sie sagte, dass Davy die Rolle des Entertainers spiele, Mandy die mütterliche. Dass Tommy wütend sei.

»Der arme Junge«, sagte er. »Jeden Tag habe ich Tommy McGeowns vor mir stehen.« Er bestrich Toast mit Butter und Senf.

»Betty hat Flecken aus Seamies Sachen gewaschen. Es war kein Blut, eher fleischfarben. Ich dachte, ich werde ohnmächtig. Ich wollte nichts wie weg.«

»Aber du hast deine Pflicht getan. Hast nach den Kindern gesehen, als ihre Mutter im Krankenhaus war. Sei nicht so streng mit dir«, sagte er und küsste sie auf die Stirn.

Während sie sprachen, hatte er sich die ganze Zeit in der Küche zu schaffen gemacht. Für einen so großen Mann war er erstaunlich anmutig: wie er den Arm ausstreckte, um einen Schrank zu öffnen, wie er mit einer raschen, präzisen Bewegung den Grillrost herunterholte. Aus den Lautsprechern ertönte eine Trompete, eine Frauenstimme, klar und voller Trauer. »Hervorragende Musikwahl, übrigens«, sagte er.

»Es ist die letzte Platte, die du aufgelegt hattest. Es war mir zu viel Druck, selbst etwas aussuchen zu müssen. Wie heißt die Sängerin?«

Er holte die Plattenhülle aus dem Wohnzimmer. Das Coverfoto zeigte eine kleine Frau mit hellem Haar in einem Abendkleid. »Das«, sagte er »ist Ottilie Peterson. Eine Frau aus der Grafschaft Down.« Er sagte, sie sei mit einem Bandleader verheiratet und habe mit allen gesungen, von Lonnie Donegan bis Muddy Waters. Dass das überwiegend schwarze Publikum bei einem Jazzfestival in Amerika Duke Ellington und sein Orchester warten ließ, weil man von ihr so begeistert war, dass man sie nicht von der Bühne lassen wollte.

Er hatte Wensleydale-Käse gerieben und gab ihn auf die Toastscheiben. Als er ihr seine Abwandlung des Rezepts erklärte und ein Fläschchen mit alles entscheidender Worcestershiresauce vor ihrer Nase schüttelte, hatte er etwas Jungenhaftes.

»Du bist süß«, sagte sie. »Wie die Kinder in der Schule, wenn sie ihre Sandwiches mit Chips belegen.«

Er reichte ihr eine Flasche Wein und einen Korkenzieher und sagte, die Gläser stünden in der Vitrine im Wohnzimmer. Zum Essen setzten sie sich an den Tisch. Er zog seinen Stuhl so dicht an ihren, dass sich ihre Schenkel berührten. Eine Zeitung lag neben ihnen, die Seite mit dem Kreuzworträtsel aufgeschlagen. Bevor sie auch nur die Fragen lesen konnte, trug er schon die Lösungen ein, füllte zwischendurch ihre Gläser auf oder aß die Ränder des Toastbrots, die sie auf ihrem Teller beiseitegelegt hatte, bis eine Ecke des Rätsels mit tintenblauer Schrift bedeckt war. Er hielt inne, als wüsste er nicht weiter, las eine Frage laut vor. »Gut gemacht!«, sagte er, als sie die Lösung fand.

»Ach, rutsch mir den Buckel runter. Ich komme mir vor, als würdest du mir Schach beibringen und mich gewinnen lassen.«

»Tut mir leid«, sagte er lachend. »Hast du das Buch von Iris Murdoch eigentlich zu Ende gelesen?«

»Ich hab's aufgegeben.«

»Warst du enttäuscht?«

»Nein. Ich hatte es gekauft, um mich von dir abzulenken. Und dann wolltest du wissen, was ich da lese, und bist aufgrund meiner Wahl zu dem Urteil gekommen, dass ich keine komplette Idiotin bin. Also hat Iris mir wohl Glück gebracht«, sagte sie. Den größten Teil dieses Geständnisses hatte sie an ihren Teller gerichtet. Jetzt hob sie den Kopf, um ihn anzuschauen.

Er stand auf und ging zur Stereoanlage, um die Platte umzudrehen. Cushla blieb sitzen und fragte sich, ob sie etwas missverstanden hatte. Sie verbrachten so viel Zeit allein miteinander, dass sie das Gefühl hatte, alles sagen zu können, aber vielleicht war es ja gar nicht so. Hatte sie bedürftig geklungen oder zu anhänglich? Wenn sie nicht hier wäre, würde sie mit ihrer Mutter zu Hause hocken, für Michael dagegen gab es viele Orte, an denen er sein konnte. Er hatte Freunde, Geld. Eine Familie.

Er kam mit seiner Pfeife zurück und begann sie zu stopfen. »Ich mochte dich schon vor Iris Murdoch«, sagte er.

»Einzelheiten bitte, Michael.«

Er setzte den Tabak in Brand, und zwischen zwei Zügen sagte er, ihm habe gefallen, wie sie mit dem großen verschmierten Aschekreuz auf der Stirn in den Pub stolziert sei. Ihm habe gefallen, dass sie nicht weggesehen habe, als sich im Spiegel ihre Blicke trafen. Ihm habe gefallen, wie sie im Lyric Theatre an dem Mauervorsprung gestanden und versucht habe, lässig auszusehen. Ihm habe besonders gefallen, dass ihr jedes Mal, wenn er ihren Vater erwähnt habe, die Tränen gekommen seien. Er liebe sie.

»Wenn du es sagst, solltest du es auch meinen«, sagte sie.

»Das tue ich. Und du solltest es erwidern.«

»Ein andermal. Ich hab noch was gut bei dir.«

Eine Weile vögelten sie auf dem Sessel, dann auf dem Sofa. Durch das offene Fenster wehte das Geräusch eines Benzinrasenmähers herein, der würzige Duft von frisch geschnittenem Gras. Irgendwo schlug eine Tür zu, eine Frauenstimme rief etwas. Sein Atem ging schneller, und er stieß härter in sie hinein, so wie bei jenem Mal, als sie sich in seinem Auto liebten und ihre Körper kurz von den Scheinwerfern eines anderen Fahrzeugs angestrahlt wurden – als fände er die Aussicht, ertappt zu werden, besonders erregend. Ein anderes Geräusch von draußen, Reifen, die knirschend über Kies rollten, und er glitt aus ihr heraus und schwang sich auf die Füße. Cushla stand auf und zog sich in die Küche zurück, strich sich die Haare und den Rock glatt.

Michael stand am Fenster und hielt mit einer Hand seine Hose hoch.

»Wer ist es?«, fragte sie.

»Keine Ahnung. Ein Auto hat in die Einfahrt zurückgesetzt und ist wieder losgefahren.«

»Hast du es erkannt?«

»Nein. Es war eins von diesen langweiligen Modellen, an die man sich nicht erinnern soll«, sagte er und zog den Reißverschluss seiner Hose zu. Er schenkte sich einen Whiskey ein, trank ihn am Fenster und blickte hinaus auf seine ruhige Straße.

14

Die Ulster Defence Association hat sich zu dem Mord am Montag bekannt, bei dem ein Protestant getötet wurde, der an einer Bahnstrecke in der Nähe der Donegall Road arbeitete. Beabsichtigtes Ziel des Anschlags war sein katholischer Arbeitskollege.

Heute jährt sich zum ersten Mal der Generalstreik des Ulster Workers' Council.

»Mud sind Nummer eins«, sagte Zoe. Sie trug ein mit Glitzer durchzogenes türkisfarbenes Sweatshirt, das mit einem »Liebe ist …«-Motiv bedruckt war. Einige der anderen Mädchen hatten sich Partykleider angezogen. Cushla begann wie immer mit Rechen- und Schreibübungen, aber die Kinder waren hibbelig. Die Polizei wollte in die Schule kommen und einen Disco-Nachmittag für sie veranstalten.

Nach der Pause brachte Cushla sie in die Aula. Die Vorhänge vor den großen Fenstern zur Rechten waren geschlossen, der Raum nur von einer Ampelanlage beleuchtet, die am Rand der Bühne aufgestellt war. Auf einem Tisch aus der Schulkantine stand ein Plattenspieler, zu beiden Seiten des Tisches ein Angehöriger der Royal Irish Constabulary mit Schirmmütze und pistazienfarbenem Hemd. Ihre Splitterschutzwesten hingen über einem großen Sitzsack. Dass sie sie abgelegt hatten, schien ihr einziges Zugeständnis an die Fröhlichkeit des Anlasses zu sein. Auf dem Boden lag eine Discokugel, die mutlos vor sich hinblinkte. Cushla schlängelte sich an den Kindern vorbei bis nach vorn zur Bühne, wo Gerry sich mit einem dritten Polizisten unterhielt, einem Mann in den Dreißigern, der das rotwangige, athletische Aussehen eines Menschen hatte, der sich oft an der frischen Luft aufhält.

»Das ist Cushla, sie unterrichtet auch in der dritten Klasse«, sagte Gerry.

»Miss Lavery«, sagte der Polizist und hakte die Daumen in die Gürtelschlaufen seiner Hose. Sie musste überrascht ausgesehen haben, denn er ergänzte: »Ich gehe hin und wieder in die Bar Ihrer Familie.«

»Ach ja«, sagte Cushla, auch wenn sie sich nicht an ihn erinnern konnte. »Werden Sie tanzen?«

»Man kann nie wissen«, sagte er und entfernte sich mit einem Lächeln.

»Peeler anbaggern«, sagte Gerry. »Dafür könntest du geteert und gefedert werden.«

»Du bist doch nur eifersüchtig.«

»Du bist nicht mein Typ, das sage ich dir schon die ganze Zeit.«

»Unverschämter Kerl. Komm, lass uns nachsehen, was die Kinder treiben.«

Als sie über die Tanzfläche gingen, nahm er ihre Hand, zog sie an sich heran und ließ sie dann wieder los, sodass sie über das Parkett wirbelte. Dann fing er sie wieder ein und führte sie unter seinem erhobenen Arm in eine Drehung.

»Ich kann nicht tanzen«, sagte sie.

»Hab ich gemerkt. Aber ich bin richtig gut.«

Ihre Schülerinnen und Schüler standen im Kreis um sie herum. Gerry hatte so komplett die Kontrolle übernommen, dass sie kaum etwas anderes tun musste, als sich von ihm über die Tanzfläche führen zu lassen. Als der Song zu Ende war, jubelten die Kinder ihnen zu.

»Mein Gott«, sagte sie lachend.

»Der Disco Peeler kann die Augen nicht von dir lassen«, sagte er.

Sie drehte sich um und sah, wie der dritte Polizist die seitlichen Stufen zur Bühne hinaufging. »Red keinen Scheiß, Gerry.«

»Das meine ich ernst. Er hat dich die ganze Zeit beobachtet.«

Eamonn war guter Laune. Er überlege, eine Band zu engagieren, die oben, in der schon lange nicht mehr genutzten Lounge, auftreten könne – wie in der guten alten Zeit. In den zwei Jahren nach dem Beginn der Troubles hatte die Bar floriert: Wer etwas trinken wollte, fuhr raus aus der Stadt, raus aus dem Chaos. Der Boom hatte nicht angehalten; inzwischen hatten die meisten Leute Angst, überhaupt aus dem Haus zu gehen. Die Jungs stritten über die Bands, die sie gern live hören wollten: Für Fidel, der eine Schwäche für die Armee der Konföderierten Staaten hatte, war es Lynyrd Skynyrd – für Leslie Doctor Hook & the Medicine Show. Minty war hin und her gerissen und entschied sich schließlich für Clodagh Rogers; das war eine Katholikin aus Ballymena, ein Nachteil, der vermutlich dadurch aufgewogen wurde, dass sie die »besten Beine im britischen Showgeschäft« besaß.

Der Zusammenschnitt, mit dem die Nachrichten begannen, zeigte Aufnahmen vom Streik, das rot-weiß-blaue Plakat mit der Aufschrift DUBLIN IST NUR EIN SUNNINGDALE-ABKOMMEN ENTFERNT ein unheilschwangerer Auftakt für das nächste Bild, das Foto eines Dubliner Bürgersteigs, blutverschmiert und mit verbogenem Metall übersät. Vor genau einem Jahr war in einem Kraftwerk eine Gruppe von Arbeitern in den Streik getreten, um die Auflösung der überkonfessionellen Mehrparteienregierung zu erzwingen, die einige Monate lang im Amt gewesen war. Unternehmen und Geschäfte machten zu. Die Pubs blieben zunächst geöffnet – lebenswichtige Grundversorgung, hatte Fidel gescherzt, als er durch die Bar stolzierte –, mussten aber bald den Betrieb einstellen. Cushla sah die Bilder und spürte Wut in sich aufsteigen. Paramilitärische Gruppen, die ganz offen durch die Straßen marschierten; Premierminister Brian Faulkner, der den Zusammenbruch der Regierung verkündete. Sie spülte ein Tuch in Seifenlauge aus und wischte langsam über die ganze Länge des Tresens, beobachtete die zum Fernseher schauenden Gesichter ihrer Stammgäste. Es war so viel einfacher, nichts zu sagen, als zu vergessen. Daran erinnerte sich Cushla:

Leslie, der die Einfahrt zu ihrem Haus hochkam, mit Milch in einer Lucozade-Limonadenflasche, die noch in der knisternden orangenen Zellophanhülle steckte. Gina, die ihn zur Begrüßung umarmte, ihr Gesicht nichts als Dankbarkeit. Später saßen sie und Cushla am Küchentisch, und während es um sie herum allmählich dunkel wurde, tranken sie den Tee, den sie auf einem Campingkocher gekocht hatten und der nach Traubenzucker schmeckte. »Das war anständig von ihm«, sagte Cushla.

»Das hat er nur getan, um uns zu zeigen, dass er es kann«, sagte Gina.

Minty vor den verschlossenen Toren der Sekundarschule, umringt von zwei Dutzend seiner Schüler. Slattery hatte den Rat der Polizei, die Grundschule zu schließen, in den Wind geschlagen, und als die Kinder um drei Uhr das Gelände verließen, wurden sie von einem Chor begleitet: »Wer ist in Derry? Wer ist in Derry? Scheiß auf den Papst und die Jungfrau Mary.« Ein Geschoss sauste durch die Luft und landete vor den Füßen eines Erstklässlers; eine Chipstüte, aus der etwas herausquoll, das nach einem menschlichen Scheißhaufen aussah. Cushla trat vor an die Bordsteinkante und streckte Minty die Arme entgegen, als wollte sie ihn fragen, was los sei. Er wandte den Blick ab.

Und Fidel. Eines Tages war Cushla mit Gina zu einem Besuch am Grab ihres Vaters aufgebrochen. Kurz vor dem Eingang zum Friedhof hatte jemand mit einem Traktor die Straße blockiert. Das Auto vor Cushla wurde durchgewinkt, aber ihres wurde von zwei Männern angehalten, die sich karierte Schals vors Gesicht gebunden hatten; einer von ihnen trug eine Schrotflinte. Ein dritter Mann, mit Sturmhaube, trat vor und machte mit der Hand eine kreisende Bewegung. Cushla kurbelte das Fenster herunter, und er beugte sich herein, um mit ihr zu reden.

Gina lehnte sich über Cushla. »Fidel«, sagte sie. »Wollen Sie mich verarschen?«

»Woher wussten Sie, dass ich es bin?«, fragte er und blickte über die Schulter hinweg nach den beiden anderen, die an der Vorderseite des Traktors lehnten und rauchten.

»Ihr Bart guckt unten unter der Maske raus.«

Er kicherte leise. »Ihnen kann man nichts vormachen, Missus«, sagte er. »Fahren Sie durch, Ladies.«

Cushla dankte ihm und fuhr weiter. In den darauffolgenden Tagen hatte sie genug mit der leeren Speisekammer zu tun und mit ihrem Auto, in dem kein Tropfen Sprit mehr war. Erst als der Streik zu Ende war, begriff sie, wie ungeheuerlich die Begegnung gewesen war. Dass ihr jemand, den sie fast ihr ganzes Leben lang gekannt hatte, an einem von Paramilitärs eingerichteten Kontrollpunkt die Weiterfahrt verwehrte, weil verhindert werden sollte, dass ihresgleichen mitregierte. Und so getan hatte, als kenne er sie nicht.

Inzwischen hatte sie den ganzen Tresen abgewischt. Die Nachrichten waren beim Menschlich-Allzumenschlichen angekommen. Es ging darum, dass industriell hergestelltes Brot die Existenz kleiner, traditionell arbeitender Bäckereien bedrohte. Ein großer Mann mit beschlagener Brille schnitt wie ein Verrückter Fladenbrot in Stücke, ohne auch nur einmal den Blick von der Kamera abzuwenden, und machte für die Umsatzeinbußen den Gemeinsamen Markt verantwortlich.

Eamonn hielt ein Pintglas schräg unter den Zapfhahn für das Stout und drückte ihn herunter. Mit dem Kopf wies er in Richtung Tür. »Da kommt Rumpole«, sage er. »Kümmer dich um ihn, ja?«

Michael hängte seine Jacke über die Lehne eines Barhockers, zündete sich auf seine jugendlich wirkende Art eine Zigarette an, ein Auge halb geschlossen. Cushla stellte ihm einen Whiskey hin. »Sandwich?«, fragte sie.

»Nein«, sagte er und hielt ihr eine Pfundnote entgegen.

Er geht nach Hause zu seiner Frau, dachte sie, und spürte, wie sich ihr Mund zu einem Schmollen verzog. Sie wandte sich ab und bediente jemand anderen.

»Wenn Sie dann so weit wären«, sagte Michael spöttisch. Sie rupfte den Schein aus seinen Fingern, ging zur Registrierkasse und hämmerte auf die Tasten ein. Sie kam mit dem Wechselgeld zurück und stapelte die Münzen vor ihm auf dem Tresen, statt sie in seine geöffnete Hand zu legen.

Zeitungen wurden zusammengefaltet und unter Arme geklemmt, Gläser geleert. Eamonn ging, und außer Michael und Jimmy waren nur noch zwei Männer aus dem Super Ser Club da, wie Eamonn ihn nannte; Männer, die sich aus ihren Ehen in ungeheizte möblierte Zimmer nahe der Esplanade gesoffen hatten. Cushla vergewisserte sich, dass alle noch zu trinken hatten, und stellte die leeren Gläser und Aschenbecher in die Spüle. Michael hatte seinen Hocker neben den von Jimmy gerückt und lächelte, als der alte Mann dem Tresen mit der Handkante einige schnelle Karateschläge versetzte, so als wolle er es im Alleingang mit einem ganzen Bataillon japanischer Soldaten aufnehmen. Ältere Leute sprachen gern über den Krieg, vor allem über den »Blitz«, den deutschen Luftangriff auf Belfast. In einer einzigen Nacht war Belfast so heftig bombardiert worden wie sonst nur London, aber es ging um mehr als das: Die Bomben waren konfessionslos. Über jenen Krieg konnte man sprechen, über diesen nicht.

Sie gesellte sich mit einem Stapel sauberer Aschenbecher zu ihnen. »Ich war sechzehn«, sagte Michael. »Meine Mutter hatte auf der Straße irgendwas gesehen und mich rausgeschickt, damit ich nachschaute. Auf der Straße war es natürlich stockfinster, und ich bin auf dem Bauch über den Asphalt gerobbt.«

»War es eine Bombe?«

»Es waren Pferdeäpfel. Vom Karren eines Lumpensammlers.«

»Erinnern Sie sich noch an den Ersten Weltkrieg?«, fragte Cushla.

Jimmy gluckste und krallte sich mit der Hand an Michaels Schulter fest. Seine Fingernägel waren lang und unter den Spitzen dunkelgrau vor Dreck. Er stand auf. »Gute Nacht, Euer Ehren«, sagte er und trottete zur Tür hinaus. Wenn er aufbrach, taten Fidel und die anderen manchmal so, als klopften sie ihre Hemdtaschen nach Eiern ab. Oder sie gaben sich hinter seinem Rücken pantomimisch die Kugel, als würde er sie zu Tode langweilen. Michael hatte ihm zugehört.

»Warum hält mich jeder für einen Richter?«, fragte er.

»Weil du uralt bist und so hübsch daherredest.«

»Du bist gnadenlos.«

»Entschuldige. Ich wollte dir nur einen Grund nennen, weshalb ich dich mag, dabei aber nicht zu leidenschaftlich wirken.«

»Gott bewahre! Was machst du am Wochenende?«

15

Ein Windstoß aus kalter Luft und Dieselabgasen trieb einen Jungen in Davys Alter durch den Gang des Zuges. Er stellte sich neben Cushla und reckte in einer besitzergreifenden Geste drei Finger seiner linken Hand und den Daumen der rechten hoch. Eine Frau deponierte einen Nyloneinkaufsbeutel auf dem Tisch und setzte sich mit dem Jungen auf die Sitze gegenüber. Cushla rückte ans Fenster, um Platz für ein etwa fünfjähriges Mädchen zu machen.

Die Mutter entnahm dem Beutel ein Malbuch und ein Bündel Buntstifte, das von einem Gummiband zusammengehalten wurde. Das Mädchen begann, die schwarzen Konturen eines Indianerhäuptlings auszumalen; die Federn des großen Kopfschmucks bekamen ein Muster aus Orange, Rot und Gelb und wirkten furchterregend. Cushla hatte sich etwas für die Reise eingepackt. Die Juniausgabe der *Cosmopolitan*, eine Tafel Milchschokolade, eine Dose Cola. Der Junge griff nach der Cola, und wie aus einem Mund zischten Mutter und Schwester: »Stell die wieder hin.«

»Er kann sie ruhig haben«, sagte Cushla. Die Mutter lächelte, zog aber die Hand des Jungen weg, als er wieder nach der Dose griff. Daraufhin nahm er sich das Bild vor. Er malte über die Linien, und seine Schwester beschwerte sich bei jedem Strich. Cushla sah, dass er ihr einen verstohlenen Blick zuwarf und einen roten Stift zur Hand nahm. Er legte einen Arm auf das Blatt, um zu verbergen, was er tat. Als er das fertige Bild vorzeigte, war das Gesicht des Häuptlings knallrot.

»Du hast es verhunzt!«, rief das Mädchen.

»Er ist eine Rothaut«, sagte ihr Bruder. »R.O.T. Also muss er ein rotes Gesicht haben. Großer Häuptling Dreckiger Po, heißt er.«

Seine Mutter warf ihm einen giftigen Blick zu. »Ich warne dich«, sagte sie.

Der Junge schob die Unterlippe vor. »Wann kommt Daddy aus dem Gefängnis?«, fragte er, als habe er von seinem Vater mehr Nachsicht zu erwarten.

Die Mutter sah kurz zu Cushla und blätterte die Seite im Ausmalbuch um.

Der Junge hatte ein Päckchen Kekse aus dem Beutel genommen und schob sich einen nach dem anderen in den Mund, als füttere er einen Automaten mit Münzen. Seine Mutter gab ihm einen gutmütigen Klaps auf die Hand und nahm ihm die Kekse weg. In Dundalk stiegen sie aus. Cushla hatte in der Zeitung gelesen, dass sich die Grenzstädte der Republik mit Familien füllten, die aus dem Norden flohen.

Es war kurz nach sechs, als der Zug in die Connolly Station einfuhr. Auf dem Bahnsteig strömte eine Menschenmenge auf sie zu. Studenten schwangen mit schmutzigen Klamotten vollgestopfte Seesäcke, Männer in eleganten Mänteln trugen Aktentaschen. Junge Frauen in Kostümen aus knitterfreiem Polyester klammerten sich an Kosmetikköfferchen. Die Bürgersteige vor dem Bahnhof waren mit Schleimbatzen übersät. Selbst nach einem inzwischen sechs Jahre andauernden Gemetzel war es in Belfast sauberer. Eilig überquerte sie die Straße, um dem grünen Doppeldecker auszuweichen, der auf eine Bushaltestelle zuschlingerte, und ihr Koffer schlug gegen ihren Oberschenkel. Auf halbem Weg zum Hotel wurde ihr Arm taub, und vor dem Abbey Theatre blieb sie stehen, um die Hand zu wechseln. Auf dem Boden saß eine Frau aus dem fahrenden Volk im Schneidersitz. Für zwei Shilling würde sie drei Ave Maria beten, sagte sie. Cushla antwortete, sie habe keine irischen Münzen, und ging weiter. Die Frau spie ihr einen Fluch hinterher.

Der Name des Hotels stand deutlich lesbar an einem Baldachin aus Buntglas über dem Eingang. Cushla drückte die alte Mahagonitür auf und trat an die Rezeption.

»Es ist ein Zimmer reserviert für Mr und Mrs Lavery«, sagte sie.

Die Empfangsdame blickte über Cushlas Schulter. »Und Mr Lavery?«

»Er kommt gleich.«

»Verstehe«, sagte sie.

Das Zimmer war groß und hatte hohe Decken, bodenlange Gardinen schützten vor Blicken von der Straße. Ein stillgelegter schmiedeeiserner Kamin, in dem ein kupferner Übertopf mit einem Farn stand. Ein Schreibtisch mit grüner Ledereinlage, ein Schrank auf eleganten, aber wackeligen Beinen, ein Toilettentisch mit dreiteiligem Spiegel. Schwere grüne Vorhänge unter einer Schabracke mit Fransen. Das Ganze erinnerte sie an Michaels Wohnung.

Sie hängte ihre Kleider in den Schrank, legte die Unterwäsche in eine Schublade. Ihre Haut fühlte sich klebrig an, der Schmutz der Stadt hatte sich mit ihrem Schweiß vermischt. In einer Ecke war mit Rigipswänden ein Badezimmer abgeteilt worden. Sie ließ sich ein Bad ein und glitt ins Wasser, schöpfte den Schaum ab und seifte die Stellen ein, die er mit seinem Mund und seinen Händen berühren würde. Unter den Achseln, um die Brüste, zwischen den Beinen. Ihre Armbanduhr lag außer Reichweite, und ohne Tageslicht fehlte ihr das Zeitgefühl. Sie stieg aus der Wanne und tupfte ihre Haut mit einem Handtuch ab, dann rieb sie sich mit Babyöl ein. Sie schminkte sich ab und trug eine neue Schicht Make-up auf – nach einem dampfenden Bad sah laut *Cosmopolitan* die Haut dann aus wie von Tau benetzt.

Unten bestellte sie an der Bar eine Cola und setzte sich in einen mit Leder bezogenen Schalensessel am Fenster. Neben ihr saßen zwei amerikanische Paare in den Vierzigern, vor sich Pints Guinness, die sie von Zeit zu Zeit bewundernd drehten, aber nicht tranken, und vier Whiskey, die sie tranken. An einem anderen Tisch schlürften drei Nonnen Tee und brachen Stückchen von trockenen Keksen ab; Priester in Zweier- oder Dreiergruppen. Am Tresen ein einsamer Priester, der zwischen Schlucken Brandy schmatzend an seiner Zigarre saugte. Sie sah aus dem Fenster. Aus der katholischen Buchhandlung gegenüber trat ein Mann. Das Schaufenster war mit einem Maialtar dekoriert, eine hohe Maria aus blau-weißem Gips inmitten von Vasen mit gelben Blumen und weißen Kerzen. Der Mann machte die Tür hinter sich zu, nahm seine Brille ab und steckte sie in seine Jackentasche, bevor er langsam Richtung Bahnhof davonging.

Das Kratzen seines Kinns auf ihrer Wange. »Wie geht's Mrs Lavery?« Er trug einen grauen Anzug und zum blauen Hemd eine locker gebundene Strickkrawatte.

»Sehr gut. Es ist wie beim Vatikanischen Konzil. Bist du gerade gekommen?«

»Vor ein paar Minuten. Ich habe dich vom Eingang aus beobachtet. Du hast in die Luft geguckt.«

»Du hast gesagt, du magst es, wenn ich lässig bin.«

Er lachte. »Komm«, sagte er. »Vor dem Stück können wir noch schnell was trinken gehen.«

Der Berufsverkehr ebbte ab, das Wochenende begann. An der Ecke ein Zeitungsjunge, der zusammenpackte. Auf die Dächer senkte sich violette Abenddämmerung. Unter einer viktorianischen Uhr Jungen in Schlaghosen, die auf Mädchen warteten. Michaels Hand an ihrem Ellbogen, als sie die Straße überquerten. Ein Pub, lang und schmal, gelblich schimmerndes Messing und dunkles Holz. Mit einer Pobacke schwang sie sich auf einen Barhocker.

»Was nimmst du?«, fragte er. Sie saß ihm gegenüber, ein Knie zwischen seinen Schenkeln.

»Whiskey.«

»Ernsthaft?« Sein Geruch. Sauberes Leinen und Zitronenseife.

»Ernsthaft. Ich versuche, mich anzupassen.«

Seine Haare mussten geschnitten werden. Aber vielleicht versuchte er auch nur, jünger auszusehen. Sie drückte ihren Mund auf seinen. Seine Lippen zuckten, eine hastige Erwiderung, dann wich er zurück. »Was war das denn?«, fragte er.

»Mir war einfach danach.«

Er lächelte, doch dann schweifte sein Blick von der Tür zu den Gästen hinter ihr und wieder zurück. Sie begriff, dass er Sorge hatte, erkannt zu werden. Sie war in Dublin eine Fremde. Für Michael war es die Stadt, in der er früher gelebt hatte, die Stadt, aus der seine Frau stammte.

Die Frau aus dem fahrenden Volk war fort, das Theater innen

hell erleuchtet. Wieder ein Foyer, in dem sich die Menschen drängten, hier und da Leute, die er mit Namen kannte. Einige stellte er ihr vor, andere nicht. Sie versuchte nicht, es zu ergründen. Sie kenne *Nora oder Ein Puppenheim* nicht, sagte sie, habe aber *Hedda Gabler* im Fernsehen gesehen. Früher hätte sie sich geschämt, es zu sagen, hätte befürchtet, für unwissend gehalten zu werden.

»War es nicht wunderbar?«, fragte er beim Hinausgehen.

»Ja«, sagte sie. »Und ein bisschen verstörend. Alle Frauen, die ich kenne, sind Nora.«

»Du nicht.«

»Nein?«

»Du bist viel zu streitlustig.«

Sie lachte, fühlte sich aber unwohl. Sie machte sich für ihn zurecht, ertrug die Verachtung seiner Freunde, litt unter seinen Abwesenheiten und Kontaktabbrüchen; wie Nora hatte sie ihm »Kunststücke« vorgemacht.

Sie überquerten den breiten Boulevard, die breiteste Straße Europas, wie er behauptete. An den Bordsteinen parkten Autos, Fahrräder schlingerten unter den Hinterteilen halb besoffener Radfahrer. Es fühlte sich seltsam an, im Zentrum einer Stadt nachts unterwegs zu sein.

Er führte sie in ein chinesisches Restaurant, ein dämmriger Raum mit lackierten Paravents und roten Lampen. Er bestellte für sie beide, Rippchen mit einer klebrigen Glasur, Hühnchen in einer gallertartigen Soße mit Ananasstückchen. Er probierte den Wein und verzog das Gesicht. »Himmel«, sagte er. Es war das gleiche Zeug, das Eamonn am Ostersonntag zum Mittagessen mitgebracht hatte.

»War es schwierig für dich, wegzukommen?«, fragte er.

»Nein«, sagte sie und fühlte sich schuldig. Sie hatte vorgegeben, einen dringenden Zahnarzttermin zu haben, und die Schule nach dem Mittagessen verlassen. Für Gina, die sich ihre Haaransätze nachfärben ließ, hatte sie eine Nachricht auf den Küchentisch gelegt: *Mummy! Ich bin übers Wochenende in Dublin. Sonntag zurück. Küsse, C.* »Und für dich?«

»Nein.«

»Musstest du lügen?«

Er nahm einen großen Schluck aus seinem Weinglas. »Ich lüge nicht, Cushla«, sagte er. »Ich versäume es, Dinge zu erwähnen.«

Schweigend gingen sie zum Hotel zurück. An der Bar ließ er sich einen Whiskey geben, den er mit aufs Zimmer nehmen wollte. Der Priester saß noch immer am Tresen, mit erstauntem, schwärmerischem Gesichtsausdruck.

»Der sitzt hier, seit ich eingecheckt habe«, sagte Cushla.

»Muss ein einsames Leben sein«, sagte er. Seine Freundlichkeit schnitt ihr ins Herz.

Oben streiften sie die Schuhe ab. Sie nahm ihr Nachthemd aus dem Schrank und ging ins Bad, während er sich in seinen Kleidern aufs Bett legte und seinen Whiskey trank. Sie schminkte sich ab, putzte sich die Zähne. Das Nachthemd war lang und aus weißer Baumwolle, eingefasst von zarter Spitze. Es passte gut zu ihrem offenen Haar.

Michael hatte seine Brille aufgesetzt und die *Cosmopolitan* aufgeschlagen. Sie setzte sich auf die Bettkante und trug Handcreme auf, so wie Gina es ihr beigebracht hatte. Einen Finger nach dem anderen, als würde man einen Handschuh überstreifen.

»Melvyn Bragg: der Mann, der 600 000 Menschen dazu bringt, samstags abends zu Hause zu bleiben und die Kultursendung einzuschalten«, las er vor.

»Für Melvyn Bragg würde ich auch zu Hause bleiben«, sagte sie.

Er drehte sich auf die Seite, stützte sich auf den Ellbogen und betrachtete sie. »Denkst du, dass wir irgendwie lächerlich sind?«

»Wie kommst du denn ausgerechnet jetzt darauf?«

»Denkst du das?«

»Nicht, wenn wir allein sind, aber ja, manchmal denke ich das. Deine Freunde halten mich für ein Püppchen, das du in einem Pub aufgegabelt hast. Was ja, um ehrlich zu sein, irgendwie stimmt. Und du bist verheiratet, was mich zu deinem Seitensprung macht. Tatsächlich sind wir schlimmer als lächerlich.«

»Bist du deshalb so wütend?«, fragte er.

»Ich versuche, es nicht zu sein, aber ich kann nichts dagegen tun.«

»Das hat Gott getan, weißt du«, sagte er. »Hat dich mir in den Weg gestellt, obwohl ich dir nichts bieten kann.«

Sie wurde von einem grässlichen Geräusch wach: eine Möwe, die auf der Fensterbank kreischte. Als sie davonflog, klatschte eine graue Flüssigkeit gegen das Fenster und lief an der Scheibe herunter. Michael lag an ihren Rücken geschmiegt, eine Hand auf ihrem Bauch. Sie hob seinen Arm an und ging ins Bad. Ihre Haare waren zerzaust, das Nachthemd zerknittert wie ein ausgewrungener Lappen. Als sie ins Zimmer zurückkam, hatte er sich im Bett aufgesetzt, ein Laken über den Schenkeln. »Zieh das verdammte Ding aus«, sagte er.

Blitzschnell, fast unbewusst, bedeckte sie mit den Armen ihre Brüste. »Was gefällt dir daran nicht?«

»Du siehst aus wie Bertha Rochester.«

Sie wollte ins Bett gehen, aber er nahm ihre Seite in Beschlag. »Zieh es da aus, wo du bist. Bitte.«

Sie verschränkte die Arme und hob die Seiten des Nachthemds hoch, zog es so langsam, wie sie es ertragen konnte, über den Kopf. Er nahm ihre Hand und zog sie zu sich aufs Bett, setzte sie auf seinen Schwanz. Sie wartete darauf, dass er sie küsste, streichelte, aber er legte einfach nur die Hände auf ihren Hintern. Sie fing an, sich zu bewegen, beobachtete seine Augen, deren langsames Blinzeln. Lauschte auf das leise Knacken aus seiner Kehle.

Als sie fertig waren, klapperte vor ihrem Zimmer Geschirr, jemand klopfte an die Tür.

»Himmel«, sagte sie und ließ sich auf seine Brust fallen.

»Ich habe Frühstück bestellt.«

Sie kletterte von ihm herunter und zog ihr Nachthemd über. Sie trat auf den Flur und bückte sich, um das Tablett aufzuheben. Der Stoff klebte an dem Sperma, das er zwischen ihren Beinen hinterlassen hatte. Eine Tür fiel ins Schloss, und sie blickte auf. Zwei Nonnen schwebten über den Teppichboden auf sie zu, die Blicke gesenkt. Sie murmelte einen Gruß und zog sich in ihr Zimmer zurück.

»Du hast gerade ›Guten Morgen, Schwestern‹ gesagt. Und hast kein Höschen an.«

»Ja.«

Sie küsste seine Schulter. Butterte seinen Toast. Schenkte ihm seinen Tee ein.

Eine Brise vom Fluss, die Dreck und Müll vom Bürgersteig wehte. Es war so hell, dass Cushla die Augen zusammenkneifen musste. Er hatte eine Sonnenbrille dabei. Breite, große Straßen, ein Café, aus dem es so gut nach Kaffee roch, dass sie ihre Schritte verlangsamte. Ein geschwungenes georgianisches Gebäude mit Blindfenstern; früher sei auf Glas eine Steuer erhoben worden, sagte er. Durch den Torbogen des Trinity College, über das Kopfsteinpflaster. Er zeigte ihr, wo er damals Vorlesungen besucht und wo er für wenig Geld zu Mittag gegessen hatte. Wo er Cricket gespielt und wo er einen Trinkwettbewerb gewonnen hatte.

Zurück durch den Torbogen und im Laufschritt zwischen den Autos hindurch zur anderen Straßenseite. Auf dem Bürgersteig hockte ein Mädchen in einem weiten indischen Kleid und einer Männerlederjacke und malte mit bunten Kreiden einen Drachen auf das Pflaster. Er warf ein paar Münzen in ihren Hut und ging mit Cushla in einen Laden, in dem es Pfeifen zu kaufen gab. Sie wurden in gläsernen Schaukästen präsentiert, die mit grünem Billardtuch ausgelegt waren. Sie sagte, der Laden sei wie ein Juweliergeschäft für alte Männer, und kaufte ihm eine Pfeife aus Schlehdornholz und eine Dose Mick McQuaid.

Sie gingen die Grafton Street hinauf. Straßenmusiker spielten Gitarre, um sie herum Grüppchen junger Leute, die ihnen zuhörten. Etwas stimmte nicht. Sie sah sich auf der Straße um und wusste nicht, was es war, bis sie im Eingang zum Kaufhaus Switzers stand, ihre Handtasche von der Schulter gleiten ließ und sie geöffnet bereithielt. Michael lachte. »Du bist nicht mehr in Kansas«, sagte er.

»Letztes Jahr hat es hier unten Bombenanschläge gegeben. Wieso gibt es keine Kontrollen?«

»Sie haben einfach keine. Komm weiter.«

Drinnen reichte er ihr Sonnenbrillen, von denen er glaubte, sie würden ihr stehen. Sie wählte eine große à la Jackie O. mit braun getönten Gläsern. Sie setzte sie auf und fühlte sich ganz anders als sonst, so als wäre sie eine Figur in einem Film.

Er führte sie in einen Pub in einer Nebenstraße. Zwei Frauen an einem Tisch unter einem beschlagenen Fenster, Einkaufstüten zu ihren Füßen. Ein Sonnenstrahl, der auf ausgetretene hölzerne Dielen fiel. Michael bestellte ein Pint Guinness. Cushla wollte ihren Kater mit einer Cola bekämpfen. Er protestierte milde, als sie darauf bestand, zu bezahlen, beobachtete, wie sie die Ecken der fremden Geldscheine glättete, bevor sie sie dem Barmann überreichte.

»Ich liebe irische Punts«, sagte sie. »Dass sie eine schöne Frau auf den Banknoten haben. Die Briten haben auf allem und jedem den Kopf der Queen.«

Er zündete sich eine Zigarette an, sah zu, wie der Rauch kräuselnd zur Decke stieg. »Ich weiß, was wir als Nächstes tun«, sagte er.

»Seltsam, wie gut du dich in Dublin auskennst. Du als guter Prod aus Ulster und so.«

Er schwieg und nahm einen Schluck von seinem Stout. Dann sagte er: »Ich bin mehr so der All-Ireland-Typ.«

»Im Gegensatz zu einem vereinigten Irland.«

»Nicht unbedingt. Ich liebe Irland. Ich glaube nur nicht, dass Irland es wert ist, dass man seinetwegen tötet.«

Er führte sie durch Straßen, durch die sie nie zuvor gegangen war. Sie liefen am Parlamentsgebäude vorbei und bogen in die Nassau Street, entlang des Trinity College. An einem Abschnitt des Geländers lagen Blumensträuße, die Blüten schwitzten unter ihrer Zellophanhülle. Sie erzählte ihm, sie habe die Stelle ein paar Tage zuvor in den Nachrichten gesehen, am Jahrestag des Streiks.

»An drei Stellen sind Bomben hochgegangen«, sagte er. »In der Parallelstraße von unserem Hotel wurden elf Leute zerfetzt.«

Er blieb vor einer alteingesessenen Buchhandlung stehen. In einem geschwungenen Schaufenster wurden schmale Gedichtbände und dicke Geschichtsbücher präsentiert. Cushla erhaschte einen Blick auf ihrer beider Spiegelbild. Seine kräftige Gestalt, sein Gesicht dicht vor der Scheibe, wie er mit dem Finger auf etwas zeigte. Sie dicht neben ihm, das Gesicht leicht ihm zugewandt.

Am Ende der Ladenzeile bog er nach rechts auf einen Platz. Sie folgte ihm durch die Nationalgalerie, mit ihren stillen hohen Räumen und hallenden Fluren. Vor einem riesigen Gemälde blieb er stehen. »Schau«, sagte er.

Die Frau von der irischen Pfundnote saß, den Arm um die Schultern eines kleinen Mädchens gelegt, in einem prächtigen Kleid in dunklen Blau-, Rot- und Lilatönen auf einem Stuhl. Zu ihrer Linken stand eine Frau, die wie eine exotische Dienerin gekleidet war und einen Servierteller mit Früchten hielt. Auf der rechten Seite stützte sich ein älteres Mädchen auf eine hohe Kommode und betrachtete die beiden. Im Hintergrund des Zimmers ein an die Wand gelehnter Spiegel, in dem der Künstler mit seiner Palette zu erkennen war.

»Wie eine Familie sieht es nicht aus«, sagte Cushla. »Das Mädchen rechts steht etwas abseits und wirkt einsam.«

»Gut beobachtet. Sie ist die Tochter aus einer früheren Ehe. Hazel war seine zweite Frau, eine Amerikanerin, die er in seinen Fünfzigern geheiratet hatte. Sie taucht in über vierhundert seiner Gemälde auf, und als er gebeten wurde, ein Bild für die Banknoten zu malen, machte er ihr Gesicht zum Symbol für Irland.«

»Wie heißt der Maler?«

»Sir John Lavery. Ein Katholik aus Belfast.«

»Nie im Leben«, sagte Cushla lächelnd.

Michael erzählte ihr, Lavery habe sich auf Porträts spezialisiert und Mitglieder des Königshauses, Winston Churchill, alle bedeutenden Persönlichkeiten seiner Zeit gemalt. Er habe sich auf einem schmalen Grat bewegen müssen, weil er zur britischen High Society gehörte und gleichzeitig die Sache des irischen Nationalismus unterstützte.

»Also war er gut darin, die Klappe zu halten. Muss was Genetisches sein«, sagte Cushla.

Als sie zum Hotel zurückgingen, erzählte er ihr von einem anderen Gemälde Laverys, das das Berufungsverfahren Sir Roger Casements gegen seine Verurteilung wegen Hochverrats zeige. »Das Bild ist auf klammheimliche Weise subversiv. Bei allem Pomp eines britischen Gerichtssaals ist es der zum Tode Verurteilte auf der Anklagebank, auf den der Blick gelenkt wird.«

»Du bist der einzige Mensch, dem ich je begegnet bin, der sich erlauben kann, so etwas wie ›auf den der Blick gelenkt wird‹ zu sagen.«

»Ich höre mich wohl wie ein Arschloch an?«

»Nein. Aber ich weiß nicht, was du mit mir anstellst.«

Als sie wieder im Hotelzimmer waren, öffnete er eines der Fenster. Während draußen Busse ächzten und Autos im Leerlauf tuckerten, zogen sie sich gegenseitig langsam aus. »Bist du glücklich?«, fragte er, als sie sich aufs Bett legten.

Einen Moment lang hatte sie Angst, in Tränen auszubrechen. Morgen würde sie wieder zu Hause bei ihrer Mutter sein, auf das Klingeln des Telefons lauern, warten. »Ja«, sagte sie.

Sie war zu glücklich. Würde es aber ganz bestimmt nicht sagen.

Um sieben standen sie auf und kleideten sich fürs Abendessen an. Vor dem Hoteleingang winkte er ein Taxi heran und bat den Fahrer, die touristisch interessante Strecke zu nehmen, nannte Straßen und Plätze. Sie überquerten den Fluss, fuhren abermals am Trinity College vorbei. Neben einem Kanal trank eine alte Frau aus einer Tüte, auf dem öligen Wasser trieben Schwäne. Der Höcker einer Brücke, eine Schleuse, der stechende Geruch eines stehenden Gewässers. Elegante schmiedeeiserne Straßenlaternen, die einheitlichen Fassaden georgianischer Reihenhäuser. Eingangstüren mit abgeblätterter Farbe, verschmutzte Oberlichter, Türklingel an Türklingel.

»Was für eine schöne Straße«, sagte Cushla.

»Das sind Drecklöcher«, sagte der Fahrer. »Die Häuser sind am Einstürzen.«

Über eine Metalltreppe gelangten sie ins Untergeschoss. Der Raum war höhlenartig und warm, mit Silberbesteck und gestärktem Leinen gedeckte und von Kerzen beleuchtete Tische. Michael kannte die Kellner mit Vor- und Nachnamen, auch wenn er sie so nicht ansprach; sie waren Joe, der Sommelier, und Paddy, der Oberkellner. Sie überließ ihnen die Auswahl: Spezialitäten des Restaurants, die sie, wie man ihr sagte, in Erinnerung behalten würde.

Eine gemächliche Mahlzeit, zwischen den Gängen Pausen, in denen er die Weinkarte verlangte und den empfohlenen Wein im Mund geräuschvoll hin und her rollte. Sie dachte an das Osteressen, das in einen Familienstreit ausgeartet war, wie wenig sie darauf geachtet hatten, was sie aßen, an den Crumble, der unangerührt zwischen den Tellern mit Resten des Hauptgerichts stand. Ihr Inneres brannte vor Sehnsucht. Wegzukommen von ihrer Familie, ihrer Mutter, mit diesem Mann zusammen zu sein.

Geräusche, die sie auf ihrer Haut spüren konnte. Seine Stimme. Silberbesteck, das auf Porzellanteller klirrte. Korken, die aus Flaschen ploppten. Er erzählte, als er das letzte Mal hier gewesen sei, habe an einem Tisch in der Ecke Stanley Kubrick gesessen. Er habe sich wegen der Dreharbeiten für *Barry Lyndon* in Dublin aufgehalten. Die IRA habe ihm eine Todesdrohung geschickt, ihm befohlen, die Stadt binnen vierundzwanzig Stunden zu verlassen, Kubrick sei innerhalb von zwölf abgereist. Vielleicht habe es zu viele Szenen mit Rotröcken in Feldlagern gegeben, sagte er, britische Soldaten, die mit flatterndem Union Jack in Irland umhergestreift seien. Sein Freund, der Schauspieler, der bei *Uhrwerk Orange* mitgespielt hatte, habe ihm erzählt, einige Szenen seien bei Kerzenlicht gefilmt worden und wirkten wie Gemälde Alter Meister. Michael konnte es nicht erwarten, den Film zu sehen. Das Chiaroscuro. Die Langsamkeit. »Wenn der Film Premiere hat, fahren wir noch einmal nach Dublin«, sagte er. »Sehen ihn uns in einem der großen Kinos an. Wir können wieder hier essen, vielleicht steht dann auch Wild auf der Karte.«

Wir.

Eine andere Bar in einer Nebenstraße, ein Hinterzimmer mit einer ausgezehrt aussehenden Jazzband in dunklen Anzügen mit Röhrenhosen. Eine Frau mit scharlachrotem Lippenstift gesellte sich zu ihnen und sang ein Lied. Cushla erkannte es.

»*Saudade*«, sagte sie.

Sie klappte ihren Koffer zu und stellte ihn auf den Boden neben Michaels. Das Zimmer sah so aus wie bei ihrer Ankunft zwei Tage zuvor. Nur das Bett war ein wirres Durcheinander. Michael kam aus dem Bad, klopfte seine Jackentaschen nach Portemonnaie und Schlüsseln ab.

»Alles in Ordnung?«, fragte er.

»Ja.«

Er bückte sich, hob ihr Gepäck auf und folgte ihr nach unten zur Rezeption. Vor ihm standen zwei Priester und beglichen ihre Rechnung. Cushla sagte, sie würde ihn in ein paar Minuten vor der katholischen Buchhandlung treffen. Im Weggehen hörte sie, wie die Empfangsdame Michael fragte, ob er und seine Frau ihren Aufenthalt genossen hätten. »Fiese Zicke«, murmelte Cushla.

Plastikflaschen mit Weihwasser in Form Unserer Lieben Frau, was sie an Matey-Schaumbad erinnerte. Bücher über das Leben der Heiligen, Andachtsbilder in goldenen Rahmen. Sie suchte ein Messbuch für Davy aus – marineblau mit Silberprägung – und einen schlichten Rosenkranz mit silbernen Perlen. In der Nähe der Kasse wurden auf Karten gedruckte Gebete präsentiert wie im Supermarkt Bonbons und Schokolade. Sie wählte eine Novene zum heiligen Josef, die ihre Großmutter immer gebetet hatte, wenn jemand in Schwierigkeiten war. Zusammen mit einer ovalen Medaille aus Messing steckte sie in einer Plastikhülle. Als sie zahlte, trat Michael in den Laden. Cushla beobachtete, wie der Verkäufer die Artikel in eine Tüte packte, und sah sie mit Michaels Augen: fromme Massenware. Sie war nicht besonders gläubig, aber es reichte, um zu spüren, dass sie etwas Verderbtes tat. Nach einem sündigen Wochenende mit dem Ehemann einer anderen brachte sie religiöse Souvenirs mit nach Hause.

»Für wen hast du die Sachen gekauft?«, fragte er, als sie wieder draußen waren.

»Für Davy McGeown.«

Er nahm ihr die Tüte ab, legte das Gebet in seine Handfläche und las die Rückseite vor.

Wer immer dieses Gebet liest oder hört oder bei sich trägt, wird keinen plötzlichen Tod erleiden, wird nicht ertränkt oder vergiftet werden, wird nicht in die Hände des Feindes fallen, wird in keinem Feuer umkommen und in der Schlacht nicht überwunden werden. Bete am Morgen von neun aufeinanderfolgenden Tagen für alles, was du dir wünschst. Das Gebet hat noch nie versagt, also sei dir sicher, dass du wirklich willst, worum du bittest.

»Der heilige Joseph deckt aber auch wirklich alles ab. Ich sollte mir auch eine Novene kaufen«, sagte er.

»Du machst dich über mich lustig.«

Er legte das Gebet wieder in die Tüte und gab sie ihr zurück. »Es mag was dran sein«, sagte er. »Es sagt dir, du sollst vorsichtig sein, was du dir wünschst.«

Sein Wagen war ein paar Meter entfernt geparkt. Er erbot sich, sie zum Bahnhof zu fahren, aber sie wollte lieber zu Fuß gehen. Er legte seinen Koffer auf den Rücksitz und nahm ihr Gesicht in beide Hände, küsste sie auf die Stirn, den Mund, die Wangen. Als wolle er sie segnen. Sie stand an der Bordsteinkante, um sie her die Überreste der Samstagnacht, mit Fett und Essig befleckte braune Papiertüten, eingedellte Bierdosen. Sie sah ihm nach, bis sie das Auto nicht mehr ausmachen konnte, dann ging sie los.

16

Der Tag der Erstkommunion rückte näher. Endlose Gespräche über Kleider. Lang oder kurz. Spitze oder Satin. Schleier oder Sonnenschirm. Cushla klatschte in die Hände. »Jetzt aber mal Ruhe«, sagte sie.

Die Feuerglocke schrillte. Einige der Kinder verstummten, aber auf dem Korridor waren laute Stimmen und Schritte zu hören, und die meisten schauten zur Tür. Die plötzlich geöffnet wurde. »Bombenalarm«, sagte Bradley und machte auf dem Absatz kehrt, um mit der Evakuierung fortzufahren.

Die Kinder verließen ihre Plätze und stellten sich in einer Reihe auf, damit Cushla sie durchzählen konnte. Sie wartete, bis sich der Klassenraum nebenan geleert hatte, dann trieb sie ihre Schülerinnen und Schüler vor sich her nach draußen. Sie verließen die Schule durch den Hinterausgang. Ein Streifenwagen war eingetroffen. Als die Kinder durch das weiß gestrichene schmiedeeiserne Tor gingen, das zur Kirche führte, sah sie zwei Polizisten der RUC über den Parkplatz schlendern, einer hielt seine Mütze in der Hand. Echte Bombenwarnungen wurden mit Codewörtern durchgegeben. Diese hatte wahrscheinlich ein pickliger Schulschwänzer der Sekundarschule mit kieksender Stimme abgesetzt.

In der Kirche aufgeregtes Geschnatter von dreihundert Kindern. Cushlas Klasse quetschte sich in die zwei leeren Bänke hinter Gerrys.

»Die sind völlig aus dem Häuschen«, sagte er und stellte sich neben Cushla in den Gang.

»Bombenalarm finden sie klasse.«

»Wir sollten gemeinsam singen«, sagte er. Er stimmte die Choräle an, die während der Kommunionfeier gesungen werden würden. *Suffer Little Children*, was beim Publikum immer gut ankam, weil einige der Eltern glaubten, es handele von dem Leid, das die Kinder während der Troubles erfuhren.

Lord of the Dance, das Lieblingslied der Kinder. *Faith of Our Fathers*, Slatterys Favorit, vermutlich weil es darin um Folter und Tod ging.

Als hätte er Cushlas Gedanken gehört, tauchte wie aus dem Nichts Slattery auf und sagte, er wolle über die Erstbeichte reden. Cushla hatte den Kindern gesagt, sie seien zu jung, um gesündigt zu haben, sie sollten sich einfach etwas ausdenken, was sie Slattery erzählen könnten: vielleicht, dass sie sich mit ihren Geschwistern gestritten hätten; dass sie frech zu ihren Müttern gewesen seien oder vergessen hätten, ihre Gebete zu sprechen. Slattery sprach über die Erbsünde, über Adam und Eva und die Versuchung im Garten Eden. Über Reue, Schuld, Zerknirschung. »Am Samstag werdet ihr eure erste Beichte ablegen«, sagte er, »und ich verspreche euch eins: Von mir könnt ihr keine Nachsicht erwarten.« Er sagte ihnen, die Leute würden das Ausmaß ihrer Sündhaftigkeit daran erkennen, wie lange sie anschließend in der Kirchenbank knieten, um ihre Bußgebete zu sprechen. Er gab jedem Kind ein Bild von Padre Pio – trug er sie immer dutzendweise mit sich herum? – und erzählte ihnen von den Wunden an dessen Händen, die wie die Wunden Jesu Christi bluteten. Als er Davy eins der Bilder überreichte, beugte er sich vor und flüsterte ihm etwas ins Ohr. Cushla stürzte zu ihm, doch ehe sie Davy erreichte, ging Slattery schon davon und strich seine Jackentaschen glatt.

Durch den Gang wehte Zugluft. Die beiden Polizisten standen in der Kirchentür und warfen einen langen Schatten auf den gewachsten Holzboden der Vorhalle. Die Schule war sicher.

Als sie durch das Tor aufs Schulgelände zurückkehrten, läutete die Glocke zur Mittagspause. Cushla und Gerry gingen zum Lehrerzimmer und setzten sich zum Essen auf die Fensterbank. Gerry hatte zwei in Alufolie gewickelte Sandwiches und eine unreife Banane mitgebracht. Cushla aß Hüttenkäse aus einem Becher. Er enthielt Ananasstückchen und roch wie Fruchtbonbons.

»Dein Mittagessen ist ekelhaft«, sagte er.

Cushla trat ihm gegen den Knöchel. »Hab ich dir vielleicht was davon angeboten?«

Er lachte. »Ich muss auf eine Hochzeit«, sagte er. »Hast du Lust, meine Begleitung zu sein?«

»Ja«, sagte sie.

Als Cushla Davy nach der Schule zu Hause absetzte, wartete Betty schon in der Tür. Die rosa Strickjacke straff um sich gewickelt, kam sie mit entschlossenen Schritten auf den Wagen zu. Cushla kurbelte das Fenster herunter und begrüßte sie, aber Betty warf nur einen Blick auf die Rückbank und wies Davy an, ins Haus zu gehen.

»Alles in Ordnung?«, fragte Cushla.

»Haben Sie mich gemeldet?«

»Gemeldet? Weswegen?«

»Dass ich mich nicht um die Kinder kümmere.«

»Nein! Wieso, was ist passiert?«

»Ich hatte heute Besuch von einer Sozialarbeiterin. Stand in meiner Spülküche. Hat meinen Kühlschrank aufgemacht. Gefragt, wo die Kinder schlafen.«

»Davon weiß ich nichts.«

»Die hat gesagt, die Schule hat sie benachrichtigt. Sie sind die Einzige von der Schule, die mein Haus betreten hat. Haben Sie denen etwa gesagt, dass ich nicht klarkomme?«

»Nein!«, sagte Cushla. Ihre Stimme klang hoch und schrill.

Betty richtete sich auf und schaute zum Haus, wo Davy am Fenster stand. »Ich komme zurecht«, sagte sie. »Ich tue mein Bestes.«

»Das weiß ich«, begann Cushla, aber Betty hatte sich schon umgedreht und ging den Weg entlang zum Haus.

Cushla fuhr viel zu schnell zurück in die Stadt und überholte einen Lastwagen. Bradleys Auto stand noch auf dem Parkplatz. Als sie durch die Hintertür trat, hörte sie das klirrende Geräusch eines Blecheimers auf dem Terrazzoboden, roch den stechenden Gestank von Desinfektionsmittel und altem Erbrochenen, den der Wischmopp des Hausmeisters verbreitete.

Sie klopfte an Bradleys Tür und stieß sie auf. Er hob den Kopf und legte mit einem langen Seufzer den Stift aus der Hand. »Welchem Anlass verdanke ich das Vergnügen?«, fragte er.

»Ich war gerade bei den McGeowns.«

»Setzen Sie sich, Cushla.« Beinahe hätte sie ihm gesagt, er könne sie mal kreuzweise, aber seine Stimme hatte so verächtlich geklungen, dass sie seiner Aufforderung Folge leistete.

»Haben Sie denen die Sozialarbeiterin auf den Hals geschickt?«, fragte sie.

»Sie sind zu mir gekommen, weil Sie sich Sorgen um den jungen McGeown machen, was ich notiert habe. Einen Moment, ich suche mal eben«, sagte er und blätterte in seinem Terminplaner. Binnen Sekunden hatte er den Eintrag gefunden. Er hatte sie erwartet. Mit den Händen strich er die Seite glatt, dann nahm er wieder den Stift zur Hand und zeigte mit der Spitze auf einen Absatz in sauberer Tintenschrift. »Sie sagten mir, und ich zitiere: ›Diese Frau hat zu kämpfen.‹ Als Direktor dieser Schule bin ich verpflichtet, jedwede Befürchtung, die das Wohlergehen unserer Schülerinnen und Schüler betrifft, an die zuständigen Behörden weiterzuleiten.«

»Ich wollte doch nur, dass Sie Mitleid mit ihr haben, damit Davy kostenlose Schulmahlzeiten erhält.«

»Also haben Sie übertrieben.«

»Nein. Sie hat zu kämpfen, aber sie ist eine großartige Mutter. Ich dachte nur, sie könnte ein wenig Hilfe gebrauchen.«

»Das hier ist kein Spiel, wissen Sie. Es sind bereits andere Schüler und Schülerinnen aus dieser Schule in Obhut genommen worden. Ich musste die Frau eines Captains der britischen Armee anzeigen, weil sie ihr Kind mit einer Zigarette verbrannt hat. Ich kann es mir nicht erlauben, Kinder zu übersehen, die gefährdet sein könnten. Ich schlage vor, dass Sie in Zukunft auf Ihre Worte achten und jederzeit rational und seriös handeln. Kann ich sonst noch etwas für Sie tun?«

»Nein«, sagte sie und zog die Tür hinter sich zu.

Sie blieb im Auto sitzen, bis ihre Hände nicht mehr zitterten und sie den Anlasser betätigen konnte. Die Frau des Captains war gar nicht von Bradley angezeigt worden, sondern von der Krankenschwester, die die Kinder auf Nissen und Rachitis untersuchte. Vor Cushlas Zeit war ein Junge mit blutigem Hosenboden in die Schule gekommen, und Bradley hatte Slattery zu ihm nach Hause geschickt, wo er mit dem Vater unter vier Augen sprechen sollte – der Mann musste auf die Bibel schwören, seinem Sohn nicht mehr zu nahe zu kommen. Slattery selbst sollte es nicht erlaubt sein, Kindern zu nahe zu kommen. Bradley ging es gar nicht um die McGeowns. Er hatte Cushla auf dem Kieker.

Als sie zu Hause ankam, steckte sie den Schlüssel ins Schloss und wünschte sich, es würde wieder nach Hühnchen duften, aber nein. In der Küche lief das Radio, ein Nachmittagsprogramm mit Unterhaltungsmusik. Gina saß nicht am Tisch. Cushla rief nach ihr, und als keine Antwort kam, rannte sie nach oben. Die Badezimmertür war angelehnt, und noch bevor sie sie aufstieß, kam ihr der Geruch entgegen, sauer und chemisch, wie der Wischmopp des Hausmeisters. Gina saß in der Wanne. In einem dünnen Strahl lief kaltes Wasser aus dem Hahn, und sie zitterte. Auf der Wasseroberfläche kreisten Schlieren Blut, es tropfte aus einer Wunde über ihrem Augenlid.

»Was ist passiert?«, fragte Cushla, drehte den Hahn zu und zog den Stöpsel aus der Wanne.

Gina dehnte die Gesichtsmuskeln, als wolle sie sich aufwärmen, um zu sprechen, aber die Worte, die sie herausbrachte, waren kaum zu verstehen. Cushla tauchte einen Waschlappen ins Badewasser, drückte ihn dann aus, so fest sie konnte, und hielt ihn an die Augenbraue ihrer Mutter. Gina sank vornüber. Cushla rüttelte sie an der Schulter und legte ihre Hände auf den Lappen. »Halt ihn da fest«, sagte sie.

»Du hast mich … ganz allein gelassen«, sagte Gina.

Cushla holte zwei Handtücher aus dem Wäschetrockenschrank und legte ihrer Mutter eins davon um die Schultern. Das Handwaschbecken war vollgekotzt. Sie zog sich Handschuhe über, pflückte die Überreste aus dem Ausguss und warf sie in die Toilettenschüssel. Ihr wurde übel, und sie musste ein paar Mal trocken würgen, während sie mit dem Ellbogen mühsam die Spülung in Gang brachte.

Nachdem sie alles gesäubert hatte, füllte sie das Becken mit warmem Seifenwasser, zog Gina hoch und bugsierte sie aus der Wanne. Sie schwankte, und Cushla half ihr, sich auf den geschlossenen Klodeckel zu setzen. Das Blut hatte den Waschlappen noch nicht durchtränkt, und Cushla wies Gina an, weiter zu drücken. Mit dem anderen Handtuch tupfte sie den Körper ihrer Mutter ab; dass Gina es zuließ, bezeugte, wie besoffen sie war.

Cushla fand ein Pflaster, das groß genug war, um die Wunde abzudecken. Als sie ihrer Mutter ein Nachthemd über den Kopf zog, streckte diese die Arme in die Höhe wie ein kleines Kind. Sie brachte sie in ihr Schlafzimmer und ließ sie auf die Matratze sinken, drehte sie auf die Seite und deckte sie zu. Als sie sich in der Tür noch einmal umblickte, sah sie unter dem Bett etwas glänzen. Sie kniete sich auf den Fußboden und zog eine Flasche Gordon's Gin hervor. Sie öffnete Schubladen, wühlte zwischen Unterhosen und Miedern. Unter den Nylonstrumpfhosen ihrer Mutter waren zwei halb leere Flaschen versteckt. Im Kleiderschrank fand sie eine geräumige Handtasche, in der es klirrte, als sie sie hochhob. Sie öffnete die kleineren Handtaschen und fand in jeder eine Halbflasche: Taschenflaschen im wahrsten Sinne des Wortes. Selbst zwischen den Pullovern ihres Vaters waren Flaschen versteckt. Auch im Gästezimmer wurde Cushla fündig. Sie malte sich aus, wie ihre Mutter die Straße entlangging, zur Spirituosenhandlung in der Stadt. Wie demütigend es für sie gewesen sein musste.

Gina schlief. Von den Beweisen, die Cushla in ihren Armen sammelte, bekam sie nichts mit. Unten reihte sie die Flaschen hinter dem Telefon auf dem Garderobentisch auf. Sie ging in die Küche und durchstöberte die Schränke. Im Fischkessel, in dem sie nur wenige Wochen zuvor Spaghetti gekocht hatte, waren fünf versteckt. Drei hinter dem Rohr unter der Spüle. Nach kurzem Innehalten fiel Cushla plötzlich ein, wie oft sie die Toilettenspülung hatte drücken müssen, sie stürmte die Treppe hinauf und hob den Deckel vom Spülkasten an. Im Wasser dümpelte eine grüne Flasche und schlug gegen den Schwimmer. Sie nahm sie heraus. Dann trat sie ans Bett ihrer Mutter, stellte sich ans Fußende. Aus Ginas Brustkorb ein Rasseln, beinahe ein Schnarchen, qualvoll.

Neben dem Telefon lag eine Schachtel Zigaretten. Cushla zündete sich eine an und setzte sich auf die unterste Treppenstufe. Durch das Oberlicht über der Haustür fielen Sonnenstrahlen herein und fingen sich im Smaragdgrün von neunundzwanzig leeren Flaschen Gordon's Gin. Sie rauchte die Zigarette zu Ende und ging ins Wohnzimmer, um die Kippe zu entsorgen. Im Kamin eine weitere Flasche, die noch zwei Fingerbreit Gin enthielt. Sie stellte sie zu den anderen, nahm den Hörer ab und wählte die Nummer von Michaels Wohnung. Es klingelte ins Leere.

Sie holte sich einen Aschenbecher, setzte sich wieder auf die Treppenstufe und rauchte eine Zigarette nach der anderen. Kurz vor sechs versuchte sie es erneut in der Wohnung, und wieder hob er nicht ab. Sie rief im Pub an. Stimmengewirr und Gelächter, das Ping der Kasse, ein Zischen, als die Bürsten des Gläserspülers aufhörten zu rotieren.

»Hallo?«, rief Eamonn über den Lärm hinweg.

»Mummys Sauferei ist außer Kontrolle geraten.«

»Was?«

»Mummy ist die ganze Zeit besoffen«, rief sie. »Sie hat Flaschen im ganzen Haus verteilt.«

»Ich hab hier 'n Arsch voll zu tun, Kleines«, sagte er, dann war die Leitung tot.

Sie blätterte im Telefonbuch und fand Michaels Eintrag, merkte sich Hausnummer, Straße, Gemarkung.

Draußen schlich sich eine gefleckte Katze unter die Hecke. Cushla stieg in ihr Auto und fuhr an der Siedlung vorbei in Richtung der Hügel. Sie stellte sich vor, wie Betty McGeown Teller abkratzte, sie in ein Becken mit schaumigem Wasser gleiten ließ und sich abwandte, um auf dem Wäscheständer Unterhemden und Hosen umzudrehen. An der Kaserne vorbei, dem Friedhof. Nach links auf die Landstraße, vorbei an der Parkbucht, wo Michael und sie gestanden und auf den Lough hinuntergeschaut hatten, wo er die Stechginsterblüten gepflückt und in ihre hohlen Hände gelegt hatte. Die Straße wurde schmaler, die Hecken ordentlicher, schulterhoch und rechtwinklig wie in einem Irrgarten. Ein Hinweisschild auf eine Baptistenkirche, der alte irische

Name der Gemarkung anglisiert. Ein Dorf: *sein* Dorf. Tea Room, Antiquitätengeschäft, eine Kirche der Pfingstgemeinde. Eine Reihe von Cottages aus dem neunzehnten Jahrhundert, ein Haus der British Legion. Eine Kreuzung. Ohne nachzudenken, bog sie nach links ab, als wüsste ihr kleines rotes Auto den Weg.

Die Nummer 18 war auf der rechten Seite. Ein japanisches Auto, olivgrün und ohne Rost, zugeparkt von Michaels Wagen. Ein großes, in den dreißiger oder vierziger Jahren erbautes Haus, weiß gestrichen, mit dunklem Fachwerk im Pseudo-Tudor-Stil. Ein spartanischer Garten, zu beiden Seiten von Gelben Baumzypressen gesäumt, in der Mitte des Rasens eine Japanische Blütenkirsche. Rechts neben der Tür Mosaikpflaster, aus dessen Ritzen Floribundarosen wuchsen. Ein Garten, dem nicht viel Aufmerksamkeit zuteilwurde. Wie seiner Frau.

Die Vorhänge waren zurückgezogen, vor den Fenstern hingen Lamellenjalousien. Sie stellte sich vor, wie er an einem abgebeizten Kieferntisch saß, wie seine Frau um ihn herumflatterte und ihm eine Mahlzeit auftischte, wie sie ihm gegenüber auf der Stuhlkante saß, ihm beim Essen zusah. Der Gedanke war unerträglich. Cushla setzte in seine Einfahrt zurück, ließ ein anderes Auto vorbei und fuhr davon.

Die Kurven auf dem Weg den Hügel hinab nahm sie nachlässig, dornige Zweige schrammten an ihrem Auto entlang. In der Parkbucht hielt sie an. Ihr ganzer Körper bebte. Sie stieg aus und trat auf die andere Seite des Entwässerungsgrabens. Die untergehende Sonne färbte den Himmel lila. Auf der anderen Seite des Lough waren Lichter angegangen. Sie pflückte eine knopflochgroße Stechginsterblüte und rieb daran.

Sie blieb, bis es fast dunkel war, rauchte die restlichen Zigaretten aus Ginas Schachtel und fuhr nach Hause. Vom Weg aus konnte sie Gina in ihrem Sessel schlafen sehen, in dem Nachthemd, das Cushla ihr im Bad über den Kopf gezogen hatte. Ihre Beine waren gespreizt, ihr Kopf nach hinten geneigt, was gruselig aussah – als hätte ihr jemand die Kehle durchgeschnitten. Cushla zog die Vorhänge zu und legte die Hand auf Ginas Arm. Ihre Mutter schnappte nach Luft, und ihr Kopf schnellte ruckartig nach vorn. »Du hast mich allein gelassen«, sagte sie.

»Möchtest du eine Tasse Tee?«

»Ja, mach nur.«

Cushla füllte den Kessel, setzte sich an den Küchentisch und leerte ihren Korb aus. Sie ging die Schreibhefte durch, bis sie das von Davy fand. Die Kinder hatten über ihren Lieblingsort schreiben sollen. *Überall, wo wir alle zusammen sind*, hatte er geschrieben. *Das ist mein Lieblingsort.* Cushla wurde übel. Weil sie sich unbedingt einmischen musste, hatte Betty Besuch von einer Sozialarbeiterin bekommen. Was hatte sie nur angerichtet?

17

Victors Wagen glitt in die Parklücke neben ihr. Er stieg vor Cushla aus, eine brennende Zigarre im Mund.

»Heute ohne Jane?«, fragte sie. Sie fühlte sich befangen, weil er sie beim Aussteigen beobachtete.

»Sie ist nicht ganz auf dem Posten.«

»Sie wird uns fehlen«, sagte Cushla. Etwas Besseres fiel ihr nicht ein.

»Ich mag Ihr« – er fuhr mit der Hand durch die Luft, als zeichne er die Umrisse ihres Körpers nach – »Outfit«. Über ihrer Jeans trug sie eine weiße Baumwolltunika, durchzogen von Bändern in Bonbonfarben, rosa, lila und hellblau. Sie dankte ihm und ging auf den Eingang der Galerie zu, wo Jim wartete. Er gab Cushla einen Kuss auf die Wange und sagte, auf einem Tisch an der Seite stünden Gläser mit Abbeizmittel. In der Galerie herrschte Gedränge. Penny stand mittendrin. Sie trug ein Kleid mit Blumenmuster, ihr Haar war mit einer Spange zurückgesteckt, was an die Victory Rolls aus den vierziger Jahren erinnerte. Gerahmt von einem korpulenten Mann mit Hornbrille und einer eleganten rothaarigen Frau, ließ sie sich fotografieren. Männer und Frauen in ausgesucht unmodischer Kleidung waren zu sehen, die an ihrem Wein nippten und sich in stocksteifer Körperhaltung unterhielten. Victor verschwand für einen Augenblick und kam mit zwei Gläsern Weißwein zurück, der so sauer war, dass er die Zähne zusammenbiss und sein Mund sich zu einer Grimasse verzog. Cushla überlegte, was sie sagen sollte, als jemand gegen ein Glas klopfte. Der Mann mit der Brille stellte Penny und ihre Ausstellung vor.

»Agnew ist spät dran heute«, sagte Victor, als die Redner geendet hatten.

»Er hat gesagt, er kommt, sobald er sich loseisen kann.«

»Aha«, sagte er, als habe Michaels Äußerung eine versteckte Bedeutung, die ihr selbst entgangen war.

Sie ließ Victor stehen, um sich die Bilder anzusehen. Jetzt verstand sie, was Penny mit Salonhängung gemeint hatte. Die Gemälde hingen wie zufällig arrangiert an den Wänden, einem überladenen Wohnzimmer gleich. Eine Moorwiese mit Wollgras, Mulden und Löcher wie mit Quecksilber gefüllte versenkte Wannen. Der Hafen von Ardglass eine Anordnung verzerrter geometrischer Formen in Weiß bis Schiefergrau, die das Spiel von Licht und Schatten auf dem Wasser zeigten, die dünnen Masten der Boote. Als sie am Ende der Ausstellung angekommen war, schaute sie sich wieder in der Galerie um. Es war kaum noch jemand da. Michael war nicht gekommen.

Sie ging zu Peggy und ließ sich von ihr umarmen. »Ich liebe Ihre Arbeiten«, sagte sie.

»Es kommt nicht darauf an, ob Sie sie mögen oder nicht, meine Liebe«, sagte Victor. »Sie *sind* einfach.«

»Halt den Mund, Victor«, wies Penny ihn gutgelaunt zurecht. »Ich freue mich, dass Sie sie mögen, Cushla. Ich wünschte nur, sie hätten die Bilder niedriger gehängt, wie ich es erbeten hatte. Man sollte nicht den Kopf in den Nacken legen müssen.«

Cushla verabschiedete sich mit den Worten, sie werde sie ja bald wiedersehen, doch die Ältere drückte ihren Arm und sagte, in der Wärmeschublade des AGA-Herds stehe schon das Abendessen bereit, Michael werde bestimmt demnächst auftauchen, Cushla solle zu ihnen nach Hause kommen.

Im Auto tat sie so, als krame sie im Handschuhfach, und wartete, bis die anderen aufgebrochen waren, bevor sie losfuhr. Dass Michael sich verspäten werde, hatte er gesagt, aber jetzt war über eine Stunde vergangen. Hatte es bei ihm zu Hause einen Notfall gegeben? War seinem Sohn etwas zugestoßen? War ihm etwas zugestoßen? Sie ignorierte den Abzweig zum Haus von Jim und Penny, machte einen Umweg und fuhr bis zum Ende von Michaels Straße. Kein Wagen in der Einfahrt. Sie blickte zur Wohnung hinauf, erinnerte sich daran, wie sich seine Stimmung verändert hatte, als das fremde Auto aufgetaucht war. Er war in Gedanken woanders gewesen, fast geistesabwesend. Und er hatte so schnell reagiert, geradeso, als hätte er damit gerechnet. Er hatte das Gerichtssystem unverhohlen kritisiert, aber was war mit all den Akten, in denen es um Morde ging? Vielleicht hatte er sich auch unter den Killern Feinde gemacht. Sie wendete und fuhr den Weg zurück, den sie gekommen war, betete, sein Wagen möge vor dem Haus stehen, doch als sie um die Ecke bog, sah sie nur Victors MG am Bürgersteig.

In Dublin hatte Michael Cushla einen Feinkostladen in einer Seitenstraße der Grafton Street gezeigt, in dem sie eine Schachtel mit italienischen Keksen gekauft hatte. Sie waren als Mitbringsel für den nächsten irischen Abend gedacht. Sie holte die Schachtel aus dem Kofferraum und trug sie zum Haus. Ihr war nicht wohl dabei, allein hineinzugehen, aber wenigstens kam sie nicht mit leeren Händen.

»Er war mit Ihnen bei Magill's!«, rief Penny, als sie die Kekse entgegennahm.

Jim drückte ihr ein Glas Wein in die Hand und fragte, was sie in Dublin sonst noch unternommen hätten. Victor ließ ein verächtliches Glucksen hören und warf Jim über den Rand seines Glases hinweg einen spöttischen Blick zu. Cushlas Gesicht glühte, als sie ihnen von dem Theaterstück erzählte, dem Spaziergang über das Gelände des Trinity College und dem Abendessen. Was sie ihnen nicht erzählte: dass das Hotel fast wie ein Priesterseminar gewesen war und sie im Hinterzimmer einer Bar gehört hatte, wie *Saudade* klang. Sie entschuldigte sich und ging auf die Gästetoilette. Die Toilettenschüssel war kunstvoll verziert, der originale Sitz aus Mahagoni durch die Pisse von Jahrzehnten zersetzt. Die gegenüberliegende Wand wurde von einem Regal eingenommen, in dem sich Literaturzeitschriften, Gartenbücher und Do-it-yourself-Ratgeber stapelten. In einer Pappschachtel trieben Lilienzwiebeln aus, grüne Sprossen drängten durch den Falz und verbreiteten Beerdigungsgeruch. Sie wusch sich die Hände und sah im Spiegel, was sie sahen. Eine Liebelei, jemand, den man nicht ernst nehmen musste.

Als sie die Hand auf die Klinke der Küchentür legte, hörte sie ihren Namen. Victor saß mit verschränkten Armen da und sah aus, als hätte ihm jemand die Meinung gegeigt. Sich vorzustellen, was er von sich gegeben hatte, war unerträglich. Sie hob ihr Weinglas, wurde aber von einer regelrechten Welle von Furcht erfasst. Wo zur Hölle war Michael? Sie setzte ihr Glas wieder ab.

Es war schon fast zehn, als er endlich kam. Er entschuldigte sich bei Penny und fragte, wie der Abend gewesen sei. Er ließ sich schwer auf einen Stuhl fallen und tastete unter dem Tisch nach Cushlas Hand. »Tut mir leid«, formten seine Lippen lautlos.

»Harter Tag im Büro, Schatz?«, sagte Jim, als er Michaels Glas füllte. Es sollte wie eine Frotzelei klingen, aber er wirkte besorgt.

»Könnte man so sagen«, antwortete Michael und stürzte den Wein hinunter, als wäre es Wasser.

Penny nahm einen Shepherd's Pie aus der Wärmeschublade und stellte eine Flasche HP Sauce daneben. Michael zündete sich eine Zigarette an und nahm einen tiefen Zug, während sie Portionen auf die Teller gab und diese herumreichte.

Jim sagte, ein befreundeter Lyriker habe seinem Verlag den ersten Entwurf seiner neuen Gedichtsammlung zugeschickt. Sein Lektor meine, es handele sich um Kriegsgedichte.

»Glaubst du, es ist ein Krieg?«, fragte Victor.

»Wenn es kein Krieg ist, dann darf mir jemand erklären, was es sonst sein soll«, sagte Michael. Seine Hand lag noch immer auf Cushlas. Mit der anderen füllte er erneut sein Glas.

»Die Regierung nennt es eine Frage von Recht und Ordnung«, sagte Victor.

»Westminster? Ha. Das Vorgehen der Polizei ist grauenhaft. Ihr glaubt nicht, was ich heute gesehen habe«, sagte er. Selbst Cushla drehte sich zu ihm um. »Sie haben einen Film gemacht: *Policeday* – Ein Tag bei der Polizei«, fuhr er fort. »Er fängt mit zwei Polizisten an, die Schafe über eine Landstraße scheuchen. In einer anderen Szene fragt ein Mann nach dem Weg zum belgischen Konsulat, in einer Sprache, die wie Ungarisch klingt. Meine Lieblingsszene war das Verhör. Ein neunmalkluger Häftling und zwei Detectives, denen sie ein paar geistreiche Witzchen ins Drehbuch geschrieben haben. Das war wie bei *The Sweeney*. Ein Propagandafilm, der uns weismachen soll, dass die RUC unparteiisch ist.«

Erwartungsvoll warf er einen Blick in die Runde und zündete sich, als keine Reaktion kam, noch eine Zigarette an.

»In meiner Schule haben die Peeler eine Disco veranstaltet«, hörte Cushla sich sagen.

Michael lachte kurz auf. »Du enttäuschst nie, oder?«, sagte er. »Erzähl mal.«

»Drei uniformierte RUC-Polizisten mit einer Discokugel und einer Ampelanlage. Ein Stapel Splitterschutzwesten auf einem Sitzsack. Falls sie bewaffnet waren, haben sie die Waffen gut versteckt am Körper getragen.«

»Haben sie getanzt?«

»Nein. Sie haben dagestanden, sich über den Schnurrbart gestrichen und uns beobachtet.«

»Hast du getanzt?«

»Widerstrebend. Gerry Devlin hat mich zu *Billy Don't Be a Hero* auf die Tanzfläche gezerrt.«

»Hat's Spaß gemacht?«

»Die Kinder fanden es sehr unterhaltsam.«

Sie hatten sich immer weiter zueinander geneigt, und er blickte auf ihren Mund, als wäre er im Begriff, sie zu küssen.

»Gehört das zu den Aufgaben der Polizei?«, fragte Jim.

»Schuldiscos? Scheint so. Den Kontakt zur Bevölkerung pflegen oder so ähnlich«, sagte Cushla.

»Warum sind sie ausgerechnet in deine Schule gekommen?«, fragte Victor.

»Weil es viele Orte gibt, wohin sie sich nicht wagen, nehme ich an. Vermutlich gilt unsere Schule als sicher, weil sie in einer Gegend liegt, die nicht im Ruf steht, eine Brutstätte republikanischer Bestrebungen zu sein«, sagte sie so langsam, als spräche sie mit einem Kind. Unter dem Tisch tätschelte Michael zustimmend ihren Oberschenkel.

»Die Polizei steht vor einer schwierigen Aufgabe«, sagte Victor.

»Und macht sie sich mit ihren eigenen Vorurteilen noch schwieriger«, sagte Michael.

»Oha, jetzt mach aber mal halblang. Wird das etwa dein neues Steckenpferd?«

»Was genau meinst du damit?«

»Mit der Justiz hast du dich schon angelegt. Eines Tages wirst du ziemlich allein dastehen, falls das nicht schon jetzt der Fall ist.«

»Ich glaube, wir sollten Irisch sprechen«, sagte Jim.

»Guter alter Jim«, sagte Victor. »Wechseln wir das Thema.«

Michael bat Jim um Whiskey. Penny stand auf, um den Tisch abzuräumen, und Cushla stand auf, um ihr zu helfen. Sie erbot sich, den Abwasch zu machen, weil sie nicht wisse, wo alles seinen Platz habe. Michael fragte, wie es komme, dass die Hälfte der Jugendlichen, die vor Gericht stünden, grün und blau geprügelt sei, wenn sich die Polizei ach so unparteiisch verhalte.

Cushla schäumte mit den Fingern das Wasser im Spülbecken auf und tauchte die Teller hinein. Sie spürte, dass Penny sie ansah, und schaute auf.

»Wir machen uns Sorgen um ihn«, sagte Penny.

»Warum?«

»Für ihn scheint alles so eindeutig zu sein, und das wird ihm hier nicht guttun. Und er trinkt zu viel.«

»Was kann ich tun?«

»Das zu sagen steht mir nicht zu.«

Als sie sich wieder an den Tisch setzten, öffnete Penny die Schachtel mit den Keksen und stellte sie in die Mitte. »Der Nächste, der über Politik spricht, fliegt aus dem Fenster«, sagte sie.

Michael sagte, zum Irischen habe er eine Frage, die keinen Aufschub bis zu ihrem nächsten offiziellen irischen Abend dulde. Jim und Penny wirkten erleichtert, dass er das andere Thema nicht weiterverfolgte. Victor starrte mit säuerlicher Mine auf die Tischplatte.

»Kannst du uns den *tuiseal ginideach* erklären?«, fragte Michael.

»Den Genitiv«, sagte Cushla. »Der ist schwer, aber wir können mit einfachen Beispielen anfangen. Wie Besitzanzeige. Der Schwanz der Katze, zum Beispiel. *Eireaball an chait.* Der Schwanz von der Katze.«

»Die Frau von dem Historiker«, sagte Jim.

»*Bean chéile an staraí*«, sagte Cushla.

»Entschuldigt. Der Ehemann von der Künstlerin«, sagte Penny.

»*Fear céile an ealaíontóra.*« Cushla übertrieb die Aussprache, ließ die Konsonanten in ihrem Rachen gurgeln, vor allem, weil sie Victor ärgern wollte. Sie erklärte ihnen, Konsonanten würden »breit« oder »schlank« ausgesprochen, je nachdem. Erklärte Maskulinum und Femininum.

»Freundin des Anwalts«, sagte Victor. »Ist das ein schlankes Femininum?«

»*Cara mná an dlídóra.* Tatsächlich ist *cara* Maskulinum, und das ›r‹ ist breit.«

Der Tisch in seiner Wohnung war übersät mit Aktenordnern, Ringheftern, Tassen und Untertassen mit Teerändern. Eine leere Whiskeyflasche neben der leeren Karaffe; eine weitere, noch nicht ganz leere Flasche neben einem Stapel Papiere. Er griff danach und schüttete sich den Rest in ein benutztes Whiskeyglas. Cushla ging zum Fenster. In wenigen Wochen wäre schon Mitsommer. Der Himmel war nachtblau, die Straße ein Gespinst aus Schatten. »Du hast zu tun«, sagte sie. »Ich gehe besser.«

»Bleib bei mir. Ich werde nicht lange brauchen.«

Sie zog die Vorhänge zu und legte die Hände auf seine Schultern. Sie waren steif vor Anspannung. Er kramte in seiner Jackentasche und brachte einen Schlüssel zum Vorschein.

»Den habe ich für dich machen lassen. Du kannst kommen und gehen, wie du willst.« Er verdrehte den Oberkörper, um ihr den Schlüssel zu geben. Sie wartete darauf, dass er noch etwas sagte, der Augenblick schien bedeutsam. Doch er streichelte nur ihre Hand und griff nach einem Stift.

Sie wusch sich das Gesicht und putzte die Zähne, hörte, wie im Wohnzimmer eine Flasche gegen ein Glas schlug. Dass Penny Michaels übermäßigen Alkoholkonsum angesprochen hatte, war ein Schock für sie gewesen. Ihr war klar, dass er trank, aber das taten alle, die sie kannte, und ihm war es so gut wie nie anzumerken. Er lallte nicht, seine Gesichtshaut war weder gerötet noch gelblich. Er fuhr gut und sicher Auto, sein Schwanz wurde jedes Mal steif, sobald er sie nur berührte. Aber vielleicht war sie nicht die Richtige, seinen Alkoholkonsum zu beurteilen; sie arbeitete Teilzeit hinter einer Theke, war praktisch in einem Pub groß geworden und lebte mit einer alkoholkranken Mutter zusammen. Er könnte im Dauerrausch sein, und sie würde sich nichts dabei denken.

Die Steppdecke auf dem Bett war zerdrückt, die Laken darunter straffgezogen, als hätte er auf der Überdecke geschlafen. Sie nahm ein Buch vom Nachttisch. Es enthielt Bleistift- und Tuschezeichnungen der Wildblumen und Bäume Irlands, jeder Eintrag um volkstümliche Überlieferungen ergänzt. Der zu Stechginster enthielt den Spruch, mit dem er sie an der Parkbucht bezaubert hatte. Sie las eine ganze Weile, dann schlief sie ein. Sie wurde davon wach, dass sich eine Ecke des Buchs in ihre Wange gebohrt hatte. Zwischen den Vorhängen war ein Streifen Grau zu sehen. Sie tastete nach Michael und merkte, dass er nicht neben ihr lag. Sie setzte sich auf. Als sich ihre Augen an das dämmrige Licht gewöhnt hatten, sah sie, dass er im Sessel saß, bekleidet und mit einem Glas in der Hand.

»*Cara mná an dlíodóra*«, sagte er. »Bist du meine Freundin, Cushla?«

18

Gina trug ein milchgraues Kleid aus Crêpe und einen dazu passenden Mantel. Sie sah verletzlich aus, ätherisch, als sie in die Kirchenbank schlüpfte. Cushla hatte damit gerechnet, dass sie über die Batterie leerer Flaschen auf dem Garderobentisch außer sich sein würde, doch beim Anblick der aufgereihten Flaschen hatte sie nur eine Leidensmine aufgesetzt. Die Flaschen machten gemeinsame Sache mit ihr: Schaut her, welche Qualen sie erdulden muss, schienen sie zu sagen.

Die Kinder trafen in ihren Kleidern und Anzügen ein, und Cushla geleitete sie zu den reservierten Plätzen in den ersten Reihen. Davy kam hereingetrottet, er trug ein Jackett und eine Hose in Himmelblau. Statt nach vorn zu Cushla zu gehen, drückte er sich am Weihwasserbecken herum. Dann tauchte Seamie McGeowns dünne Gestalt in der Eingangstür auf. Betty hatte ihn auf der einen, Tommy ihn auf der anderen Seite untergehakt. Wenn man die beiden nebeneinander sah, war deutlich, wie sehr Tommy seinem Vater glich. Soweit Cushla wusste, war Betty noch nie in dieser Kirche gewesen. Schuldbewusst dachte sie, dass die Frau vielleicht nur gekommen war, weil sie Angst hatte, ihre Kinder zu verlieren.

»Du bist sehr schick heute, Davy«, sagte Cushla, als sie sich vorne trafen. Das Blau seines Anzugs betonte seine Augen; sein ganzes Gesicht schien nur aus diesen Augen zu bestehen, als er von ihr zu seiner Mutter sah, die sich mit dem Ärmelaufschlag von Seamies Jacke beschäftigte. Mandy stupste Davy mit dem Ellbogen an, und er kramte in seiner Tasche und holte das Messbuch und den Rosenkranz hervor, die Cushla ihm geschenkt hatte; Geschenke, die sie aus Zuneigung gekauft hatte und die jetzt wie eine Drohung wirkten. Cushla spürte Tommys Blick, begegnete ihm aber nicht.

Am Tag zuvor hatten die Kinder ihre erste Beichte abgelegt, hatten sich in einer Reihe aufgestellt, um vor Slatterys grimmigem Profil niederzuknien. Davy war der Erste gewesen, aber ihm war eine endlos lange Buße auferlegt worden; ein Kind nach dem anderen betrat den Beichtstuhl und kam wieder heraus, und er kniete noch immer in seiner Bank. Cushla überlegte, ob sie Bradley ansprechen sollte, der sich am Eingang zum Nebenraum für kleine Kinder postiert hatte, doch angesichts der Tatsache, dass er ihren letzten Vorstoß als Anmaßung empfunden und an den McGeowns Rache genommen hatte, hielt sie den Mund. Schließlich stürmte Tommy den Gang entlang und zog Davy auf die Füße. Eine Hand zwischen seine Schulterblätter gelegt, marschierte er mit ihm zur Tür. Slattery war aus dem Beichtstuhl getreten und hatte sich zu Bradley gesellt. Tommy blieb abrupt vor ihnen stehen. »Ich weiß nicht, worauf Sie hinauswollen«, sagte er, »aber das ist nicht recht.« Cushla folgte den beiden nach draußen. Am Fuß der Treppe zündete sich Tommy eine Zigarette an und ging davon, Davy trottete neben ihm her. Cushla lief hinter ihnen, und als Davy ihre Schritte hörte, drehte er sich um und sauste zu ihr.

»Ich hab nichts Schlimmes getan, Miss.«

»Das weiß ich doch«, sagte sie und legte ihm die Hand auf den Kopf.

»Er hat gesagt, ich bin ein schlechter Junge.«

»Du bist kein schlechter Junge.«

»Komm schon«, sagte Tommy und zerrte Davy von ihr weg. Sie bat die beiden, noch einen Augenblick zu warten, und ging zu ihrem Auto. Dort nahm sie die Tüte des katholischen Buchladens aus dem Handschuhfach – eigentlich hatte sie sie später vorbeibringen wollen – und überreichte sie Davy. Er öffnete sie langsam und zeigte Tommy den Inhalt, als müsse dieser einer Sicherheitsprüfung unterzogen werden.

Als sie sah, wie unbehaglich Davy sich fühlte, wie er in seinem Kommunionanzug voranschlurfte, begriff sie, wie schwer es sein würde, die Dinge wieder in Ordnung zu bringen.

Die Apostolischen Frauen hatten die Kirche mit weißen und gelben Blumen geschmückt, und Slatterys Predigt zeichnete sich dadurch aus, dass sie ohne Hinweise auf extreme konfessionell motivierte Gewalt auskam. Die Kinder trotteten zum Altar, um die Hostie entgegenzunehmen. Es gab keine Zwischenfälle: Inzwischen waren sie geübt darin, die Zunge herauszustrecken, den Kopf zu neigen, mit den Fingerspitzen die Stirn zu berühren. Im Namen des Vaters, des Sohnes und des Heiligen Geistes, Amen. Als der Chor *Bridge Over Troubled Water* anstimmte, wurde geschnieft, Frauen kramten in ihren Handtaschen nach Taschentüchern. Cushla blickte zur Empore auf. Über dem Geländer erschien Gerry Devlins Gesicht. Er hob den Daumen. Ein neuer Hit.

Anschließend gab es eine Feier in der Schulkantine. An einem Ende waren Tische zusammengeschoben worden, auf denen hohe Edelstahlkannen mit Tee, Stapel von umgedrehten Tassen auf Untertassen und Teller mit Milchbrötchen und Sandwiches standen. Der Saal roch nach Salatmayonnaise und Kuchen. Gina ging umher und drückte jedem Kind, das einen Anzug oder ein weißes Kleid trug, ein 50-Pence-Stück in die Hand. Davy war zuletzt an der Reihe, quer durch den Raum ging sie zu ihm hin und überreichte ihm einen Umschlag. Er öffnete ihn und zog einen Fünfer heraus. Für einen Augenblick vergaß er sich und zupfte mit beiden Händen an den Rändern der Banknote, als wolle er ihre Echtheit prüfen. Betty zog ihn an sich und flüsterte ihm etwas ins Ohr. Er hörte auf, Faxen zu machen, und baute sich feierlich vor Gina auf, um ihr zu danken. Gina zauste sein Haar und übersah Bettys hochrote Wangen. Das Geschenk war übertrieben. Beschämend.

Cushla gesellte sich zu ihnen und achtete darauf, Seamie nicht die Hand zu geben. Sie beobachtete ihn, wie er langsam nach einer Tasse Tee auf dem Tisch griff. Sosehr sie sich abgestoßen fühlte, sie konnte den Blick nicht von seinen Narben abwenden. Die Wunden waren verheilt, doch die neue Haut war dünn und kaugummirosa. Seine Hand bewegte sich in die ungefähre Richtung des Henkels, und als Daumen und Zeigefinger endlich das Porzellan berührten, reagierte seine Familie mit fast hörbarer Erleichterung.

Tommy ging mit Mandy und Davy zum Büfett.

»Ist Tommy wieder zur Schule gegangen?«, fragte Cushla.

»Er ist Hilfsarbeiter bei seinem Onkel.«

»Großartig.«

»Großartig?«, sagte Betty mit vor Wut schneidender Stimme. »Dafür hat der Junge viel zu viel Grips.«

»Vielleicht geht er ja eines Tages wieder hin«, sagte Cushla. »Macht einen Abendkurs oder so.«

Betty sah zu ihren Kindern auf der anderen Seite des Raums. Sie warf Cushla einen kurzen Blick zu. »Vielleicht«, sagte sie, die Stimme wieder in normaler Tonhöhe.

Sie hat Angst vor mir, dachte Cushla.

Gina hatte Gerry Devlin zum Abendessen eingeladen. Er kam um fünf und präsentierte Gina eine Schachtel Terry's All Gold-Pralinen. Sie reichte ihm ein kaltes Bier und ließ ihn demonstrativ im Sessel von Cushlas Vater Platz nehmen. Er setzte sich lächelnd hin; welche Ehre ihm damit erwiesen wurde, ahnte er nicht.

»Irgendwas hier riecht richtig gut«, sagte er.

Cushla hatte darauf bestanden, zu kochen. Es gab Brathähnchen und Kartoffeln, Erbsen aus der Dose mit einem Klecks Minzsoße, so wie ihr Vater es gemocht hatte; eine Saucière mit Fertigsoße. Mr Reid hatte ihr einen Kopf Weißkohl geschenkt, den sie gekocht und in Butter geschwenkt hatte. Gerry trank sein Bier. Ein zweites schlug er aus und ging zu Wasser über. Er machte eine Bemerkung darüber, wie lange Davy in der Kirchenbank hatte ausharren müssen, um Buße zu tun, sagte, er sei überrascht gewesen, dass Cushla sich Bradley nicht gleich vorgeknöpft habe, in der Schule werfe sie sich ja für Davy immer in die Bresche. Gina sagte, auch zu Hause sei sie eine Nervensäge, und gab Anekdoten über Cushlas unvernünftiges Verhalten zum Besten. Für die negative Aufmerksamkeit war Cushla ausnahmsweise einmal dankbar.

»Das war lecker«, sagte Gina, als sie mit dem Essen fertig waren, und bemühte sich gar nicht erst, nicht überrascht zu klingen.

Cushla hatte keinen Nachtisch vorbereitet. Gina schlug Irish Coffee vor. Cushla wurde schwer ums Herz. Seit ihrem Sturz schien Gina keinen Alkohol mehr angerührt zu haben, und Cushla hatte sich der Illusion hingegeben, das letzte Mal sei das letzte Mal gewesen.

Der Handmixer ratterte laut gegen die Seiten der Glasschüssel, als sie die Sahne aufschlug, und sie hörte das Telefon nicht gleich. Sie rannte am Küchentisch vorbei in die Diele und hob erst beim achten oder neunten Klingelzeichen ab. Gina hatte Gerry zum Lachen gebracht, und Cushla musste dreimal hallo sagen, bevor sie am anderen Ende eine Stimme hören konnte.

»Wer ist bei dir?« Es war Michael, der so leise sprach, dass sie ihn kaum verstand.

»Gerry und meine Mummy. Und wer ist bei dir?«

Er atmete langsam aus, es war fast ein Seufzen. »Wie war der große Tag?«

»Schön.«

Schritte, eine Stimme rief »Dad!«. Ein junger Mann, kein Junge. Dann war die Leitung tot.

Sie stellte sich vor, wie Michael die Gabel herunterdrückte, damit niemand sie hörte. Was spielte sich im Haus der Agnews ab? Ein Abendessen mit gestelzter Konversation, der Junge ein unfreiwilliger Vermittler zwischen Eltern, die einander hassten. Ein Glas, das wieder und wieder aufgefüllt wurde, dabei getauschte Blicke. Oder schlimmer noch, die Sauferei fand heimlich statt. Vielleicht kannte der Junge die Verstecke seiner Mutter. Vielleicht ging er wie Cushla mit einem Knoten im Magen in die Küche und fragte sich, was für eine Mutter ihn begrüßen würde. Aber seine Stimme hatte nicht angespannt geklungen. »Dad!« hatte sich fröhlich angehört.

»Wer hat angerufen?«, fragte Gina.

»Falsch verbunden.« Als Cushla sich umdrehte, sah sie, wie ihre Mutter die Lippen spitzte und ein Rauchwölkchen in die Luft blies, das sich wie ein Schleier über ihr Gesicht legte. Es sah auf groteske Weise sexy aus.

Gerry trug die schmutzigen Teller zur Spüle, kam mit einem feuchten Tuch zurück und fegte die Krümel in seine Hand, bevor er den Tisch gründlich abwischte.

»Jemand hat Sie gut erzogen«, sagte Gina, und ihre Stimme schnurrte fast vor Rührung. »Ich geh ins Wohnzimmer und zünde uns ein Feuerchen an.«

Während das Wasser im Kessel heiß wurde, machte sich Cushla an den Abwasch. Gerry hatte im Nu alles abgetrocknet. Sie stellte sich vor, wie er in den schrecklichen, verstörenden Monaten, die auf den Tod seiner Mutter folgten, noch in Schuluniform die Küche aufräumte, wenn sein Vater nach der Arbeit eine Mahlzeit improvisiert hatte. Cushla nahm die Irish Coffee-Gläser aus dem Schrank, die ihr Vater in Killarney gekauft hatte; sie hatten einen Goldrand und waren am Fuß mit irischen Kleeblättern verziert.

»Deine Ma glaubt, wir zwei hätten ein sündiges Wochenende in Dublin verbracht«, sagte Gerry, der mit dem Rücken zur Arbeitsfläche stand und ihr bei der Zubereitung der Getränke zusah.

»Mist.«

»Es macht mir nichts aus, dich zu decken, aber ich muss Bescheid wissen, damit ich dich nicht aus Versehen auffliegen lasse. Mit wem warst du da, dass du es niemandem erzählen kannst?«

»Ich kann es niemandem erzählen.«

»Ist es einer der Väter aus der Schule?«

»Nein!«

»Ist es Bradley? Slattery?«

»Du hast sie wohl nicht mehr alle.«

»Ist er verheiratet?«

»Nein.«

»Ich glaube, er ist ein Prod.«

»Wie kommst du denn darauf?«

»Weil ein netter Fenier wie ich wohl kaum von dir verlangen würde, die ganze Nacht wegzubleiben. Der wär mit 'nem schnellen Busenfick im Auto zufrieden.«

»Das ist widerlich. Pass auf, ich sag's dir, aber du musst bei Gott schwören, dass du es keiner Menschenseele erzählst.«

»Ich schwöre.«

»Es ist Brian Faulkner.«

»Leck mich am Arsch.«

»Wenn ich's dir doch sage. Deshalb kann ich es niemandem erzählen.«

Er kicherte. »Wenn er schmutzige Dinge zu dir sagt, spricht er dann auch mit Murmeln im Mund?«

»Aber ja. Ganz die vornehme Malone Road«, sagte sie mit Michaels Akzent. Es fühlte sich gut an, sich über ihn lustig zu machen, er schien wirklicher zu sein. Und jetzt wusste jemand, dass sie eine Beziehung hatte – wenn es denn eine war; meist kam es ihr eher wie eine Situation vor.

Sie tranken ihre Irish Coffees vor dem Fernseher und reichten die Pralinenschachtel reihum. Gina behauptete, in ihrem Irish Coffee sei so wenig Whiskey, dass die Flasche ihr Glas wohl nur gestreift habe. Gerry sah Cushla an. Er hatte sie bei der Zubereitung beobachtet und musste mitbekommen haben, dass Ginas Glas nur einen Bruchteil des Alkohols enthielt, den sie in die anderen beiden Gläser gegeben hatte.

Songs of Praise fing an. Die Gläubigen in Sonntagskleidern, die Gesichter zu dem pastellfarbenen Licht erhoben, das durch eine Fensterrose hinter dem Altar fiel. Die Kirche war mit Union Jacks geschmückt, an den Wänden erinnerten Gedenktafeln an gefallene Gemeindemitglieder. Die Kamera schwenkte auf die vorderste Bank, auf eine Reihe adretter kleiner Männer mit Baretten, Blazern und Orden an der Brust.

»Ich liebe diese Sendung«, sagte Gerry.

»Tust du nicht«, sagte Cushla.

»Ich bin Chorleiter. Hör nur, wie sie die Lieder schmettern.«

»Stimmt«, sagte Gina. »Nicht so ein Gemurmel wie bei uns.«

Gina schaute die Sendung nur selten, und wenn, dann um sich über die aufwändigen Hüte und die dümmlichen Gesichter der Gemeinde zu amüsieren. Nicht einmal bei der Messe stimmte sie in die Gebete ein. Cushla hatte ihre Mutter nur ein einziges Mal singen hören. Damals lebte Cushlas Vater noch, und bei einer Party hatte sie *I'm Just a Girl Who Can't Say No* zum Besten gegeben und unter dem wiehernden Gelächter der Männer und den wissenden Blicken der Frauen so getan, als lüpfe sie ihren Rock.

Gerry blieb noch eine gute Weile, dann brachte ihn Cushla zu seinem Auto. Er umarmte sie und steckte den Schlüssel ins Zündschloss, zögerte aber, bevor er ihn umdrehte. »Spaß beiseite«, sagte er. »Ich weiß nicht, worauf du dich da eingelassen hast, aber sei auf der Hut. Es könnte dich deine Stelle kosten.«

Sie verspürte einen Anflug von Angst, doch dann klingelte wieder das Telefon, sie drückte Gerry einen Kuss auf die Wange und rannte ins Haus. Sie betete, es möge Michael sein. Es war Tommy.

»Oh«, sagte Cushla und konnte ihre Überraschung nicht verbergen. Weshalb rief er sie an?

Sie hörte ein leises Zischen, als er Spucke einsog. »Ich habe meiner Mummy gesagt, dass Sie nicht erst gut zu uns sind und sie dann bei der Behörde melden«, sagte er. »Das würden Sie nicht tun, oder?«

»Natürlich nicht.«

»Hab ich mir gedacht«, sagte er. Das Anreißen eines Streichholzes, ein tiefer Atemzug. »Mittlerweile arbeite ich. Erst mal Hilfsarbeiten, aber die Bezahlung stimmt.«

»Deine Mummy hofft, dass du wieder zur Schule gehst.«

Er atmete durch die Nase aus. »Hoffen kann sie ja«, sagte er.

»Ach, Tommy, sag das nicht. Es gibt keinen Grund, warum du nicht irgendwann wieder in die Schule kannst. Ich bringe dir ein oder zwei Bücher vorbei. Solange du liest, ist nicht alles verloren. In Ordnung?«

»Jawohl, Miss.«

IN CALVARY'S FLOW

19

Eine Armeepatrouille, Soldaten, die in die Hocke gehen, leicht zu treffende Ziele, der letzte Mann – in Wahrheit noch ein Junge – geht rückwärts und überwacht mit seinem Gewehr den Bürgersteig. Ein Saracen, dann noch einer. BRITEN RAUS an die Mauer vor dem Freizeitzentrum geschmiert, der einzigen Lokalität, die so kurzfristig noch zu bekommen war – auf das Hotel, das Gerrys Freunde für ihren Hochzeitsempfang gebucht hatten, war ein Brandbombenanschlag verübt worden.

Im Gebäude war der Fußboden mit farbigen Klebestreifen als Basketballfeld markiert. Tapeziertische waren aufgestellt und mit weißen Tüchern gedeckt worden. Sie saßen mit Leuten zusammen, die sie von der Party kannte: Harry, Joe und der behaarte Kerl, um dessen Hüften eine Frau geschlungen war, als sie ihn das letzte Mal gesehen hatte. Als alle Tische besetzt waren, wirkte der Saal fast hübsch. Cushlas Vater hatte immer gesagt, Menschen seien die beste Dekoration.

Nach einer Vorspeise, die aus Orangensaft bestand, wurden Truthahn und Schinkenbraten gereicht. Zusammen mit dem Klacks Kartoffelbrei und der gallertartigen Bratensoße schmeckte es tröstlich nach Schulessen. Bevor die Reden gehalten wurden, gab es einen Ansturm auf die Bar. Gerry spendierte Cushla einen Drink. Harry und Joe desgleichen. Als alle wieder Platz genommen hatten, stand der Vater der Braut langsam auf und räusperte sich. Er sagte, wie stolz er auf seine Tochter sei, was für ein fleißiges, glückliches Mädchen sie seit dem Tag ihrer Geburt gewesen sei. Ihr frischgebackener Ehemann solle besser gut auf sie aufpassen, sonst bekomme er es mit ihm zu tun. Cushla spürte eine Träne im Augenwinkel. Sie hatte keinen Vater. Der einzige Mann, den sie jemals würde haben wollen, war schon verheiratet. Dann stellte sie sich Gina als Brautmutter vor – wie sie, voll wie eine Haubitze, jedem, der es hören wollte, erklärte, dass ihr eigenes Brautkleid drei Größen kleiner gewesen sei als das ihrer Tochter –, und schon zog sich Cushlas Träne in den Tränenkanal zurück. Als Nächster erhob sich der Bräutigam. Er sagte, als Kind habe er Gott jeden Abend um eine gute Ehefrau gebeten – dass sie nun auch noch schön sei, sei eine Zugabe. Der Trauzeuge des Bräutigams stand auf und entnahm der Innentasche seines Jacketts ein Blatt Papier. Kaum hatte er angefangen zu sprechen, setzte über ihnen ein Knattern ein, das immer lauter wurde. Alle legten den Kopf in den Nacken und schauten zur Saaldecke. Dann flog die Doppeltür auf, schwere Stiefel stampften über den Boden. Es war die Patrouille von zuvor; über dem Gebäude schwebte ein Helikopter, um ihnen den Weg zu weisen. Der Trauzeuge setzte sich wieder und trank einen Schluck von seinem Bier.

Von hinten im Saal breitete sich ein weiteres Geräusch aus und schwoll an, ein rauschendes Zischen. Als die Soldaten am Ehrentisch vorbeigingen, warf jeder von ihnen einen verstohlenen Blick auf die Braut, die vor Empörung über ihr Eindringen geradezu glühte. Sie bewegten sich zwischen den Gästen, schwenkten die Gewehre hin und her und stießen sie mitunter gegen Stuhllehnen. Der Soldat am Ende der Patrouille sah Cushla im Vorübergehen an. In seinen Augen stand nackte Angst. Cushla spürte, wie ihr Mund das Wort »Hallo« formte, ein Automatismus, der daher rührte, dass sie für Mitglieder der Sicherheitskräfte oft genug Bier zapfte. Sie senkte den Blick und hoffte inständig, dass niemand etwas bemerkt hatte.

Als sie gingen, brandete Jubel auf. Sie hatten sich nicht damit aufgehalten, die Personalien zu überprüfen, hatten niemanden nach draußen beordert.

»Verdammte Schikane«, sagte Joe.

Die meisten Gäste waren aufgestanden und zur Bar gegangen, und es dauerte fünfzehn Minuten, bis der Trauzeuge sich abermals erhob und ein zerknittertes Blatt Papier hochhielt. »Zuerst verlese ich die Telegramme«, sagte er. »Das hier ist aus Derry; es kam um einen Ziegelstein gewickelt durchs Fenster geflogen.«

»Siehst gut aus, Lavery«, sagte Gerry.

»Haha.«

Er lachte und wollte Cushla noch einen Drink besorgen, aber sie bestand darauf, die nächste Runde auszugeben.

Am Tresen lehnte ein Mann in ihrem Alter. Er hatte sehr große, seelenvolle graue Augen, seine übrigen Züge waren in ein Gesicht gequetscht, das breiter war als lang. Er fragte sie, ob sie zur Braut oder zum Bräutigam gehöre. Wie sie heiße. Auf welche Schule sie gegangen sei. Wo sie wohne.

»Nette Gegend«, sagte er. »Ziemlich ruhig.«

Sie erzählte ihm nicht, dass ihre Familie eine Bar betrieb. Er fragte, wer Gerry sei, wie sie ihn kennengelernt habe, und als sie ihm Auskunft gab, nahm er einen Schluck von seinem Bier und blickte nachdenklich zum Tisch hinüber.

Gerry stand auf, um die nächste Runde zu bestellen. Der Mann hielt sich noch immer am Tresen auf. Cushla beobachtete, wie er Gerry etwas ins Ohr flüsterte; in der einen Hand hielt er ein Pint, mit der anderen zeichnete er Kreise in die Luft, eine Geste der Unbekümmertheit. Gerry stand mit verschränkten Armen da, hatte einen Finger an die Lippen gelegt und sah zu Boden. Sein Bein zappelte wie verrückt.

»Du solltest dein Gesicht sehen«, sagte sie, als er zurückkam. »Ist irgendwas?«

»Hast du dem Typen gesagt, er soll mit mir reden?«

»Nein. Ich habe ihm gesagt, dass du in derselben Schule arbeitest wie ich. Was wollte er?«

»Er hat gefragt, ob er mir zwei Jungs schicken kann, die Sherry Trifles in meine Garagenwand einmauern.«

»Sherry Trifles?«

»Das ist Rhyming Slang.«

»Für *rifles?* Gewehre? Himmel. Was hast du gesagt?«

»Ich hab gesagt, dass ich keine Garage habe.«

Cushla ging zur Damentoilette. Zwei der Brautjungfern waren dabei, ihren Lidschatten zu erneuern, und kicherten betrunken.

»Hier, willst du auch?«, fragte eine der beiden Cushla.

»Nur zu«, sagte sie und merkte, dass sie auch schon ziemlich hinüber war. *Seasons in the Sun* wurde gespielt, und die Frauen stürmten kreischend aus der Tür. Cushla blieb vor dem Spiegel zurück. Sie hatten ihr eine schimmernde irische Trikolore auf die Lider gepinselt.

Gerry sagte, nach dem Sherry Trifle-Erlebnis sei er wieder nüchtern und nicht mehr in der Stimmung, zu tanzen. Sie gingen um kurz vor acht. Am Ende der Straße drehte sich Cushla zu ihm um. »Kannst du mich wo hinfahren?«, fragte sie.

»Wenn's zumutbar ist«, sagte er mit einem Seitenblick.

Sie nannte ihm die Adresse, und er nahm die längere Strecke durchs Stadtzentrum, was sicherer war, als durch die loyalistischen Viertel zu fahren, die an Michaels Wohngegend grenzten. Am Abzweig zu Michaels Straße wollte sie aussteigen, doch Gerry protestierte und bog links ein. Er fuhr langsam, sah zu den hohen Häusern hinauf.

»Meine Phantasie geht gerade mit mir durch, Lavery«, sagte er, als er anhielt.

Sie küsste ihn auf die Wange. »Danke.«

Sie stieg aus und schlingerte über den Kies. Ihre Schuhe trug sie in der Hand. Im Wohnzimmer brannte Licht. Sie ging die Treppe hinauf und nahm den Messingschlüssel aus der Handtasche. Sie schloss auf, öffnete die Tür und winkte Gerry zum Abschied zu.

Sie ging direkt in Michaels Schlafzimmer, getrieben von einem unbehaglichen Gefühl, das sich verflüchtigte, als sie sah, dass das Bett leer war und er nicht, auf die Ellbogen gestützt, zwischen den Beinen einer Frau lag. Dennoch fragte sie sich, wie es wohl wäre, ihn mit einer anderen zu sehen, zu sehen, wie er's ihr mit Mund und Fingern besorgte, so wie er es bei ihr tat. Das Bett war nur glatt gestrichen, nicht wirklich hergerichtet; auf dem Nachttisch stand ein leeres Whiskeyglas. Es war kühl im Zimmer, und sie nahm seine Aran-Strickjacke von der Lehne des Samtsessels und zog sie über ihr Kleid.

Auf dem Esstisch ein weiteres Whiskeyglas, auf dessen Boden noch ein Rest Flüssigkeit schimmerte, zusammengedrehte Papiertücher, braun vom Teer seiner Pfeife. Stapel von Dokumenten, auf jedem ein Zettel, auf den mit Tinte und in Großbuchstaben ein Name oder ein Begriff geschrieben war. Eine stille Nacht, die Zweige der alten Bäume draußen bewegten sich kaum. Aus Furcht, sie könnte etwas Schreckliches sehen, trat sie vom Fenster zurück. Auf dem Plattenteller lag noch immer das Album von Ottilie Patterson. Sie senkte die Nadel herab. Dann ein tiefes, dröhnendes Wummern, das sie bis in die Lunge spürte. Es war nah, gewaltig; inzwischen benutzten die Bombenleger Hunderte Pfund Sprengstoff. Plötzlich überkam sie mit schrecklicher Klarheit die Furcht, Michael könnte etwas zugestoßen sein. Sie trank die letzten Tropfen aus seinem Glas und schenkte sich nach.

Sie setzte sich an den Tisch. Der Papierstoß vor ihr war dick; auf dem Zettel standen die Namen Kelly, McAleavey und Coyle. Sie zog den Stapel zu sich heran, fuhr mit dem Finger über die Schleifen von Michaels Handschrift. Es gab Kopien von Aussagen, die zu unterschreiben sie sich geweigert hatten. Das Papier roch nach Zigarettenrauch. Fotografien, erkennungsdienstliche Aufnahmen, die die Polizei gemacht hatte, überdeutlich, aber körnig. Ihre Gesichter waren unversehrt, aber alle drei hatten hohle Wangen und schlaffes Haar. Sie wirkten völlig verängstigt. Polaroids, auf denen sie nackt zu sehen waren, die Oberkörper voll ausgedehnter Blutergüsse, die Oberschenkel von Peitschenhieben aufgeschlitzt. Ein Bild war eine Nahaufnahme. Selbst als sie es auf den Kopf und auf die Seite drehte, wusste sie nicht, was sie da sah. Jeder der Jungen hatte einen Bericht über seine Festnahme und seinen Gewahrsam verfasst. Eingeschlagene Türen. Die Gegenüberstellung, zwei Polizisten, die eine Frau in Knautschlackstiefeln mit einer grauen Wolldecke abschirmen, wie überraschend jung die Stimme klang, als sie ihre Nummern ausrief: eins, vier, sieben. Kapuzen. Weißes Rauschen. Elektrokabel. Sie betrachtete das Foto noch einmal. Es war ein schrumpeliger Penis, dahinter ein schlaffer Hodensack, weil der Hoden selbst in den Bauchraum getreten worden war. Sie legte das Bild verkehrt herum auf den Tisch und goss sich noch mehr Whiskey ein, den sie halb verschüttete. Wie schaffte es jemand, sich tagtäglich mit so etwas zu befassen?

Cushla ordnete die Unterlagen wieder so, wie sie sie vorgefunden hatte, und sah sich nach Zigaretten um. Auf dem

Kaminsims lag eine Schachtel. Sie ging wieder zum Tisch und stellte sich rauchend neben das Fenster. Ottilie sang *Shipwreck Blues*, ihre Stimme voll düsterer Vorahnung. Es war noch nicht ganz dunkel, aber die nächste funktionierende Straßenlaterne stand ein paar Häuser weiter, und das Dämmerlicht schien undurchdringlich. Cushla zog die Vorhänge zu, weil sie sich plötzlich bewusst war, dass man von außen in das beleuchtete Fenster blickte wie auf einen Fernsehbildschirm. Die Papiere, die Bücher und der Whiskey – was eben noch nach bloßer Unordnung ausgesehen hatte, wirkte jetzt wie eine Bedrohung. Die Schallplatte war zu Ende. Sie zündete sich noch eine Zigarette an und setzte sich auf seinen Stuhl, trank aus seinem Glas. Der Kühlschrank erschauderte, und sie erschrak. Sie ging zum Plattenspieler und senkte erneut die Nadel herab. Sein Schlüssel drehte sich im Schloss. Sie eilte zu ihm. »Eine Bombe ist explodiert«, sagte sie. »Wo warst du?«

»Im Lyric Theatre hatte ein neues Stück Premiere. *We Do It for Love*, heißt es. Es war sehr gut, jedenfalls das bisschen, was ich davon gesehen habe. Vor dem Theater ist ein Auto in die Luft geflogen.« Er nahm ihr den Drink aus der Hand und kippte ihn hinunter. »Du solltest dein Gesicht sehen«, sagte er.

»Hör auf. Ich wusste, dass dir etwas passiert ist.«

»Mir ist nichts passiert.«

»Ich bin an Hunderten von Fenstern vorbeigekommen, und deins ist das einzige, bei dem nie die Vorhänge zugezogen sind. Du bist unvorsichtig. Du hast gerade eine Bombenexplosion erlebt und verlierst nicht mal die Fassung.«

»Die Fassung? Verdammt, ich bin außer mir vor Wut«, sagte er; es war das erste Mal, dass sie ihn fluchen hörte. »Vom Theater bin ich zu Fuß gelaufen und habe die ganze Zeit gedacht, wie schrecklich es hier ist. Dass nichts heilig ist. Dass ich in eine leere Wohnung komme. Aber du bist da. Hast Ottilie aufgelegt und siehst lüstern aus.«

»Versprich mir, dass du dich in Acht nehmen wirst.«

»Ich wollte mir ein Theaterstück anschauen, Cushla. Das nenne ich nicht gerade ein gefährliches Leben führen.«

Sie wollte sagen: »Ich habe gesehen, wie dein berufliches Leben aussieht«, brachte es aber nicht heraus.

Er setzte sich an den Tisch und zog sie auf seine Knie. »Du hast einen ganz schön knochigen Arsch«, sagte er und wiegte sie wie ein Kleinkind, bis er eine bequeme Position gefunden hatte. »Wie war die Hochzeit?«

»Die Armee hat einen Stoßtrupp vorbeigeschickt«, sagte sie und strich ihm übers Haar. Sie legte die Hand unter sein Kinn und hob sein Gesicht zu ihrem. Als sie ihn küssen wollte, wich er zurück.

»Schließ die Augen.«

Sie senkte die Lider, doch dann fiel ihr der Lidschatten ein, und sie riss die Augen weit auf. »Ach ja«, sagte sie. »Ich stehe zu meiner Identität. Fidel und die Jungs werden es toll finden.«

Sie erwachte im Halbdunkel mit seiner Erektion an ihrem Rücken. Er bog sie zu einem Komma und vögelte sie mit langen, langsamen Stößen. Sie war sich nicht sicher, ob er wirklich in ihr war oder ob sie nur träumte, bis er seinen Penis herauszog und sie auf den Rücken drehte. Er legte ihren Körper zurecht – Hände über den Kopf, Beine leicht gespreizt – und drang wieder in sie ein. An ihrem Gesicht, dann unterhalb ihrer Schulter spürte sie einen Pyjama, als würde dieser sich von selbst durchs Bett bewegen, um sie daran zu erinnern, dass eine andere Frau seine Kleidung kaufte und wusch. Anfangs hatte es sie gestört. Jetzt erregte sie der Gedanke, dass er trotz der Fürsorge seiner Frau all diese Dinge mit ihr tat, und als der Briefkastenschlitz geöffnet wurde und die Sonntagszeitung auf die Matte fiel, musste er ihr mit der Hand den Mund zuhalten, um dem Zeitungsjungen ihre Lustschreie zu ersparen.

Als sie aufgestanden waren, ließ er ihr ein Bad ein. Sie saß im Wasser und ließ zu, dass er sie wusch, ihren Hals, ihre Arme, ihre Brüste einseifte. Der Waschlappen glitzerte von ihren Schminkresten.

»Eine Frau, bei der ich in Dublin zur Untermiete gewohnt habe, hat mir mal gesagt, dass man Mädchen vom Land schuppige Tiere nennt.«

»Willst du damit sagen, ich bin pekig?«
»Völlig verdreckt«, sagte er.
Er half ihr aus der Wanne und trocknete sie mit einem harten Handtuch ab. Sie fühlte sich wie abgeschält. Sauber. Als hätte sie sich gehäutet.

20

Sie standen am Bordstein, der Luftzug eines vorbeifahrenden Busses wehte ihnen flüchtig ins Gesicht, dann ließ der Verkehr kurz nach, und sie überquerten die Straße. Als sie an der Kaserne des Ulster Defence Regiments vorbeikamen, rief jemand hallo, und sie schraken zusammen. Michael spähte durch den Zaun. Es roch nach Zigarrenrauch, etwa einen Meter von ihnen entfernt stand ein Mann in Uniform.

»Sie sollten in der Werbung für Hamlet-Zigarren mitspielen«, sagte Michael.

»Der in Wimbledon?«, fragte der Mann.

»Der mit der Venus von Milo. Sie haben so einen gequälten Gesichtsausdruck.«

Der Mann lächelte missmutig, unter seinem fuchsroten Schnurrbart zeigte sich eine Reihe kleiner Zähne. »Gehen Sie aus?«

»Wir gehen auf eine Party.«

»Manche haben's gut.«

Cushla musste daran denken, dass auch Gerry am Kontrollpunkt gesagt hatte, er gehe auf eine Party. Sie wandte sich um und ging davon.

Jim hatte sie schon vom Esszimmerfenster aus gesehen und öffnete ihnen die Tür. Auf seiner Oberlippe standen kleine Schweißperlen. Cushla gratulierte ihm zum Geburtstag und küsste die Wange, die er ihr hinhielt. Er bat Michael, ihm dabei zu helfen, einen Tisch zu verrücken, und sie ging durch die Diele in die Küche. Auf dem Fußboden Kisten mit Wein. Die Flaschen waren geöffnet und mit dem umgedrehten Korken wieder verschlossen worden. Porzellanplatten mit rohem Gemüse, Souffléförmchen mit cremigen Dips zwischen Karottenstäbchen, Blumenkohlröschen und Gurkenschnitzen. Mit Pâté oder Pasten bestrichene Toastscheiben, mit Schnittlauch zusammengebundene Schinkenröllchen.

»Jedes Mal, wenn ich Sie sehe, haben Sie eine Schürze um«, sagte Cushla, als sie Penny umarmte.

Eine kleine Frau stand an der Spüle, über ihrer weißen Bluse einen Kasack aus Nylon, wie Betty ihn trug. Sie wusch Weingläser aus, sodass Schaumflocken herumflogen, dann spülte sie die Gläser unter kaltem Wasser ab.

Penny stellte sie als Mrs Coyle vor und sagte, ohne sie könne sie nicht leben. Als die Frau Cushlas Namen hörte, richtete sie sich sichtlich auf.

Cushla nahm sich eins der Geschirrtücher aus Leinen und fing an, abzutrocknen.

»Sie machen das nicht zum ersten Mal«, sagte Mrs Coyle.

»Wir betreiben eine Bar.«

Michael kam in die Küche, legte Penny den Arm um die Taille und sagte ihr, wie schön sie aussehe. »Charmeur«, sagte sie. »Ich habe mich nicht verändert.«

»Wie geht es der anderen Frau meines Lebens?«, fragte er. Cushla glaubte, sie sei gemeint, aber er trat zur Spüle und drückte Mrs Coyle einen Kuss auf die Wange. Er erzählte Cushla, Mrs Coyle sei für die exakt gefalteten Ecken der Bettlaken und für das glänzend polierte Messing in seiner Wohnung verantwortlich. Mrs Coyle verdrehte die Augen zum Himmel und wrang das Spültuch so fest aus, bis es genauso zusammengepresst war wie ihr Mund. Dann benutze sie es, um die Wasserpfütze wegzuwischen, die Cushla auf der Arbeitsfläche hinterlassen hatte. Mrs Coyle hatte also um Cushlas Zahnbürste und ihr Töpfchen Astral Cream herum saubergemacht, ihren Lippenstift vom zweiten Whiskeyglas abgewaschen. Sie hatte Bettlaken abgezogen, auf denen sich die Spuren ihrer Mascara fanden, die eingetrockneten Flecken des Spermas gesehen, das aus ihr herausgetropft war.

Cushla hängte das Geschirrtuch über die Stange am Aga-Herd und ging zum Tisch. Dort lag ein Sammelsurium von Besteck – Beingriffe, King's Pattern, eckige Formen aus den fünfziger Jahren –, das Penny zusammenstellte und in Servietten wickelte. Cushla übernahm die Arbeit und sagte, Penny solle sich fertig machen, bevor die anderen Gäste einträfen.

Jim kam in die Küche und schenkte Cushla ein Glas Wein ein, Michael stellte er eine Flasche Bushmills und ein Whiskeyglas hin. »Ein anständiger protestantischer Whiskey«, sagte er und ging mit einem Armvoll Flaschen hinaus.

Anständiger protestantischer Whiskey. Anständige Ulster-Protestanten. Wenn etwas sauber und ordentlich war, wenn es so war, wie es sein sollte, wurde es als protestantisch beschrieben. Selbst Katholiken redeten so. Cushla starrte auf Mrs Coyles Rücken, wollte sie dazu bringen, dass sie sich umdrehte und ihr ein Zeichen gab, das bedeutete: Ja, ich hab's auch gehört, ich weiß, was sie von uns halten. Doch sie drehte sich nicht um. Die einzige andere Katholikin, die an diesem Abend über die Hausschwelle getreten war, strafte sie bereits mit Verachtung.

Michael schenkte sich einen Whiskey ein und lehnte sich mit dem Rücken an die Spüle. Mrs Coyle sprach leise, aber eindringlich auf ihn ein, wobei sie immer wieder über die Schulter blickte, ob auch niemand zuhörte. Cushla fragte sich, ob sie über sie redete, doch dann sah sie, dass Michael zu einer Antwort ansetzte. Es war kaum mehr als ein Flüstern, aber Cushla kannte die Klangfarbe seiner Stimme, wenn er gedämpft sprach, und verstand, was er sagte. »Wenn er sich weigert, das Gericht anzuerkennen, wird er keine Verteidigung haben. Ein Anwalt könnte in Berufung gehen. Ich kenne einen oder zwei, die ihn vertreten würden.«

Ausdauerndes Getriller der Türklingel, von der Eingangstür ein Luftzug, Gelächter und Hallos. Das Haus füllte sich mit Lärm. Cushla sah auf die Wanduhr. Alle Gäste erschienen um Punkt acht. Sehr protestantisch von ihnen. Michael und sie waren bereits seit einer halben Stunde da. Ihr wurde klar, dass er und die Gastgeber nicht wollten, dass die anderen Gäste sie gemeinsam ankommen sahen. Dass sich niemand darum scherte, was Mrs Coyle dachte, kränkte sie.

Penny kam in die Küche gerauscht und fragte nach Jim. Sie hatte sich umgezogen und trug einen karierten Dirndlrock und einen engen schwarzen Pullover mit Dreiviertelärmeln, ihre Haare waren mit einer Spange zurückgesteckt. Ihre Arme schlaff und sehnig zugleich. Michael setzte sich neben Cushla an den Tisch und füllte ihr Glas auf.

»Wenn ich erwachsen bin, möchte ich so sein wie Penny«, sagte Cushla. »Dieser in die Jahre gekommene Beatnik-Look. Diese alles umfassende Coolness.«

Er tätschelte ihr Knie. »Du wirst sein, wie du bist.«

»Ein bisschen unheimlich, was du da machst. Unter dem Tisch einfach jemandem ans Bein zu fassen.«

»Was ist mir dir? Du bist so still.«

»Die Frau hält mich bestimmt für eine Hure«, sagte sie. Sie hatte das Wort *whore* wie *huir* ausgesprochen, sich angehört wie ihre Granny, deren Lieblingsschimpfwort für eine Frau »die kleine *haitch*« war. In ihrer Anwesenheit hatte Michael das Wort nur ein einziges Mal verwendet – scherzhaft, nachdem sie ihn gebeten hatte, etwas mit ihr anzustellen, woran sie auch jetzt nicht denken konnte, ohne heiße Ohren zu bekommen –, und da hatte er es korrekt ausgesprochen.

Penny kam und ging, stellte Karten, Geschenke und in Seidenpapier gewickelte Flaschen auf die Anrichte. Manchmal steckte ein Gast den Kopf durch die Tür, rief Michael einen Gruß zu und ließ den Blick durch den Raum schweifen, um Cushla zu begutachten. »Du versteckst dich«, sagte er. »Komm.«

In der Diele, im Wohnzimmer, im Esszimmer, überall sah man Frauen in figurbetonten Kleidern mit üppigem viktorianischem Schmuck. Michael stellte sie einem Fotografen vor – einem Pressefotografen, wie der Mann betonte –, der eine Weste wie Victors trug. Einem Bühnenautor. Einem Facharzt für Geburtshilfe, der aus einem Pintglas Crème de menthe trank. Cushla sprach nur, wenn sie angesprochen wurde, bewegte sich wie Michaels Schatten durch die Zimmer. Auch Mrs Coyle bewegte sich umher, eine kleine, kompakte Person, die Servierplatten und Tellerstapel schleppte.

Cushla entdeckte Victor und Jane und zog Michael am Ärmelaufschlag in ihre Richtung. Kaum waren sie bei ihnen, bedauerte sie es auch schon, denn Victor sagte, er habe gedacht, sie dürfe nur zum Irischunterricht ausgehen. Cushla bewunderte Janes Chiffonkleid mit Fledermausärmeln und einem Farbverlauf von Nilgrün am Oberteil zu Seegrün am Saum. Jane gab das Kompliment zurück, und Cushla bedankte sich. Manieren waren für schüchterne Menschen gemacht: Ohne sie hätten Jane und sie nur zu Boden geblickt. Sie fragte Jane, wie es ihr ergangen sei, und erwartete eine nichtssagende Antwort, doch Janes Gesicht schien plötzlich in sich zusammenzufallen, und sie eilte die Treppe hinauf, eher ein Davonhuschen als ein großer Abgang. Cushla folgte ihr und fand sie in einem Schlafzimmer mit lilafarbenen Wänden und einem Poster an der Decke, Rod Stewart in Lebensgröße, schweißbedeckt und in einem stahlblauen Bodysuit. Jane weinte. Im Bad wickelte Cushla mehrere Lagen Toilettenpapier ab. »Soll ich Victor holen?«, fragte sie.

»Nein«, sagte Jane und betupfte ihr Gesicht. »Der hat genug von mir. Ich hatte wieder eine Fehlgeburt. Die siebte.«

Deshalb also hatte sie nicht an Pennys Vernissage teilgenommen; es war Cushla nicht in den Sinn gekommen, dass mit ihr etwas nicht stimmen mochte.

»Das tut mir leid«, sagte sie.

»Diesmal hab ich's bis zur elften Woche geschafft«, sagte Jane. »Da wagt man zu hoffen.«

Ein Schatten fiel aufs Bett. Es war Victor. Er trat beiseite, um Cushla vorbeizulassen. Als sie in der Tür stand, schaute sie sich noch einmal um. Jane war die Jüngste im Freundeskreis, aber doch mindestens vierzig. So wie sie jetzt mit eingezogenen Schultern dasaß und am Toilettenpapier nestelte, sah sie aus wie ein Mädchen.

Michael war nicht mehr in der Diele. Sie schlängelte sich durchs Wohnzimmer und suchte nach ihm. Eine Hand umfasste ihre Taille. »Da bist du ja«, sagte er. Eine Frau mit blonden Haaren und braunen Augen blieb vor ihnen stehen. Michael sagte, ihr Name sei Marjorie. In dem Augenblick, als die Lippen der Frau Michaels Wange berührten, spürte Cushla, wie seine Hand von ihrer Hüfte glitt. Eine plötzliche, instinktive Reaktion. Er hatte mit der Frau geschlafen. Es hätte nicht wehtun sollen, aber es tat weh.

Sie stellten sich in die Schlange am Büfett. Die Frauen bedienten erst ihre Männer, bevor sie sich selbst auftaten. Das

Büfett war spektakulär und wirkte doch unangestrengt, der Mahagonitisch mit weißem Leinen bedeckt, hier und da in kleinen Vasen Rhododendronzweige. Mit gerösteten Mandelblättchen bestreute Hühnchenstücke in einer cremigen Soße, die nach Senf roch. Hellgelb gefärbter Reis, mit Butter und gedünsteten Zwiebeln besprenkelt. Ein Salat aus Brunnenkresse und Croutons, alles eher aufgehäuft als kunstvoll arrangiert. Michael überging ihren Protest und füllte ihren Teller. »Die junge Dame achtet auf ihre Figur, Agnew«, sagte eine Männerstimme hinter ihnen. Es war der Arzt mit der Crème de menthe.

In einem winzigen Nebenraum der Küche, in dessen Ecke ein Fernseher stand, fand Michael auf der Lehne eines Sofas einen Platz für Cushla und ging davon, um eine Flasche Wein zu holen. Cushla wickelte ihr Besteck aus und hielt resolut den Blick darauf gerichtet. Als sie sich beobachtet fühlte, blickte sie hoch; sie war die einzige Frau im Raum. Sie spießte ein Stück Hühnchen auf und hob es an den Mund. Dabei kratzte sie mit den Zinken der Gabel an der Unterlippe.

Der Mann mit der Crème de menthe stand in der Tür, dann quetschte er sich, sein grünes Pintglas in der Hand, neben sie auf das Sitzpolster. »*Bon appétit*«, sagte er.

»Ebenso.«

»Woher kennen Sie Michael?«

»Meine Familie betreibt eine Bar.«

»Ach ja, Sie sind die Bardame. Ich hatte mich schon gewundert. Eigentlich sind Sie eher schüchtern, auf eine ersprießliche Art.«

»Mögen Sie das Zeug wirklich, oder tun Sie nur so affektiert, weil Sie eine so beschissene Persönlichkeit haben?«, sagte sie. Sie stand auf und stolzierte in die Küche. Vor ihr ging Mrs Coyle, einen Stapel schmutziger Teller vor dem Bauch. Michael stand am Küchentisch, eine Flasche Wein in einer Hand, seinen Teller in der anderen.

»Dieser Arzt ist ein Arschloch«, sagte Cushla.

»Was hat er gesagt?«

»Es ist egal, was er gesagt hat. Ich hätte nicht kommen sollen.«

»Ich rede mit ihm.«

»Dann sieht es so aus, als wolle ich einen Streit vom Zaun brechen.«

Michael stellte die Flasche und den Teller auf den Tisch und ging hinaus. Mrs Coyle drehte sich halb zu ihr um. »Man braucht ein dickes Fell«, sagte sie.

»Oder ein anständiges protestantisches.«

Sie lachte. »Sie haben es ihm gut gegeben.«

»O Gott. Sie haben's mitbekommen. Was müssen Sie von mir halten?«

»Sie würden nicht viel von mir halten, meine Liebe, wenn Sie wüssten, was ich mache.«

Michael kam zurück. »Und, hast du ihn verprügelt, Großer?«, fragte Cushla.

»Brauchte ich gar nicht. Du hast ihm ordentlich die Leviten gelesen. Wie kommt ihr zwei klar?«

»Bestens. Wir nennen es die fenische Ecke«, sagte Cushla.

Er hob eine Flasche hoch, und als er sah, dass sie nur noch zwei Fingerbreit Wein enthielt, setzte er sie an die Lippen und leerte sie. »Stellen Sie sich vor, ich hätte das getan«, sagte Cushla. Mrs Coyle kicherte.

Sie gingen wieder ins Wohnzimmer und ließen Mrs Coyle an der Spüle zurück. Ein Mann hatte zu singen begonnen, eine alte Melodie mit derbem Text. Die meisten anderen Männer stimmten in den Refrain ein, der mit der Zeile endete: »Und die Haare an ihrer Möse reichen ihr bis zu den Knien«. Jemand sang *Loch Lomond*. Jemand anderes sang ein irisches Trinklied, mit einem übertriebenen Akzent, damit alle verstanden, dass er es ironisch meinte. Ein vierter fing an, *Tam o' Shanter* zu rezitieren, aber nach drei Versen sagte Jim, er solle die Klappe halten. Cushla sah sich um. Die Frauen lächelten nachsichtig, ihr Goldschmuck funkelte im Licht. »Bitte sag mir, dass du keine Showeinlage in petto hast«, sagte sie zu Michael.

Jemand rief seinen Namen, und er hob entschuldigend die Hände und ging zum Klavier. Ein Glissando ertönte, das alle zum Lachen brachte. Sie entfernte sich ein paar Schritte und stellte sich in eine Ecke an der Tür, damit sie besser sehen konnte. Er begann zu spielen, einen langsamen Blues, den sie von einer der Ottilie Patterson-Platten kannte.

I travel for Jesus, most of my life,
I've travelled o'er land and sea,
But I'm planning to take a last trip to the sky,
That will be the last move for me.

Ein Pärchen hatte sich vor sie gestellt, und sie konnte ihn nicht mehr sehen. Jetzt, da sie nicht länger von seinem Gesicht abgelenkt wurde, hörte sie etwas in seiner Stimme, das ihr zuvor nicht aufgefallen war. Einen klagenden Ton, der typisch und zugleich untypisch für ihn war.

When I move to the sky, up to heaven up high,
What a wonderful time that will be,
I'm ready to go washed in Calvary's flow,
That will be the last move for me.

Er fand sie im Garten, wo sie eine von Mrs Coyles Embassy Regals rauchte.

»Du steckst voller Überraschungen«, sagte sie und blickte zu Boden.

Er hob ihr Gesicht zu seinem. »Verdammt, warum weinst du?«

»Seit wir uns kennen, hat deine Sprache wirklich gelitten.«

»Was ist los?«

»Ich hatte wieder dieses seltsame Gefühl. Als du das Lied gesungen hast.«

Er nahm ihr die Zigarette aus der Hand und rauchte den letzten Zug. »Ihr Katholiken seid so leicht zu beeinflussen«, sagte er. »Komm wieder rein.«

»Ich kann mit diesen Leuten kein einziges Wort mehr reden.«

»Na schön. Dann lass uns nach Hause gehen.«

Die Wohnung war weder sein noch ihr Zuhause, aber es gefiel ihr, dass er sie so nannte. Er ging hinein, um ihre Jacken zu holen, und Cushla stellte sich an die Hintertür und sagte Mrs Coyle, sie würden sich heimlich davonmachen.

»Ich würde es nicht zulassen, dass irgendeiner von denen auf mich herabschaut«, sagte Mrs Coyle. »Bei einigen von ihnen mache ich sauber. Dreckferkel.«

»Jetzt würde ich am liebsten noch bleiben und jedes hässliche Detail hören«, sagte Cushla.

Michael kam zurück. Im Weggehen berührte er Mrs Coyles Schulter. Cushla hörte ihn sagen, er werde sie anrufen, sobald er mehr Informationen habe.

Als sie die Straße entlanggingen, nahm er ihre Hand und ließ sie hin und her schwingen. Vor der Kaserne blieb er stehen und sagte, er habe Lust auf ein Schwätzchen mit ihrem Freund von zuvor. Ein Suchscheinwerfer flammte auf, und sie zog ihn weiter. Nach ein paar Schritten zündete er sich eine Zigarette an, und im Schein des brennenden Streichholzes konnte sie kurz sein Gesicht sehen. Sie war erschrocken, wie eingefallen seine Wangen waren, doch dann lächelte er und sah wieder wie er selbst aus. Er stimmte den Song wieder an. Sie bat ihn, leise zu sein, und zerrte ihn an den hohen Reihenhäusern vorbei. Die Straßenlaterne vor seinem Haus war kaputt, der Himmel über ihnen hatte die Farbe eines Blutergusses. Er schob sie auf die Motorhaube seines Wagens und spreizte ihre Beine.

»Du bist so was von besoffen«, sagte sie.

Oben warf er seine Schlüssel auf den Esstisch und schenkte sich einen Whiskey ein.

»Was ist mit Mrs Coyle los?«, fragte sie.

»Ihr Sohn hat Ärger.«

Cushla erinnerte sich. Sein Name war einer der drei auf dem Aktenordner, in dem sie gelesen hatte. »Was für Ärger?«

»Die Art von Ärger, die arbeitslose Jugendliche aus West-Belfast heutzutage haben.«

»Was hat er verbrochen?«

»Nichts. Er wurde bei einer Gegenüberstellung identifiziert.«

»Der Fall, von dem du gesprochen hast? Himmel. Kannst du ihm helfen?«

»Ich könnte, wenn er die Dienste eines Anwalts akzeptieren würde, aber er hat mit Männern in Untersuchungshaft gesessen, die tatsächlich in Straftaten verwickelt sind, und aus Solidarität mit ihnen weigert er sich, das Gericht anzuerkennen. Der Dummkopf.«

»Die arme Frau. Wissen das die anderen? Penny und die?«

»Wohl kaum.«

Die Aktenordner hatten sich vermehrt, waren aber ordentlich sortiert; neben der Karaffe lag ein Stapel irischer Bücher. Sie nahm das oberste zur Hand und blätterte darin. Es war ein episches Liebesgedicht, *Caoineadh Airt Uí Laoghaire*, das sie in der Schule durchgenommen hatten.

»Lies mir daraus vor«, bat er.

»Ich lese dir keine Gedichte auf Irisch vor. Und auch keine auf Englisch.«

»Lies irgendeinen Vers.«

»Nein!«

»Bitte.«

»Verdammt noch mal«, sagte sie. Sie las einen Vers auf Irisch.

»Hast du eine Ahnung, wie sexy das klingt?«, fragte er, zog sie zu sich und ließ die Hand unter ihren Rock wandern.

»Du hast einen Fenier-Fetisch«, sagte sie. »Nicht, dass ich dir das verübele, wenn die Alternative darin besteht, eine Frau zu vögeln, die auf den Namen Marjorie hört.«

»Dir entgeht nicht viel«, sagte er und führte sie rückwärts zum Sofa.

»Mir entgeht unglaublich viel. Aber das war ziemlich offensichtlich«, sagte sie.

»Ssch«, machte er und hielt ihr einen Finger an die Lippen.

»Hat Marjorie einen Ehemann?«, fragte sie und schlug seine Hand weg.

»Ja. Sie ist mit deinem Freund verheiratet.«

»Diesem Schwein mit der Crème de menthe?«

»Ja.«

»Igitt. Also, was solltest du mit Marjorie machen?«

»Das willst du nicht wirklich wissen.«

Sie zog seinen Gürtel enger, dann löste sie die Schnalle. »Doch, das will ich.«

21

In einem Haus in Mount Vernon, im Norden der Stadt, wurden zwei katholische Zivilisten erschossen. Zu der Tat hat sich die Protestant Action Force bekannt.

»Ist das eine neue Gruppierung?«

»Das ist ein Tarnname für die Ulster Volunteer Force«, sagte Jonathan.

Neben dem Lyric Theatre ist eine dreihundert Pfund schwere Autobombe explodiert. An der Rückseite des Gebäudes entstand erheblicher Sachschaden. Verletzte gab es nicht.

»Noch etwas?«, fragte Cushla.

»Ich ziehe nächste Woche weg«, sagte Zoe. »Meine Mum und ich werden bei meiner Nana wohnen.«

Das passierte mit den Kindern britischer Soldaten manchmal. Sie kamen als Familie, und dann reiste die Frau mit den Kindern vorzeitig ab, weil sie die Stationierung in Nordirland nicht länger ertragen konnte.

Cushla und Gerry wollten mit ihren Klassen ein Picknick im Park machen; nächstes Jahr würde es einen richtigen Schulausflug geben, einen Besuch des Safariparks an der Nordküste, dessen größte Attraktion ein Affe war, der Benson & Hedges rauchte. Cushla überprüfte, ob jedes Kind eine Lunchbox dabeihatte. Davy brachte seine zu ihrem Pult und klappte den orangenen Plastikdeckel auf. »Meine Mummy hat gesagt, ich soll sie Ihnen zeigen«, sagte er. Die Dose war vollgestopft mit teuren Lebensmitteln für Kinder, die in der Werbung angepriesen wurden. Schmelzkäseecken. Eine Karamellstange. Es war eine Botschaft von Betty. Sie besagte: »Ich komme klar. Und Ihnen traue ich nicht mehr.«

Gerrys Schüler standen bereits im Korridor. Durch die offene Tür seines Klassenzimmers fielen Sonnenstrahlen auf den Terrazzoboden, der winzige Lichtflecken an die Wände warf. Cushlas Klasse stellte sich als nächste zum Gänsemarsch auf. An der Ecke vor der Schule zählten sie die Kinder durch und wiesen sie an, paarweise zu gehen und sich an den Händen zu halten. Die Mädchen folgten der Anweisung. Die Jungen zuckten vor Abscheu zurück und murmelten, sie würden aussehen wie »Schwuchteln«. Cushlas Klasse hatte eine ungerade Anzahl Schüler, Gerrys eine gerade. Sie fand Davy und bat ihn, ihren Korb zu tragen, ein Amt, das sie sich ausdachte, damit er nicht allein übrigblieb.

Er ging zwischen Cushla und Gerry, trug den Korb abwechselnd am rechten oder am linken Arm. Die Jungen hatten T-Shirts an, die knochigen Arme im Sonnenlicht milchweiß. Die Mädchen in Sommerkleidern. Zoe in einem rosa Overall und passenden Espadrilles. Sie marschierten in Richtung Hauptstraße, ratschten mit den Händen an den Gitterstäben des Schulzauns entlang. An der Ecke mähte Paddy, der Hausmeister, gerade den Rasen des Pfarrhauses zu samtigen Streifen; Slattery stand in der Tür und ließ den Rasenmäher nicht aus den Augen.

»Wie aus einem Horrorfilm, der Typ«, sagte Gerry. »Und bitte zitiere mich nicht, kleiner Mann.«

Davy legte Daumen und Zeigefinger zusammen und fuhr sich damit über den Mund, als schließe er ihn mit einem Reißverschluss.

Gerry ging nach vorn und führte die Kinder über die Straße, Cushla bildete mit Davy die Nachhut. Ohne ihre Uniformen waren sie ein bunt zusammengewürfelter Haufen, der Hand in Hand die High Street entlangdackelte. Sie hatten ihre eigenen Sachen an, um sich zu schützen; da aber alle anderen Schulen in der Stadt Einheitskleidung trugen, waren sie leicht als Katholiken zu identifizieren. Etwa drei Meter vor ihnen trat Fidel aus seinem Laden. Er zündete sich eine Zigarette an und sah der Prozession der Kinder zu. »Wie geht's, Miss Lavery?«, fragte er.

»Sehr gut. Wir machen im Park ein Picknick.«

Fidel hockte sich vor Davy hin und strich sich über den Bart. Davy hielt den Kopf gesenkt und fing an, Gegenstände in ihrem Korb hin und her zu räumen, als suche er nach etwas. Fidel richtete sich auf. Er schien verärgert. Cushla hatte den

McGeowns nicht erzählt, wer ihr die Schokoeier mit Cremefüllung gegeben hatte, und sie fragte sich, ob Fidel erwartete, dass der Junge sich bei ihm bedankte.

»Können wir in zwei Stunden so um die sechzig Eiscremes bekommen?«, fragte Cushla.

»Das kriegen wir hin. Ich werde meine Mummy bitten, mir zu helfen.«

Stand sie vielleicht deshalb auf Michael, weil er der einzige Mann war, den sie kannte, der nicht andauernd von seiner Mummy sprach?

Weiter die Straße entlang winkte ihr der Metzger mit seinem Hackebeil zu. Der Bäcker stellte einen Korb mit Scones ins Schaufenster und lüftete zum Gruß seine mehlige Mütze.

»Jetzt fehlt nur noch der Kerzenmacher, dann ist der Kindervers perfekt«, sagte Gerry, der hinter den anderen zurückgeblieben war. Mit schiefgelegtem Kopf betrachtete er die riesige Eiswaffel aus Blech. »Ist das ein Freund von dir?«

»Ein Stammgast. Er ist nicht der Schlimmste«, sagte sie.

Ein Gummiball hüpfte auf die Straße, und Gerry brüllte, alle sollten sofort stehen bleiben, weil er befürchtete, bei dem Versuch, den Ball zurückzuholen, könnte das Kind, dem der Ball gehörte, vor ein Auto laufen. Er eilte nach vorn.

Fast am Ende der Straße erinnerte ein in den fünfziger Jahren errichtetes Mahnmal an ein Kind aus dem Viertel, das von einem Auto erfasst und getötet worden war. Es war die Statue eines dünnen, bis auf knittrige Shorts nackten Jungen, der eine Konzertina in den Händen hielt, deren Balg er auseinanderzog. Seine Knie ruhten auf dem Sockel, sein Kopf war zur Seite geneigt, als lausche er.

»Sah er so aus? Der Junge, der gestorben ist?«, fragte Davy.

»Ich weiß nicht«, sagte Cushla. »Ich denke, die Künstlerin hat etwas geschaffen, das uns an alle kleinen Jungen erinnern soll.« Sein spitzbübischer Gesichtsausdruck, als sollte er gar nicht da oben sein.

Davy sagte, er wolle sehen, was der Junge sehen könne. Sie nahm ihm den Korb ab und stützte mit der Hand seinen Rücken ab, als er den Steinblock erklomm. Er schlang die

Beine um die bronzene Hüfte und beugte sich vor, um auf Augenhöhe des Jungen zu sein. Er sagte, er könne den Bürgersteig sehen, unten, wo die Kinder entlanggingen; vielleicht habe die Frau gewollt, dass er Gesellschaft hat. Cushla hatte eine Kamera mitgenommen. Sie fragte Davy, ob sie ein Foto machen dürfe. Er sagte, ihm sei nicht danach, zu lächeln, aber sie dürfe ihn trotzdem fotografieren. Sie machte drei Aufnahmen, dann half sie ihm herunter.

An der Klosterruine blieb er stehen. »Waren die Mönche Katholiken oder Protestanten?«, wollte er wissen.

»Das Kloster ist vor langer Zeit erbaut worden, bevor es einen Unterschied zwischen Katholiken und Protestanten gab.«

»Die gute alte Zeit«, sagte er. Sie musste lachen, und er sagte es noch einmal.

Die anderen hatten sich bereits im Park verstreut, als Cushla und Davy durch das Tor traten. Das Karussell war erneuert worden, und abgesehen von einer zerbrochenen Flasche unter der Wippe war der Spielplatz gefahrenfrei. Gerry trommelte die Kinder zusammen, und Cushla und er ratterten eine ganze Liste mit Regeln herunter, fügten weitere Risiken hinzu, wie sie ihnen gerade einfielen. Lauft nicht in die Nähe der Straße. Lauft nicht vor den Schaukeln. Lauft nicht hinter den Schaukeln. Setzt euch nicht zu mehreren auf die Wippe. Nicht mehr als vier Kinder gleichzeitig auf dem Karussell. Lauft nicht ins Gebüsch. Pflückt keine Blumen. Rutscht nicht die Rutsche hinab, wenn sich unten noch ein anderes Kind befindet. »Vor allem aber«, sagte Gerry, »habt auf gar keinen Fall Spaß.« Einen Moment lang starrten sie ihn verdutzt an, dann stürmten sie los.

Davy wählte einen Platz unter einer Buche. Cushla breitete die Decke aus ihrem Auto aus. Auf dem Gras lagen Fetzen von Sonnenlicht, hier und da war es wie verschleiert von verwelkten Hasenglöckchen.

»Die sind aber spät dran«, sagte sie. »*Dusty Bluebells.*«

»Das Lied kenne ich.«

»Du kennst eine Menge Lieder, Davy McGeown. Und die meisten davon solltest du besser nicht kennen.«

Er lachte. »Warum dürfen wir sie nicht pflücken?«, fragte er, während er eine Blume betastete.

»Weil es ein öffentlicher Park ist und alle sich an den Blumen erfreuen sollen. Und weil es Pech bringt, wenn man sie mit nach Hause nimmt.« Er wirkte beunruhigt, als versuche er, sich daran zu erinnern, ob er das jemals getan hatte und so vielleicht für das Unglück verantwortlich war, das seine Familie ereilt hatte.

»Mach nicht so ein besorgtes Gesicht. Man sagt ihnen auch schöne Dinge nach. Wenn du einen Kranz aus Hasenglöckchen trägst, bist du gezwungen, die Wahrheit zu sagen. Und wenn du eine der Blüten umstülpen kannst, ohne dass sie zerreißt, bekommst du den Menschen, den du liebst.« Sie sagte ihm nicht, dass, wer über einen Teppich aus Hasenglöckchen läuft, mit einem bösen Zauber belegt wird. Dass ein Mensch, der ein Hasenglöckchen läuten hört, bald sterben wird.

»Hat Ihnen das Ihre Mummy erzählt?«, fragte Davy.

»Meine Mummy hasst die Natur. Mein Freund hat ein Buch über all diese Sachen.«

Umringt von den anderen Kindern, stand Gerry an einer Stelle, wo die Rhododendren besonders dicht wuchsen. Cushla und Davy erhoben sich, um nachzuschauen, was es da zu sehen gab.

Jonathan zeigte auf die Überreste eines Feuers. Auf dem verkohlten Rasen lagen ein paar Bierdosen und ein Kondom. »Schwarze Magie«, sagte er. »Das machen sie auch auf der Wiese hinter unserem Haus. Teufelsanbetung und schmutzige Dinge.«

Sie hasste es, wenn sie so redeten. Angefangen hatte es ein paar Jahre zuvor, als die Zeitungen eine Geschichte über die rituelle Tötung von Schafen auf Copeland Island verbreiteten. Später wurde die verbrannte, zerstückelte Leiche eines Jungen aus dem Lagan gezogen, und man raunte von Hexerei und Satanismus. Es gab sogar das Gerücht, dass blonde, blauäugige Mädchen befürchten mussten, entführt und geopfert zu werden. Wenn Mord zum Alltag gehörte, war es schwer, die Kinder davon zu überzeugen, dass diese Geschichten Unsinn waren.

»Was ist das weiße Ding da?«, fragte Lucia und deutete mit der Schuhspitze auf das Kondom.

»Himmel«, sagte Cushla und zog sie weg.

Gerry klatschte in die Hände. »Zeit fürs Picknick«, rief er. Er zählte die Kinder noch einmal durch, bevor er sich zu Cushla und Davy auf die Decke setzte. Davy schlang sein Essen hinunter und rannte zu den Schaukeln, um die Gelegenheit zu nutzen, dass die anderen noch im Schneidersitz auf dem Rasen saßen und ihr Picknick verzehrten.

»Wie geht's deinem Lover?«

»Halt den Rand.«

»Wir leben nun mal hier, Lavery. Es gibt Dinge, die wir nicht tun können.«

»Das ist interessant«, sagte sie. »Was für Dinge will Gerry Devlin tun, die er nicht tun kann?«

Er lachte. Ein kurzes, sarkastisches Lachen, das nicht nach ihm klang. »Du wärst überrascht.«

Sie machte noch mehr Fotos. Ein Klassenporträt, sämtliche Kinder auf dem Karussell versammelt, die Arme weit ausgebreitet. Gerry auf der Decke sitzend. Sie zeigte Davy, wie die Kamera funktionierte, und er ging durch den Park und machte Schnappschüsse von den anderen Kindern, bevor er den Apparat wieder in ihrem Korb verstaute.

Sie gingen die High Street zurück und fielen in den Süßwarenladen von Fidels Ma ein. Die Waffeln wurden ausgeteilt, sobald sie fertig waren, und Gerry pfiff leise durch die Zähne, als Cushla das Geld über den Tresen reichte. Es war ein Vielfaches dessen, was die Schokoeier mit Cremefüllung gekostet hatten.

»Ich gebe mein Gehalt nur selten aus«, sagte Cushla, »und ich bin ihm etwas schuldig.«

Davy wollte sich nicht nach Hause bringen lassen – seit dem Besuch der Sozialarbeiterin machte er sich allein auf den Heimweg –, lungerte aber so lange an seinem Pult herum, bis die anderen gegangen waren. »Ich hoffe, das mit dem Hasenglöckchen klappt, Miss«, sagte er.

Er hatte gesehen, dass sie eine Blume gepflückt hatte. Sie errötete. »Danke, Davy«, sagte sie. »Das hoffe ich auch.«

Gina hatte sich schon wieder nicht angezogen. Sie dünstete einen strengen Geruch aus. Nach altem Urin und Magensäure. »Eamonn war hier«, sagte sie. »Er hatte Marian dabei.«

»Wie geht es ihr?«

»Macht ein Bohei darum, klagt über Rückenschmerzen.«

»Kein Wunder. Wenn sie sich, obwohl sie schwanger ist, um die Mädchen kümmern muss und die ganze Putzerei am Hals hat.«

»Willst du damit sagen, es ist meine Schuld?«

Cushla konnte ihr Elend beinahe schmecken. Es war abstoßend. Sie nahm eine Zigarette aus Ginas Schachtel und ging in den Garten. Sie hörte eine Tür quietschen, schleppende Schritte auf dem Weg. Über dem Zaun zeigte sich Mr Reids Gesicht.

»Haben wir nicht herrliches Wetter?«, fragte er.

Sie erzählte ihm, sie sei mit den Kindern im Park gewesen und habe ein paar Hasenglöckchen gesehen. Er bat sie zu warten, verschwand kurz und kam mit einem kleinen Tablett voller Setzlinge zurück, Kornblumen, weil sie Blau mochte. Er erkundigte sich nach ihrer Mutter, und wenig begeistert antwortete sie ihm, es gehe ihr gut. An dem Tag, als Cushla die Flaschen in den Mülleimer geschleudert hatte, war er im Garten gewesen, hatte das Glas zerbrechen hören. Wenn er nicht im Garten war, schaute er vorn aus seinem Fenster. Bestimmt hatte er gesehen, als sie aus Michaels Wagen stieg und gründlich durchgevögelt aussah. Was musste er über sie beide gedacht haben?

Als sie wieder ins Haus ging, saß Gina nicht mehr am Tisch. Cushla stieg die Treppe hinauf, um sich fertig zu machen, und hörte ihre Mutter im Badezimmer rumoren, der Wasserhahn lief. Sie zog sich schnell um, schlüpfte in Jeans – nicht die mit dem Flicken auf dem Hintern – und in die Musselinbluse, die sie am ersten Abend getragen hatte. Nase und Wangen waren voller Sommersprossen. Sie umrandete die Augen mit grauem Eyeliner, den sie zu einer sanfteren Linie verwischte. Zwei Schichten Wimperntusche, Lipgloss, dann klopfte sie an die Badezimmertür, um Gina zu sagen, dass sie zur Arbeit gehe.

»Was ist mit deinem Abendessen?«, fragte ihre Mutter. Seit Tagen hatte es kein Abendessen mehr gegeben.

Vier Männer saßen, an die Mauer gelehnt, auf Barhockern draußen vor dem Pub, Biergläser in den Händen. Einer beschirmte die Augen mit der Hand, als stehe er auf dem Deck eines Schiffes und schaue zum Horizont. »Da ist ja meine Lieblings-Barfrau«, sagte er. Es war der Grapscher.

Drinnen war kein Sitzplatz mehr frei. Minty, Jimmy, Leslie. Fidel prostete ihr mit seinem Wodka zu, seinem bevorzugten Drink, wenn er bei Kasse war. »Wie geht's meiner besten Kundin?«, fragte er.

»Die ist pleite«, sagte Cushla.

Fidel lachte. »Sie hat an einem Tag dreiundfünfzig Waffeleis gekauft«, sagte er.

»Am besten gibst du alles für Alk aus«, sagte Eamonn. »Was machst du hier?«, fragte er sie.

»Mummy hat gesagt, dass es Marian nicht gut geht.«

»Mummy ist völlig im Arsch, Cushla.«

»Sie säuft schon seit Wochen. Das versuche ich dir schon die ganze Zeit klarzumachen.«

»Ich kümmere mich um die Bar. Ich dachte, du kümmerst dich um sie«, sagte er. Als ihr Vater krank wurde, hatte Eamonn die Rolle des Familienoberhaupts übernommen. Aber ihr Vater war freundlich und beherrscht gewesen.

Sie schnappte sich einen feuchten Lappen und ging in den Gastraum, sammelte schmutzige Gläser ein, wischte klebrige Bierränder von den Teakholztischen. Als sie zurückkam, stand Michael da, ein Stückchen hinter den anderen Männern. Er hatte schon einen Drink in der Hand. Über seine Schulter hinweg stellte sie die leeren Gläser auf den Tresen.

»Du bist in der Sonne gewesen«, sagte er.

»Du nicht.«

Er sah so blass aus, als hätte er wochenlang kein Tageslicht gesehen. So wie er die Theke entlang zur Tür blickte, wirkte er gestresst. Ihr fiel ein, dass Penny gesagt hatte, sie würden sich Sorgen um ihn machen. »Es geht mir gut«, sagte er, als hätte er ihre Gedanken gelesen. »Und jetzt geh bitte hinter den Tresen, bevor ich etwas Unanständiges tue.«

Sie ging zur Spüle und wusch Gläser aus. Ein Bierkrug wurde ihr entgegengestreckt, und ein Mann bat sie darum, ihn nachzufüllen. Hinter ihm schien grell die Sonne durchs Fenster, und sie erkannte ihn erst, als sie ihm das Bier hinstellte. Es war der dritte RUC-Polizist von der Schuldisco.

»Oh, hallo«, sagte sie. »Ohne Uniform hab ich Sie gar nicht erkannt.«

»Oha«, sagte Leslie, der ein paar Pints intus hatte und deshalb in der Lage war zu sprechen. Der Disco Peeler gluckste. Michael, der neben ihm stand, blickte erwartungsvoll von ihr zu ihm. Da sie es nicht für angebracht hielt, ihm zu sagen, dass der Mann Polizist war, widmete sie sich wieder dem Abwasch.

Die Sonne war weitergewandert, inzwischen lag die Vorderseite des Pubs im Schatten. Die Soldaten kamen herein und belegten ihren üblichen Tisch in der Ecke. Eamonn murmelte etwas Unflätiges, ging nach draußen und hakte die Türen ein. Kalte Luft strömte in den Raum, als er ihre Barhocker hereinholte.

Minty zog ein Gewirr aus Gold aus seiner Tasche, verirrte Glücksbringer, deformierte Armreife, Ketten ohne Verschlüsse; Fundsachen aus der Mädchenumkleide. Er bot sie Cushla an, lud sie ein, sich etwas auszusuchen.

»Die gehören kleinen Mädchen«, sagte sie.

»Liegen schon seit einem Jahr in meinem Büro.«

»Büro?«, sagte Fidel. »Eher 'n Gloryhole mit 'nem Waschbecken.«

»Du kennst diese Umkleiden«, setzte Minty an, und Cushla entfernte sich, damit sie ihn nicht hören musste. Eamonn sagte, Minty sei ein Dreckskerl, der die Mädchen beobachtete, wenn sie sich für den Sportunterricht umzogen, und über ihre niedlichen kleinen Muschis schwafelte. Was immer er jetzt sagte, es veranlasste Fidel dazu, erbost aufzuspringen.

»Verflucht noch mal«, sagte er. »Ich habe ’ne Nichte in der Schule.«

Michael leerte sein Glas und sah Cushla durchdringend an, hob eine Augenbraue in Richtung Tür. Sie nahm eine Kehrschaufel und einen Handfeger unter der Spüle hervor und ging nach draußen. Er einen Schritt hinter ihr. Der Geruch vom Meer, der sirupartige Duft von Seetang. Eine Krähe, die am Inhalt einer umgekippten Mülltonne neben den Sozialwohnungen pickte.

»Wer war der Typ?«, fragte er.

»Einer von den Peelern, die die Schuldisco veranstaltet haben.«

»Verstehe.«

»Was soll das heißen?«

»Es ist schwer, dich so zu sehen.«

»Mich wie zu sehen? Wenn ich mit Alkoholikern flirte? Gewöhn dich dran.«

»Vielleicht werde ich mich ein paar Tage nicht bei dir melden können.«

»Incommunicado. Muss was Ernstes sein.«

Der Disco Peeler trat aus dem Pub. Er tippte an einen imaginären Hut und verschwand in der Unterführung. Cushla bückte sich, um die Hinterlassenschaften der Soldaten aufzufegen: Kippen, eine zerdrückte Swan Vesta-Streichholzschachtel und überall verstreut abgebrannte Zündhölzer. »Der glamouröse Teil«, sagte sie, als sie sich wieder aufrichtete.

»Ich liebe dich«, sagte er.

Sie drückte ihm einen Kuss auf den Hals. »Das solltest du auch, Agnew.«

22

Hügelige Straßen, die ihr Übelkeit verursachten, in der Ferne die lila-grauen Mourne Mountains, die immer höher aufragten, je weiter sie nach Süden reisten. Saftige Wiesen, ordentliche Gehöfte. Handgemalte Schilder für Gemeindesäle und Baptistenkirchen, warnende Worte: DAS ENDE IST NAH.

»Erbärmliche Mistkerle«, sagte Gina.

Das Hotel lag in einem Badeort am Fuß der Berge. Sie kamen zehn Minuten zu früh an, und Cushla fuhr die Promenade entlang, auf der sie und Eamonn an Zuckerstangen und Schokoladenzigaretten geknabbert hatten, vorbei an Spielhallen und Fish & Chips-Buden mit fettverschmierten Fenstern. Vor den Läden Strandspielzeug und aller möglicher Kram: Eimer und Schaufeln, Schwimmreifen, Windrädchen aus Plastik. Sie machte kehrt und fuhr durch das Tor auf den Parkplatz des Hotels. Es war in der Hochzeit der Eisenbahn erbaut worden, zwischen Bahnhof und Strand. Als Kind war es ihr wie ein Märchenschloss vorgekommen.

Sie parkte in der Nähe des Eingangs. Das Portal und das Foyer mit seinen Kronleuchtern und Stuckverzierungen war noch immer prachtvoll. Durch einen Korridor gingen sie zum Speisesaal. Ein imposanter Raum mit hölzernen Wandverkleidungen und einem rot und gold gemusterten Teppichboden. Riesige Spiegel in vergoldeten Rahmen, die Tische mit gestärktem Leinen und schwerem Silberbesteck gedeckt.

Cushla nannte ihren Nachnamen, und sie wurden zu einem Tisch geleitet, der für zehn Personen gedeckt war. Sie erklärte, es müsse sich um ein Missverständnis handeln. Der Restaurantleiter sah nach und sagte ihr, es gebe zwei Reservierungen auf den Namen Lavery. Er führte sie zu einem kleinen Tisch an einem Fenster, nur wenige Meter von dem großen entfernt.

Gina bestellte einen Gin & Soda, Cushla eine Cola, die mit zwei rosa gestreiften Strohhalmen serviert wurde.

Gina bot ihr eine Zigarette an.

»Wieso willst du, dass ich rauche, wenn's doch schlecht für mich ist?«

»Weil du dann kultivierter aussiehst. Mit der Brause da wirkst du irgendwie albern.«

»Ich kann nicht glauben, dass du mir eine Zigarette aufdrängst«, sagte sie und nahm eine.

Die Speisekarte war mit der Hand geschrieben, in einer wunderschönen Schrift, aber so voller Rechtschreibfehler, dass sie sich las wie das Angebot eines auf alt gemachten Gasthauses. Chedder. Johannisbären. Pasternaken gefalle ihr am besten, sagte sie ihrer Mutter, als ginge es um Literatur.

»Angeberinnen sind unbeliebt«, sagte Gina.

Als Cushla die Speisekarte aus der Hand legte, sprang ein Kind auf ihren Schoß. Es war Emma, Eamonns ältere Tochter. Eamonn stand an dem für zehn Personen gedeckten Tisch und schaute sich um. Als er seine Tochter in Gesellschaft seiner Mutter und seiner Schwester erblickte, schien er einen Moment verwirrt – als passe etwas ganz und gar nicht zusammen.

»Hab nicht damit gerechnet, euch hier zu treffen«, sagte er, als er an ihren Tisch kam. Er hatte die Hände in die Hüften gestützt, und auf einem seiner Finger war ein pinker Farbfleck.

»Offensichtlich nicht«, sagte Gina.

»Marians Ma hat Geburtstag.«

Marian kam herüber, sie bewegte sich, als balanciere sie etwas auf dem Kopf, und trug flache Sandalen an den Füßen. Ihre Zehennägel waren magentarot lackiert, der gleiche Farbton wie der Fleck an Eamonns Finger. Wann war ihr Bruder zu einem Mann geworden, der seine Frau mit einer Pediküre verwöhnte?

»Das ist das erste Mal seit deiner Schulzeit, dass ich dich ohne hohe Absätze sehe«, sagte Cushla und stand auf, um Marian einen Kuss zu geben.

»Mein Rücken macht mir zu schaffen«, sagte Marian und kratzte sich an ihrem angeschwollenen Bauch. »Wollt ihr nicht zu uns stoßen? Die können locker noch zwei Leute an unserem Tisch unterbringen.«

»Nicht nötig, danke«, sagte Gina und kippte den Rest ihres Gins hinunter.

Marian zuckte mit den Schultern. »Na gut«, sagte sie. »Lasst es euch schmecken.«

»Eingebildete Zicke«, sagte Gina, bevor sie sich wieder setzten.

»Mummy! Sprich leise, verdammt noch mal. Du wärst doch sowieso nicht gekommen, selbst wenn sie dich eingeladen hätten.«

Ihr Essen kam. Gina bestellte noch einen Gin. Einen doppelten.

Cushla aß ohne Appetit; immer wieder schweiften ihre Blicke zum Nachbartisch. Emma und Sarah klebten an ihrer anderen Großmutter. Eamonns Hand lag auf Marians Bauch. Als Marian Messer und Gabel auf ihrem Teller ablegte – überkreuz, was von einer schlechten Kinderstube zeugte und Gina gleichermaßen erfreute wie abstieß –, zog Eamonn ihren Teller zu sich heran und schaufelte die letzten Bissen in seinen Mund. Sie schlug ihm spielerisch auf die Hand, und die Mädchen applaudierten. Auch Gina ließ die Tischgesellschaft nicht aus den Augen.

Ein Dessert schlugen sie aus. Gina bestellte einen dritten Gin und starrte zwischen jedem Schluck in ihr Glas. Als sie sich zum Gehen bereit machten, standen auch die anderen auf, um sie zu verabschieden. Eamonn half Gina in den Mantel und flüsterte ihr etwas ins Ohr. Sie antwortete ihm nicht, und seine Verabschiedung fiel enthusiastischer aus als seine Begrüßung.

Sie hatten den Speisesaal schon fast verlassen, als Gina plötzlich wie angewurzelt stehen blieb. Cushla nahm ihren Ellbogen, aus Angst, ihrer Mutter wäre noch etwas Schreckliches eingefallen, das sie Eamonn an den Kopf werfen konnte, doch Gina schüttelte sie ab, drehte sich schwungvoll nach rechts und sagte: »Oh, wie geht es Ihnen!« Es klang wie *Wigehdsihn*.

Als Cushla sich umwandte, sah sie, wie Michael seinen Stuhl zurückschob, aufstand und Ginas Hände in seine nahm, so wie er es im Pub getan hatte. Cushla spürte, wie ihr der Kiefer herunterklappte, und bevor sie die Lippen wieder zusammenpressen konnte, stand sie einen Augenblick lang nur da und gaffte. Michael wirkte ungerührt, doch als Gina Cushlas Hand nahm und sie in die seiner Frau legte, zuckte er zusammen. Joanna Agnew saß links neben Michael. Cushla hatte sie nicht bemerkt; nicht, weil sie winzig, nervös oder unscheinbar gewesen wäre, so wie sie sie sich vorgestellt hatte. Eher, weil sie eine geisterhafte Gelassenheit ausstrahlte. Ein herzförmiges Gesicht. Glattes kastanienbraunes Haar, kinnlange Bobfrisur. Ein teures, gut geschnittenes kamelhaarfarbenes Kleid. Auf dem linken Handrücken ein Bluterguss mit einem kleinen Loch in der Mitte, von einer Spritze oder Kanüle. Sie war schön.

»Ich habe Sie nicht mehr gesehen, seit Sie ein kleines Ding waren«, sagte die Frau und blickte Cushla in die Augen. »Sie sehen aus wie Ihr Daddy.« Sie umklammerte Cushlas Hand so verzweifelt, als versuche sie, Halt zu finden. Ihre Berührung zu spüren, die Anstrengung und die Ernsthaftigkeit, die darin lagen, war kaum zu ertragen.

Gina neben ihnen war schon wieder ins Schwärmen geraten. Cushla schaute hin, schaute noch einmal hin und versuchte, sich daran zu erinnern, woher sie den Jungen kannte. Dann fiel ihr das Foto der Rugbymannschaft in der Wohnung ein. Es war, als begegnete sie dem achtzehnjährigen Michael.

»Dermot«, sagte sein Mutter und gab endlich ihre Hand frei, »sag hallo zu Cushla.«

Sie hatten ihm einen irischen Namen gegeben und ihn in ein protestantisches Internat gesteckt.

Cushla sah Michael an. Er hatte einen zutiefst beschämten Gesichtsausdruck und wirkte um einige Zentimeter geschrumpft. Aus den Augenwinkeln verfolgte er, wie sein Sohn ihr die Hand schüttelte, lächelte, errötete.

»Michael muss ich dich ja nicht vorstellen«, sagte Gina.

»Hi«, sagte Cushla und vergrub die Fäuste in den Manteltaschen. Sie brachte es nicht fertig, ihn zu berühren.

Als sie draußen waren, hatte sie kurz das Gefühl, sich übergeben zu müssen, und sie beugte sich über die Motorhaube des Wagens. Gina zündete sich eine Zigarette an und schlang einen

Arm um sich. »Ich weiß ja nicht, wie's dir geht, aber ich bin fix und alle«, sagte sie.

Cushla tastete in ihrer Handtasche nach den Schlüsseln und nahm sie heraus, aber sie fielen ihr aus den zitternden Händen. Sie kniete sich auf den Asphalt, um die Schlüssel aufzuklauben, die hinter dem Vorderrad gelandet waren, und als sie sich wieder aufrichtete, riskierte sie einen kurzen Blick durchs Restaurantfenster. Der Junge erzählte lebhaft. Michael lächelte, sein Arm ruhte auf der Rückenlehne des Stuhls, auf dem seine Frau saß – das hatte er in Pennys Küche auch bei Cushla gemacht. Es war, als hätte ihre Begegnung nie stattgefunden.

Sie setzten sich ins Auto. Auf der Windschutzscheibe lag eine feine Schicht Sand, die Cushla mit den Scheibenwischern wegfegte. Als sie den Motor anließ, stupste Gina sie mit dem Ellbogen an. »Was hältst du von Joanna Agnew?«

»Sie scheint nett zu sein.«

»Sie war ganz schön unsicher, die Arme. Sie hat Jura studiert, weißt du, bevor er sie geschwängert hat.«

»Woher weißt du das?«, fragte Cushla. Ihre Stimme klang belegt.

»Oh, das ist kein Geheimnis. Kann man's ihr verübeln? Er ist umwerfend.«

Cushla fühlte sich, als hätte sie jemand auf die Straße gesetzt. Am Tor bog sie versehentlich nach links ab, in Richtung der Berge. Sie fuhren die Promenade entlang; Kinder schleckten Eiscreme, pusteten auf Pommes frites, Mütter und Väter bummelten hinter ihnen her.

Scharf auf Frauen. Cushla wusste, dass er andere Affären gehabt hatte. Die trockene Art, wie Penny im Lyric Theatre gefragt hatte: *Woher kennt ihr euch?* Die milde Belustigung, mit der seine anderen Freundinnen und Freunde sie akzeptiert hatten, obwohl sie eigentlich hätten empört sein müssen. Marjorie. Jetzt kam es ihr vor, als habe er alles sorgfältig inszeniert. Nach einem Monat hatte er ihr gezeigt, wo er wohnte, ihr nach zwei Monaten seine Telefonnummer gegeben, nach drei einen Schlüssel. Er hatte sie tagelang warten lassen, bevor er wieder auftauchte und sie mit einem Ausflug nach Dublin, einem Nachmittag in seiner Wohnung wieder einwickelte. Eine Stunde in seinem Auto, wo er sie so lange gevögelt hatte, dass sie nicht mehr richtig denken konnte. Die Vorstellung, dass sie nicht die Erste war, behagte ihr nicht; doch die aufdämmernde Ahnung, dass sie nicht die Letzte sein würde, brachte sie um. Und was Joanna betraf – wie selten ihr die Frau in den Sinn gekommen war. Sie war ein Ärgernis gewesen, weiter nichts. Es hatte ihr in den Kram gepasst, sie für unattraktiv und ungepflegt zu halten, zu glauben, dass Michael in einer unglücklichen Ehe steckte, außerstande, seine völlig verkorkste Frau zu verlassen.

Um sieben klingelte das Telefon. Gina stützte sich mit den Händen auf der Sessellehne ab, blieb aber sitzen. Cushla stand auf, um den Anruf entgegenzunehmen, und zog, bevor sie den Hörer abnahm, die Tür hinter sich zu.

»Wie geht's Mummy?«, fragte Eamonn.

»Was glaubst du?«

»Sie kann Marians Familie nicht ausstehen, deshalb bin ich nicht auf die Idee gekommen, euch dazuzubitten.«

»Macht nichts.«

»Doch. Daddy wäre empört.«

»Daddy ist tot, Eamonn.«

»Du musst weg von ihr«, sagte er. »Dir ein neues Leben aufbauen. Das Land verlassen. Heiraten.«

»Wen sollte ich deiner Meinung nach heiraten?«

»Weiß nicht. Den Lehrer mit dem roten Zinken?« Er versuchte, sie zum Lachen zu bringen, doch aus ihrer Kehle stieg ein Schluchzen auf. Sie wartete darauf, dass es vorüberging. »Bist du noch da?«, fragte er.

»Ja. Hör zu, es wird schon wieder. Ich rede mit ihr.«

Als sie wieder ins Wohnzimmer kam, glitzerten Tränen in Ginas Augen. »Michael und Joanna haben bestimmt mitbekommen, dass wir an getrennten Tischen saßen«, sagte sie.

»Verflucht noch mal, wirst du endlich aufhören, über sie zu reden?«, sagte Cushla. Sie ging aus dem Zimmer und durch die Küche in den Garten. Die Pflänzchen, die Mr Reid ihr geschenkt hatte, standen noch auf der Fensterbank. Sie trug sie bis zur Mitte des Rasens, wo die verblühten Narzissen verrotteten, kniete sich hin und grub mit den Fingern Löcher, steckte in jede Vertiefung einen Setzling und drückte mit den Handflächen die Erde zwischen ihnen fest. Wieder im Haus, stellte sie sich an die Spüle und bearbeitete ihre Hände mit einer Nagelbürste. Sie schaute aus dem Fenster. Es sah aus, als hätte sie nie etwas gepflanzt.

23

Im Verlauf der anhaltenden Fehde zwischen der Irish National Liberation Army und der Official IRA ist ein zweiundzwanzigjähriger Mann erschossen worden.

Der Sechzehnjährige, der am Wochenende auf dem Heimweg von einem Freund im Norden der Stadt in Hals und Brust geschossen wurde, ist seinen Verletzungen erlegen.

»Zoe ist am Samstag abgereist«, sagte Lucia mit einem traurigen Blick auf den leeren Platz neben sich.

»Du könntest ihr ein paar Zeilen schreiben«, sagte Cushla. »Bis zum Sportfest ist noch eine Stunde Zeit. Ich zeige euch, wie man einen Brief schreibt.«

»Können wir an Jimmy Savile schreiben?«, fragte Jonathan.

»Um Himmels willen, weswegen würdest du ihm schreiben wollen?«

Jonathan sagte, Jimmy habe eine neue Fernsehsendung, in der er Kindern ihre Träume erfülle.

»Na schön«, sagte sie. »Ich denke, das ist eine gute Übung.«

Sie ging zur Tafel und schrieb eine Adresse in die obere rechte Ecke.

»32 Windsor Gardens«, sagte Lucia, »das ist Paddingtons Adresse!«

Sie erklärte ihnen, einen Brief beginne man mit einer höflichen Nachfrage nach dem Befinden des Adressaten. Erklärte, wie man die Absätze anordnete, wie man sich verabschiedete. Die Kinder begannen zu schreiben; auch Cushla öffnete ihr Notizbuch und schrieb.

Lieber Jimmy,
ich hoffe, es geht Ihnen gut. Bei uns ist alles in Ordnung. In ein paar Tagen beginnen die Schulferien, und ich habe zwei Monate frei. Eigentlich wollte ich den Sommer damit

verbringen, in Michael Agnews Wohnung herumzuschleichen und so unwiderstehlich zu sein, dass er seine Frau verlässt. Nur, dass seine Frau eine wirkliche Dame ist, sie glücklich verheiratet zu sein scheinen und er ein verlogenes, notorisch untreues Arschloch ist.

Mit freundlichen Grüßen
Cushla Lavery (24 3/4 Jahre alt)

Michael hatte etliche Male angerufen; zumindest vermutete sie, dass er es gewesen war – da sie jedes Mal abgenommen und gleich wieder aufgelegt hatte, konnte sie nicht sicher sein. Drei Tage stand sie durch, dann hielt sie, als das Telefon das nächste Mal klingelte, den Hörer ans Ohr. Er redete los, bevor sie auch nur ein Wort gesagt hatte, eine Flut von Entschuldigungen. Ihre Antwort hatte sie einstudiert – dass sie ihn hasse, dass sie sich selbst hasse, dass sie ihn nie wiedersehen wolle –, aber er klang so verzweifelt, dass sie weich wurde. Er sagte, er sei ganz in der Nähe und könne sie abholen, und sie musste ihre ganze Willenskraft aufbringen, um nicht aus der Tür zu gehen und am Bordstein zu warten. Sie willigte ein, nach der Schule in der Wohnung vorbeizukommen.

Sie ging im Klassenzimmer umher, um nachzusehen, wie die Kinder mit ihren eigenen Briefen vorankamen.

Lucia wollte nach England reisen, um Zoe zu besuchen. Grace wollte mit ABBA singen. Jonathan wollte Nachrichtensprecher werden. Es war haarsträubend, aber die Chance, dass Fintan für Liverpool spielte, schien größer als die, dass Cushla bis ans Lebensende mit Michael Agnew glücklich sein würde.

Davy verdeckte seinen Brief mit den Händen und sagte, er werde ihn ihr später zeigen.

Sie schickte die Kinder in die Umkleide, damit sie ihre Turnschuhe anzogen, trug den Kasten Milch ins Freie und stellte ihn an einen schattigen Platz am Zaun. Es war ein wunderschöner Tag, blauer Himmel, große Blumenkohlwolken. Gerry war schon auf dem Sportplatz und markierte die Bahnen für die Wettläufe.

»Du siehst fix und alle aus«, sagte er. »Ärger im Paradies?«

»Halt die Klappe, Gerry.«

»Du musst vor dir selbst geschützt werden.«

Die Wettläufe begannen. Ohne Zoe gab es eine gerade Anzahl Kinder, und Cushla teilte Davy einem der Staffelteams zu. Jonathan rollte mit den Augen und versammelte die anderen in einem Kreis, um sie vor dem Rennen einzuschwören. Sie stritten sich, wer als Letztes laufen sollte, und Cushla mischte sich ein und bestimmte Davy zum Schlussläufer. Jonathans Lippen formten Worte, aber dann sah er Cushlas Gesichtsausdruck und behielt sie für sich.

Gerry brüllte: »Los!«, und das Rennen begann. Als der Stab an Davy übergeben wurde, lag die Mannschaft Kopf an Kopf mit einem Team aus Gerrys Klasse. Davy packte den Stab und rannte los, rannte, ohne sich umzublicken, legte sich an den Ecken des Sportplatzes in die Kurven. Er wirkte unbeholfen, seine Beine flogen in alle Richtungen. »Mach schon, Davy«, schrie Jonathan. Die anderen skandierten seinen Namen. Er beschleunigte, strengte sich so an, dass sein Kopf von links nach rechts wackelte, und als er durch das Zielband lief, hatte er die Augen geschlossen. Danach fiel er in einen langsamen Trab, sein Brustkorb ging heftig auf und ab. Jonathan und die anderen stürzten sich auf ihn, hoben ihn auf die Schultern und klopften ihm auf den Rücken. Cushla hatte ihre Kamera dabei. Sie fotografierte ihn, wie er, umringt von den Jungs, seine Medaille hielt. Ihr billiger Glanz in der Sonne. Das Lächeln auf seinem Gesicht.

Er gewann den Eierlauf. Cushla erklärte ihm, durch seine bionischen Laufkünste sei sein Schwerpunkt jetzt tiefer. Beinahe hätte er auch das Sackhüpfen gewonnen, aber einen knappen Meter vor dem Ziel geriet er ins Stolpern und fiel zur Seite. Mit schmerzverzerrtem Gesicht versuchte er aufzustehen. Cushla half ihm hoch und kniete sich hin, um seinen Fuß aus dem Kopfkissenbezug zu befreien. Der Knöchel schwoll bereits an. »Schade«, sagte sie. »Du warst auf dem besten Weg, noch eine Medaille zu gewinnen.«

»Ich bin zufrieden, Miss«, sagte er.

Die Glocke ertönte. Die Angestellten der Schulkantine hatten ein Picknick vorbereitet. Sie ließ Davy im Kreis seiner wild durcheinanderplappernden Mitschüler auf dem Rasen zurück. Sein besorgter Gesichtsausdruck war noch nicht ganz gewichen. Er wusste, wie vergänglich ihre Bewunderung war.

Dass er Schmerzen hatte, tat ihr leid, aber so hatte sie eine gute Ausrede, um ihn nach Hause zu fahren. Die ganze Strecke über, die Straßen entlang und durch die Siedlung, hielt er seine Medaillen in der Hand. Um den neuen Anstrich vorzubereiten, schrubbte ein Mann mit einer Drahtbürste die Farbe vom vergangenen Jahr ab und bestäubte den Asphalt mit verblasstem rotem, weißem und blauem Konfetti. Der Spruch auf der Mauer der McGeowns, TAIGS RAUS, war ausgebessert worden. Ein neuer triumphaler Sommer stand bevor.

Sie half Davy aus dem Wagen und stützte ihn auf dem Weg zum Haus.

Als sie die Stufe erreichten, öffnete Betty die Tür.

»Willst du zuerst die gute oder die schlechte Nachricht hören?«, fragte Davy.

»Beide auf einmal«, sagte Betty.

»Die schlechte Nachricht ist: Ich hab mir beim Sackhüpfen wehgetan. Die gute Nachricht ist: Ich hab zwei Medaillen gewonnen.« Er ließ sie vor ihrem Gesicht hin und her baumeln und hüpfte in die Diele.

Betty bat Cushla herein. Von einem offenen Fenster kam ein Luftzug. Davy kletterte auf die Sofalehne, beugte sich über seinen Vater, in der offenen Hand das Messing. »Ich hab den Kopf tief gehalten und bin in einem Affentempo losgepest«, sagte er. Cushla war so glücklich, dass sie wieder willkommen war, dass es ihr nichts ausmachte, direkt vor Seamie zu stehen. Die Schwellung war nach unten gewandert und die Seite seines Gesichts, wo die Augenhöhle gebrochen war, abgesackt. Es erinnerte sie an eines der Gemälde von Picasso, auf denen die Einzelteile eines Gesichts neu zusammengefügt werden.

»Davy hat einen super Wettkampf hingelegt«, sagte sie.

»Er ist ein guter Junge«, sagte Seamie.

Cushla beglückwünschte Davy noch einmal und sagte, sie müsse jetzt gehen. An der Tür fragte sie Betty, wie sie zurechtkäme.

»Die beiden Jüngeren machen mir keine Sorgen. Unser Tommy ist eine andere Geschichte. Wir sehen ihn kaum. Und wenn, dann stolziert er herum und tut so, als wäre er sonst wer, nur weil er ein bisschen Bargeld in der Tasche hat.«

»Vielleicht ist es nur eine Phase.«

»Ich hoffe es«, sagte Betty.

Michaels Auto war dicht an der Treppe geparkt, als hätte er es eilig gehabt. Sie berührte die Motorhaube. Sie war warm, es roch nach verbranntem Staub. Sie klingelte – etwas in ihr sträubte sich dagegen, den Schlüssel zu benutzen. Er öffnete die Tür, ließ sie ein und beugte sich vor, um ihr einen Kuss zu geben, aber sie duckte sich weg und ging an ihm vorbei ins Wohnzimmer. Mitten auf dem Boden stand die Reisetasche, prall gefüllt mit frischer Wäsche. Mit der Schuhspitze schob er sie beiseite.

Das Zimmer roch nach Bienenwachspolitur. Der Feuerrost war leer, der Kamin gefegt, das Messing glänzte.

»Mrs Coyle war da«, sagte Cushla.

»So ist es.«

»Wie geht's ihrem Sohn?«

»Ein verdammtes Desaster. Als er festgenommen wurde, war er nicht in der IRA, jetzt ist er es wahrscheinlich. Tee?«

»Ja«, sagte sie und folgt ihm in die Küche. Er füllte den Kessel und packte eine Tüte mit Lebensmitteln aus. Grapefruitsaft in Gläsern, schottische Graupensuppe und schottische Hühnersuppe in Dosen. Limettenmarmelade und Ingwerkuchen. Vom Griff einer Schublade hing ein Geschirrhandtuch aus Leinen, bedruckt mit Reihen von Garde-Grenadieren in Bärenfellmützen.

Er belud ein Tablett und trug es zum Tisch. »Danke, dass du gekommen bist«, sagte er. Er sah aus, als ginge es ihm körperlich nicht gut – genau so ein Gesicht machte er, wenn ihm seine Schulter Probleme bereitete. Sie wünschte, er würde sich auf dem Stuhl anders hinsetzen, eine bequemere Position finden, doch er rührte sich nicht.

»Ich kann nicht lange bleiben«, sagte sie. »Eamonn rechnet gegen sechs mit mir.«

»Das am Sonntag war schrecklich.«

»Was war schrecklich? Dass ich da aufgetaucht bin? Ich habe nicht oft über sie nachgedacht, weißt du«, sagte sie. »Über deine Frau. Und wenn ich es getan habe, habe ich mir jemand anderen vorgestellt. Eine runzelige Schabracke oder ein ordinäres Püppchen, das sich den Haaransatz färben lassen müsste.«

»Ich würde es vorziehen, nicht von ihr zu reden«, sagte er.

»Verflucht, sie hat meine Hand gehalten, Michael. Was willst du? Ihr saht aus wie eine ganz normale, glückliche Familie.«

»Meine Frau hat Probleme.«

»Was fehlt ihr?«

Er sagte, seine Frau sei Alkoholikerin. Dass sie wegen Depressionen in Behandlung sei. Dass er sie manchmal, wenn er nach Hause komme, zusammengerollt auf dem Fußboden vorfinde. Dass sie vor mehr als einem Monat ins Krankenhaus eingewiesen worden sei, um erneut mit Elektroschocks behandelt zu werden. Dass es ihr nach der Behandlung mitunter gut genug gehe, um etwas zu unternehmen. Dass ihr Sohn seine Abschlussprüfung bestanden und er die beiden zum Essen ausgeführt habe.

»Hast du dich deswegen so oft mit mir treffen können? Weil sie im Krankenhaus war und dein Sohn in der Schule?«

»Ja.«

»Hast du viele Affären gehabt?«

»Drei.«

»Himmel. Mich eingeschlossen?«

»Ohne dich. Für mich ist das hier keine Affäre.«

»Was zum Teufel ist es dann?«

»Es ist anders.«

Ihr Lachen klang hässlich. »Das kannst du sonst wem erzählen, Michael«, sagte sie.

Er schenkte sich einen Whiskey ein und stürzte ihn hinunter. »Du glaubst mir kein Wort.«

»Im Augenblick glaube ich nicht einmal mir selbst. Wenn du mich anrufst oder mich abholst oder in die Bar kommst, weiß ich, dass du mich willst. In der übrigen Zeit weiß ich nicht, was ich denken soll. Nur interessehalber, wer waren die anderen? Marjorie, natürlich.«

»Bitte lass das.«

»Bin ich die erste Katholikin? Ich möchte darauf wetten. Fühlst du dich besser damit? Weil du's tust, um gutnachbarschaftliche Beziehungen zu pflegen? Und warum stört sich niemand aus deinem Freundeskreis daran? Wie gering sie deine Frau schätzen müssen, dass sie kaum mit der Wimper zucken, wenn du mich herumzeigst.«

»Willst du dieses Gespräch wirklich führen?«, fragte er und knallte sein Glas auf den Tisch.

»Ja. Will ich.« Sie spürte, wie sich ihr die Kehle zuschnürte.

»Bist du dir sicher? Weil ich dir nämlich entgegnen würde, dass dieser Anfall von schlechtem Gewissen mehr damit zu tun hat, dass du nicht die einzige Frau bist, mit der ich außerhalb meiner Ehe zusammen war, als mit der Sorge um die Würde meiner Frau.«

»Fick dich«, sagte sie und stand auf.

Er fuhr sich mit der Hand übers Gesicht. »Das war daneben«, sagte er. »Es tut mir leid. Bitte, setz dich wieder.«

Sie blieb stehen. Wie im Speisesaal des Hotels sah er aus, als wäre er kleiner geworden. Er hatte die Wahrheit gesagt. Dass er verheiratet war, hatte sie nicht gekümmert. Eher angetörnt.

»Willst du aufhören, dich mit mir zu treffen?«, fragte er.

»Gott steh mir bei, nein. Will ich nicht.«

»Wenn du über meine Lebensumstände nicht hinwegsehen kannst, wird es die Hölle sein.«

»Es wird ein schlimmes Ende nehmen, oder?«

»Das muss nicht sein.«

Er goss den Tee ein und sagte ihr, sie solle öfter bei ihm übernachten, einziehen, wenn sie möge. Es gebe eine Menge Dinge, die sie tun könnten. In Donegal gebe es ein Cottage, das er manchmal miete; im Spätsommer, wenn der Himmel so klar sei, dass man Gott sehen könne, könnten sie hinfahren. Sie könnten nach Amsterdam oder Barcelona reisen. Sie dachte an all die Dinge, die sie nicht tun würden. Erinnere dich hieran, sagte sie zu sich. Erinnere dich daran, dass ihr Pläne gemacht habt.

Zuerst dachte sie, jemand habe einen Witz über sie gerissen, und warf einen prüfenden Blick auf die Gäste am Tresen, aber die sahen fern. »Warum lächelst du?«, fragte sie Eamonn.

»Ich freue mich, dich zu sehen.«

»Ja, klar. Du fühlst dich noch schuldig wegen Sonntag. Was muss ich tun?«, fragte Cushla.

»Mach ein paar Biere fertig und leiste mir Gesellschaft.«

Minty ahmte Frank Spencer nach. Fidel meinte, eigentlich ahme er Mike Yarwood nach, der Frank Spencer nachahme. Leslie, der mindestens sein viertes Bier intus hatte, sagte: »Sehr gut.« (Es klang wie »Sir gut«.)

»Wegen dieser Schwachköpfe sehe ich meine Töchter nicht aufwachsen«, sagte Eamonn.

»Du liebst es.«

»Man hat Spaß mit ihnen.«

Cushla fiel ein, dass ihre Kamera noch in ihrem Korb lag. Sie reichte sie Eamonn. »Mach den Film voll«, sagte sie.

Sie musste nicht erst aufsehen, um zu wissen, dass Michael hereingekommen war. Vielleicht war es das Geräusch der Tür, der Rhythmus seiner Schritte, ihr Körper spürte es einfach. Sie hob die Augen gerade noch rechtzeitig, um zu sehen, wie er die Hände auf den Tresen legte. Dankbar kniff er die Augen zusammen, als sie einen Drink vor ihn hinstellte. Am anderen Ende der Theke legten Minty, Leslie und Fidel die Arme umeinander und stellten sich für Eamonn in Pose. Jimmy stand ein Stückchen von ihnen entfernt.

»Komm her, O'Kane«, rief Fidel und streckte einen Arm aus.

»Passt bloß auf mein Ei auf«, sagte Jimmy.

Eamonn drehte die Lautstärke des Fernsehers auf. Hinter ihr lief die Erkennungsmelodie der Nachrichten. Sie schob einen Bierdeckel unter Michaels Glas. Eine Sekunde lang spürte sie seine Fingerspitzen auf ihrem Handgelenk.

»Kannst du dich nicht von mir fernhalten?«, fragte sie. »Ich bin gerade erst gekommen.«

»Allem Anschein nach nicht. Alles in Ordnung mit uns?«

»Wir sind dem Untergang geweiht. Davon abgesehen, geht's uns super.«

Er lächelte. »Morgen?«

»Ja.«

»Komm, so früh du kannst.«

Sie spürte, dass er noch einen Moment in der Tür stand, und sah auf. Ein kurzer Blick auf sein Profil, dann war er fort.

24

Sie schlief schlecht, wurde von Wachträumen gequält, aus denen sie sich nicht hatte wecken können. Im lebhaftesten Traum fuhr sie Davy nach Hause, aber es war nicht wie sonst, sie auf dem Fahrersitz und der Junge in die Lücke zwischen den Sitzen vorgebeugt; vielmehr saß sie neben ihm auf der Rückbank und konnte weder die Pedale noch das Lenkrad erreichen. Nach dem Aufwachen war sie aufgestanden und nach unten gegangen, um eine von Ginas Zigaretten zu rauchen. Die Küche war weiß erleuchtet vom Mondlicht, und sie hatte eine geraume Weile im Schein des Mondes gesessen. Wieder im Bett, schlief sie ein, wachte jedoch auf mit dem Gedanken, dass sie mit dem Messingschlüssel Michaels Tür geöffnet und die Wohnung voller Schutt vorgefunden hatte. Sie sah auf die Uhr. Es war fünf vor acht. Sie stand auf, ging ins Bad, ließ kaltes Wasser ins Waschbecken laufen und tauchte ihr Gesicht ein, hielt den Atem an, bis sie fast erstickte. Nach dem Kälteschock war sie wieder bei klarem Verstand.

In der Küche nahm sie eine Schachtel mit Frühstücksflocken aus dem Schrank und stellte sie wieder zurück. Ihr Magen fühlte sich nicht gut an. Sie machte eine Kanne Tee und brachte ihrer Mutter eine Tasse nach oben.

»Kein Toast?«, fragte Gina.

»Den isst du doch nie! Im Brotkasten sind noch Pfannkuchen. Steck einen davon in den Toaster, wenn du aufgestanden bist.«

Bevor sie aus dem Haus ging, warf sie eine Schachtel Ritz Cracker in ihren Korb, für den Fall, dass sie später in der Lage wäre, etwas zu essen.

In der Siedlung sah es aus wie in Nürnberg, Fahnen, Wimpel und angemalte Bürgersteige. Sie hupte, und Davy humpelte am

Arm seiner Mutter den Weg entlang. Sein Knöchel war dick, und unter seiner Socke schaute ein straffer Verband hervor.

»Ich bin wie eine menschliche Krücke«, sagte Betty, als sie ihn auf dem Rücksitz ablud.

Cushla lachte. »Ich bringe ihn später wieder nach Hause.«

»Tut es sehr weh?«, fragte sie Davy, als sie losfuhr.

»Ich werd's überleben, Miss.«

Wie üblich betrat er den Klassenraum mit gesenktem Kopf, doch die anderen behandelten ihn wie einen siegreichen Helden und führten ihn an seinen Platz. Jonathan zog den Stuhl für ihn zurück und unterhielt sich mit ihm so, wie er es mit den anderen Jungen tat. Cushla begegnete Davys Blick und zwinkerte ihm zu.

»Gut«, sagte sie. »Die *Nachrichten.*«

Niemand meldete sich.

»Jonathan?«, sagte sie.

»Nichts Spannendes.«

»Irgendetwas muss es ja wohl geben.«

»Bei uns hat die Polizei eine Straße gesperrt«, sagte einer der Jungen, der ein paar Meilen außerhalb der Stadt wohnte.

»Da muss was vorgefallen sein«, meinte Jonathan. »Darüber gibt's später bestimmt einen Bericht.«

In der Pause halfen die Kinder Davy zum Spielplatz, zwei trugen seinen Stuhl. Cushla ging ins Lehrerzimmer. Gerry saß auf der Fensterbank und hatte eine Tasse Tee für sie in der Hand.

»Wie geht's dem Kleinen?«

»Er humpelt«, sagte Cushla. »Die anderen sind nett zu ihm. Er weiß gar nicht, wie er mit all der Aufmerksamkeit umgehen soll.«

»Was machst du in den Sommerferien?«

»In der Bar helfen. Mit meiner Ma für ein paar Tage nach Killarney fahren. Und du?«

»Ich fahre mit ein paar Jungs nach Frankreich. Du solltest es dir überlegen.«

»Gerry Devlin, du wirst wohl kaum wollen, dass ich mit dir und deinen Kumpeln verreise.«

»Wenn du nicht gerade mit Trauermine durch die Gegend

läufst, kann man's mit dir gut aushalten. Und ich muss dich von deinem Lover wegkriegen, wer zum Henker das auch sein mag.«

»Das hat sich geklärt.«

»Du hast ihm den Laufpass gegeben?«

»Nein. Aber es wird schon werden.«

Cushla setzte Davy zu Hause ab, hupte und rief Betty durch das offene Autofenster zu, dass sie es eilig habe. Die beiden standen auf dem Weg und winkten ihr zum Abschied nach. Auf dem Rückweg in die Stadt parkte sie gegenüber ihrer Einfahrt und rannte ins Haus, um sich umzuziehen. In der Küche fand sie die Teekanne noch genauso wie am Morgen vor, nichts deutete auf ein Abendessen hin. Zwei Stufen auf einmal nehmend, stürmte sie die Treppe hoch und riss die Zimmertüren auf, voller Angst, ihre Mutter im Bett oder im Bad blutend oder ohnmächtig vorzufinden, doch das Haus war leer. Am Vortag war Gina beim Friseur gewesen, und normalerweise ging sie morgens ihren Gin kaufen, wenn kaum Leute im Schnapsladen waren. Wo konnte sie nur sein?

Cushla rief im Pub an. Es war besetzt. Sie rief bei Michael an, auch wenn sie wusste, dass es ein bisschen zu früh war, dass er noch gar nicht in der Wohnung sein konnte. Aber sie wollte seine Stimme hören. Sie ließ es ewig klingeln. Sie ging wieder nach oben und füllte die Wanne mit ein wenig Wasser, hockte sich hinein und wusch sich die Haare. Sie schlüpfte in die Jeans, die sie am Tag zuvor getragen hatte, und in ein sauberes schwarzes Oberteil; er schien sie in jedweder Kleidung zu mögen, deshalb fühlte sie sich nicht genötigt, ihren Schrank zu durchwühlen. Über einer Stuhllehne hing die Strickjacke mit dem Aran-Muster, die sie nach der Hochzeitsfeier aus seiner Wohnung mitgenommen hatte. Sein Vorschlag, bei ihm einzuziehen, war verrückt, aber es schien vernünftig, außer der Cold Cream und der Zahnbürste auch ein paar Klamotten dort zu haben.

Als sie wieder in der Diele war, versuchte sie es noch einmal im Pub. Leonardo nahm ab. »Wieso arbeitest du?«, fragte sie.

»Es ist krachend voll.«

»Ist meine Mummy da?«

»Bleib dran.«

Eamonns Stimme. »Kommst du her?«

»Hatte ich eigentlich nicht vor.«

»Du musst sie hier rausschaffen«, sagte er und legte auf.

In der Küche lief das Radio. »Bei der Ankunft im Krankenhaus bereits verstorben«, sagte der Nachrichtensprecher gerade, als sie den Ausschalter betätigte. Was machte Gina im Pub? Cushla hatte gehofft, vor dem Feierabendverkehr in Belfast zu sein, aber wenn sich Gina auch nur ein bisschen zur Wehr setzte, würde sie nicht vor sechs in der Wohnung eintreffen.

Der Parkplatz war voll. Neben den Stammgästen waren auch Leute in der Bar, die nur gelegentlich vorbeischauten. Auf ihrem Weg durch den Gastraum sammelte sie so viele Gläser ein, wie sie tragen konnte, und stellte sie hinter dem Tresen ab. Gina saß auf einem Barhocker und blickte auf den Fernseher. Sie hatte ein Glas Whiskey in der Hand, bei besonders schlechter Stimmung das Getränk ihrer Wahl. Die Gäste standen in Zweierreihen am Tresen, doch im Pub herrschte eine seltsame Ruhe. Die Luft schien zu zittern, als schüttelten alle langsam den Kopf.

»Was ist passiert?«, fragte Cushla.

»Ach, Liebes«, sagte ihre Mutter und ließ sich gegen sie sinken.

Eamonn kam auf sie zu. »Was ist los mit ihr?«, flüsterte sie ihm zu.

»Hast du's nicht gehört?«

»Was gehört?«

»Michael Agnew ist heute Morgen erschossen worden.«

Cushla begann, ihrer Mutter sanft auf den Rücken zu klopfen, so als wollte sie ein Baby dazu bringen, ein Bäuerchen zu machen. Als wüsste ihr Körper, was zu tun sei, während ihr Geist nur panisch umherflatterte. »Gott sei ihm gnädig«, sagte Gina, »das hat er nicht verdient.« Cushla machte sich los und ging mit steifen Bewegungen zur Spüle, wie ein mechanisches Spielzeug, das aufgezogen werden musste. Sie drehte den Kaltwasserhahn bis zum Anschlag auf, um die Allgemeinplätze und Schreckensbekundungen zu übertönen, die um sie herum gemurmelt wurden. Die Stimmen verschwommen. Sie nahm einen Bierkrug, drückte ihn mehrmals auf die Gläserspülbürste und stellte ihn in den Gläserspüler. Sie wiederholte den Vorgang so lange, bis der Korb der Maschine gefüllt war. Sie registrierte, dass jemand sie ansprach, doch als sie den Kopf hob und die Leute am Tresen ansah, um herauszufinden, woher die Worte gekommen waren, schenkte ihr niemand Aufmerksamkeit. Sie beugte sich wieder über die Spüle, wrang ein Tuch aus und wischte damit das Seifenwasser weg, das auf das Abtropfbrett geschwappt war. Eamonn berührte ihren Arm. Sie betrachtete seine Hand und ging davon. Ihre Beine trugen sie bis zur Tür, dann blieben sie von selbst stehen. Sie blickte auf ihre Füße, versuchte, sie dazu zu zwingen, weiterzugehen, doch ihre Hüften drehten sich nach rechts, als stünde Michael neben ihr, nahe genug, um mit dem Arm ihre Haut zu streifen. Sie blickte hinter sich in die Bar. Eamonn stand am Ende des Tresens und beobachtete sie. Sie stieß die Tür auf und taumelte über den Parkplatz. In der Unterführung ein stechender Geruch nach Urin, Dosen, die im Wind umherrollten, Bonbonpapier, das zu ihren Beinen aufflog. An der Uferstraße blaues Wasser, noch blauere Hügel auf der anderen Seite des Lough.

Hinter ihr Schritte.

»Was ist los?«, sagte Eamonn.

»Ich war gerade auf dem Weg, um mich mit ihm zu treffen«, sagte sie.

»Dich mit wem zu treffen?«, fragte Eamonn und blickte sie prüfend an, ihre Augen, ihr Kinn. Wann hatte sie angefangen zu weinen?

»Michael«, sagte sie und schrie auf vor Schmerz, ein unmenschlicher Laut.

Eamonns Gesicht veränderte sich, als wäre ein Schatten daraufgefallen. »Nein«, sagte er. »Ausgeschlossen.«

»Wie kann er tot sein?«, jammerte sie und spürte, wie sie in einen Strudel gerissen wurde.

»Verfluchte Scheiße«, sagte Eamonn, riss sie empor und drückte sie gegen das Geländer am Wasser. »Du wolltest dich mit Michael Agnew treffen? Warst du deshalb jeden zweiten Abend hier?«

Eine Frau mit einem Jack Russell an der Leine ging an ihnen vorbei. Eamonn ließ Cushla los. Seine Hände wanderten zu seinen Hüften, und er starrte aufs Wasser. »Wer weiß noch davon?«

Cushla spürte Panik in sich aufsteigen. »Niemand«, sagte sie.

»Bist du dir sicher?«

»Ja.«

»Das wollen wir auch hoffen, verdammt. Jetzt reiß dich zusammen und stell dich wieder hinter den Tresen.«

»Ich möchte nach Hause.«

Eamonn schlug mit den Händen aufs Geländer und drehte sich wieder zu ihr um. »Machst du Witze?«, fragte er. »Du wirst da jetzt reingehen, als wäre jemand gestorben, den du kaum gekannt hast.«

Als sie vor der Tür des Pubs standen, wies er sie an, zu warten, und ging ums Haus herum nach hinten. Er kam mit ein paar Flaschen Likör zurück und legte sie ihr in die Arme.

»Falls jemand fragt – wir haben Nachschub geholt«, sagte er.

»Ich kann nicht«, sagte sie.

»Du kannst. Und du wirst.«

Leonardo, der die Anstrengung, allein am Tresen zu bedienen, nicht gewohnt war, standen Schweißtropfen auf dem Schnurrbart. Gina saß noch immer auf dem Hocker und drückte ein Glas Wein an ihre Brust. »So was tun nur miese Schweine«, sagte sie. Fast schien sie es zu genießen, schien, wie schon bei den McGeowns, die Prominenz auszukosten, die die Nähe zu einer Tragödie mit sich brachte. Cushla schäumte vor Wut.

Fidel bestellte ein Bier bei ihr. Eamonn war auf einen Hocker gestiegen, um die Lautstärke am Fernseher aufzudrehen. Es wurde still im Raum, das Babycham-Rehkitz beobachtete alles durch seine langen Wimpern.

Der Protestmarsch zum Regierungssitz Stormont. Das Filmmaterial mit der Autobombe, das seit jenem Abend gezeigt wurde, an dem Michael ihr dabei zugesehen hatte, wie sie das Aschekreuz wegrieb. Mary Peters, die ihre Medaille hochhielt.

Zwei RUC-Polizisten auf der Straße vor Michaels Haus, drei in seiner Einfahrt. Ein Mann in Zivil neben den Rosenbüschen, die mittlerweile in voller Blüte standen. Sein dunkler Wagen, hinter dem grünen japanischen geparkt.

»Der Name des Mannes, der heute Morgen um kurz vor acht in seinem Bett erschossen wurde, ist bekannt gegeben worden. Michael Agnew, ein hochrangiger Strafverteidiger, wurde vor den Augen seiner Frau getötet«, sagte der Nachrichtensprecher.

Bildmaterial vom Vormittag, die Trage, mit der sie ihn aus dem Haus geschafft hatten. Als hätte man ihn auf das Metallgestell geworfen: unter dem weißen Laken sein verrenkter Körper, Gliedmaßen, die seltsam herausragten. Noch etwas stimmte nicht, und zuerst konnte sie es nicht benennen. »Seine Schulter«, sagte sie, unfähig, sich zurückzuhalten. »Hätten sie mit seiner Schulter nicht vorsichtiger umgehen können?«

WHEN I MOVE TO THE SKY

25

Sie schmiegte ihr Gesicht an den Kragen von Michaels Strickjacke, atmete tief ein. Für einen Augenblick war er da, doch ihre Nase gewöhnte sich an den Geruch, und schon war er nicht mehr da. Unter der Strickjacke trug sie nichts als ihre Unterwäsche, und ihre Haut war klebrig vor Schweiß. Sie schlug die Decken zurück. Ihre Schlafzimmertür wurde geöffnet. Cushla griff nach dem Laken, war aber zu langsam, denn Gina sagte: »Was ist, wenn's brennt? Dann musst du im Schlüpfer draußen auf der Straße stehen.« Sie hatte das Tablett in der Hand, auf dem Cushla ihr normalerweise das Frühstück servierte.

Ihre Mutter trug eine dunkelblaue Hose und einen Baumwollpullover im Marinelook, ihre Lippen waren rot geschminkt. Sie schob einen Haufen Sachen beiseite, von denen Cushla nicht mehr wusste, wie sie dorthin geraten waren, und stellte das Tablett auf Cushlas Nachttisch. Es gab Tee, Toast und ein zerdrücktes Ei in einem gläsernen Messbecher. Cushla verspürte einen Brechreiz in der Kehle. Sie rollte sich auf der anderen Seite aus dem Bett, wankte ins Bad und dankte Gott, dass der Toilettendeckel nicht geschlossen war. Sie stützte sich mit den Händen auf dem Spülkasten ab und musste sich so lange übergeben, bis nur noch Gallenflüssigkeit hochkam. Als sie das Gesicht zum Spiegel hob, sah sie, dass sich das Perlmuster der Strickjacke auf ihrer Wange abgedrückt hatte. Sie schrubbte sich Zähne und Zunge und musste würgen, als sie mit der Bürste an die hinteren Backenzähne kam; dann saß sie, den Kopf in die Hände gelegt, auf der Toilette und wartete darauf, dass sie Gina die Treppe hinuntergehen hörte. Sie selbst war noch immer betrunken. Das Fenster ging nach Norden, es war kühl. Sie blieb sitzen, bis sie die Kälte nicht länger ertrug, dann schlug sie die Seiten der Strickjacke über dem Bauch zusammen und ging wieder in ihr Zimmer.

Gina saß an Cushlas Schminktisch und toupierte eine Haarsträhne. »Du siehst besser zu, dass du deinen Hintern in die Schule bewegst«, sagte sie, während sie das aufgebauschte Haar vorsichtig mit einem Stielkamm glättete.

»Ich sterbe«, sagte Cushla, kroch über die Matratze und schlüpfte unter die Decken. »Kannst du Bradley für mich anrufen? Sag ihm, ich hab mir 'nen Bazillus eingefangen oder so was.«

»Das ist eine Schande. Nicht zur Arbeit zu gehen, weil man betrunken ist«, sagte ihre Mutter. Dabei hob sie Augenbrauen und Schultern, weil sie so tat, als müsse sie ein Kichern unterdrücken. Als sie am Abend zuvor nach Hause zurückgekehrt waren, hatte Gina eine Flasche Teacher's aus der Handtasche geholt, die sie offensichtlich im Pub hatte mitgehen lassen. Sie hatten am Küchentisch gesessen und den Whiskey in sich hineingekippt, und ihre Mutter hatte Geschichten über Michael erzählt. Wie er sich, als er bei einem der ersten Protestmärsche der Bürgerrechtsbewegung zusammen mit Ginas Onkel festgenommen wurde, über den Polizisten, der sie verhaftet hatte, so lustig machte, dass dieser in Tränen ausbrach. Oder wie er an dem Abend, als sein Sohn geboren wurde, jedem Gast in der Bar einen Drink ausgab. Geschichten, durch die Cushla sich ihm nahe gefühlt hatte. An diesem Morgen schienen sie nur noch rührselig. Ungehörig.

Die Dielen knarrten, als ihre Mutter durch den Raum und die Treppe hinunterging. Cushla hörte, wie sie mit ihrer Telefonstimme für sie log. »Magen-Darm-Grippe«, sagte sie, »bei so etwas sollte man sich auf jeden Fall von der Schule fernhalten.« Cushla zwang sich, den inzwischen lauwarmen Tee zu trinken, und rollte sich zu einem Ball zusammen. Die betäubende Wirkung des Alkohols ließ nach, ihre Magensäfte brodelten, das sengende Gefühl kehrte in ihre Brusthöhle zurück. Sie schlief kurz ein, wachte dann ruckartig auf, mit dem Gefühl, dass etwas ganz und gar nicht stimmte, und setzte sich aufrecht hin, bereit, nach unten zu rennen, Michael anzurufen und ihn zu fragen, was sie tun solle. Aber Michael war tot. Sie schloss die Augen und versuchte, sich sein Gesicht vorzustellen, doch das einzige Bild, das sie vor sich hatte, war die Trage, war die verquere Anordnung seiner Gliedmaßen. Wie er aussah, nachdem das Leben aus ihm gewichen war.

Gina kam mit einer Flasche Kali Water zurück, die sie sich bei Mr Reid erbettelt hatte. Cushlas Vater hatte auf dieses mit Kaliumbicarbonat angereicherte Wasser geschworen, wenn jemand Magenbeschwerden hatte. Es kam Cushla ein bisschen schäbig vor, es bei einem Kater zu verwenden, aber sie war ausgetrocknet und trank direkt aus der Flasche; der leichte Chiningeschmack erinnerte sie an den Gin-Atem ihrer Mutter.

»Du musst mich in die Stadt fahren«, sagte Gina.

»Jemand könnte mich sehen. Ich bin doch krank.«

»Du kannst vor dem Pub parken.«

»Nein! Du gehst jeden Tag zu Fuß zum Schnapsladen, dann kannst du's auch heute.«

Wenige Minuten später wurde die Haustür zugeworfen. Cushla stand auf und zog sich die Sachen an, die sie am Abend zuvor getragen hatte, darüber wieder die Strickjacke. Unten setzte sie sich auf die dritte Stufe und nahm das Telefon auf den Schoß. In den vergangenen Monaten hatte sie so viel Zeit hier verbracht, war um den Garderobentisch geschlichen, hatte Michael dazu bringen wollen, sie anzurufen. Sie nahm den Hörer ab und wählte die Nummer der Wohnung. Mit jedem Klingeln wuchs die Qual, die sie immer empfunden hatte, wenn er nicht abhob, bis sie es nicht mehr ertrug, weil er nie wieder abheben würde. Als sie eben auflegen wollte, sagte eine männliche Stimme: »Ja?«

»Michael?«, sagte sie und wusste doch im selben Augenblick, da sie seinen Namen rief, dass er es nicht sein konnte.

Fingerschnipsen, gedämpfte Stimmen. »Es ist eine Frau«, sagte jemand. Cushla legte auf. Wer war in der Wohnung? Sein Sohn? Jim oder Victor? Die Polizei?

Sie nahm sich eine Schachtel aus der Stange Zigaretten, die Gina in der Speisekammer aufbewahrte, dann ihre Schlüssel, die auf dem Küchentisch lagen. Ihr Auto stand in der Einfahrt. Sie hatte keine Erinnerung daran, nach Hause gefahren zu sein. Tatsächlich konnte sie sich nach ihrer Äußerung über Michaels

Schulter an gar nichts mehr erinnern. Eamonn musste sie nach Hause geschickt haben. Sie setzte sich ans Steuer und ließ den Motor an, rollte rückwärts aus der Einfahrt, zu schnell; ein Hupen ertönte, und ein Lieferwagen musste ihr ausweichen. Als ihr Atem sich wieder beruhigt hatte, schaute sie in den Rückspiegel und fuhr los.

Der Tag war hell und stürmisch. Vor der Einfahrt zur Siedlung ging ein Typ in Lederjacke, einen Seesack über der Schulter, allein den Gehsteig entlang. Etwas an seinem Gang – zu entschlossen für einen jungen Burschen – bewog sie dazu, langsamer zu fahren und ihm ins Gesicht zu sehen. Es war Tommy McGeown. Sie hob die Hand zum Gruß, doch er starrte sie nur an, als würde er sie nicht kennen, und ging weiter.

Die Kaserne zu ihrer Rechten, die Bäume so voller Blätter, dass es aussah, als sei ein Tarnnetz über die Kasinos und die Familienquartiere geworfen worden. Sie fuhr weiter und bog links ab in Richtung des Dorfes. Es waren nur noch wenige Stechginsterblüten zu sehen, ihr Gelb war zu einem beinahe schwefligen Ton verblichen. In einer Kurve musste sie das Lenkrad herumreißen, um nicht mit einem Motorrad zu kollidieren, das den Hügel heraufgeknattert kam, und sie schaltete in den dritten Gang herunter, um mehr Kontrolle über ihren Wagen zu haben. Über sich selbst.

Etwa eineinhalb Kilometer vor dem Dorf flatterten Fahnen an Telegrafenmasten, ab der Kreuzung war alles mit Girlanden geschmückt. Auf dem Grünstreifen vor seinem Haus ein grauer Land Rover der Polizei. Zwei weitere Autos, so unauffällig, dass sie sich fragte, ob es Fahrzeuge der Special Branch waren. An der Eingangstür drei Männer in Uniform, in der Einfahrt drei in Zivil; einer von ihnen hatte eine Kamera um den Hals hängen und rauchte eine Zigarette. Das Absperrband, das in der Nachrichtensendung noch zwischen den Torpfosten gespannt gewesen war, lag auf dem Boden. Sie war so verstört von der Szene, dass sie beinahe den RUC-Polizisten umgefahren hätte, der auf die Straße getreten war und ihr signalisierte, sie solle das Fenster herunterkurbeln.

»Wohnen Sie hier?«, fragte er.

»Ich fahre nur spazieren«, sagte sie und fürchtete, er werde nach ihrem Namen fragen.

»Hier gibt es nichts zu sehen. Fahren Sie weiter und biegen Sie links ab, dann wieder links«, sagte er und entließ sie mit einem kurzen Schlag der Hand auf das Dach ihres Autos. Sie hielt das Lenkrad fest umklammert und behielt den Tacho im Blick – sie hatte nicht vor, noch einmal aufzufallen. Beinahe wäre sie an der Parkbucht vorbeigefahren, sie musste so stark bremsen, dass sich im Auto der Gestank nach verbranntem Gummi verbreitete.

Sie setzte sich auf die Motorhaube, zündete eine Zigarette an. Der Entwässerungsgraben war zu einer schlammigen Mulde ausgetrocknet.

Der Graben war breiter, als sie in Erinnerung hatte, an Michaels Arm wäre es so viel leichter gewesen, hinüberzugelangen. Mit dem rechten Fuß trat sie auf die andere Seite, kam aber ins Rutschen. Sie kletterte wieder hinauf, hielt sich mit einer Hand an einem Stacheldrahtzaun fest. Sie fasste zu, spürte, wie das kalte Metall in ihre Haut drang. Der Schmerz verschaffte ihr Erleichterung, und sie verstärkte den Druck, bis sie es nicht mehr aushielt. Sie öffnete die Hand. Aus dem Einstich quoll Blut. Sie konnte Michael über den Graben steigen sehen – wie schüchtern er gewesen war, als er ihr die Stechginsterblüten überreicht hatte. Es bringt Schenkenden wie Beschenkten Unglück, hatte er gesagt. Wo war er jetzt? Auf einem kalten Seziertisch, wo jemand, eine Maske vor dem Gesicht, Kugelfragmente aus seinem Gehirn pickte, einem Gehirn, das bis zum Vortag binnen Minuten Kreuzworträtsel hatte lösen können und vor Gericht Argumente erdachte, mit denen Michael seinen Lebensunterhalt verdiente. Jetzt war sein eigener Körper ein Beweisstück.

Gina war noch nicht vom Einkaufen zurück. Auf dem Fensterbrett in der Küche stand die Flasche Teacher's, die sie am Abend zuvor geleert hatten. Cushla trug sie nach draußen und warf sie in die Mülltonne. Sie nahm eine Zigarette aus der Schachtel in ihrer Tasche und lehnte sich zum Rauchen gegen die Rückwand des Hauses. Abgesehen vom Grün des Rasens waren die bräunlichen Rosenknospen der einzige Farbtupfer in ihrem Garten. Sie hörte ein Husten, ein höfliches Geräusch: Mr Reid machte sich bemerkbar. Sie fragte sich, ob er es wusste. Michael hatte darauf geachtet, nicht vor dem Haus der Laverys zu parken, und der alte Mann musste von seinem Platz am Fenster aus eine gute Sicht gehabt haben. Cushla sah sich mit seinen Augen. Wie sie in ihren hohen engen Stiefeln, den dünnen Kleidchen und der Männerstrickjacke darüber an seinem Fenster vorbeistolziert war. Sie ließ die Kippe durch einen Abdeckrost fallen und ging ins Haus.

Gerade tauchte sie einen Teebeutel in einen Henkelbecher mit heißem Wasser, als es an der Haustür klingelte. Sie hatten so selten Besuch, dass sie den Fuß gegen die Stoßleiste der Tür stemmte und sie nur einen Spaltbreit öffnete.

Es war Gerry Devlin. Sie machte die Tür so weit auf, dass er hereinschlüpfen konnte, und schloss sie, kaum dass er drinnen auf der Fußmatte stand. »Hast du zufällig einen Kaffee für mich?«, fragte er.

»Ja.« Er folgte ihr in die Küche. »Ich hab den letzten Tag mit den Kindern verpasst«, sagte sie und schaltete den Wasserkessel wieder an. »Und der arme kleine Davy. Wie ist er mit seinem Hinkefuß in die Schule gekommen?«

»Bradley hat mir gesagt, dass du nicht kommst, da bin ich kurz bei ihm vorbeigefahren und hab ihn abgeholt.«

»Danke, Gerry. Mit den Kids alles in Ordnung? Ich hatte ihnen eine Party versprochen«, sagte sie.

»Alles bestens. Offenbar bist du die beste Lehrerin, die sie je hatten. Selbst wenn du nicht erscheinst.« Er zögerte. »Das war er, nicht wahr?«

Sie öffnete den Mund, um zu leugnen, doch die Aussicht, immer neue Lügen erzählen zu müssen, erschöpfte sie. »Ja«, sagte sie.

»Himmel. Geh und setz dich. Ich bring dir deinen Tee.«

Sie zündete sich eine weitere Zigarette an. »Woher wusstest du's?«, fragte sie ihn, als er den Becher vor sie hinstellte.

»Ich war mir nicht sicher – bis du nicht in die Schule gekommen bist. Als ich seinen Namen im Radio gehört habe, ist mir eingefallen, wie er sich dir gegenüber im Lyric verhalten hat. In der Pause bin ich mit den Getränken zurückgekommen und hatte das Gefühl, ich platze gerade in irgendetwas hinein. Du hast so nah bei ihm gestanden. Und dann der Abend im Pub, bevor wir ins Kino gegangen sind. Er war nicht gerade erfreut, mich zu sehen. Hast du ihn geliebt?«

»Ja«, versuchte sie zu sagen, brachte aber keinen Ton heraus. Sie nahm einen Zug von ihrer Zigarette.

»Wie lange wart ihr zusammen?«

»Zwei Wochen nach dem Abend im Theater kam er in die Bar und bat mich, ihm und seinen Freunden Irisch beizubringen.«

»Originell, das muss man ihm lassen.«

»Ich weiß, wie es sich anhört, aber so war es nicht«, sagte sie. »Erinnerst du dich noch an den Abend, als du gesagt hast, er sei in Ordnung? Das war er wirklich.«

»Womit ich allerdings nicht gemeint hatte, dass du mit ihm ins Bett gehen sollst«, sagte er und schaute ihr in die Augen. Ihr liefen Tränen über die Wangen. Sie wischte sie mit dem Handrücken weg. Er wollte nach ihrer Hand greifen, hielt aber inne. »Scheiße«, sagte er. Zwischen ihren Fingern sammelte sich Blut. Er öffnete ihre Faust. Ihre Fingernägel hatten halbmondförmige Muster in die Handfläche gegraben, und die Einstichstelle blutete wieder. »Geh zur Spüle und lass dir Wasser über die Hand laufen«, sagte er. »Wo bewahrt ihr eure Pflaster auf?«

»Im Bad.«

Sie sah zu, wie die tomatenrote Flüssigkeit gurgelnd in den Abfluss lief. Gerry kam mit einer Rolle Elastoplast und einer Tube Germolene-Antiseptikum zurück. »Arme Lavery«, sagte er zärtlich.

Nachdem er sich verabschiedet hatte, ging sie nach oben und legte sich aufs Bett. Sie nahm die Dinge zur Hand, die sie in der Nacht zusammengesammelt hatte. Die Irisch-Lehrbücher. *Betsy Gray*. Ihre Ausgabe von *Der schwarze Prinz*, in der sie nicht mehr hatte lesen können, weil ihr zu schwindelig gewesen war. Ein Stück Seife, eingewickelt in Wachspapier, das mit dem Namen des Hotels in Dublin bedruckt war. Eine irische Punt-Note mit dem metallischen Geruch eines abgenutzten Geldscheins. Lady Laverys lange Finger auf einer bierbefleckten Wange. Der Wohnungsschlüssel aus Messing. Die Novene, die sie gekauft und über die sich Michael lustig gemacht hatte. Erinnerungsstücke eines verknallten Teenagers. Siobhán de Buitléar gehörte sein Leben. Sein Kind. Sein Tod.

Die Haustür schlug zu, das Geräusch von Absätzen auf Holzdielen. Schon seit sie ein Kind war, konnte Cushla Ginas Schritte deuten. Zackig und kurz, wenn sie wütend war. Leicht, wenn sie sich heimlich einen Drink holte. Unstet, wie jetzt; sie war betrunken.

Sie stand auf und ging hinunter in die Küche.

»Ich kenne alle Einzelheiten«, sagte Gina, nahm eine Flasche Jameson aus ihrer Tasche und zwei Whiskeygläser aus dem Schrank. »Und das hier war der Lieblingsdrink des armen Michael.«

Cushla ging in die Diele, nahm den Hörer ab und wählte Gerrys Nummer. »Ich kann hier nicht bleiben«, sagte sie.

Gerry wohnte am Rand von East Belfast, in einer kleinen Doppelhaushälfte in einer Sackgasse. Er habe das Haus im vergangenen August gekauft, erzählte er ihr, als er sie hereinführte. Alles sei orangefarben gewesen, aber das meiste davon habe er beseitigen können. »Außer hier drin«, sagte er und öffnete die Tür zur Küche. Die Küchenelemente waren mandarinenfarben, die Wandfliesen braun mit einem geometrischen orangenen Muster. Ein brauner Linoleumbelag hatte den orangefarbenen Teppichboden ersetzt.

Im Wohnzimmer ein Sofa mit hellbraunem Dralonbezug, ein cremefarbener Zottelteppich. Ein weißer Melamin-Couchtisch mit einer Rauchglasplatte. Zu beiden Seiten des Kamins Regale, links Bücher, rechts Musik: Magnettonbänder und Langspielplatten; in einer Ecke eine Gitarre und ein Verstärker. Gerahmte Fotografien, eine davon größer als die anderen; sie zeigte eine Frau in einem Glockenrock, die einen kleinen Jungen an der Hand hielt: Gerry und seine Mutter. Er hatte ihr Lächeln.

Im Fernsehen lief gerade ein Western. In der Tür eines Saloons tauchte ein Mann auf und stand mit gespreizten Beinen da, die Hände an den Hüften. Als er den Raum durchquerte, wurde es still. Eine Barfrau näherte sich ihm, eine grell geschminkte Rothaarige in einem schwarzen Rüschenkleid. Sie beugte sich über den Tresen und bot ihm einen Drink an. Als sie ihm einschenkte, schaute sie in den Spiegel, um zu prüfen, ob er sie beobachtete.

Gerry holte eine Flasche Rum und etwas Cola und mischte beides in bernsteinfarbenen Gläsern mit kleinen Bläschen, im Vorjahr ein Werbegeschenk von Maxol, wenn man getankt hatte. Der Mann im Film wurde von einer unbarmherzigen Bande verfolgt. Er soff wie ein Loch und vermöbelte die Frau, die weinend zurückblieb und um mehr bettelte. Cushla zündete sich eine Zigarette an und wandte sich vom Fernseher ab.

Der Film war zu Ende, und die Nachrichtensendung begann. Drei Soldaten waren durch einen Brandsatz ums Leben gekommen. Im Fall des Mordes an einem prominenten Belfaster Prozessanwalt ermittele die Polizei in eine bestimmte Richtung.

»Er wurde im Bett erschossen. Vor den Augen seiner Frau«, sagte Cushla.

»Ich weiß«, sagte er.

»Ich habe ihr die Hand geschüttelt. Letzten Sonntag. Sie war gar nicht richtig anwesend. Und seinem Sohn. Der ist ihm wie aus dem Gesicht geschnitten.«

»Ganz ruhig«, sagte Gerry sanft.

Sie sahen sich eine Spielshow an. Ein mit Pudding beschmierter Mann in braunem Anzug strahlte über das ganze Gesicht. Sein Sohn, ein ernster Teenager, errötete für sie beide.

Die Worte überschlugen sich, als sie zu erzählen begann, Dinge, von denen sie nicht gewusst hatte, dass sie wahr waren, bis sie sie aussprach. Es habe so gewirkt, als wäre irgendetwas Michael auf den Fersen gewesen. Die Trinkerei. Wie er am Fenster gestanden und noch lange, nachdem das seltsame Auto an jenem Nachmittag seine Einfahrt verlassen hatte, die Straße beobachtet habe. Sie redete, bis sich der Raum in der Abenddämmerung lila färbte. Gerry knipste eine Lampe an und zog die Vorhänge zu. Sie dankte ihm fürs Zuhören, und er legte seine Hand auf ihre. Die zärtliche Geste rührte sie so sehr, dass sie sich vorbeugte, um ihn zu küssen.

Er löste sich sanft von ihren Lippen. »*It ain't me, babe*«, sagte er.

Sie entschuldigte sich und begann zu weinen. Er zog sie wieder an sich.

Auf dem Nachttisch neben Gerry Devlins Bett lag eine Ausgabe von *Der schwarze Prinz*; ein paar Seiten vor dem Ende steckte ein Lesezeichen im Buch. Wie wenig sie ihn kannte.

»Tut mir leid, dass ich dich so angefallen habe«, sagte sie, als sie sich neben ihm ins Bett legte.

»Ist schon in Ordnung.«

»An dem Abend, in deinem Auto. Ich dachte, du magst mich.«

»Ich mag dich. Aber ich steh nicht auf dich. Ich hab dich geküsst, weil ich dachte, dass du das erwartest.«

Sie lag auf der Seite, Gerrys Arm um sich. Er ließ ihn die ganze Nacht dort.

Auf dem Heimweg fuhr sie bei den McGeowns vorbei. Die Tüllgardine wehte, dann ging die Haustür auf. Davy hüpfte auf einem Bein den Weg entlang, als habe er auf sie gewartet.

»Wie geht's dem Knöchel?«, fragte sie.

»Dick wie ein großes Brötchen und alle Farben des Regenbogens«, sagte er.

Er hakte sich bei Cushla unter und humpelte an ihrer Seite in die Diele. Es tue ihr leid, sagte sie zu ihm, dass sie seinen letzten Schultag versäumt habe, sie sei krank gewesen. »Sie sehen immer noch alles andere als gesund aus«, sagte Betty. Cushla meinte, es gehe ihr leidlich, und entschuldigte sich, weil sie Davy nicht hatte abholen können.

»Ach was«, sagte Betty. »Mr Devlin hat ihn gefahren. Er ist nett.« Sie deutete ein Lächeln an.

»Das sagen alle Frauen.«

»Sie nicht?«

»Nein. Er ist ein guter Freund«, sagte sie.

Seamies Stuhl war leer. Betty sagte, er sei mit einem Minibus zur Physiotherapie abgeholt worden, die ihm aber nicht sehr zu helfen scheine.

»Es kann eine Weile dauern«, sagte Cushla.

Mandy kam aus der Küche. »Ich hab den Kessel aufgesetzt«, sagte sie. Sie hatte sich die Augenbrauen zu feinen Bogen gezupft und ihren Pony fransig geschnitten. Cushla sagte, sie sehe umwerfend aus, und Mandy wirkte, als würde sie jeden Augenblick in Tränen ausbrechen. Cushla konnte nachempfinden, wie peinlich es für sie war. Sie hatte es gehasst, in diesem Alter zu sein – einem Alter, wo man unbedingt bemerkt werden wollte und sich zugleich zu Tode schämte. Mandy machte ihnen Tee und bestand darauf, dass Cushla sich eins der Rosinenbrötchen von dem Teller nahm, den sie auf den Tisch gestellt hatte.

Es war das Erste, was sie seit Tagen gegessen hatte. Sie sagte, es schmecke köstlich.

»Meine kleine Stubenhockerin«, sagte Betty. »Sie hat sie selbst gebacken.«

»Vor Kurzem habe ich Tommy gesehen«, sagte Cushla. »Wie er die Straße hochgekommen ist.«

Bettys Lächeln verschwand. »Er ist völlig unerwartet aufgetaucht, mit einer Tasche voller Schmutzwäsche«, sagte sie. »Hat das ganze Wochenende zu Hause rumgesessen, 'ne Fresse gezogen und Kippen geraucht. So wie Seamie und er qualmen, ersticken wir hier noch. Er ist immer noch da. Sitzt oben in seinem verdammten Zimmer.«

Cushla trank ihren Tee aus und stellte den Becher in die Spüle. »Also, Davy McGeown, wer immer dich im nächsten Schuljahr unterrichtet, kann sich glücklich schätzen«, sagte sie.

»Ich wünschte, ich könnte auch nächstes Jahr in Ihrer Klasse sein, Miss«, sagte er, rannte zu ihr und umschlang ihre Taille.

»Ich wünschte, ich könnte deine Lehrerin bleiben«, sagte sie und brach zu ihrem Entsetzen in Tränen aus. Sie versuchte, sie zu unterdrücken, aber sie flossen weiter über ihre Wangen. Davy trat einen Schritt zurück und sah zu ihr auf. Betty legte ihre Hand auf Cushlas Arm. »Alles in Ordnung?«, fragte sie.

»Sie haben wirklich nicht gut ausgesehen, als Sie reingekommen sind.«

»Entschuldigung«, sagte Cushla. »Keine Ahnung, wo das jetzt herkam. Vielleicht kann ich hin und wieder mal vorbeischauen? Hallo sagen?«

»Jederzeit. Nicht wahr, Davy?«

Cushla wandte sich zum Gehen. Tommy war nach unten gekommen und stand in der Diele.

»Ich verriegele die Tür hinter ihr«, sagte er.

Seine Mutter rollte mit den Augen und ließ sie allein.

Tommy trug ein dunkelblaues T-Shirt mit weißem Kragen. Gesicht und Arme waren von der Arbeit im Freien gerötet. Cushla mied den Blick auf seine Schultern, sie wusste, dass sie muskulös geworden waren. »Sie haben geweint?«, fragte er.

»Ich bin ein bisschen sentimental geworden, was deinen kleinen Bruder betrifft. Wie sieht's bei dir aus, Tommy? Musst du heute nicht arbeiten?«

»Ich hab zwei Tage frei«, sagte er. Er schluckte. »Vielleicht könnten wir uns ja mal treffen. Jetzt, wo Sie nicht mehr die Lehrerin von unserem Kleinen sind.«

Die Tür zum Wohnzimmer war geschlossen. Sein Gesicht nahe an ihrem. Er wollte doch wohl nicht mit ihr ausgehen? Oder doch? Er legte eine Selbstsicherheit an den Tag, die fast erdrückend wirkte.

»Vielleicht«, sagte sie. Sie wollte gehen.

»Schön. Ihre Nummer hab ich ja.«

Auf wackeligen Beinen stolperte sie den Weg entlang und sah sich erst zum Haus um, als sie auf dem Fahrersitz saß. Tommy stand noch in der Tür.

26

»Weiß sonst noch wer davon?«, fragte Eamonn und ließ seinen Becher in die Spüle fallen, sodass Cushla mit Seifenlauge bespritzt wurde.

»Nein.«

»Blödsinn. Ich weiß genau, wann du lügst.«

»Ich habe ihm und vier seiner Freunde Irischunterricht gegeben.«

»Du machst Witze.«

»Nein.«

»Wo?«

»Bei einem Paar zu Hause. In der Malone Road.«

»Scheiße. Und das war's? Nur die?«

»Ja!«

Aber so war es nicht. All die Leute bei der Ausstellung, der Party, die Nachbarn, die Cushla hatten kommen und gehen sehen, Leute, deren Namen sie nicht einmal wusste. Mrs Coyle. Vielleicht sogar Mr Reid. Wie dumm sie gewesen war. Die Polizei würde zurückverfolgen, wo sich Michael wann aufgehalten hatte, würde seinen Freundeskreis befragen. In Cushlas letztem Jahr der Lehrerausbildung war eine Kommilitonin verhaftet worden, weil sie an einer Reihe von Bombenanschlägen in London beteiligt gewesen sein sollte. Jeder im Jahrgang bekam Besuch von der RUC. Der Polizist, der die Laverys aufsuchte, war öfter in der Bar zu Gast gewesen. Er durchsuchte Cushlas Zimmer gar nicht erst und sagte, die Überprüfung sei reine Formsache. Hinterher hatte ihre Familie darüber gelacht: *Stellt euch vor – unsere Cushla und 'ne Bombe bauen; die kann doch nicht mal 'nen Stecker austauschen.* Aber das hier war etwas anderes.

»Warum schaust du mich so an?«, fragte sie.

»Jimmy hat gesagt, dass ihr ziemlich eng wart, du und Agnew. Wenn's schon dieser blöde Idiot gemerkt hat, dann haben's alle gemerkt.«

»Jimmy trägt in seiner Brusttasche ein rohes Ei mit sich herum«, sagte sie. »Niemand glaubt auch nur ein Wort von dem, was er von sich gibt.«

Sie hörten Ginas Schritte auf der Treppe. »Seid ihr so weit?«, rief sie. »Bei denen will ich nicht zu spät kommen.«

»Ich warne dich, Cushla«, sagte Eamonn, den Zeigefinger vor ihrem Gesicht. »Keine Tränen. Nicht einen verdammten Tropfen.«

Draußen stiegen sie in seinen Ford Capri. Gina wischte demonstrativ über den Beifahrersitz und warf über die Schulter etwas nach hinten. Eine Sindy-Puppe ohne Beine. Im Radio begann die Nachrichtensendung.

Beim Versuch, in einer Bar in South Armagh eine Sprengfalle zu legen, wurde ein einundzwanzigjähriger Mann von der britischen Armee erschossen.

Vor einem Fish & Chips-Wagen im Westen der Stadt wurde ein zweiundzwanzigjähriger Mann erschossen. Es wird vermutet, dass das Attentat im Zusammenhang mit einer anhaltenden Fehde der Republikaner steht.

Heute Morgen wird der Belfaster Prozessanwalt Michael Agnew beigesetzt.

Eamonn schaltete das Radio aus und warf Cushla im Rückspiegel einen kurzen Blick zu. Sie wandte sich ab und lehnte ihre Wange ans Fenster.

»Himmel auch«, sagte Gina. »Verdammt demütigend, zu einer Beerdigung gehen zu müssen, wenn der Täter einer der Unseren ist.«

Einer der Unseren. Ein Katholik.

Die Zeitungen berichteten, alles deute darauf hin, dass das Attentat auf das Konto der IRA gehe. Cushla dachte an die Unterlagen auf Michaels Esstisch. Sie hatte nur in einen der Aktenordner geschaut, in dem brutale Übergriffe der Polizei dokumentiert waren, aber er hatte ihr erzählt, er nehme alle möglichen Fälle an; wer weiß, was sich in den anderen Ordnern befand.

Sie kamen zehn Minuten zu früh an, doch weder an der Straße, die zur Kirche führte, noch auf dem Parkplatz schien es eine Lücke zu geben. Eamonn ließ sie aussteigen und wollte irgendwo eine Parkmöglichkeit suchen. Cushla half ihrer Mutter aus dem Beifahrersitz – nicht, dass Gina wirklich darauf angewiesen war, aber sie hielt Cushla ihren Arm so kraftlos hin, als müsse sie tatsächlich gestützt werden. Cushla war das Getue recht; sie fürchtete sich davor, sich umzudrehen und von jemandem, der sie erkannte, angestarrt zu werden. Sie hätte sich keine Sorgen machen müssen; alle anderen schienen schon in der Kirche zu sein.

Fidel, Minty und Leslie saßen in der letzten Reihe. Sie waren für eine Beerdigung gekleidet, hatten Frotteeshirts und Glentoran Football Club-Trikots gegen altmodische Anzüge und grell gemusterte, breite Krawatten eingetauscht. Sie rutschten ein Stück, um Gina und Cushla Platz zu machen. Jimmy saß zwei Reihen vor ihnen. Ein Chor stimmte ein Kirchenlied an. Cushla blickte über ihre Schulter. Eamonn stand an der Tür. Er warf ihr einen warnenden Blick zu, und sie drehte sich wieder um, ließ ihr Haar wie einen Vorhang vors Gesicht fallen.

Gina neben ihr hatte begonnen, das Geschehen zu kommentieren. Schöne Blumen auf dem Altar. Church of Ireland, nicht so übel wie diese »Press Button Bs« (die Presbyterianer). Cushla sagte, sie solle den Mund halten. Auf der Ablage vor ihnen lagen Ausgaben des *Book of Common Prayer* aus. Cushla nahm eins zur Hand und blätterte darin. Nichts an dem ganzen Ablauf konnte sie mit Michael in Verbindung bringen. Sie war davon ausgegangen, dass er kein Kirchgänger war, aber was wusste sie wirklich von ihm? Sonntags hatte sie seine Wohnung immer früh verlassen, um Gina zur Messe zu begleiten; vielleicht war er nach Hause gefahren und mit seiner Frau in den Gottesdienst gegangen. Und doch konnte sie sich nicht vorstellen, dass er hier, inmitten dieser kläräugigen, rechtschaffenen Gemeinde, Psalmen und Choräle gesungen hatte.

Doch dann begann der Pfarrer über Michael zu sprechen. Über seine Jugend, in der er Rugby gespielt und es in die Auswahl des Irish Schoolboys Rugby Union Team geschafft hatte, eine vielversprechende Karriere, die durch eine Verletzung ihr Ende gefunden hatte. Seine akademische Laufbahn, seine Leidenschaft für die Künste. Seine lebenslange Hingabe an Gleichheit und Gerechtigkeit. Sein Stolz auf seinen Sohn Dermot. Cushla wusste, was bevorstand, und konnte sich doch nicht daran hindern, genau in dem Moment den Kopf zu heben, als der Pfarrer sich ein wenig zur Seite drehte, um seine nächsten Worte an die erste Reihe zu richten: Michaels innige Liebe zu seiner Frau Joanna. Cushla spürte jemanden in ihrem Rücken und sah sich um. Eamonn war ein paar Schritte nach vorn getreten und stand direkt hinter ihr.

Das letzte Lied endete. Vorne gab es Bewegung, und nach einer Weile, die sich wie eine Ewigkeit anfühlte, wurde der Sarg den Gang entlanggetragen. Eine Frauenstimme sang *a capella*. Cushla starrte auf Jimmy O'Kanes altes, speckiges Jackett und blickte erst auf, als sie glaubte, Michael sei an ihr vorbeigetragen worden, doch man hatte einen Augenblick innegehalten, um das Gewicht des Sarges neu zu verteilen. Sein Sohn stand keinen Meter von ihr entfernt. Er sah so jung aus in seinem neuen Anzug, viel zu jung, um den Leichnam seines Vaters zu tragen. Sie setzten sich wieder in Bewegung. »Lieber Gott«, flüsterte Gina. Joanna Agnew wurde von zwei Frauen gestützt, ihre Beine knickten immer wieder ein wie die eines waidwunden Rehs. Cushla senkte wieder den Kopf, versuchte die Worte des Liedes nicht an sich heranzulassen, die Stimme der Frau, die sich in die Höhe schraubte. Sie wagte nicht aufzuschauen, bis Gina sie anstupste, weil es Zeit war, aus der Bank zu treten.

Auf einem Tisch in der Nähe des Portals lag ein Kondolenzbuch aus. Cushla reihte sich hinter ihrer Mutter in der Schlange ein, doch als Gina sich vorbeugte, um ihren Namen einzutragen, schlüpfte Cushla hinaus und stellte sich auf die oberste Treppenstufe. Die Sonne war herausgekommen. Die Menge umstand den Leichenwagen, Jim und Penny mittendrin. Cushla sah zu, wie die Bestatter den Sarg auf einer Lafette zur offenen Tür des Leichenwagens rollten, der mit Blumen überfüllt war. Dermot Agnew stand ein wenig abseits, seine Mutter klammerte sich an ihn. »Alles gut?«, fragte Eamonn.

Bevor Cushla antworten konnte, tauchte Gina auf und sagte: »So, jetzt werden wir den Angehörigen unser Beileid aussprechen.«

»Nein!«, sagten Eamonn und Cushla wie aus einem Mund.

Die Jungs vom Pub waren aus der Kirche gekommen und standen mit ernsten Mienen vor ihnen. »Furchtbar traurig«, sagte Minty.

»Ja. Er war ein Gentleman«, sagte Fidel und zündete sich eine Zigarette an.

Leslie – nüchtern – sagte nichts.

Jimmy sah Cushla an, als wäre er im Begriff, etwas zu sagen. Ihr kam die Straßenszene aus dem Film *Ryans Tochter* in den Sinn, in der der Dorftrottel Rosy Ryan lächerlich macht und allen Dorfbewohnern dämmert, dass sie mit dem britischen Soldaten geschlafen hat. Sie hakte sich bei ihrer Mutter unter und führte sie die Treppe hinab zur Straße. Eamonn hatte ein paar hundert Meter entfernt geparkt. Die Sonne schien ihnen ins Gesicht, und sie wünschte, sie hätte ihre Sonnenbrille dabei. Der Capri stand unter einer Rosskastanie, deren Wurzeln sich durch das Pflaster drückten. Als ihre Augen sich an den Schatten gewöhnt hatten, sah sie, dass Victors MG vor Eamonns Wagen parkte. Sie blickte sich zur Kirche um. Jane und Victor waren auf dem Weg zu ihnen. Jane begann, eindringlich auf Victor einzureden, der die Augen hob und Cushla ansah. Ein Ausdruck der Verachtung in seinem Gesicht. Cushla machte einen Schritt auf sie zu, spürte jedoch Eamonns Hand auf ihrem Arm. »Ich muss mit ihnen reden«, sagte sie und versuchte, ihn abzuschütteln.

»Einen Scheiß musst du«, sagte er.

»Lass mich los!«, sagte sie, überrascht, wie laut ihre Stimme klang.

Er drehte ihr den Arm um und schob sie zurück zu seinem Auto.

Gina stand reglos an der Beifahrertür, als Eamonn Cushla auf den Rücksitz schubste. Auf der Fahrt zum Pub sagte niemand ein Wort.

Cushla hatte vergessen, wie gut Gina hinter dem Tresen sein konnte, wie es ihr gelang, die richtigen Worte zu finden, die deprimiertesten Trinker um sich zu scharen. »Die arme Joanna war völlig zugedröhnt«, sagte sie, »der Junge musste sie die ganze Zeit festhalten, damit sie nicht hinfällt. Ein Nachbar drei Häuser weiter hat der Zeitung gegenüber ausgesagt, sie hätten zwar nicht die Schüsse gehört, aber ihre Schreie.«

Auf dem Tresen lag die Zeitung, die Druckerschwärze verschmiert von den vielen Händen, durch die sie gegangen war. Cushla hob sie auf. In der Mitte des Nachrufs war ein Foto von Michael mit Perücke und Talar abgebildet, ein bisschen jünger, sein Kinn kantiger, die Falten, die sich um seine Augen kräuselten, noch nicht so tief.

»Bin ich froh, dass ich nicht auch noch zur Einäscherung gegangen bin«, fuhr Gina fort. »Wenn sich der dicke rote Vorhang schließt. Wenn der Sarg abgesenkt wird. Wie bei *Sunday Night at the London Palladium*, wenn ihr mich fragt. Aber schöne Musik. Als er hinausgetragen wurde, hat eine Frau ein Lied gesungen. *When I Move to the Sky*. Da ist kein Auge trocken geblieben.«

Jimmy tupfte mit dem Ärmel seines Jacketts Guinness-Schaum vom Tresen. Er leckte den Ärmelaufschlag ab und blinzelte Cushla traurig an. Eamonn stand hinter ihr an der Kasse. »Hör zu, du musst nicht bleiben«, sagte er über die Schulter hinweg. »Schaff mir nur das Klageweib vom Hals. Sie hat mir fast den ganzen Gordon's weggesoffen.«

»Mein Auto steht zu Hause.«

»Mist, das hatte ich ganz vergessen. Hältst du's noch 'ne Stunde aus, bis ich dich fahren kann?«

Sie sagte, sie werde zu Fuß nach Hause gehen und mit dem Auto zurückkommen, um Gina einzusammeln.

Eamonn händigte Minty sein Wechselgeld aus und runzelte die Stirn. »Was sollte dieses Tamtam mit Victor McCusker?«, fragte er. »Woher kennst du ihn?«

Cushla hatte vergessen, wie bekannt Victor war. »Der war bei meinem Irischunterricht«, sagte sie.

»Gibt es irgendwas, das du mir nicht erzählst?«

»Nein.«

»Ich hab nichts zu essen im Haus«, sagte Gina aus der Speisekammer. Als sie wieder zum Vorschein kam, hielt sie in der rechten Hand eine Dose Tomatensuppe, mit der anderen schaltete sie das Radio ein.

Die Provisional IRA hat sich zum Mord an Michael Agnew bekannt, der Prozessanwalt sei ein »williger Handlanger eines völlig korrupten, verrotteten und üblen Justizsystems« gewesen.

»Die Unseren, ich hab's euch ja gesagt«, meinte Gina. »Miese Schweinebande.«

»Mummy, bitte«, sagte Cushla. Sie hatte sich an den Tisch gesetzt und sah zu, wie ihre Mutter zwischen Herd und Spüle hin und her torkelte. Als die Schale Suppe vor ihr stand, drehte sich ihr der Magen um. Es schwammen Brotstückchen darin, die zu fleischigen Klumpen aufgequollen waren.

Cushla zwang sich zu einem Löffelvoll Suppe und behielt ihn so lange im Mund, bis sich die Übelkeit gelegt hatte, erst dann wagte sie es, ihn hinunterzuschlucken. Damit er ihr nicht gleich wieder hochkam, vermied sie es, auf die Suppe zu schauen.

»Du bist ja schon ganz hager«, sagte Gina. »Eine Frau braucht ein bisschen Polster im Gesicht.«

Cushla führte erneut den Löffel zum Mund, hob ihn fast an die Lippen, dann ließ sie ihn wieder in die Schale sinken. »Ich kann nicht«, sagte sie. »Ich versuch's später noch mal.«

Gina starrte sie an. So betrunken schien sie gar nicht zu sein.

Cushla verließ die Küche und ging in ihr Zimmer. Michaels Strickjacke lag auf ihrem Kopfkissen. Sie legte sich aufs Bett und drückte ihr Gesicht in die Strickjacke. Ein paar Minuten lang lag er neben ihr. Zitronenseife, Tabak, Whiskey. Die Wärme seines Körpers am Morgen. Es war ihr gar nicht so schwergefallen, sich zusammenzureißen. Sich bei seiner Beerdigung hinten in der Kirche zu verkriechen war nur die Fortsetzung der Lügen und Täuschungen der letzten Monate gewesen. Und sie hatte es nicht besser verdient. Dort, zwischen ihrer Mutter und den ungepflegten Stammgästen, war ihr Platz. So hatte es sich angefühlt. Sie wusste nicht, was sie sie von Victor und Jane hatte hören wollen? Beileidsworte?

Ein Anerkenntnis ihres Verlusts? Dass Michael sie geliebt hatte?

Sie weinte lange Zeit, kein Gejammer und Geschluchze wie damals, als ihr Vater gestorben war, dessen Heftigkeit ihr eine gewisse Erleichterung verschafft hatte. Die Tränen, die sie jetzt weinte, flossen stetig, als würden sie niemals versiegen. Sie lag reglos da und sah zu, wie draußen das Licht schwand.

Unten brüllte ihre Mutter ihren Namen. Sie musste eingeschlafen sein. Sie zog sich die Strickjacke über, wickelte sie um sich und ging nach unten. Gina gab ihr den Hörer. »Es ist das Bürschchen«, sagte sie.

»Gerry?«, sagte Cushla in den Hörer.

Im Hintergrund war Geschrei zu hören, Gejohle, ein Geräusch, als ginge etwas zu Bruch.

»Miss, ich bin's, Davy.«

Sie roch den Qualm, sobald sie in die Siedlung einbog. Die ersten paar Straßenzüge machten einen verschlossenen Eindruck, doch als sie sich dem Teil näherte, an dem die McGeowns lebten, standen alle Eingangstüren offen, als hätten die Bewohner alles stehen und liegen lassen, womit sie gerade beschäftigt waren, und wären, angezogen von einer unsichtbaren Macht, schnellstens aus dem Haus gegangen. Sie parkte den Wagen, weil sie an der Menschenmenge, die sich auf der Straße versammelt hatte, nicht vorbeikam. Überall Leute. Die Frau, die an dem Tag, als Seamie angegriffen wurde, mit finsterem Blick in ihrem Vorgarten gestanden hatte. Das Mädchen mit dem streifigen Rouge, das Gina in die Mangel genommen hatte. Trevor mit den anzüglichen Versen.

Betty stand auf dem Gehweg, hielt Mandy am Ärmel fest und versuchte, sie wegzuziehen. Seamie lehnte sich an sie, das Gesicht an ihrer Schulter verborgen.

»Wo ist Davy?«, sagte Cushla.

»Vor einer Sekunde war er noch hier«, sagte Betty.

Cushla drängte sich durch die Menschenmenge, rief seinen Namen. Sie schaute zum Haus und sah ihn durch die offene Tür hineingehen. Sie rannte hinter ihm her. Im Wohnzimmer stand dichter Rauch, der Raum erhellt von dem in Flammen stehenden Schaumstoff des Sofas. Die Tüllgardinen waren geschmolzen und tropften aufs Fensterbrett, und die Tapete rollte sich in Bahnen von den Wänden. Sie versuchte, Davys Namen zu rufen, doch der Rauch hatte sich auf ihre Stimmbänder gelegt, und sie brachte nur ein Krächzen heraus. Die Treppe knarrte bedenklich, und als sie aufschaute, sah sie ihn oben auf dem Absatz stehen, die Augen fest zusammengekniffen. Er tastete nach dem Geländer und stolperte die Treppe herunter. Auf der viertletzten Stufe konnte sie seine Hand fassen und zerrte ihn durch die Tür. Ein Feuerwehrmann zog beide vom Haus weg, und hustend und spuckend ließen sie sich auf den schütteren Rasen fallen. Durch das zerbrochene Fenster wurde ein Schlauch geschoben, und das knisternde Feuer erlosch mit einem zischenden Geräusch. Durch den Garten wehte ein Gestank von nassem Ruß. Das Löschfahrzeug war rasch zur Stelle gewesen, zu rasch. Sie hatte gehört, dass die Feuerwehr mitunter schon gerufen wurde, noch bevor das Feuer gelegt war, damit kein brauchbares Haus verschwendet wurde, indem man es bis auf die Grundmauern niederbrennen ließ. Auch die Polizei war eingetroffen, ein Officer tat so, als wolle er die Schaulustigen vertreiben. Eine halbherzige Geste; einige von ihnen kannte er mit Namen, und die meisten blieben stehen, wo sie waren.

Davy hielt etwas in den Armen, er atmete schwer. Sanft löste Cushla seine Hände und sah, dass er seinen Ranzen an sich gedrückt hatte. »Das war sehr mutig und sehr dumm«, sagte sie. Sie weinte. Sie stand auf und zog ihn an der Hand zu seiner Familie. »Ist Tommy hier?«, fragte sie Betty, die Davy an sich drückte.

»Der miese kleine Mordbube«, sagte eine Frau hinter ihnen.

Die Menge kam bedrohlich näher. Wo war der Polizist?

»Wir müssen hier weg«, sagte Cushla und nahm Davys Hand. Seamie konnte nur langsame Schritte machen. Einen Arm hatte er um Bettys Schulter gelegt. Mandy ging auf seiner anderen Seite, ihre Lippen bewegten sich wie zum Gebet. Die Menge folgte ihnen, aber dann jaulte eine Sirene, und weil alle kurz abgelenkt waren, gelang es Cushla, die Familie in ihr Auto zu verfrachten.

»Verriegelt die Türen«, sagte sie.

Sie ließ eben den Motor an, als ein Land Rover der RUC neben ihr hielt. Zwei Polizisten gingen auf das Haus zu, ein dritter schlug gegen ihre Scheibe und fragte, wer sie seien und wohin sie wollten.

»Sie heißen McGeown«, sagte sie. »Ihnen ist gerade das Haus abgefackelt worden. Wollen Sie, dass sie hier rumstehen und zusehen, oder was?«

Er notierte sich ihren Namen und ihre Adresse und ließ sie fahren. Als sie die Siedlung verlassen hatten, fing Mandy leise an zu weinen. Cushla schaute in den Rückspiegel und erwartete, dass Betty ihre Tochter trösten würde, doch Betty hatte das Gesicht leicht zur Seite gewandt und schaute aus dem Fenster. Davy kramte in seinem Ranzen. Er nahm etwas heraus und ließ es vor dem Gesicht seines Vaters baumeln, eine Papiertüte, in der es raschelte.

»Ich hab deine Tabletten, Daddy. Dann kannst du heute Nacht schlafen.«

Gina stand schon in der offenen Tür, als Cushla den Wagen parkte. Sie bat alle in die Küche und begann, Brote zu buttern und Tee zu kochen. Cushla holte eine Flasche mit Mr Reids Orangenlimonade aus der Speisekammer und schenkte Mandy und Davy, die am Tisch saßen, ein Glas ein. Seamie saß ihnen gegenüber, die Handflächen in einer seltsam flehenden Gebärde nach oben gekehrt. Cushla schob ihm Ginas Zigaretten und Feuerzeug hin und sah nach dem Tee. Betty stand neben dem Wasserkessel und beschrieb den Moment, als das Fenster eingeworfen wurde, die Flasche auf dem Kaminboden zerbarst und die brennende Flüssigkeit auf den Teppich und auf die Seite des Sofas spritzte, auf der Davy und Mandy saßen. Die Stille vor dem Angriff und der Jubel, der dann folgte. Sie hatten Seamies Sessel hintüber kippen müssen, um ihn hinaushieven und vor dem Feuer retten zu können. Sie sagte, als sie gerade zu Abend essen wollten, sei die Polizei gekommen, um Tommy abzuholen.

Cushla dachte an die Frau, die sie angepöbelt hatte, als sie versucht hatten, aus dem Haus zu fliehen. »Was ist mit Tommy?«, fragte sie.

»Er ist festgenommen worden. Sie behaupten, dass er den Anwalt erschossen hat …«

Gina zog kaum merklich die Augenbrauen hoch und warf einen Blick auf Cushla. Cushla wandte allen den Rücken zu, nahm ein Messer zur Hand und rückte den Sandwiches zu Leibe, zerhackte sie zu unförmigen Dreiecken. Weshalb sollte Tommy Michael getötet haben? Er konnte ihn doch gar nicht kennen. Sie stellte den Teller auf den Tisch und nahm eine Zigarette aus der Schachtel ihrer Mutter.

»Wie kommen sie darauf, dass Tommy etwas damit zu tun hat?«, fragte Gina.

»Keine Ahnung. Ich hab gerade das Abendessen auf den Tisch gestellt, da haben sie uns fast die Tür eingeschlagen. Drei sind nach oben gestürmt und haben ihn an den Haaren aus seinem Zimmer gezerrt.«

Mandy und Davy starrten die Sandwiches an, machten aber keine Anstalten, sich zu bedienen.

»Vielleicht sollten wir alle zu Bett gehen«, sagte Cushla.

Außer Davys Schulranzen hatten sie nichts mitgenommen. Seamie und Betty bekamen Eamonns altes Bett, und Cushla brachte die Kinder ins Gästezimmer. Dort erinnerten diverse Utensilien an die Krankheit ihres Vaters: ein Nachtstuhl, Kartons mit Windeln und Einweglaken. Sie hatte befürchtet, das Bettzeug könnte eingestaubt sein, doch dann fiel ihr ein, dass Gina die Laken erst vor Kurzem, am letzten Waschtag, gewechselt hatte. Sie knipste die Nachttischlampe an und zeigte Davy und Mandy die Kiste im Kleiderschrank, in der sie ihre alten Bücher aufbewahrte – falls sie nicht einschlafen konnten. In ihren Kleidern hockten sie auf der Bettkante. Cushla ging in ihr Zimmer und holte T-Shirts, die sie zum Schlafen anziehen konnten.

»Ich weiß, dass er es nicht getan hat«, sagte Mandy, als Cushla zurückkam. »Unser Tommy würde niemanden umbringen.«

Unten goss sich Gina Tee ein. Dass sie nicht zum Gin griff,

zeigte, wie ernst die Situation war, in der sie sich befanden. »Du weißt, was die Leute denken werden, wenn sich herumspricht, dass wir die Familie aufgenommen haben«, sagte Gina.

»Was sollte ich denn sonst tun? Ich hatte keine Ahnung, dass Tommy festgenommen wurde. Glaubst du, dass er's war?«

»Wie sollte er's gewesen sein? Wahrscheinlich schiebt man's ihm nur in die Schuhe.«

Cushla räumte den Tisch ab und fing an, das Geschirr zu spülen. In Gedanken sprach sie ein Gebet: Lieber Gott, ich schwöre, wenn Du uns hier heraushilfst, werde ich nie wieder einen Mann ansehen, nie wieder schlecht über jemanden denken; wenn's Dich gütig stimmt, werde ich eine Scheißnonne, aber bitte, bitte lass es ein Missverständnis sein.

Als sie sich auf ihr Bett legte, verspürte sie ein Prickeln in der Lunge. Sie hörte, dass auch Davy hustete. Sie holte ein Glas Wasser und brachte es ins Gästezimmer. Davy schlief auf der Fensterseite; als sie seine Schulter berührte, setzte er sich auf.

»Trink in kleinen Schlucken«, sagte Cushla.

Mandy drehte sich zu ihnen um. »Ich kann nicht einschlafen«, sagte sie.

»Kein Wunder. Wenn ich nicht einschlafen kann, steh ich für ein Weilchen auf, dann geh ich wieder ins Bett und versuch's noch mal. Kommt mit nach unten. Vielleicht klappt's ja.«

Sie zogen ihre Jeans an und folgten ihr. Sie nahm die Abdeckung von den Sandwiches und schenkte drei Gläser Milch ein. Diesmal aßen sie.

»Wo werden wir wohnen?«, fragte Davy plötzlich.

»Keine Ahnung«, sagte Mandy. »Und unsere ganzen Sachen sind noch da. Werden wir irgendwas davon wiederkriegen?«

»Das wird sich bald klären«, sagte Cushla.

Sie gingen wieder zu Bett. Cushla blieb am Tisch sitzen und zündete sich eine Zigarette an. Was sich abgespielt hatte, kam ihr fast wie ein Traum vor. Der brüllende Mob, das splitternde Glas, sie und Davy, wie sie aus dem brennenden Haus taumelten. Es ergab keinen Sinn. Woher sollte Tommy Michael überhaupt kennen? Sie ließ jede Sekunde Revue passieren, die sie in Gegenwart des Jungen verbracht hatte, in panischer Furcht, sie könnte

Michael erwähnt haben, irgendwo seine Adresse liegen gelassen haben, mit ihm gesehen worden sein. Sie machte sich Sorgen, dass Davy die Verbindung sein könnte, aber er war noch ein Kind, und auf all den Fahrten zur Schule hatte sie nicht einmal Michaels Namen erwähnt. Könnte Betty etwas mitbekommen haben? Aber das war lächerlich. Selbst wenn, sie war verzweifelt darüber, dass Tommy nicht mehr zur Schule ging und sich mit seinen Cousins herumtrieb. Kein guter Umgang, hatte sie gesagt. Und was Seamie betraf: Der konnte kaum gehen oder sprechen, geschweige denn ein Attentat planen. Und doch war Tommy festgenommen worden. Vielleicht gab es ja doch eine Verbindung. Und selbst wenn nicht – was Fidel und Leslie anging, so beherbergten die Laverys die Familie eines Jungen, der einen der Ihren getötet hatte. Einen Stammgast der Bar. Einen Protestanten.

Auf dem Weg ins Bett stand sie schon mit einem Fuß auf der untersten Treppenstufe, drehte sich dann noch einmal um und betrachtete das Telefon. Am Ostersonntag hatte Tommy sie angerufen, um sich für die Schokolade zu bedanken. Sie hatte geflüstert: »Michael?«. Und an dem Abend, als er bei ihr zu Hause aufgetaucht war, hatte er es erwähnt: »Als ich sie anrief, haben Sie ›Michael?‹ gesagt.« Sie ging die Treppe hinauf, und in ihrem Magen machte sich ein Gefühl der Angst breit. Könnte das genug Information für Tommy gewesen sein? Aber sie hatte seinen Nachnamen nicht genannt, »Michael« konnte jeder sein. Um sich abzulenken, überlegte sie, was am nächsten Tag zu tun war. Vielleicht könnte sie zur Siedlung fahren, um nachzuschauen, ob von der Kleidung oder den Möbeln noch etwas zu retten war, doch dann dachte sie an die wütenden Nachbarn. Sie könnte in der Schule und im Pfarrhaus anrufen und um finanzielle Nothilfe bitten; jetzt, wo die Familie obdachlos waren, hatte sie doch bestimmt Hilfe verdient. Sie würde Gerry anrufen, vielleicht wusste der, was zu tun war. Als es hell wurde, ging sie nach unten und hinaus in den Garten. Im Apfelbaum von Mr Reid wachten die Ringeltauben auf und stimmten ein klagendes Gurren an. Sie rauchte eine Zigarette und redete sich ein, dass alles in Ordnung kommen würde. Tommy war nicht angeklagt worden, sie würden ihn gehen lassen müssen. Es war alles nur ein verrückter Zufall. Die McGeowns würden ein neues Zuhause finden, in einem besseren Viertel.

Die anderen kamen um acht nach unten und betraten schüchtern die Küche. Gina war damit beschäftigt, Tee und Toast vorzubereiten und Rührei zu machen. Jemand hatte Davy mit einem Tuch übers Gesicht gewischt, aber an seiner Schläfe war immer noch ein Hauch von Ruß zu sehen. Mandy aß Rice Krispies und starrte jeden Löffelvoll grimmig an, bevor sie ihn in den Mund steckte. Cushla stand mit einem Becher Tee und den Gelben Seiten an der Arbeitsplatte und suchte nach Nummern, die nützlich sein könnten. Das Wohnungsamt. Die Polizei. Als letzter Ausweg das Sozialamt. Die Haustür wurde geöffnet, und durch den Luftzug schwang auch die Küchentür auf. Es war Eamonn. Als seine Schlüssel mit einem lauten Klirren auf dem Garderobentisch landeten, zuckte Davy zusammen.

»Ihr zwei«, sagte Eamonn und zeigte mit den Zeigefingern abwechselnd auf Cushla und Gina. »Wir müssen reden.«

Sie folgten ihm in die Diele.

»Sie müssen verschwinden«, sagte er.

»Ich versuche, heute Morgen ein paar Dinge für sie zu erledigen. Sie bleiben nicht lange, nur für ein paar Tage.«

Eamonn drehte sich zu ihr um und holte aus, als wolle er ihr eine Ohrfeige verpassen. Ginas Hand flog hoch und fing seine ab.

»Sie verschwinden sofort«, sagte er und baute sich drohend vor Cushla auf. »Du dumme Fotze.«

Er nahm seine Schlüssel vom Garderobentisch und ging zur Tür. So rechtschaffen zornig, dass es fast anmutig wirkte.

»Was soll ich tun?«, fragte Cushla, als der Motor aufheulte.

»Tu, was er sagt. Und zwar schnell.«

Cushla räumte den Tisch ab – das Frühstücksgeschirr klapperte in ihren Händen, als sie es zur Spüle trug.

Die Zehn-Uhr-Nachrichten.

Wegen des Mordes an dem prominenten Belfaster Prozessanwalt Michael Agnew, der letzte Woche in seinem Haus erschossen wurde, ist ein achtzehnjähriger Mann angeklagt worden.

»Ein Mann«, sagte Betty und brach in Tränen aus. Gina ging zu ihr, legte ihr die Hand auf die Schulter und flüsterte ihr etwas ins Ohr. Während sie zuhörte, sah Betty sich am Tisch um und betrachtete ihren Mann und ihre Kinder, dann wischte sie sich mit dem Handrücken übers Gesicht. Einen Moment lang trafen sich Cushlas und Davys Blicke. Cushla wandte ihm den Rücken zu und gab einen Spritzer Fairy Liquid ins Spülwasser.

Die freundliche Betriebsamkeit der Stadt. In der Auslage vor dem Gemüsegeschäft Bananen, so unreif, dass sie fast neonfarben aussahen. Im Schaufenster des Plattenladens der riesige ABBA-Pappaufsteller, dessen leuchtende Kodachrome-Farben zu Blau- und Grüntönen verblasst waren. Ein Einkaufswagen, der sich von der Kette vor dem Supermarkt gelöst hatte und in Richtung der Straße eierte. Die dicke, mehlige Hand des Bäckers, der ein letztes Baisernest auf die Spitze einer Pyramide setzte. Cushla entging nicht, wie angestrengt die McGeowns aus den Autofenstern schauten. Die Gesichter an die Scheiben gepresst, als wäre es ihre letzte Fahrt.

Auf der Umgehungsstraße herrschte kaum Verkehr, die Schulen waren für den Sommer geschlossen, die morgendliche Stoßzeit vorbei. Am Kreisel bog sie links ab in die Straße, die an dem Internat vorbeiführte, in dem Michael hatte mitansehen müssen, wie der Leichnam des erhängten Jungen auf einer Bahre abtransportiert wurde, das Internat, auf das sein Sohn Dermot gegangen war, als seine Mutter Elektroschocks bekam und sein Vater Cushla vögelte. Die Straße verengte sich, die Häuserreihen standen näher beieinander, die Fahnen und Wimpel schienen sich zu vermehren. Cushla fragte sich, ob Betty in einem dieser Häuser aufgewachsen war, ob sie wohl an einer Giebelwand geschlafen hatte, die mit einem Wandgemälde der Somme oder des *Ulster Solemn League and Covenant* geschmückt war. Sie kamen an dem Stück Brachland vorbei, auf dem man Seamie vermeintlich tot zurückgelassen hatte. Er saß auf dem Beifahrersitz und zuckte nicht mit der Wimper, aber Cushla blickte in den Rückspiegel und sah Bettys Gesicht. Ein Bild der völligen Verzweiflung.

Sie befanden sich am Rand der katholischen Enklave, in der Seamies Bruder wohnte. Auf der anderen Straßenseite parkte ein Land Rover der RUC, und die Kräne der Schiffswerft ragten über den Dächern empor. Betty stieg aus, half Seamie aus dem Auto und führte ihn über den Bürgersteig. Er stützte sich mit seiner verletzten Hand an einer Mauer ab und blickte sich ausdruckslos um.

Betty kam zum Auto zurück und bedankte sich bei Cushla. Die wollte sich entschuldigen, doch die Frau hob abwehrend die Hand. Mandy murmelte einen Abschiedsgruß und schlich davon, zu der Mauer, wo ihr Vater wartete. Davy saß noch im Auto und beugte sich zwischen den Vordersitzen vor.

»Mein Gott, Davy, komm her«, sagte sie. Er kletterte über den Schaltknüppel und auf den Beifahrersitz.

»Ich werde Ihnen einen Brief schreiben, Miss. Ihre Adresse kenne ich auswendig.«

»Versprichst du's mir?«

»Ich schwöre bei Gott.«

»Du bist ein prächtiger Junge, Davy McGeown. Es war die größte Freude meines Lebens, dich kennenzulernen.«

Er warf sich zu ihr herüber und schlang seine Arme um ihren Hals. Sie hielt ihn so fest, dass sie Angst hatte, ihm wehzutun.

Er stieg aus dem Auto, und sie fuhr los. Sie schaute in den Rückspiegel. Seamie, Betty und Mandy gingen den Bürgersteig entlang. Davy stand mit dem Rücken zu ihnen, eine Hand zum Gruß erhoben, und sah zu, wie Cushlas Auto sich entfernte.

Das Haus stank nach Rauch, nicht nach dem üblichen Geruch von Zigaretten, der in den Teppichen und Vorhängen saß, sondern nach den öligen, chemischen Dämpfen brennenden Nylons. Sie schnupperte an ihrem Oberteil; der Geruch kam von ihr. Die Bettdecken oben waren glatt gestrichen, die Kissen aufgeschüttelt und an ihrem Platz. Cushla ging um das Bett im Gästezimmer herum, um ein Fenster zu öffnen. Davys Schulranzen lag auf dem Boden, das Leder an einigen Stellen versengt. Sie setzte sich aufs Bett und hob ihn auf. Etwas klirrte, und als sie herumkramte, fand sie seine Medaillen vom

Sporttag und den Rosenkranz, den sie ihm in Dublin gekauft hatte. Das Messbuch für die Kommunion, sein Name darin in Schreibschrift, die sie ihnen noch gar nicht beigebracht hatte. Sein Rechtschreibheft, ein Buch mit Rechentafeln – der Name *Tommy McGeown Esq.* auf der Innenseite war durchgestrichen und durch Mandys Namen ersetzt worden, dann Mandys durch Davys. Sie schlug sein Englischheft auf. Auf der letzten Seite stand der Brief.

Lieber Jim'll Fix It,
kannst Du bitte machen, dass es meinem Daddy wieder besser geht und dass unser Tommy nach Hause kommt und dass Miss Lavery den abkriegt, den sie liebt.

Mit freundlichen Grüßen
Davy McGeown

PS. Jonathan sagt, Deine Haare sind komisch, aber ich finde sie schön.

27

Sie kamen am dritten Tag. Zwei uniformierte Polizisten, die Frau schmächtig mit einem nach außen gefönten blonden Pony, der Mann korpulent mit Stielwarzen auf den Augenlidern und gelblicher Hautfarbe. Sie fragten, ob sie sie zur Wache begleiten würde. Gina kam aus der Küche, blieb aber in einigem Abstand von der Tür am Garderobentisch stehen. Cushla blickte zu ihrer Mutter hin, flehte sie mit den Augen an, ihnen zu widersprechen, darauf zu bestehen, sie begleiten zu dürfen, aber Gina sagte nichts.

Sie saß auf dem Rücksitz, neben der Polizistin, die während der ganzen Fahrt ihre Nagelhaut massierte. Der Fahrer lutschte ein Bonbon und hielt gegenüber dem Pfarrhaus an, um sie aussteigen zu lassen. Cushla wusste, dass man von den Erkerfenstern aus einen ungehinderten Blick auf die Polizeiwache hatte, und senkte den Kopf.

Das Gebäude war klein, was in direktem Zusammenhang mit der wahrgenommenen Bedrohungslage stand, und wirkte durch die Befestigungsanlagen noch kleiner: ein hoher, mit Stacheldrahtrollen bewehrter Zaun. In einem Wachhäuschen am Tor saß ein einsamer Polizist. Früher hatte Cushla jeden Polizisten und jede Polizistin in der Stadt gekannt, jetzt aber blieb das Personal nicht lange an einem Ort, sondern wurde aus Sicherheitsgründen häufig versetzt.

Eine Pinnwand, vollgehängt mit Handzetteln und Plakaten. Wie Sie unter Ihrem Auto nach Bomben suchen. Die vertrauliche Telefonnummer. Cushla war schon mehrmals da gewesen, um sich Genehmigungen für einen Gedenktag oder einen gesponserten Fußmarsch ausstellen zu lassen. Einmal hatte sie Anzeige gegen einen Gast erstattet, der mit einer Pistole in die Bar gekommen war und ihren Vater bedroht hatte. Die Waffe hatte sich als Spielzeug herausgestellt, worüber sich der Polizist am Empfang vor Lachen ausschüttete. Aber der Vorfall hatte bei ihrem Vater einen Angina pectoris-Anfall ausgelöst und zu einer Ängstlichkeit geführt, von der er sich nie erholt hatte.

Die Polizistin stieß eine Feuerschutztür auf und sagte ihr, sie solle bis zum Ende des Korridors gehen. Dort stand, halb in einer Tür, ein Mann und erwartete sie. Erst als sie fast bei ihm war, erkannte sie ihn. Es war der Disco Peeler. Zuvor hatte sie ihn nur bei schlechtem Licht gesehen. Seine Haare waren heller als in ihrer Erinnerung, Koteletten und Schnurrbart beinahe rötlich. Er sah auf eine langweilige, gesunde Art gut aus, aber seine bedächtigen Bewegungen, seine beherrschte Stimme waren unattraktiv.

Ein Resopaltisch, blau wie die Arbeitsplatten zu Hause und am Fußboden festgeschraubt. Zwei Stühle auf der einen, ein Stuhl auf der anderen Seite. Jede der vier Wände wies unten Schrammen auf, zu hoch für Absätze, zu niedrig für Knie. Tritthöhe.

Er rückte ihr einen Stuhl zurecht. »Cushla«, sagte er, »wenn ich Sie so nennen darf.«

Sie setzte sich und versuchte, ruhig zu bleiben, spürte aber, wie ihre Schultern nach oben wanderten. Es musste wie ein Achselzucken ausgesehen haben. Auf dem Tisch eine Aktenmappe, ein Aschenbecher. Ein Tonbandgerät, das er nicht einschaltete. Er sah ihren Blick.

»Sie sind nicht festgenommen«, sagte er.

»Heißt das, ich kann gehen?«

Er verschränkte die Finger und lächelte. Es war ein Lächeln, das sie frösteln ließ. »Wir hoffen, Sie können uns helfen.«

»Wer ist wir? Hier sind doch nur Sie und ich.«

»Erzählen Sie mir von Ihrer Beziehung zu Michael Agnew.«

»Er ist manchmal in die Bar gekommen.«

»Haben Sie ihn jemals außerhalb der Bar getroffen?«

»Er hat mich gebeten, einer irischsprachigen Konversationsgruppe beizutreten.«

Er nahm ein Foto aus dem Ordner, drehte es um und schob es zu ihr hinüber. Sie und Michael im Licht einer Straßenlampe auf dem Gehweg vor der Kaserne. Michael schwang die Flasche Brandy am Flaschenhals, das Gesicht voller Lachfalten.

»Auf dem Weg zum Haus von James und Penelope Scott«, sagte er. Cushla hatte sich seit dem gestrigen Morgen nicht das Gesicht gewaschen, unter der Strickjacke trug sie ein Rupert Bär-T-Shirt. Er sah sie mit belustigter Miene an, so als sei es vollkommen absurd, dass sie mit solchen Leuten verkehrte.

»Ja.«

»Haben Sie ihn auch woanders getroffen?«

»Nein.«

Er legte ein anderes Foto auf den Tisch. Cushla redete, ihr Mund war leicht geöffnet, und zwischen den Augenbrauen stand eine Falte, als würde sie sich beschweren. Michael schaute sie an. Bei seinem Gesichtsausdruck stockte ihr der Atem. Er hatte sie geliebt.

Sie nahm eine Zigarette aus dem zerknautschten Päckchen in ihrer Jackentasche. Der Disco Peeler beugte sich vor und hielt die Flamme eines goldenen Feuerzeugs unter die Zigarette. »Wer hat die Fotos gemacht?«, fragte sie und blies den Rauch durch die Nasenlöcher aus.

»Hatten Sie eine sexuelle Beziehung mit Michael Agnew?«

»Warum zeigen Sie mir nicht einfach das Foto?«, fragte sie. »Ich vermute, Sie haben ein richtig gutes.«

»Haben Sie ihn bei sich zu Hause besucht?«

»In der Wohnung? Verraten Sie's mir.« Die Art und Weise, wie er sie ansah, beobachtete, wie ihre Lippen Worte formten, war quälend. Ihre linke Hand umklammerte ihren rechten Unterarm, während sie sich mit der anderen Hand die Zigarette dicht vor den Mund hielt.

Er lächelte und legte ihr ein weiteres Foto vor. Sie und Michael in der Nähe des Esstisches. Ihr Mund weit geöffnet, wie bei einem Gähnen, seine Lippen geschürzt, fast die ihren berührend. Ihr nacktes Bein um seinen Hintern geschlungen. Es war an dem Tag aufgenommen worden, als das Auto in die Einfahrt zurückgesetzt hatte. Dem Licht und dem Winkel nach zu urteilen, musste der Fotograf auf der anderen Straßenseite, unter einem der Bäume, gestanden haben. »Mein Gott«, hörte sie sich flüstern.

»Waren Sie jemals im Haus seiner Familie?«

Sie drückte die Zigarette aus. Ihr Mund war trocken. Sie versuchte, ein wenig Speichel zu sammeln und ihn zu befeuchten, aber es gelang ihr nicht. »Sie werden auch davon ein Foto haben«, sagte sie. »Auch wenn ich nie im Haus seiner Familie war.«

Er genoss ihr Unbehagen, trommelte mit den Fingern spielerisch auf die Aktenmappe. »Ihr Auto wurde am Abend des fünfundzwanzigsten Mai vor dem Haus gesehen.«

»Ich war aufgebracht, dass wir uns nicht treffen konnten. Ich bin die Straße entlanggefahren, weil ich wissen wollte, ob er zu Hause ist.«

»Michael Agnew wurde im Haus seiner Familie erschossen«, sagte er und zog die Mappe zu sich heran.

Sie hatte angefangen zu weinen. Die Tränen erkalteten auf ihrem Kinn, das Salz kitzelte ihre Wangen. Sie zog den Ärmel ihres T-Shirts herunter, hielt ihn in der Faust und wischte sich mit dem straff gezogenen Baumwollstoff das Gesicht ab. »Warum habt ihr nicht verhindert, dass er erschossen wird«, sagte sie, »wenn ihr ihm doch die ganze Zeit gefolgt seid?«

Er blinzelte nicht einmal. »In welcher Beziehung stehen Sie zu Tommy McGeown?«, fragte er.

»Ich stehe in keiner Beziehung zu Tommy McGeown. Sein kleiner Bruder war einer meiner Schüler.«

»Wie es scheint, haben Sie sich mit der Familie angefreundet.«

»Davy McGeown ist sieben Jahre alt. Sein Vater wurde zusammengeschlagen, und ich habe versucht, ihm zu helfen.«

»Sie haben sie mehrfach zu Hause aufgesucht.«

»Ostern bin ich bei den Kindern geblieben, als ihre Mutter bei ihrem Vater im Krankenhaus war. Ich habe Davy zur Schule und wieder nach Hause gebracht.«

»Haben Sie mit Tommy McGeown jemals über ihre Beziehung zu Michael Agnew gesprochen?«

»Nein! Er ist ein Teenager. Er spricht sowieso kaum. Und in letzter Zeit war er ohnehin nicht da.«

Er öffnete die Mappe und entnahm ihr ein kleines schwarzes Notizbuch; es war das, das Tommy in der Gesäßtasche bei sich getragen hatte. Er öffnete es und hielt es in die Höhe wie ein Sternsinger. »Haben Sie ihm Ihre Telefonnummer gegeben?«

»Ja. Damit er mich anrufen kann, falls etwas eingekauft werden muss.«

»Er hat etwas auf die andere Seite geschrieben. Möchten Sie, dass ich es Ihnen vorlese?«

»Nein.«

»Oh, es ist sehr schmeichelhaft«, sagte er und räusperte sich theatralisch. »›Heute habe ich tatsächlich mit ihr gesprochen. Nicht das übliche *Wie geht's deinem Da* und *Soll ich euch irgendetwas mitbringen?* Über Bücher und so. Ich musste sie die ganze Zeit anschauen. Einmal hat sie mich dabei erwischt und mich angelächelt. Aber dann hat Mandy alles ruiniert und mich Kid genannt. Jesus. Ich oben an der Treppe, und sie sieht mit diesen Augen zu mir auf.‹«

»Das ist einfach nur Unsinn«, sagte sie, »es hat nichts zu bedeuten. Er hat mich angestarrt, na und?«

»Ich finde bestimmt ein besseres Beispiel«, sagte er, bog das Notizbuch auseinander und ließ die Seiten durchrattern, als wäre er ein Falschspieler. Er hielt abrupt inne. »Hier ist es. Ein Eintrag vom Ostersonntag, er berichtet von einem Telefonat. ›Sie hat mich Michael genannt. Wer zum Teufel ist dieser Michael?‹ Oh, und nach einer Begegnung an der Tür schreibt er: ›Sie sieht in mir nur einen Teenager, aber es gibt Dinge, die sie nicht über mich weiß.‹«

Sie hatte sich gefragt, ob Tommy für sie schwärmte, sich aber nichts weiter dabei gedacht. In seinem Alter war sie andauernd kurz und heftig verliebt gewesen, in Jungs, die sie nicht anzusprechen wagte, Eamonns Kumpel, Söhne von Freunden ihres Vaters. Aber »Es gibt Dinge, die sie nicht über mich weiß«? Was sollte das heißen?

»Michael hat mich abends manchmal angerufen. Ich hatte angenommen, er sei es. Seinen Nachnamen habe ich ihm nie genannt.«

»Sie haben vor zwei Tagen mit Tommy McGeown gesprochen, nach dem Mord. Anscheinend gibt es viel, was er ihnen zu erzählen hat. Wenn Sie zwei etwas trinken gehen.«

»Sie verdrehen alles«, sagte Cushla. »Ich habe ihm gesagt, dass ich vielleicht mit ihm ausgehe, weil ich seine Gefühle nicht verletzen wollte.«

»Wie kommt es, dass die McGeowns bei Ihnen wohnen?«

»Sie waren für eine Nacht da! Davy hat mich angerufen und mir gesagt, ihr Haus steht in Flammen, und ich bin hingefahren und habe sie von dort weggeholt. Ich wusste nicht, dass Tommy festgenommen worden war.«

»Es sieht nicht gut aus«, sagte er und legte das Notizbuch wieder in die Mappe.

»Sie glauben doch nicht ernsthaft, dass ich irgendetwas damit zu tun habe?«

»Sie sind die Verbindung zwischen Opfer und Täter.«

»Das ist ein verdammter Zufall!«, rief sie und stand auf. Bei dem Fluch hatten sich seine Lippen angewidert verzogen. Dingsbums, hier wird nicht geflucht, dachte sie.

»Setzen Sie sich, Miss Lavery«, sagte er.

Sie schob ihre Hände unter ihren Po, damit sie aufhörten zu zittern. »Hören Sie, ich weiß, dass ich nichts getan habe.«

»Wenn es eine Verbindung gibt, werde ich sie finden.«

»Was geschieht jetzt?«

»Das hängt von Ihnen ab.«

»Was meinen Sie damit?«

»Sie könnten sich in die Ecke stellen und sich ausziehen.«

»Was??«

Er lachte. »Ich kann Sie hier bis zu sieben Tage festhalten.«

Sie sah zur Tür. Er hatte sie geschlossen, als sie den Raum betraten. Er hatte sich keine Notizen gemacht. Kein Geräusch war zu hören gewesen, nicht einmal Schritte im Korridor, als hätte man ihn hier mit ihr allein gelassen, damit er tun könne, was er wolle.

»Ich habe nichts getan.«

Er lehnte sich zurück. Und dann lächelte er. »Danke für Ihre Mitwirkung, Miss Lavery.«

»Sie lassen mich gehen?«

»Sie hätten die ganze Zeit gehen können.«

Er ging hinter ihr den Korridor entlang, seine Sohlen

quietschten leise auf dem Fußboden. Dann reckte er sich vor, um die Feuertür zu öffnen, und weil sie ihn nicht berühren wollte, musste sie unter seinem Arm hindurchschlüpfen. Sein Hemd roch nach gemähtem Gras. Sie trat aus der Polizeiwache ins Sonnenlicht. Als sie die High Street überquerte, glaubte sie zu sehen, wie sich an Slatterys Fenster ein Vorhang bewegte. Am Schulzaun entlang, an der Ecke nach links, an der Fish & Chips-Bude vorbei. Kein Korb, keine Schlüssel, kein Auto – als sei sie ihrer selbst beraubt worden.

Weshalb waren sie Michael gefolgt? Hatten vor seiner Wohnung gestanden, Fotos gemacht? Die Autos notiert, die an seinem Haus vorbeifuhren? War es ihretwegen, oder hatten sie ihn schon beschattet, bevor sie aufgetaucht war? In den Wochen vor seinem Tod hatte er einen gehetzten Eindruck gemacht, doch das hatte sie der Belastung zugeschrieben, zwischen zwei Häusern, zwei Frauen pendeln zu müssen. Sie hatte mit Michael über Tommy gesprochen, war sich aber sicher, dass sie, abgesehen von der törichten Erwähnung seines Namens am Telefon, Michael weder dem Jungen noch irgendeinem der McGeowns gegenüber erwähnt hatte. Ihre Affäre mit Michael und ihre Freundschaft mit Davy hatten sich zeitgleich, aber dem Anschein nach getrennt voneinander entwickelt. Jetzt erkannte sie, dass beides miteinander verwoben war, dass das eine das andere beeinflusst hatte. In ihren Gedanken machte sie ein Ereignis nach dem anderen, jede Entscheidung, jede Wahl rückgängig. Wenn Davy daran gedacht hätte, einen Mantel anzuziehen. Wenn Seamie McGeown einen Monat länger arbeitslos geblieben wäre und sich nicht mit ein paar Gläsern Stout in der Blase allein auf einer dunklen Straße wiedergefunden hätte. Wenn Michael Agnew nicht an einem ruhigen Februarabend in seinem weißen Hemd in den Pub gekommen wäre. Wenn es Betty gelungen wäre, Tommy dazu zu überreden, weiter zur Schule zu gehen. Was, wenn *sie* der Bedingungssatz war? Wäre Michael Agnew noch am Leben, wenn er Cushla Lavery nicht kennengelernt hätte?

Sie war zu Hause angelangt. Sie klingelte. Gina ließ sie herein und stand händeringend da. Eamonn habe angerufen. Zweimal. Die halbe Stadt habe sie in die RUC-Wache gehen sehen, und die andere Hälfte habe sie mit herabhängendem Haar herauskommen sehen. Sie dürfe sich in der Bar nicht mehr blicken lassen. Ihre Stimme verlor sich, und sie blickte an Cushla vorbei. »Draußen ist jemand«, sagte sie.

Cushla drehte den Türknopf und öffnete die Eingangstür. Auf der Stufe standen Slattery und Bradley.

»Na, Sie zwei haben aber nicht lange gebraucht, um auszurücken«, sagte Cushla. Sie ging ins Wohnzimmer. Die Männer folgten ihr.

»Ich nehme an, ich sollte mich besser hinsetzen«, sagte sie und ließ sich aufs Sofa fallen.

Slattery sah sich im Zimmer um, als wolle er es inspizieren. »Sie sehen, auch wir haben einen Farbfernseher«, sagte Cushla und zeigte auf den Apparat in der Ecke, »auch wenn er wahrscheinlich nicht so schick ist wie der, den sie meinem Vater abgeschwindelt haben, als er im Sterben lag.«

Bradley nestelte an seinem Kragen herum, sein kahler Schädel rötete sich. »Wir haben ein ernstes Anliegen«, sagte er.

»Ich bin ganz Ohr«, sagte Cushla.

Sie habe sich mit einer Familie von Taugenichtsen angefreundet, obwohl ihr davon abgeraten worden sei; tatsächlich habe sie die Familie bei sich aufgenommen, nachdem einer von ihnen wegen Mordes festgenommen worden sei. Die Beziehungen zwischen den Religionsgemeinschaften in der Stadt seien heikel, und ihre Position als Mitglied des Lehrkörpers sei derzeit nicht tragbar. Später werde es eine Dringlichkeitssitzung des Schulbeirats geben, und Cushla müsse mit dem Schlimmsten rechnen.

»Sie feuern mich?«

»Wir denken, es wäre das Beste, wenn Sie ein Schuljahr aussetzen.«

»Haben Sie gar nichts dazu zu sagen?«, sagte Gina und machte einen Schritt auf Slattery zu. Er warf ihr einen kalten Blick zu und wandte sich ab.

28

Gina stellte das Tablett aufs Bett. »Du hast Post, Liebes«, sagte sie.

Bemuttert zu werden fühlte sich seltsam an, vor allem jetzt – nie hatte Cushla sich so wenig wie ein Kind gefühlt. Sie wühlte zwischen den Laken nach ihren Zigaretten und dem Feuerzeug. Beim ersten Zug wurde ihr schlecht, aber sie behielt den Rauch in der Lunge, bis das Nikotin ihren Körper zu fluten begann. Gina hatte die Vorhänge aufgezogen und schob das Fenster nach oben. Die Sonne sandte lange Schatten in den Raum. Der Sommer neigte sich seinem Ende zu. Er war vorübergegangen, und Cushla hatte kaum etwas von ihm bemerkt.

Gina ließ die Tür angelehnt und saugte auf dem Flur Staub. Cushla taumelte aus dem Bett und zog die Vorhänge wieder zu, dabei stellte sie sich neben das Fenster und bewegte sich dann hinter den Stoffbahnen auf die andere Seite. Selbst als sie den Stoff in der Hand hielt, wusste sie, dass ihr Vorgehen vollkommen absurd war. Wenn sie zurückkamen, um sie zu holen, würden sie kaum wie der SAS, die Spezialeinheit der britischen Armee, die Fassade hinaufklettern. Sie würden klingeln, und Cushla würde gehorsam mit zu ihrem Fahrzeug gehen.

Es war siebenundzwanzig Tage her, dass sie verhört worden war; dreißig, seit sie die McGeowns am Rand der Short Strand abgesetzt hatte; fünfunddreißig, seit Tommy McGeown das Magazin einer Pistole in Michaels Körper entleert hatte. Von Tommys Prozess hatte sie nichts gehört, auch wenn sie ihn im Kopf durchgespielt hatte, an einem Ort, den sie Monate zuvor in Tagträumen über Michael erschaffen hatte; einem von TV-Scheinwerfern hell ausgeleuchteten und mit Mahagonibänken unterteilten Raum, den sie aus *Rumpole* und *Crown Court* übernommen hatte. Tommy auf der Anklagebank. An schlechten Tagen sitzt auch sie dort, neben ihm. Meistens ist sie im Zeugenstand und wendet sich den Zuschauerreihen zu. Alle sind da. Joanna Agnew, gestützt von Dermot. Jim und Penny, Jane. Victor manchmal bei ihnen, öfter aber bei der Presse. Betty McGeown, allein. Alle sind da außer Michael, der auf Fotografien, ballistische Analysen, Obduktionsberichte reduziert ist. Plastiktüten mit zerlöcherter, blutverschmierter Kleidung.

Sie leckte ihren Zeigefinger an und sammelte ein Ascheflöckchen von seiner Strickjacke. Sein Geruch war längst verflogen, aber sie mochte es, wenn sich beim Aufwachen das Muster in ihre Haut gedrückt hatte. Brombeere, Honigwabe, Diamant. Manchmal die Stelle, an der sich die Maschen eines Zopfmusters überkreuzten. Sie griff nach dem Aschenbecher. Daneben lagen Davys Messbuch und seine Medaillen, sie hatten sich zu *Der schwarze Prinz*, dem Schlüssel und dem Stück Seife gesellt. Zu der Novena, die er im Scherz vorgelesen hatte und die ihn nicht davor bewahrt hatte, ermordet zu werden. Eine Kollektion, die einer Miss Havisham würdig war. Inzwischen verstand sie den Kummer ihrer Mutter. Die Schwere, die sie in die Mitte ihres Bettes drückte, die die kleinste Aufgabe oder körperliche Bewegung wie eine olympische Meisterleistung erscheinen ließ. Sich waschen. Essen. Aufstehen.

Seit Gerry abgereist war, hatte sie außer Gina und Eamonn niemanden gesehen, und wenn Eamonn mit den Kindern vorbeikam – es gab jetzt ein drittes, auch wieder engelhaftes Mädchen –, ging sie ihm aus dem Weg. Dann stand sie an ihrer Schlafzimmertür und hörte, wie ihre Mutter und ihr Bruder sich unterhielten. Das Geschäft ging den Bach runter. Leslie trank in der Bar, in der die Soldaten tranken. Minty winkte Gina in der Stadt nicht mehr zu. Fidel schaute ab und zu vorbei, mit den Kleinkriminellen, mit denen er sich immer privat getroffen hatte, über dem Laden. Sie setzten sich an einen Tisch wie die Soldaten, und wenn sie gegangen waren, fand Eamonn in den Teppich getretene Zigaretten, und in die Polster waren schwarze Löcher gebrannt. Auch die Katholiken waren weitergewandert, damit niemand auf den Gedanken kam, sie würden es billigen, dass sie die McGeowns beherbergt hatten. Nur Jimmy kam noch jeden Abend. Weil er nicht ganz richtig im Kopf war, sagte Gina.

Auf dem Tablett lag eine Postkarte, das Bild einer geraden roten Eisenbrücke, die einen Fluss überspannte. Im Hintergrund, wo der Fluss eine Biegung machte, war eine Kathedrale zu sehen. Gerry und seine Freunde hatten Frankreich verlassen und waren nach Girona gefahren. *Die Brücke hat Gustave Eiffel entworfen, ein Probelauf für seinen Turm*, las sie. Auch einen Brief hatte sie bekommen, in einem blauen Basildon Bond-Umschlag. Die Adresse war in einer Handschrift geschrieben, die sie nicht erkannte, doch als sie das Briefpapier auseinanderfaltete, machte ihr Herz einen Sprung. Der Brief war von Davy. Bevor Gerry losgefahren war, hatte sie ihn gebeten, herauszufinden, wo der Junge sich aufhielt, aber er wusste nicht, wo er suchen sollte, und er konnte ja nicht gut an alle Türen der Short Strand klopfen. Einmal war Cushla Richtung Osten gefahren, in Sichtweite der Stelle, wo sie die Familie abgesetzt hatte. Doch auf der einen Seite flatterten zu viele Fahnen und Wimpel, auf der anderen waren die Mauern zu bedrückend, und in Panik fuhr sie davon, weil sie befürchtete, verfolgt zu werden. Davy hatte den Brief so gegliedert, wie sie es ihnen in der Schule beigebracht hatte. *Liebe Miss Lavery, ich hoffe, es geht Ihnen gut.* Sie lächelte, doch als sie weiterlas, schwand ihre Freude. Sie hatten noch kein neues Haus gefunden. Davy war bei einer Pflegefamilie untergebracht. Mandy irgendwo anders.

»Von wem ist der Brief?«, fragte Gina, als sie ins Zimmer kam und das Tablett abräumte.

Cushla reichte ihr den Brief. Gina stellte das Tablett wieder ab, setzte sich auf die Bettkante und las. »Jesus, Maria und Josef«, sagte sie.

»Das war ich«, sagte Cushla.

»Wie meinst du das?«

»Ich habe Bradley gebeten, Ihnen zu helfen, und er hat Betty beim Sozialamt gemeldet.«

»Das ist nicht deine Schuld.«

»Alles ist meine Schuld.«

»Ich glaube, du solltest einen Termin bei Dr. O'Heir machen«, sagte Gina.

»Damit er mich mit den gleichen Pillen vollstopft, die er dir verschreibt?«

»Du isst nicht. Du hast seit Wochen das Haus nicht verlassen. Vielleicht tut dir eine Verschreibung ganz gut.«

»Ich bin nicht verrückt, weißt du. Ich habe meine Stelle verloren. In unserem Pub habe ich Hausverbot. Die ganze Stadt denkt, dass ich die IRA unterstütze. Es gibt nicht allzu viele Orte, wo ich hinkann.«

»Dieses ganze Theater«, sagte Gina, »muss ein Ende haben.«

»Na schön«, sagte Cushla. »Vielleicht sollte ich einen Bummel über die High Street machen. Ich könnte bei der Polizeiwache vorbeischauen und mich erkundigen, ob irgendwelche Beweise gegen mich vorliegen. Dann kaufe ich mir ein 99 und halte ein Schwätzchen mit Fidel und seiner Ma.«

Gina legte den Brief auf den Nachttisch. »Es ist nicht deine Schuld. Und Michael war auch nicht deine Schuld.«

»Du wusstest es?«

»Ich habe dich in seinen Wagen steigen sehen.«

»Warum hast du nichts gesagt?«

»Weil ich gehofft hatte, die Sache würde sich von allein erledigen. Und Gerry ist ein nettes Bürschchen, aber darauf bin ich nicht reingefallen«, sagte sie.

Cushla fühlte sich seltsam euphorisch. »Wir wurden verfolgt«, sage sie. »Die RUC hat Fotos. Ich in seinem Auto. Wir in seiner Wohnung. Ich bin von einem Peeler verhört worden, der bei der Schuldisco Platten aufgelegt hat. Er hat mir gesagt, er wird mich sieben Tage festhalten, wenn ich mich nicht ausziehe.«

»Lieber Gott, ich hätte dich begleiten sollen«, sagte Gina leise und mit gesenktem Blick. Cushla nahm einen schwachen Geruch nach Gin wahr.

»Was soll ich wegen Davy unternehmen?«

»Du kannst überhaupt nichts unternehmen. Aber du kannst auch nicht den Rest deines Lebens im Bett verbringen. Ich lasse dir ein Bad ein, und du wirst dir mal was anderes anziehen als diese verdammte Strickjacke. Die läuft ja schon von ganz allein herum.«

Gina ging aus dem Zimmer. Cushla las den Brief noch einmal, schob ihn wieder in den Umschlag und legte ihn zu den anderen Sachen auf ihrem Nachttisch. Im Bad zog sie sich aus und stieg in die Wanne. Das Wasser war tief. Sie wusch sich die Haare, zog die Knie an und legte sich zurück, Haare und Schaum trieben wie Algen und Gischt umher. Sie lehnte sich gegen die kalte Emaille. Ihr Körper hatte sich verändert. Ihre Hüftknochen standen noch mehr vor, ihr Bauch war weiter eingesunken. Ihr gefiel, wie sie aussah: blass und leer, das Äußere spiegelte das Innere wider.

Als sie nach unten ging, wischte Gina gerade den Fußboden. Auf dem Tisch lag ein Weizenbrot, ein Stück Butter in einem Glasbehälter. Ungepellte gekochte Eier, Kochschinken vom Schlachter. Zwei Puddingtörtchen und zwei Ringkrapfen. Gina ließ den Wischmopp im Eimer stehen, eine kankelige Angelegenheit, und ging durch die Küche zum Tisch. Sie ließ sich auf einen Stuhl fallen. »Iss«, sagte sie.

Sie waren wie ein Wechselteam beim Wrestling, gingen immer abwechselnd zu Boden.

Cushla löffelte die Füllung aus einem der Törtchen und nippte an einer Tasse Tee. Sie zog ihren Korb zu sich heran. Die Kamera war noch da. Sie nahm den Film heraus, hielt ihn zwischen Daumen und Zeigefinger und betrachtete ihn einen Moment lang. Dann ging sie aus dem Haus.

Sie drehte den Schlüssel im Zündschloss, aber es passierte nichts. Beim dritten Versuch schien es zu klappen, ein kurzes Tuckern, dann nichts mehr. Sie versuchte es noch einmal und befürchtete schon, der Motor sei abgesoffen, doch schließlich sprang er stotternd an. Sie fuhr die Straße hinunter und parkte vor dem Pfarrhaus. Sie hielt den Kopf gesenkt und rannte fast den Gehweg entlang. Im Fenster des Bekleidungsgeschäfts hingen Schilder mit der Aufschrift ZUM SCHULBEGINN, und Kinder-Schaufensterpuppen trugen die Uniformen der protestantischen Schulen. Jemand hatte Johnny the Jig, dem

Jungen mit der Konzertina, einen blauen Anorak angezogen. Sie brachte den Film zum Entwickeln in die Drogerie und merkte, wie die Verkäuferin aufhorchte und kurz zögerte, als Cushla ihren Namen buchstabierte.

Vorbei an dem Abzweig, der zum Pub führte, dem verfallenen Kloster, auf die Schnellstraße und schließlich nach links, eine baumbestandene Straße entlang. Rechts und links von ihr hohe Kaufmannshäuser, beschattet von Ahornbäumen und Ebereschen. Der Parkplatz am Strand war fast voll. Im Auto neben ihr bellte ein Hund, ein hohes, nervöses Kläffen. Es herrschte Flut. Sie überquerte die Uferböschung; der Strandhafer war schon verblasst, gebleicht von einem Sommer, den sie verpasst hatte. Ihre Füße versanken im Sand, als sie zum Meeressaum ging. Das Wasser stieg immer schneller. Eine Welle schwappte über ihre Schuhe und füllte sie mit der unbarmherzigen Kälte des Lough.

Als sie zum Parkplatz zurückging, kam ihr von Norden ein Wind entgegen, der ihre Lippen mit Salz würzte. Am Ende des Strands ein Wald. Am Waldrand lag ein Pärchen im Gras, Jugendliche. Der Mantel des Jungen unter ihnen, sein Mund am Ohr des Mädchens. Ihr Gesicht der Sonne zugewandt, seine Hand machte sich unter ihrem Pullover zu schaffen. Als Cushla vorbeiging, rollten ihre Augen nach oben. Es erfüllte sie mit Sehnsucht.

Sie nahm den Weg, der durch die Bäume zum alten Viadukt mit seinen von Efeu bewachsenen steinernen Bögen führte, und folgte dem plätschernden Geräusch des Wasserfalls. Er war nur ein, zwei Meter hoch, eine sanfte Flut. Sie kehrte um. Ein Mann kam auf sie zu. Sie kannte sein Gesicht, vielleicht aus der Bar, vielleicht hatte sie aber auch eines seiner Kinder unterrichtet. Vielleicht verfolgte er sie. Und wenn schon. Sie konnten sie ebenso gut auch gleich holen kommen.

29

Vor dem Anker war eine Bierlieferung abgestellt worden, fünf Fässer. Vor ein paar Monaten wären es zwanzig gewesen. Ein Barhocker hielt die Eingangstür auf.

»Komm rein und sprich mit ihm. Es bringt mich um, dass ihr zwei nicht miteinander redet«, sagte Gina.

»Nein«, sagte Cushla.

»Er ist nicht mehr so wütend, wie er war«, sagte Gina. Als sie im Begriff war, aus dem Auto zu steigen, kam Eamonn aus der Bar. Er warf Cushla einen finsteren Blick zu, legte ein Fass auf die Seite und rollte es mit der Schuhspitze über den Asphalt.

»Ehrlich gesagt, mir kommt er ganz schön stinkig vor«, sagte Cushla.

Gina seufzte und stieg aus, einen Kittel, ein Bündel orangefarbener Staubtücher und ein Fensterleder unter dem Arm.

Cushla hielt an der Drogerie an, um den Film abzuholen, konnte der Verkäuferin aber nicht in die Augen sehen. Sie fuhr eine Meile aus der Stadt hinaus zu einer Tankstelle an der Bangor Road. Dort blieb sie im Auto sitzen, beobachtete den Laden durchs Fenster und ging erst hinein, als er leer war. Sie kaufte Zigaretten und eine Zeitung und ließ das Wechselgeld fallen, das der Junge hinter dem Tresen ihr aushändigte. Vor einer der Zapfsäulen war ein Wagen vorgefahren. Ein Mann stieg aus und öffnete den Tankdeckel. Er war groß, mit rotblondem Haar. Sie geriet in Panik und stürzte aus dem Geschäft, ließ die auf dem Boden verstreuten Münzen zurück. Als sie hinterm Steuer saß und die Türen verriegelt hatte, blickte sie auf. Es war nicht der Disco Peeler.

Sie fuhr den Weg zurück, den sie gekommen war, an der Stadt vorbei und die Schnellstraße entlang. Am Kreisel bog sie links ab und folgte dem Zaun der Kaserne, dann nahm sie die diversen Abzweigungen, die sie schließlich auf die Straße in Richtung der Hügel führten. Der Sommer war warm gewesen. Die Hecken wucherten ekelhaft üppig, der Stechginster war verblüht, das Laub fast schwarz. Sie bog in die Parkbucht ein und schlug die Zeitung auf. Auf der Titelseite stand etwas über Tommys Gerichtsverfahren, ein kleiner Hinweis auf eine Doppelseite im Innenteil. Das Feature enthielt einen Kommentar darüber, wie riskant es sei, in der Justiz zu arbeiten, im vergangenen Jahr seien zwei Richter erschossen worden; einen Artikel, der ausführte, dass die meisten derjenigen, die sich wegen terroristischer Anschläge vor Gericht verantworten mussten, noch keine zwanzig waren, und der die Männer verurteilte, welche, um sich nicht selbst die Finger schmutzig machen zu müssen, Teenager rekrutierten; in der Mitte einen Bericht über die Verhandlung selbst. Das Bild von Tommy war ein Fahndungsfoto, so grobkörnig und unscharf wie die, die sie in Michaels Ordner gesehen hatte. Er sah so hager und verwegen aus wie bei ihrer letzten Begegnung, seine Augen aber verrieten ihn. Sie leuchteten geradezu vor Angst. Tommy hatte sich geweigert, das Gericht anzuerkennen, nichts zu seiner Verteidigung angeführt, keine Fragen beantwortet. Er wurde aufgrund erdrückender Beweisen verurteilt, wenngleich es sich nur um Indizienbeweise und forensische Befunde handelte. Er hatte gegenüber von Michaels Haus gearbeitet, einen Weg ausgebessert. Es fing an zu regnen, und weil er wusste, dass die Familie nicht zu Hause war, bat Michael den Jungen auf eine Tasse Tee herein. Cushla stellte sich vor, wie er mit dem Kessel zur Spüle ging, ihn aufsetzte, Tassen aus dem Schrank nahm, nach Keksen suchte. Wie freundlich er mit einem so schwierigen Jungen wie Tommy gesprochen haben musste, um ihm die Befangenheit zu nehmen. Was hatte Tommy wohl gedacht, als er dort saß? Hatte er sich für den Mann, der ihn hereingebeten hatte, erwärmt? Hatte er seine Fragen beantwortet, über seine Scherze gelacht? Hatte Michael ihn nach der Schule gefragt, ihm erzählt, dass er einen Sohn in seinem Alter habe? Wie lange hatte Tommy dort gesessen, bis sein Blick auf ein Foto auf der Kommode fiel, auf dem Michael mit Perücke und Talar zu sehen war, und er fälschlicherweise schlussfolgerte, das der Mann, der ihm eine

Tasse Tee machte, Richter war? Hatte er gleich erkannt, welch eine Gelegenheit sich ihm bot, oder war es ihm erst später in den Sinn gekommen, als er seinem Cousin von seinem Arbeitstag erzählte? Tommy McGeown mit all seiner Wut. Mit dem verzweifelten Wunsch, dazuzugehören. Der Nervenkitzel, den er verspürt haben musste, als man ihm eine Pistole in die Hand drückte und ihm auftrug, zurückzugehen und Michael zu töten.

Sie stieg aus dem Auto und setzte sich auf die Motorhaube, um eine Zigarette zu rauchen. Den Umschlag mit den Fotos ließ sie auf dem Beifahrersitz liegen. Die Lämmer auf der Weide, die Michael und sie hatten herumtollen sehen, waren groß geworden und trotteten behäbig übers Gras. Es gab also keine Verbindung. Es war nur einer jener unglücklichen Zufälle, etwas, was sich hier andauernd ereignete.

30

Für den Mord an dem bekannten Belfaster Prozessanwalt Michael Agnew ist ein Achtzehnjähriger zu einer lebenslangen Haftstrafe verurteilt worden. Als er aus dem Gerichtssaal geführt wurde, zeigte Thomas Ronald McGeown aus der Siedlung Hollyburn keinerlei Reaktion.

In einem Pub im County Down ist ein Brandsatz explodiert und hat erheblichen Schaden angerichtet. Zu dem Anschlag hat sich niemand bekannt.

Gina stand am Zaun, auf den sich Mr Reid gerade mit seinen knochigen Ellbogen stützte. Am Abend zuvor hatte er an ihre Tür geklopft, um seine Hilfe anzubieten, und auch wenn er gar nicht helfen konnte, war Gina doch zu Tränen gerührt. Später war Gerry vorbeigekommen, aus seinem Sommerurlaub hatte er Geschenke mitgebracht, gebrannte Mandeln und ein halbes Stück Lavendelseife. Sonst hatte sich niemand blicken lassen.

Cushla ging zum Küchentisch, nahm den Umschlag mit den Fotos aus ihrem Korb und steckte ihn in die Tasche von Michaels Strickjacke. Sie schnappte sich ihre Schlüssel vom Garderobentisch und verließ das Haus.

Als sie den Motor anließ, ging das Radio an. Die Nachrichtensendung war gerade zu Ende. Ein Altweibersommer kündigte sich an. »Typisch«, sagte der Moderator, »kaum sind die Schulferien vorbei, steht uns eine Hitzewelle bevor.« Am Ende der Straße warf sie einen kurzen Blick nach links, in Richtung St. Dallan's. Gerry zufolge war Cushla durch eine junge Frau aus Ballyclare ersetzt worden, die Bride hieß und angeblich über die Gabe verfügte, in fremden Zungen zu reden.

Cushla drehte am Knopf und fand einen anderen Radiosender. Gerade wurde *Superstar* von den Carpenters gespielt. Sie sang mit, doch beim Refrain ging ihr auf, dass der Song aus der Sicht eines verzweifelten Groupies geschrieben war.

»Halt den Rand, Karen«, sagte sie und schaltete das Radio aus.

Der Parkplatz vor dem Pub war leer; Eamonns Capri hatte die Hauptwucht der Explosion abbekommen und war auf dem Weg zum Schrottplatz. Rechts der Eingangstür war es, von den zerborstenen Fensterscheiben abgesehen, beinahe so, als wäre nichts geschehen. Auf der linken Seite bot sich ein ganz anderes Bild. Ein Teil der Giebelwand war verschwunden, und die Lounge im Obergeschoss ähnelte einer schäbigen Puppenstube. Cushla atmete tief durch und trat ein.

Der Teppichboden quatschte unter ihren Füßen, die Barhocker am Tresen waren umgeworfen, als hätte es eine Schlägerei gegeben. Von der Decke baumelten Fetzen von Rigipsplatten. Die jadegrünen Polster waren durchnässt vom Löschwasser, auf den Tischen lauter bunte Glasscherben, die aussahen wie Bonbons. Hinter der Theke lagen Flaschen auf dem Linoleumboden, aus denen zischend Bier, Ginger Ale oder Stout entwich. Die Regale waren zusammengebrochen. Sie hob Trümmerteile an, schob sie mit Händen und Füßen beiseite. Sie fand den kleinen Sockel, auf dem die Whiskey-Keramikhunde gesessen hatten; der schwarze Scottish Border Terrier war noch heil, von dem Westie waren nur zwei kalkweiße Pfoten geblieben. Die Flasche grüner Chartreuse. Das Babycham-Rehkitz, das Augenringe aus Rauch hatte.

Eamonn kam von hinten in den Pub, in der Hand einen Müllsack. »Hast du was retten können?«, fragte er.

»Ein bisschen was.« Sie zwang sich, den Kopf zu heben und ihn anzusehen. »Es tut mir so leid, Eamonn.«

»Vielleicht hast du uns einen Gefallen getan«, sagte er. »In letzter Zeit haben wir draufgezahlt.«

»Jemand hätte getötet werden können.«

»Ist aber niemand getötet worden.«

Die Bombe war in einem leeren Bierfass links vom Eingang deponiert worden. Fünfzehn Minuten vor der Detonation hatte die Polizei einen anonymen Anruf erhalten und die Bar evakuiert. Eamonn hatte zwischen zwei Polizisten der RUC im Tunnel gestanden und zugesehen, wie die Bombe explodierte. »Jemand passt auf Sie auf«, meinte der eine. »Niemand wird so lange im Voraus gewarnt.« Fidel war seit über einer Woche nicht gesehen worden, und die Laverys waren geneigt zu glauben, dass er hinter dieser Milde steckte, denn das war es; an einem Ort wie diesem war die Tatsache, dass es keine Toten gegeben hatte, ein Geschenk.

»Hast du einen Plan?«, fragte sie ihn.

»Ja. Ich verkaufe das Ding und ziehe weg von hier. Vielleicht in den Süden.«

»Du wirst uns fehlen.«

»Oh, du kommst mit, damit ich ein Auge auf dich haben kann. Auf dich arme Irre.«

Die Tür öffnete sich. Eine Gestalt trat ein und hielt einen Augenblick inne, begutachtete den Schaden. Der Strom war abgeschaltet worden, und sie konnten die Person nicht erkennen. »Das wird der Gutachter von der Versicherung sein«, sagte Eamonn und kniff die Augen zusammen. »Ich kümmere mich um ihn, aber falls er dir Fragen stellt, musst du auf jeden Fall übertreiben.«

Cushla ging in die Hocke und suchte weiter in den Trümmern herum.

»Ganz schöne Sauerei für eine so geringe Menge Sprengstoff«, sagte eine Männerstimme. Sie blickte auf, um zu sehen, wer es war. Vor ihr stand Victor, in seiner Kriegsreporterweste mit den vielen Taschen. In Pennys Küche hatte sie albern gewirkt, am Schauplatz eines Bombenanschlags hingegen war es ein angemessenes Kleidungsstück. Sie richtete sich auf. Eamonn stand hinter ihm. »Ich bin draußen«, sagte er.

»Sind Sie auf der Suche nach einer Insider-Story?«, fragte Cushla und wischte sich die Hände hinten an ihrer Jeans ab.

»Keine Toten oder Verstümmelten. Das wäre kein großartiger Exklusivbericht«, sagte er. Auf dem Tresen stand eine Flasche Jameson. Er deutete mit dem Kopf darauf. »Könnte ich einen Drink haben?«

Sie fand zwei heile Gläser und schenkte ein. »Warum sind Sie hier, Victor?«

»Können wir uns setzen?«

»Okay«, sagte sie. »Wenn's irgendwo ein Möbelstück gibt,

das nicht kaputt ist.« Sie folgte ihm und nahm die Flasche mit. Sie setzten sich auf die Bank in der Ecke, die der Lieblingsplatz der Soldaten gewesen war.

Er zündete sich eine Zigarre an. »Ich hab Ihnen das Leben schwer gemacht«, sagte er.

»Und ich habe nicht gerade den besten Eindruck gemacht. Sich an einen verheirateten Mann zu hängen.«

»Nicht das war es, was mich gestört hat. Ich fand, dass Michael zu viel Aufmerksamkeit auf sich gelenkt hat.«

»Sie haben mich verhört. Die Polizei. Sie sind ihm gefolgt, haben Fotos gemacht.« Sie dachte an das Foto, das sie in der Wohnung gemacht hatten, und senkte den Blick. Vielleicht hatte Victor sie gesehen.

»Hab davon gehört.«

»Mein Gott. Gibt es irgendetwas, das Sie nicht wissen, Victor?«

Er seufzte. »Ich weiß mehr, als ich wissen möchte«, sagte er. »Sie haben ihn unter Druck gesetzt, damit er einen Fall von Polizeibrutalität fallen lässt. Ich habe versucht, ihn zu warnen.«

»Bei all dem hätte er auf mich getrost verzichten können.«

»Das dachte ich auch. Aber er war glücklich in den letzten Monaten. Sie haben ihn glücklich gemacht.«

»Ich habe ihn geliebt. Aber ich konnte es ihm nicht sagen. Und ich weiß nicht, warum zum Teufel ich es Ihnen sage.«

»Ich denke mal, er hatte so eine Ahnung«, sagte er lächelnd.

»Wie geht es Jane?«

»Schwanger«, sagte er. »Frühes Stadium.«

»Ich hoffe, es klappt.«

»Das hoffe ich auch. Was haben Sie jetzt vor?«, fragte er.

»Wegziehen.«

Er stieß mit ihr an. »Wohin es Sie auch verschlägt, denken Sie an uns arme Schweine, die wir in diesem Höllenloch festsitzen.«

Nachdem er gegangen war, blieb sie am Tisch sitzen und nahm den Umschlag aus ihrer Tasche. Er hatte wochenlang in ihrem Korb gelegen, doch jedes Mal, wenn ihr Blick darauf fiel, hatte sie den Disco Peeler vor sich gesehen, wie er die Polaroids auf die blaue Resopalplatte legte. Bilder, die ohne ihre Zustimmung gemacht worden waren, eines beschämender als das andere. Sie nahm einen Schluck Whiskey und löste den Klebeverschluss des Umschlags.

Davy, die Arme um den Hals von Johnny the Jig geschlungen. An dem Tag hatte er gesagt, ihm sei nicht nach Lächeln zumute, aber die Augen in seinem kleinen ernsten Gesicht hatten geleuchtet. Die Aufnahmen, die Cushla im Park gemacht hatte, waren überbelichtet, und sie konnte nicht erkennen, wer wer war. Die, die Davy gemacht hatte, waren zauberhaft. Cushla und Gerry auf der Decke, ein Lichtstrahl, der auf sie fällt. Die anderen Kinder beim Spielen, Bilder voller Energie und Bewegung. Dann die Bilder, die Eamonn gemacht hatte. Fidel, der Wodka und Bitter Lemon trinkt, was er sich leisten konnte, weil Cushla so viel Eiscreme gekauft hatte; Fidel, Leslie und Minty mit hochgerecktem Daumen; die drei mit Jimmy, in dessen Brusttasche die elliptische Form eines Eis zu erkennen ist.

Und das letzte Bild. Michael, der an der Theke steht. Der lächelt, obwohl der Streit, den sie gehabt hatten, seiner leicht vorgebeugten, irgendwie besiegten Haltung noch anzumerken ist. Cushlas Hände sind eben noch im Bild, sie schiebt einen Bierdeckel unter seinen Whiskey, seine ausgestreckten Finger berühren fast ihr Handgelenk. Sie schaute zur Tür. Einen Moment lang ist Michael Agnew da, sein breiter Körper wendet sich von ihr ab. Und dann ist er verschwunden.

2015

Jedes Mal, wenn Cushla sich diesen Moment vorstellte, hatte sie gesehen, wie sie sich zu einem kleinen Jungen hinabbeugte, jetzt aber steht ein Mann mittleren Alters vor ihr. Die Augen hinter den Brillengläsern sind sehr blau, nicht der violette Ton von Tommys Augen, sondern eisblau wie die seiner Mutter. Er ist sorgfältig gekleidet: dunkelblaue Cabanjacke, Jeanshemd unter einem kastanienbraunen Pullover, der sie an den Tag erinnert, als sie ihn nassgespritzt hat. Die Lebhaftigkeit ist gewichen, denkt sie, bis er ihre Hand ergreift und sie hin und her schwingt.

»Ich habe dich gesucht, Davy«, sagt sie mit dem peinlichen Zittern einer alten Frau in der Stimme.

Sie hatte in den Straßen nach ihm gesucht, in jedem Klassenzimmer. Sie beauftragte Gerry, jede neue Ausgabe des Telefonbuchs nach seinem Namen zu durchforsten. Sie hatte Tommys Beerdigung aufgenommen, stoppte das Band und spielte es immer wieder von Neuem, suchte Davy unter den Trauernden, konnte ihn aber, als Salutschüsse über dem Sarg abgefeuert wurden, im Gedränge von Polizei und Fernsehteams nicht finden.

»Das ist der Mann, den unser Tommy umgebracht hat«, sagt er und zeigt auf die Skulptur.

»Ich weiß.«

»Wie wahrscheinlich ist das?«

Cushla weiß, es ist reiner Zufall, dass sie in diesem Moment beide neben Pennys verschleiertem Denkmal für Michael Agnew stehen, es gibt dafür ebenso wenig Grund wie für den gespenstischen Zufall, der Tommy eines regnerischen Morgens in Michaels Küche führte. Und doch.

»Sind Sie noch Miss Lavery?«, fragt er.

»Ich war lange Zeit Mrs McTiernan«, sagt sie. »Und um Himmels willen, nenn mich Cushla.«

»Ich will's versuchen«, sagt er. »Ich dachte immer, Sie würden Mr Devlin heiraten.«

»Mr Devlin lebt in einer eingetragenen Partnerschaft mit einem Mr Mulgrew. Er ist immer noch mein bester Freund.«

»Haben Sie Kinder?«

»Drei. Und vier Enkelkinder. Und du?«

»Eine Tochter. Sie ist wütend auf mich. Ich hab das damals nicht so gut auf die Reihe bekommen.«

In ihrem Brustkorb schwillt Reue an, für sie so natürlich wie Atmen. »Ist es meine Schuld«, platzt sie fast heraus, »dass du weggeschickt wurdest und nicht gelernt hast, was es bedeutet, ein Vater zu sein?« Er sieht ihre Qual, lässt ihr Zeit. Einen Augenblick lang befürchtet sie, er könne auf sie losgehen, aber er drückt nur ihre Hand. Sie weiß nicht, ob sie sich bei ihm entschuldigen oder ihm danken soll.

»Inzwischen sehen wir uns hin und wieder. Immerhin ein Anfang«, sagt er.

Am anderen Ende des Raums erheben sich Stimmen. Die Museumsführerin in dem moosgrünen Kleid hat sich aus der Gruppe gelöst und kommt auf sie zu. Sachte lässt Davy Cushlas Hand los und legt sie auf den Arm der jungen Frau, um das Stechginstertattoo. »Ellen«, sagt er. »Das ist Miss Lavery.«

»Davy hat mir von Ihnen erzählt«, sagt sie, während sie eine Staubfluse von seinem Ärmel zupft und seinen Kragen richtet. Er lässt diese kleinen Aufmerksamkeiten schüchtern über sich ergehen.

»Haben Sie es eilig, Miss?«, fragt er.

»Wenn du mich noch einmal ›Miss‹ nennst, schon.«

Ellens Lachen schallt durch den Raum. Sie sagt, sie müsse noch eine Führung geben, bevor sie fertig sei, und werde sie in einer Stunde im Café treffen.

»Sie ist reizend«, sagt Cushla, als sie fort ist.

»Sie ist jung. Wahrscheinlich halten Sie mich für einen Kinderschänder.«

»Nein«, sagt Cushla. »Tue ich nicht.«

Sie wirft einen letzten Blick auf die verhüllte Gestalt. Unter dem Harz ist das feste, gleichmäßige Gewebe des alten Leinens zu sehen, es fällt in üppigen Falten, als sei es gestärkt worden. Sie greift danach, erwartet, dass es bei ihrer Berührung nachgibt, aber es ist hart und kalt. Die Gipsform ist hohl. Sie vermittelt ein Gefühl von Leere, als wäre ein Körper aus ihr herausgetreten. Cushla lässt ihre Hand zur Schulter wandern und ist einen verrückten Moment lang überzeugt, am Schlüsselbein eine Erhebung ertasten zu können, aber da ist keine. Sie fährt mit den Fingern den rechten Arm entlang und bedeckt seine Hand mit ihrer.

»Ich wollte mir die Sachen von John Lavery ansehen«, sagt Davy. »Hätten Sie Lust dazu?«

»Große Lust, Davy McGeown.«

DANKSAGUNG

Wie es scheint, habe ich einen Roman geschrieben. Es handelt sich um ein fiktives Werk, das auf wahren Begebenheiten beruht; *wie* sich die Ereignisse zutragen, entspringt (wie manche Ereignisse selbst) mitunter meiner Phantasie. Dennoch haben mir sehr viele Menschen geholfen.

Ich bin dankbar für den ACES Award, den mir 2019 der Arts Council of Northern Ireland verlieh und der nicht nur eine wichtige finanzielle Unterstützung bedeutete, sondern mir auch einen Schuss Selbstvertrauen gab. Dank an die Achill Heinrich Böll Association für ein Aufenthaltsstipendium in ihrem Cottage auf der wunderschönen Insel Achill im November 2019. Dank an Paul Maddern, in dessen magischem River Mill Writer‘s Retreat ich mehr Zeit verbracht habe, als ich zugeben mag; wie wunderbar, dass, ganz gleich, wie hart ich gearbeitet habe, stets mehr Kalorien als Wörter zu zählen waren.

Ich danke Direktor Glenn Patterson und allen meinen Freundinnen und Freunden am Seamus Heaney Centre der Queens University Belfast für ihre Unterstützung und ihr Verständnis. 2021 war ich dort einer der ersten Ciaran Carson Writing and the City Fellows, und es ist eine besondere Ehre, dass ich für *Trespasses* (*Übertretung*) aus seinem Gedicht «The Irish for No» zitieren durfte; Ciaran Carsons Erben und Peter Fallon von der Gallery Press gilt mein Dank für die großzügige Abdruckgenehmigung.

Die wirkliche Arbeit an diesem Buch begann im März 2019. Una Mannion war immer an meiner Seite: sie kannte die allererste Fassung und tippte, als ich zu krank war, um es selbst zu tun, meine Antworten auf die Lektoratskorrekturen. Ohne sie würde es dieses Buch schlicht nicht geben. Die letzte Fassung von *Trespasses* habe ich Michael Nolan auferlegt; seine Überlegungen und seine positive Einschätzung bedeuteten mir sehr viel. Susan McKays nordirisch-weiblicher Blick und Detailgenauigkeit waren in den letzten Phasen von unschätzbarem Wert. (Außerdem hat man viel Spaß mit ihr.) Dank an Réaltán Ní Leannáin dafür, dass sie meinem mittelmäßigen Irisch in kürzester Zeit Manieren beigebracht hat, ohne mir das Gefühl zu geben, ich sei eine dumme Nuss.

Übertretung beginnt und endet mit einer imaginären Skulptur, die vom Werk der in Sligo lebenden Künstlerin Bettina Seitz inspiriert ist. Für die Anregung und für die Beschreibung, wie sie ihre schönen Geister herstellt, bin ich Bettina Seitz sehr zu Dank verpflichtet.

Dank an Margaret Halton, John Ash, Rebecca Sandell und Patrick Walsh von der Agentur PEW Literary. Mein ganz besonderer Dank gilt meiner brillanten und liebenswerten Agentin Eleanor Birne; wir haben drei völlig wahnsinnige Jahre erlebt.

An Sarah-Jane Forder: Du bist nicht nur eine außergewöhnliche Lektorin, auch deine Geduld und Freundlichkeit sind grenzenlos.

Dank an Rebecca Saletan, meine wunderbare Lektorin bei Riverhead, für eine massive Injektion Klarheit und Energie auf den letzten Metern, und an Catalina Trigo.

So viele Menschen bei Bloomsbury haben mir bei diesem Buch geholfen. Ihnen allen bin ich zutiefst dankbar.

Und schließlich danke ich meiner Familie und meinen Freunden für alles. Ich würde euch alle aufzählen, aber irgendwie gibt es mehr von euch denn je zuvor. Was, wenn man bedenkt, dass ich in den letzten zwei Jahren kaum das Haus verlassen habe, schon ein bisschen verrückt ist.

ANMERKUNGEN ZUR DEUTSCHEN AUSGABE

31 *Troubles*: Sorgen, Wirren, Unruhen. Euphemistische Bezeichnung für den Irischen Unabhängigkeitskrieg 1919-1921 und die bürgerkriegsähnlichen Zustände in Nordirland 1969-1998.

34 *Taigs*: Aus dem gälischen männlichen Vornamen Tadhg abgeleitete abfällige Bezeichnung für Katholiken.

61 *No surrender*: keine Kapitulation. Aus der Zeit der Belagerung von Derry im Jahre 1689 stammende politische Parole protestantischer Unionisten, die sich nicht »dem Druck Roms oder Dublins beugen« wollen.

65 *Diplock Courts*: 1973 eingeführte, nach Lord Diplock benannte Kriminalgerichte ohne Geschworene und mit nur einem Richter, vor denen fast ausschließlich politisch motivierte Straftaten verhandelt wurden.

76 *Long Kesh*: Beiname von Her Majesty's Prison Maze nahe Lisburn, 1971-2000 Hochsicherheitsgefängnis für politische Straftäter.

83 *Prod*: Abfällige Bezeichnung für Protestanten.

93 *Asphodeloswiese*: Homer, *Odyssee*, 24. Gesang, in der Übersetzung von Johann Heinrich Voß. In der griechischen Mythologie der Bereich im Totenreich, in dem über die Seelen geurteilt wird.

95 *Provos*: Angehörige der militanten Provisional IRA, 1969/70 aus der Spaltung der Irish Republican Army hervorgegangen. Der andere Teil der Organisation nannte sich Official IRA (›Stickies‹).

110 *Fenier*: Abfällige Bezeichnung für Katholiken. Ursprünglich wurden als *Fenians* Mitglieder des 1858 gegründeten Geheimbundes Irish Republican Brotherhood bezeichnet, der den Aufstand von 1867 organisierte und am Osteraufstand 1916 mitwirkte.

135 *Bloody Friday:* Am Freitag, dem 21. Juli 1972 detonierten in Belfast innerhalb von etwas mehr als einer Stunde rund 20 Sprengsätze der IRA. Bei den Anschlägen starben neun Menschen, mehr als 130 wurden verletzt.

151 *Peeler:* Bezeichnung für Polizisten (nach Sir Robert Peel, 1888-1850, der 1814 die Vorgängertruppe der späteren Royal Irish Constabulary ins Leben rief).

162 *Bertha Rochester*: Geisteskranke Figur aus Charlotte Brontë's Roman *Jane Eyre* (1847).

164 *All-Ireland*: Die All-Ireland-League vereinigt die Rugby Clubs der vier irischen Provinzen, Nord und Süd.

192 *Brian Faulkner* (1921-1977): unionistischer Politiker. 1959 Innenminister, 1963 Handelsminister, 1971-1972 letzter Premierminister Nordirlands vor der Einführung der britischen Direktherrschaft.

234 *Jimmy Savile*: James Wilson Vincent »Jimmy« Savile (1926-2011), britischer Moderator, unter anderem der beliebten BBC-Familiensendung *Jim'll Fix It* (1975-1994), bei der Kinderwünsche erfüllt wurden, heute von Scotland Yard als »der schlimmste Sexualverbrecher in der Geschichte des Landes« bezeichnet.

279 *Ulster Solemn League and Covenant*: Ein bis zum 28. September 1912 von fast 500 000 Männern und Frauen unterzeichneter feierlicher Schwur, sich gegen den von der britischen Regierung beschlossenen Dritten Gesetzentwurf zur irischen Selbstverwaltung mit allen Mitteln zur Wehr zu setzen. Im Januar 1913 wurde die protestantische Miliz Ulster Volunteer Force gegründet, die 100 000 wehrfähige Männer rekrutierte, um den Widerstand gegen die sogenannte »Home Rule« paramilitärisch zu organisieren.

291 *Misss Havisham*: Figur aus Charles Dickens' Roman *Große Erwartungen*.

Louise Kennedy wuchs in der Nähe von Belfast auf. Bevor sie mit dem Schreiben begann, arbeitete sie fast dreißig Jahre als Köchin in Irland und Beirut. 2021 erschien von ihr ein Band mit Short Stories, *The End of the World is a Cul de Sac*, der von der Presse enthusiastisch aufgenommen wurde (u.a. war er Sunday Times Book of the Year) und die Autorin mit einem Schlag in der englischsprachigen Welt bekannt machte. *Übertretung* (*Trespasses*) ist ihr erster Roman.

Claudia Glenewinkel, geboren 1963, studierte Germanistik, französische Literatur und Politikwissenschaften in Göttingen und Literaturvermittlung und Medienpraxis in Essen. Sie ist Lektorin im Steidl Verlag und verantwortet die fremdsprachige Literatur. Zuletzt hat sie, gemeinsam mit Hans-Christian Oeser, *Annie Dunne* (2021) von Sebastian Barry übersetzt.

Hans-Christian Oeser, 1950 in Wiesbaden geboren, lebt in Dublin und Berlin und arbeitet als Literaturübersetzer, Herausgeber und Autor. Er hat u.a. John McGahern, Mark Twain, Ian McEwan, F. Scott Fitzgerald, Anne Enright, Maeve Brennan, Claire Keegan und Sebastian Barry übersetzt. Für sein Lebenswerk wurde er 2010 mit dem Heinrich Maria Ledig-Rowohlt-Preis ausgezeichnet. 2020 erhielt er den Straelener Übersetzerpreis der Kulturstiftung NRW.

DEBUT FICTION OF THE YEAR, BRITISH BOOK AWARDS 2023

AN POST IRISH BOOK AWARDS NOVEL OF THE YEAR 2022

OBSERVER BEST DEBUT NOVELIST OF 2022

SHORTLIST WOMEN'S PRIZE FOR FICTION 2023

SHORTLIST WATERSTONES DEBUT FICTION PRIZE 2022

»Louise Kennedys *Übertretung* ist wie eine zarte Berührung, die einen hart trifft – eine fesselnde Liebesgeschichte, zugleich aber ein Klagelied für eine zutiefst gespaltene Gesellschaft. Jedes Wort klingt wahr.« *Emma Donoghue*

»Man kann gar nicht genug betonen, wie gut der Roman geschrieben ist … Dieses herzzerreißende, warme, traurige und lustige Buch wollte ich überhaupt nicht mehr aus der Hand legen. Das Genre Roman wurde erfunden, um genau solche Geschichten zu erzählen.« *Sunday Independent*

»Diese raffiniert gearbeitete Liebesgeschichte über ganz gewöhnliche Menschen, deren Leben von Gewalt bestimmt wird, ist ergreifend, ohne je sentimental zu sein. Sie zeigt, welch schreckliche Folgen es haben kann, in einer zerrissenen Gemeinschaft unsichtbare Grenzen zu übertreten, selbst wenn man es in bester Absicht tut.« *Spectator*

»Brillant, wunderschön, herzzerreißend ... Ich weine nicht oft, aber auf den letzten Seiten von *Übertretung* kamen mir die Tränen. Dass uns Kennedys Figuren so am Herzen liegen, dass wir sie lieben lernen, ist ein Beweis für ihr großes Talent.«
New York Times Book Review

»Eine zärtliche, wilde und schöne Geschichte. Jedes fein ausgearbeitete Detail wirkt authentisch.«
Sunday Times, Books of the Year

»Intim und politisch zugleich: eine Liebesgeschichte, ein Kriminaldrama und eine Momentaufnahme der Lage der Nation zu einem ganz bestimmten historischen Zeitpunkt.«
Daily Mail

»Gleichermaßen schön und erschütternd« *Washington Post*

»Das mit Abstand beste Buch in diesem Jahr. [...] Nach einer Weile vergisst man zu atmen.«
Anne Enright, Irish Times, Books of the Year

»*Übertretung* ist ein wunderschöner, erschütternder Roman. Er fühlt sich echt und wahr an, und er liebt seine Figuren, absolut authentische Menschen, die versuchen, in verzweifelten Zeiten ein normales Leben zu führen. Dieses Buch wird bleiben.«
Nick Hornby

Una Mannion
Licht zwischen den Bäumen

Roman
Aus dem Englischen von Tanja Handels
344 Seiten
€ 24,00
ISBN 978-3-95829-973-3

Licht zwischen den Bäumen ist das bewegende Porträt einer zerrissenen Familie und literarischer Thriller. Ein Roman über Loyalität und Liebe, Scham und Schuld und den bitteren Geschmack wohlmeinenden Verrats.

»eine Ode an die Jugend mit all ihrer Unschuld, Angst, Enttäuschung und ungefilterten Ehrlichkeit.«
Claire Fullerton, New York Journal of Books

»Diese Geschichte wird Sie bis zum gruseligen Finale in Atem halten. Una Mannion sage ich eine große Zukunft voraus.«
Ray Palen, criminalelement.com

»Das Bedrohliche an diesem düsteren, akribisch gezeichneten Debüt liegt nicht in absurden Plot-Twists, sondern in dem Rätsel dysfunktionaler Familien, in eng verflochtenen Gemeinschaften, die dunkle Geheimnisse bergen, und in der fehlerhaften, mitunter verhängnisvollen Auffassung Heranwachsender von der Erwachsenenwelt.« *Sarah Lyall, New York Times*

»spannend, berührend, berührend und entwaffnend atmosphärisch.« *Kirkus Review*

Steidl Verlag • Düstere Straße 4 • 37073 Göttingen • steidl.de

Claire Keegan
Kleine Dinge wie diese

Roman
Aus dem Englischen von Hans-Christian Oeser
112 Seiten
€ 20,00
ISBN 978-3-96999-065-0

Wer etwas auf sich hält in der Kleinstadt New Ross, gibt seine Wäsche ins Kloster. Auch wenn es Gerüchte gibt: Dass es moralisch fragwürdige Mädchen sind, die dort zur Buße von früh bis spät Schmutzflecken aus den Laken waschen. Dass ihre neugeborenen Babys ins Ausland verkauft werden. Der Kohlenhändler Bill Furlong will nichts wissen von Klatsch und Tratsch. Es sind harte Zeiten in Irland 1985, und die Nonnen zahlen pünktlich. Doch eines Morgens macht er im Kohlenschuppen des Klosters eine Entdeckung, die ihn zutiefst verstört. Er muss eine Entscheidung treffen.

»Ein glänzend gearbeitetes Stück Literatur, die Übersetzung von Hans-Christian Oeser trifft Keegans trügerisch einfachen Klang.« *Frankfurter Allgemeine Zeitung*

»Claire Keegan findet einen subtilen und eleganten Weg, um auf engem Raum sowohl die Verdrängungsmechanismen als auch einen inneren Erkenntnisprozess sichtbar zu machen.«
SWR Bestenliste

Sebastian Barry
Tausend Monde

Roman
Aus dem Englischen von Hans-Christian Oeser
256 Seiten
€ 24,00
ISBN 978-3-95829-775-3

Henry County, Tennessee, um 1873. Nach dem verlorenen Bürgerkrieg ist das Land tief gespalten. Der Süden hungert, auf den Banken ist kein Geld, die Rebellen wittern ihre Chance – und durchs Land ziehen Männer mit Kapuzen, vor denen nicht einmal die Weißen sicher sind. Das Lakota-Mädchen Winona erzählt: von Jas Jonski, ihrer ersten Liebe und vielleicht ihrem Vergewaltiger, von ihrer Kindheit bei ihrem Stamm und davon, wie es war, bei den Unionssoldaten Thomas McNulty und John Cole aufzuwachsen – den Männern, die sie wie ihre Eltern liebt, und die doch ihre Familie getötet haben könnten.

»Und nicht zuletzt ist *Tausend Monde* ein zärtliches Buch, das von der Liebe erzählt, als sei sie selbst in schlimmsten Zeiten nicht unterzukriegen.« *Rainer Moritz, Deutschlandfunk*

Steidl Verlag • Düstere Straße 4 • 37073 Göttingen • steidl.de

Liz Nugent
Auf der Lauer liegen

Roman
Aus dem Englischen von Kathrin Razum
368 Seiten
€ 28,00
ISBN 978-3-96999-108-4

Lydia Fitzsimons hat ein schönes Leben: sie wohnt in einem vornehmen Haus in Dublin, ist mit einem angesehenen Richter verheiratet, der sie anbetet, und hat einen Sohn, den sie abgöttisch liebt. Wären da nicht die finanziellen Sorgen, von denen niemand wissen darf, und wäre da nicht dieser eine brennende Wunsch, den ihr Mann Andrew ihr um jeden Preis erfüllen soll. Dass deshalb eine junge Frau ermordet wird und der Richter und seine Gattin in ihrem exquisiten Vorstadtgarten ein Grab schaufeln müssen, gehört allerdings nicht zum Plan …

»Ein grelles Porträt der irischen Klassenschaft, die unter anderem von einer trostlos verlogenen katholischen Moral, diversen Formen der Drogensucht und einer dreist übergriffigen Polizistenschaft geprägt ist.« *Der Spiegel*

»*Auf der Lauer* liegen bietet großes Erzählkino und ist ein durchaus gehobener Psychothriller, der sich von der Masse qualitativ abhebt.« *WDR2 Buchtipp*

Steidl Verlag • Düstere Straße 4 • 37073 Göttingen • steidl.de

Titel der englischen Originalausgabe
»Trespasses«, erschienen 2022 bei Bloomsbury Circus, London / Dublin

Dieses Buch wurde veröffentlicht mit Unterstützung von

Erste Auflage Juli 2023

Buchgestaltung: Gwenda Winkler-Vetter / Steidl Design
Umschlaggestaltung: Paloma Tarrío Alves / Steidl Design
Gesetzt aus der *Garamond*

Gesamtherstellung und Druck: Steidl, Göttingen
Steidl
Düstere Str. 4
37073 Göttingen
Tel. +49 551 4960660
mail@steidl.de
steidl.de

ISBN 978-3-96999-259-3
Printed in Germany by Steidl

Auch als eBook erhältlich